KB022575

샘 호손 박사의 세 번째 불가능 사건집

→샘 호손 박사의 세 번째 불가능 사건집←

Further Problems of Dr. Sam Hawthorne

Nothing Is **IMPOSSIBLE**

에드워드 D. 호크 지음 | 김예진 옮김

REA∋bie

Further Problems of Dr. Sam Hawthorne
차례

서문

〈엘러리 퀸의 미스터리 매거진〉에서 에드워드 호크와 함께 십칠 년 동안 일하면서 그의 장편 시리즈 열두 권을 편집하는 기쁨을 누렸다. 사실 '에드 호크'는 〈EQMM〉에 삼십사 년 동안 매달 단 한 번도 빠뜨리지 않고 작품을 실었으니, 내가 편집한 건 그가 기고한 작품의 반도 되지 않는 셈이다.

그의 모든 훌륭한 시리즈 중에서도 제일 좋아하는 건 1974년부터 시작된 의사 '샘 호손 시리즈'라 할 수 있겠다. 샘 호손 시리즈의 팬들은 보통 밀실과 불가능 범죄를 가장 매력적인 요소로 꼽는다. 에드 호크가 쓴 최고의 플롯은 바로 샘 호손 시리즈 안에 존재한다고 말하는 사람도 있다. 작가는 언제나 가장 복잡한 밀실 범죄 퍼즐을, 이 시골 의사를 위해 아껴 두었다고 말이다.

물론 샘 호손 시리즈의 플롯이 탁월한 것은 사실이지만, 나는 플롯은 이 시리즈가 지닌 마법의 일부라고 생각한다. 에드 호크는 플롯을 짜는 솜씨 외에도 아주 다재다능한 사람이었다. 특히 배경을 조성하는 데 얼마나 탁월한지 독자들은 새로운 이야기가 계속해서 시작될 때마다 질리지 않고 즐길 수가 있다. 1920년대에서 1940년대에 걸쳐 뉴잉글랜드의 노스몬트라는 소도시에서 일어나는 샘 호손의 이야기들은 비슷한 시기 영국의 세인트 메리 미드라는 작은 마을을 배경으로 하는 애거사 크리스티의 '미스 마플 시리즈'의 평행 우주처럼 느껴지기도 한다. 두 시리즈 모두 독립적인 배경을 지니고 있으며 각각의 환경 속에서 아주 기이한 사건들이 끊임없이 일어나고, 또 꾸준히 등장하는 조연들이 있다. 하지만 내가 보기에는 세인트 메리 미드보다 노스몬트가 더 현실적이고 생기가 넘치는 곳인 듯하다. 그 이유는 관조자인 미스 마플과 달리 의사 샘 호손은 마을 안에서 벌어지는 모든 일에 적극적으로 참여하기 때문일 것이다.

젊은 독신 의사인 샘 선생은 개인적으로, 직업적으로, 또 한 시민으로서 많은 사람들과 다양한 관계를 유지하고 있으며, 그 사람들은 언제든 용의자, 희생자, 목격자가 될 수 있다. 탐정은 단순한 정의 구현자의 역할을 넘어서 사건과 이해관계가 얽혀 있고, 이야기가 진행됨에 따라 조연들은 점점 더 중요해지며 심지어 탐정의 본래 역할인 관조자의 위치에 올라서기도 한다. 노스몬트의 조연들은 샘 선생의 '사적인' 이야기의 한 부분을 차지하며 이는 70편 이상의 단편들 속에서 끊임없이 이어져, 나를 포함한 많은 독자들이 계속해서 이 시리즈를 읽게 만드는 원동력이 되어 준다. 물론 그 각각의 단편들이 빼어난 퍼즐 미스터리임은 말할 필요도 없다.

이제부터 여러분이 읽게 될 이 책은 '샘 호손 시리즈'의 2권 이후로 삼십 년 이상이 지난 후에야 발매된 작품이다. 지난 시리즈를 이미 읽은 독자라면, 그 어떤 책에서도 샘 호손보다 더 훌륭한 의사를 찾기는 힘들었으리라. 소설 속의 인물이 현실과 같은 시간을 살아간다는 사실은 흔치 않으니 말이다. 샘 호손은 나이를 먹고, 세월 또한 흘러간다. 늙은 샘 선생이 자신의 젊었던 몇 십 년 동안을 회상하면서 사건 이야기를 하는 사이 노스몬트도, 미국도, 세계도 계속해서 변화한다. '샘 호손 시리즈'의 새 작품을 읽을 때마다 내가 항상 가장 기대했던 부분은 과연 이야기 속 환경과 등장인물이 어떻게 달라졌는지였다. 에드 호크는 언제나 내 기대를 배반하지 않았다. 오랜 세월 동안 그의 편집자 노릇을 하면서 알게 된 사실인데, 에드 호크는 조사를 아주 꼼꼼하게 하는 습관이 있다. 커다란 서재에서 그가 만들어 낸 배경을 읽다 보면 그야말로 그 시대에 직접 걸어 들어가는 느낌이 든다. 그리고 나는 에드 호크의 작품 속에서 단 한 번도 역사적 오류를 발견한 적이 없었다.

샘 호손을 이번에 처음 알게 되었다면 부러운 점이 딱 한 가지 있다. 당신은 아직 샘의 인생이 어떻게 달라졌는지 모른다는 점이다. 샘 호손의 창조주는 2008년 느닷없이, 정말 예상치도 못하게 세상을 떠나기 직전, 독자들이 수십 년 동안 계속해서 물었던 두 가지 중요한 질문에 답변을 했었다. 첫째, 노스몬트의 가장 유망한 이 신랑감은 과연 결혼을 하게 될까? 둘째, 사건을 회상하는 은퇴한 샘 선생의 나이는 과연 몇 살일까? 앞으로 계속해서 단

편집을 읽다 보면 어차피 알게 될 일이기에, 굳이 미리 그 질문의 답을 공개하여 당신의 즐거움을 망치지는 않겠다. 작가 스스로도 이 질문들을 한꺼번에 다 해결해 버리고 싶지는 않았던 것 같다. 작가는 자신의 가장 유명한 캐릭터가 아주 기묘하고 사랑스러운 도둑, 프랑스에서 드라마 시리즈로 만들어지기도 했던 닉 벨벳이라고 생각했던 모양이지만, 샘 호손 역시 자신의 가장 중요한 창조물로서 빠뜨릴 수 없었을 테니 말이다.

이 훌륭한 시리즈에 대해 나는 딱 한 가지, 아주 개인적인 기록을 남기고자 한다. 에드 호크는 샘 호손이라는 캐릭터를 만들면서 자신의 가장 훌륭한 자질들을 전부 집어넣었다. 친절함, 예의바름, 연민의 마음까지. 에드 호크는 샘 호손처럼 잘 웃는 사람이었고, 또 쉽게 용서하는 성품을 지니고 있었다. 작품뿐 아니라, 나를 비롯한 그의 좋은 친구들은 인간 에드워드 호크를 절대로 잊지 못할 것이다.

재닛 허칭스
〈엘러리 퀸의 미스터리 매거진〉 편집자

The Problem of the Graveyard Picnic

묘지 소풍의
수수께끼

샘 호손 박사는 브랜디를 따르며 말했다.

"이번에는 묘지에서 일어난 일에 대해 얘기해 주겠다고 약속했었지? 묘지가 배경인데 유령이나 번개도 안 나오고, 한밤중에 일어난 일도 아니었네. 전부 다 백주대낮에 벌어진 일이었어. 그런데도 그보다 더 괴상할 수가 없었지……."

(샘 호손 박사는 말을 이었다.)

1932년 봄, 당시에는 다들 일도 사업도 잘 풀리지 않아 우울한 시간을 보내고 있었다네. 대통령 선거가 가까워지면서 혁명이라는 둥 거친 말이 나오는 일도 있었지. 노스몬트는 다른 지역에 비하면 그래도 사정이 좀 나은 편이었지만, 다들 봉급이 삭감됐고 심지어 나조차도 그 영향을 받았어.

시내 한복판의 작은 진료소에서 십 년을 보낸 나와 에이프릴은 당시 이삿짐을 싸고 있었다네. 노스몬트에 있는 청교도 기념 병원은 1929년 여든 개의 병상과 함께 팡파르를 울리며 개원했지만, 그 규모가 이 지역의 수요에 비해 너무 과하다는 사실이 증명됐다네. 그 결과 병상이 서른 개쯤 있던 한쪽 병동 전체가 사무실 용도로 변경되었지. 병원 관리 이사회는 첫 일 년 동안 아주 매력적인 가격으로 사무실 임대를 제안했고, 외상 환자가 많고 빚도 늘기 시작한 내 입장에서는 거절할 이유가 없었지.

에이프릴은 새 진료실이 지금 진료소에 비해 거의 두 배는 넓다며 좋아했지만 솔직히 나는 회의적이었어.

"교외에서 3킬로미터 정도는 더 멀어져요. 운전을 못 하거나 나이가 너무 많아서 말이나 마차를 못 타는 환자는 어쩌죠?"

"대부분은 어차피 시내에 볼일이 있을 텐데요. 아니면 선생님이 가셔도 되잖아요. 게다가 병원이라면 호출을 받기도 훨씬 쉬워질 거예요."

"그건 맞아요."

나는 마지못해 동의했네.

어느 따스한 4월 아침, 병원 원무과에서 일하는 펜쇼 의사가 이사 온 우리를 맞이해 주더군.

"페인트칠을 새로 했어요, 샘. 당신이 원하던 대로."

키가 작고 째지는 목소리에 신경질적인 펜쇼 의사는 병실에서 환자를 직접 돌보기보다는 병원 회의실에 있는 모습이 더 잘 어울리는 남자였지.

"고마워요, 데이브. 멋지네요. 사무실 가구를 실은 밴이 금방 따라올 겁니다."

"창밖 풍경도 아주 훌륭하죠."

펜쇼 의사가 덧붙였어.

나는 비꼬지 않고는 견딜 수가 없었어.

"묘지를 좋아한다면야 더할 나위 없겠죠. 하지만 제 환자들은 별로 안 좋아할걸요."

"스프링 글렌은 묘지보다는 공원에 가깝잖아요?"

솔직히 펜쇼의 말이 틀린 건 아니었어. 가끔 소풍 오는 사람들도 있었거든. 하지만 내 진료실 창밖으로 보이는 건 가로수와 바람 부는 길을 따라 서 있는 묘비 몇 개뿐이었네. '스프링 글렌'이라는 이름은 협곡(글렌)처럼 돌로 가득한 물가를 따라 큰 강으로 흘러들어 가는 시내(스프링)에서 유래했는데, 매년 이 시기에는 북쪽에 있는 자갈산에서 눈이 녹아 평소보다 시내 폭이 넓고 깊었지. 그야말로 물이 작은 강처럼 스프링 글렌을 따라 콸콸 흘렀다네.

그날 바로 가구도 다 옮기고, 자리를 잡았어. 에이프릴도 몇 시간 더 일해 준 덕분에 다음 날 아침 바로 환자를 받을 수 있을 만큼 준비가 되었지. 렌즈 보안관도 아내가 준 꽃 한 바구니를 가지고 우리의 새 사무실을 찾아왔어.

"백 주년 기념 여름 축제 기간이라 온 시내가 화려하다네."

보안관이 말했네.

"오 년 전에 3백 주년 기념일이 지났는데, 무슨 백 주년이라는 겁니까?"

"그건 청교도 쪽이고. 이번에는 노스몬트 공식 설립일이야."

"그건 날짜가 가까워지면 생각해 봐야겠군요."

보안관은 늘 그렇듯 코웃음을 쳤어.

"그래서, 내일 아침에 맷 제이비어 장례식엔 올 건가?"

"이사 와서 첫날이라 아마 자리를 비우진 못할 텐데, 혹시 시간이 나면 정오쯤 묘지로 걸어가 볼까 합니다."

제이비어는 펜쇼의 환자였는데, 92세를 일기로 드디어 삶이라는 굴레에서 벗어난 노인이었다네.

다음 날 오전엔 그리 바쁜 일이 없었고, 진료 예약보다는 새로 이사한 진료실 위치에 대한 문의가 더 많았지. 정오 직전 창밖으로 장례 행렬이 묘지로 향하는 모습이 보이기에 한번 가 봐야겠다는 생각이 들었어. 맷 제이비어는 지역 유지였고, 다른 의사의 환자였지만 장례식에 참석하지 않을 이유 따윈 없었거든.

장례식은 길지 않았네. 무덤을 파는 세드릭과 테디 형제가 삽을 들고 나서자 끝이 났어. 형제 중 다소 굼뜬 동생 테디 부시가 나를 보더니 손을 흔들더군. 손을 마주 흔들고 나서 새로운 환경을 좀 둘러볼까 싶어 길 아래로 터덜터덜 걸어 내려갔지.

도로 옆, 막 싹이 움트는 버드나무 밑에 검은 포드 모델 T 차량이 한 대 서 있었네. 15미터쯤 떨어진 풀밭에 소풍 나온 커플이 보였어. 앉아 있기 좋은 곳이었고 딱히 묘지로 사용되는 공간도 아니니 그 자리를 차지했다고 뭐라고 할 마음은 없었네. 내 또래쯤 되어 보이는 그 젊은 커플은 마침 샌드위치를 다 먹은 후였지. 그 사람들을 향해 걸어가고 있는데 갑자기 여자 쪽이 내게 등을 돌린 채 벌떡 일어나는 거야. 어깨까지 오는 검은 머리에 남색 바지와 파란 물방울무늬 블라우스를 입고 있었는데, 갑자기 도망치는 것처럼 길 아래로 쏜살같이 뛰어가더라고.

남자는 아주 당황한 것 같았네. 벌떡 일어나서는 여자에게 소리를 지르더군.

"로즈! 어디 가!"

하지만 여자는 계속 달렸어. 마치 나 때문인 것 같더라니까. 길 아래에는 물이 불어난 시내에서 3미터 정도 높이에 있는 돌로 만든 작은 다리가 있었는데, 여자는 그 다리 한가운데쯤에서 그만 발을 헛디뎌 돌 난간 너머로 떨어져 물에 빠지고 말았네. 여자는 순간적으로 놀라서 비명을 지르다가, 세찬 물살에 휩쓸려 버렸어. 나는 여자가 무자비한 물결에 휩쓸려 내려가는 모습을 속수무책으로 지켜보았네. 뒤따라 뛰어들어야겠다는 생각이 들기도 전에 여자는 시야에서 사라져 버렸지.

"여기에서 대체 무슨 일이 일어난 건가?"

이십 분 후 렌즈 보안관이 터덜터덜 걸어 나타났어. 떠내려가는 여자를 쫓아가면서 당황한 여자의 남편에게 보안관에게 전화하라고 다그쳤거든.

"어떤 여자가 다리에서 떨어졌어요!"

내가 소리쳤네.

"수영은 잘하나? 수영을 할 줄 알아야 할 텐데."

"로즈는 수영을 전혀 못 해요."

보안관 뒤를 다급히 따라오던 남편이 말하더군.

"차로 따라가 봐야겠소. 대충 어디에서 찾을 수 있을지 짐작이 가니까. 아래쪽에 죽은 나뭇가지로 꽉 막힌 구간이 있거든."

보안관은 우울해 보였네.

"갑시다. 보안관님하고 같이 가야 해요."

내가 남편에게 말했어.

"알겠습니다."

서둘러 보안관의 차로 향하면서 그 곱슬머리 청년에게 말했네.

"난 의사예요. 샘 호손이라고 합니다."

"신 코너스에서 온 밥 듀프레이라고 합니다. 맙소사, 만약 로즈가 죽었으면 나도 죽을 거예요! 결혼한 지 이제 삼 년밖에 안 됐는데……."

신 코너스는 여기에서 30킬로미터 정도 떨어진 도시였어.

"금방 찾아낼 거요."

렌즈 보안관은 시동을 걸면서 그렇게 약속했지만, 어떤 상태로 찾아낼지는 굳이 말하지 않더군.

방금 만들어진 맷 제이비어의 무덤 옆을 지나쳤는데, 부시 형제 중 한 명이 땅을 파고 있었네. 테디가 안 보이는 걸 보니 아마 커피나 한잔하러 간 모양이었지. 보안관은 울퉁불퉁한 땅을 요령껏 달려갔어. 아무 말이 없던 밥 듀프레이는 묘지 끄트머리 쓰러진 나무 앞에 도착하자 소리를 질렀네.

"저기 있어요! 저기 보여요!"

나도 보았네. 그 검은 머리와 물방울무늬 블라우스가 죽은 나뭇가지에 걸려 있는 모습을. 듀프레이가 소리를 지르자 나는 차에서 내려 뛰어갔어. 내가 제일 먼저 찬물 속으로 뛰어들었네. 죽은 나뭇가지를 붙잡고 여자 쪽으로 다가가는 사이 나머지 둘은 바로 내 뒤를 따라왔지. 우리 셋은 간신히 나무에서 블라우스를 떼어 내고 불어난 시내 옆 풀밭으로 여자를 끌어내는 데 성공했어. 이십 분 동안 심폐 소생에 몰두했지만 너무 늦었다는 사실을 이미 알고 있었다네. 결국 렌즈 보안관이 소리 없이 일어서고, 남편은 나무에 기대앉아 흐느꼈네. 나는 끔찍한 말을 할 수밖에 없었어.

"소용없어요. 이미 죽었습니다."

"차라리 나무에 걸리지 않았으면 살 수도 있었을 텐데. 냇물이 오리 연못으로 흘러들어 가면 물살이 약해지거든."

보안관이 내게 말했어.

우리 뒤에서 밥 듀프레이가 조용한 목소리로 부인의 이름을 되뇌고 있었어.

"대체 무슨 일이 있었던 건지 얘기 좀 해 주시죠."

내가 물었어. 남자는 한참 동안 눈물을 흘리며 부인을 바라보고 있었지.

렌즈 보안관이 다시 묻자 그제야 남자가 대답했네.

"저도 잘 모르겠어요. 그냥 로즈가 소풍을 가자고 하더라고요. 아마 제가 지난달에 직장을 잃은 걸 위로해 주고 싶었나 봐요. 신 코너스에서 출발해서 한 11시쯤 여기 도착했던 것 같아요."

"묘지로 소풍을 가자고 한 게 누구였죠?"

보안관이 시체를 덮을 담요를 가지러 차에 다녀오는 사이 내가 물었네.

"로즈요. 친구들이 소풍 가기 좋은 데라고 했대요. 난 설마……."

"자책할 필요는 없소."

렌즈 보안관이 말했어.

"앉아서 얘기하며 점심을 먹는데 로즈가 갑자기 벌떡 일어나는 거예요. 무슨 놀랄 만한 일이 있었는지, 갑자기 길을 따라 뛰쳐나가더라고요. 보이는 사람이라고는 여기 계시는 선생님 한 분뿐이었어요. 전 그때 묘지 관리자가 우릴 쫓아내러 왔나 보다 했는데……. 그렇다고 해도 그렇게까지 다급히 뛰어갈 필요가 있었을까요?"

보안관은 나를 돌아보더군.

"자네가 보기엔 어떻던가, 선생?"

나는 최대한 자세히 묘사해야겠다고 생각했어.

"그냥 발을 헛디뎌서 옆으로 떨어진 걸로 보였습니다. 하지만 딱히 발을 헛디딜 이유가 없었어요. 바닥은 평평했으니까. 저도 다리를 살펴봤는데 걸려서 넘어질 만한 줄 같은 건 없더군요. 발에 걸리는 것도 없었고."

"부인이 평소에 빈혈이 있었소, 듀프레이 씨?"

"그런 건 없었습니다, 보안관님. 제가 아는 한 한 번도 기절한 적이 없었어요."

"평소 원한 관계가 있었나요? 질투심 많은 구혼자가 있었다거나?"

내가 물었네.

"당연히 없죠! 그런 건 왜 묻습니까? 로즈를 죽일 이유가 있는 사람은 없어요!"

렌즈 보안관이 나를 한쪽으로 불렀어.

"이 친구 말이 맞아, 선생. 이건 그냥 사고야. 자네 잘못도 없고."

"그냥 상황 전체가 너무 이상하잖아요."

"이 친구야, 난 지금 정신 나간 제이비어네 조카 하나만으로도 지긋지긋해. 글쎄 자기 삼촌이 타살당한 거라고 바득바득 우기고 있다니까!"

"알겠습니다."

거기에서 굳이 제이비어의 죽음 이야기를 듣고 싶지는 않았기에 입을 다물었네. 대신 담요가 덮인 듀프레이 부인의 시체를 내려다보았어. 내가 목격한 게 비극적인 사고인지, 아니면 불가능 범죄인지 고민해 보았지만 도대체 어느 쪽인지 알 수가 없었어.

다음 날 아침 렌즈 보안관이 새 진료실로 나를 찾아왔네.

"로즈 듀프레이의 검시 보고서 봤나?"

나는 고개를 끄덕였지.

"방금 사본을 요청해서 봤습니다. 딱히 이상한 부분은 없더군요. 익사던데요. 떨어져서 물살에 휩쓸릴 때 멍든 곳 한두 군데 말고는 별다른 상처도 없고요."

"혹시 무슨 마약을 한 건 아닐까?"

"이제야 좀 그럴싸한 말씀을 하시네요, 보안관님. 하지만 위는 텅 비어 있었고 마약이나 알코올의 흔적도 없었습니다. 완벽하게 평범한 젊은 여자였어요. 그런데 검시 보고서에는 임신 2개월 정도라고 써 있더군요."

"임신?"

"결혼한 사람들에게는 흔히 일어나는 일입니다."

"그야 그렇지. 남편도 그 사실을 알던가?"

"직접 물어보셔야 합니다. 여자한테 다른 가족은 없던가요?"

"부모와 남동생이 하나 있는데 가족끼리 사이가 안 좋다더라고."

갑자기 다른 생각이 떠올랐어.

"그러고 보니 제이비어네 조카는 삼촌이 살해당했다고 생각한다면서요?"

렌즈 보안관은 고개를 끄덕였네.

"이름은 스콧 제이비어라고 하는데, 자네도 알지?"

"농가 총회에서 한 번 본 것 같네요."

"스콧 말로는 삼촌이 타살을 당했는데 펜쇼 의사가 그걸 숨기고 있다더군."

"펜쇼는 뭐라고 하나요?"

"제이비어는 노환으로 죽은 거고 스콧은 미쳤다고 하지."

"보안관님은 어떻게 생각하시죠?"

"스콧이 미친 거지. 누구나 다 그렇게 생각하잖나."

"제가 한번 찾아가 봐야겠네요."

"선생, 설마 진짜로 살인 사건을 바라는 건 아니겠지?"

"진짜 살인 사건이라면 진상을 밝혀내야죠."

나는 딱 잘라 말했어.

스콧 제이비어는 오십 대 초반의 희끗희끗한 머리를 지닌 중년 남자였는데 시내 외곽에서 농장을 운영하다가 대공황 초반에 다 잃고 말았어. 그래서 정신적으로 문제가 좀 오는 바람에 있지도 않은 음모론을 자꾸 만들어 내는 것 같더라고. 그날 오전에 찾아가 보니 스콧은 법원 입구에 서서 바로 얼마 전에 묻은 자기 삼촌의 시체를 도로 파내야 한다고 실랑이를 벌이고 있었어.

그를 진정시켜야겠다는 생각에 나는 스콧의 어깨에 조심스럽게 손을 얹었네.

"저 기억나세요, 스콧? 의사 샘 호손입니다."

스콧이 나를 뜯어보더군.

"그래, 기억나네. 당신, 펜쇼 친구였지."

"그냥 동료 의사일 뿐입니다. 그래서 대체 무슨 일이죠?"

"맷 삼촌은 타살당했어. 펜쇼가 독살한 거야."

"증거는 있습니까?"

"당연히 없지, 펜쇼가 증거를 은폐했으니까! 그래서 내가 다시 검시해 달라고 이러는 거잖아!"

"그렇게 근거도 없이 기소할 수는 없어요, 스콧."

"나는 다 알아!"

"어제 장례식장에 오셨죠? 그때 묘지 옆에서 어떤 젊은 여성이 물에 빠져 죽었어요."

"나도 들었어."

"혹시 그 일에 대해 아는 바 없습니까?"

"내가 어떻게 알아?"

스콧과 이야기해 봤자 별 소득은 없을 것 같더군.

"삼촌 일은 잊어버리세요. 그분은 자연사하신 겁니다."

"그 빠져 죽은 여자처럼?"

스콧이 교묘하게 비꼬더군.

법원을 나서다 보니, 부시 형제 중 형 세드릭이 픽업트럭에 기대서서 비료가 실리기를 느긋이 기다리고 있었네.

"안녕, 세드릭. 오늘 어때?"

내가 인사를 건넸어.

"그냥 그래요, 샘 선생님."

"테디는?"

"간이식당에서 커피 잔에 한잔하는 중이에요. 그런데 진짜 루스벨트가 당선되면 금주법을 폐지할까요?"

"그건 두 후보 모두의 공약일걸."

〈폴리스 가제트〉 같은 선정적인 이발소 잡지나 읽는 테디에 비하면 세드릭은 그나마 머리가 좀 돌아가는 편이었네.

"어제 제이비어 씨 묘지 건은 다 끝냈어?"

"그러라고 돈 받는 거잖아요."

"정오쯤 지나가면서 봤는데, 테디가 안 보이던데."

"덤불 뒤로 볼일 보러 갔거든요. 하도 안 돌아와서 저도 길을 잃어버린 줄 알았네요."

세드릭이 웃었어.

"그래도 일은 열심히 하지?"

"가끔은 그렇죠."

"공원에서 어떤 여자가 물에 빠져 죽었다는 얘기 들었어?"

"다들 그 얘기만 해요. 신 코너스에서 온 사람이라면서요?"

나는 고개를 끄덕였네.

"너하고 테디는 그때 못 봤어?"

"못 봤어요."

나는 트럭에 기대선 세드릭을 내버려 두고 간이식당이 있는 블록으로 걸어 내려갔어. 왠지 로즈 듀프레이를 누군가 살해했다는 생각이 자꾸만 들더라고. 여전히 내 무의식 속에 파묻혀 있는 어떤 사실이 나를 그쪽 방향으로 이끄는 것 같더군. 하지만 대체 어떻게, 또 왜?

테디 부시는 간이식당에 없었어. 나간 지 얼마 안 됐다고 하더군. 차를 몰고 진료실로 돌아가려는데 렌즈 보안관이 나를 보고 정신없이 뛰어왔어.

"안 그래도 찾았네, 선생!"

"무슨 일인가요?"

"방금 테디 부시가 어떤 여자를 덮치려고 했어. 당장 체포해야 해."

여자는 겁을 잔뜩 먹었지만 검푸른 멍 몇 개 외에는 크게 다친 곳이 없었네. 수잔 그레거라는 이십 대 초반의 예쁜 빨강 머리 여자는 캐빈 로드에서 왔는데 신 코너스로 가는 길이었다더군. 쇼핑을 하려고 허드슨 자동차를 몰고 시내로 가는 중에, 간이식당 뒤에 있는 주차장을 가로지르는데 테디 부시가 다가왔다는 거야.

"숨결에서 술 냄새가 났어요."

보안관 사무실 안쪽 방에서 진찰을 마친 뒤, 수잔이 내게 말했네.

"이해가 안 되는 말을 늘어놓으면서 제 치마를 움켜쥐는 거예요. 그래서 비명을 질렀고⋯⋯."

"이제 옷을 입어도 됩니다. 정말 운이 좋았어요."

보안관 사무실로 돌아가니 보안관이 상황을 설명해 주더군.

"내가 비명을 듣고 쫓아갔네. 그때 테디가 여자를 땅바닥에 막 눕히던 참이었어. 그래서 놈을 끌어내서 수갑을 채웠지."

"테디가 그랬다는 사실을 믿을 수가 없는데요. 얘기 좀 해 봐야겠습니다."

나는 보안관과 함께 위층 독방으로 올라갔네. 테디가 눈을 감은 채 침대에 앉아 있다가 고개를 들었네.

"안녕하세요, 선생님."

"무슨 일이 있었던 거야, 테디? 대체 뭘 하려고 그랬어?"

"모르겠어요, 선생님. 술 때문에 그랬던 것 같아요. 술기운이 갑자기 머리로 확 뻗쳐서."

"그래서 밖에 나가서 아무나 눈에 보이는 여자를 붙잡았다는 거야? 평소에 안 그러잖아, 테디."

"몰라요, 선생님. 그 얘기 하고 싶지도 않아요."

"테디⋯⋯."

"취해서 그랬어요. 그게 다예요!"

나는 한숨을 쉬었네.

"이제 테디는 어떻게 되는 건가요?"

아래층으로 내려가면서 내가 보안관에게 물었어.

"심하게 다치진 않았으니, 피해자가 고소를 할지 안 할지에 달렸네."

문득 트럭에 기댄 채 동생을 기다리고 있을 세드릭이 생각나서, 렌즈 보안관에게 세드릭을 데려와야겠다고 말했다네.

세드릭은 내 이야기를 조용히 듣다가 결국 이렇게 내뱉더군.

"그 망할 자식."

"가자, 세드릭. 유치장으로 데려다줄게."

정오가 넘어 렌즈 보안관과 단둘이 남게 되자 나는 우울해졌네.

"뭐가 뭔지 모르겠어요, 보안관님. 이 사건에서 단서 하나 찾을 수가 없네요."

"사건이 아닐지도 몰라, 선생. 설명할 수 없는 죽음이 전부 살인 사건은 아니라고. 자넨 매사가 너무 깔끔하게 딱 떨어지기를 원해. 자네 입장에서야 맷 제이비어의 장례식과 듀프레이 부인의 죽음과 테디가 여자를 습격한 일이 전부 하나의 큰 사건으로 묶이기를 바랐겠지만 삶이 원래 꼭 그런 것만은 아니거든."

"그렇겠죠."

나도 인정했어.

"선생, 밥 듀프레이가 곧 온다는데 기다렸다가 얘기하고 갈 거야?"

"왜 온답니까?"

"장례식 준비. 내일 아침에 스프링 글렌에다 묻을 생각이니 시체를 인수하고 싶다고 하네. 내주지 않을 이유가 없어."

"그렇죠."

나는 동의했네.

듀프레이는 창백하고 신경질적이었어. 아직 이 비극적인 사건을 완전히 받아들이지 못한 눈치였지.

"여기다 묻는다는 말에 깜짝 놀랐지 뭐요."

렌즈 보안관은 장의사에게 건넬 시체 인도서에 사인하며 말했네.

"로즈는 스프링 글렌을 좋아했으니까요."

"듀프레이 씨, 부인이 임신 중이었다는 사실을 알고 계셨습니까?"

내가 물었네.

남편이 고개를 끄덕이더군.

"지난주에 펜쇼 선생님한테 갔다가 알았어요."

"임신을 기뻐하던가요? 혹시 그것 때문에 우울증이 오지는 않았습니까?"

"전혀요. 저희 둘 다 아기를 기다렸어요."

나는 깊은 한숨을 내쉬었어.

"테디 부시라는 남자를 압니까?"

"아뇨."

"혹시 부인이 그 남자를 알 가능성은 없고요?"

"모르겠네요. 그건 왜 물으시죠?"

"사고가 일어났을 때 부인은 무언가에서 도망치려 했어요. 부시는 그 묘지에서 무덤 파는 일을 하는 사람인데, 혹시 그때 부인이 도망치던 대상이 부시가 아니었을까 하는 생각이 들더군요."

"로즈가 본 건 선생님뿐인데요."

"그렇겠죠. 하지만 정확히 나를 본 것 같지는 않았어요."

듀프레이가 떠난 후 렌즈 보안관이 물었네.

"자네 혹시 남편이 아내를 죽였다고 생각하는 건가?"

"남편은 언제나 첫 번째 용의자죠. 하지만 듀프레이는 계속 제 시야 안에 있었습니다. 뭘 던지거나 끈을 잡아당기지도 않았어요. 살인 사건이라면 범인은 따로 있을 겁니다."

"누가 낚싯대를 던져서 로즈 듀프레이를 다리 옆으로 당겼을지도 모르지."

"그랬으면 제가 봤을 겁니다. 햇빛이 아주 밝았으니까요. 게다가 무언가에 끌려간 게 아니에요. 로즈 듀프레이는 그냥 넘어졌어요."

"혈관에 주사 흔적은 없었다고 말한 건 자네잖아. 제길, 이번 일은 그냥 넘겨 버리세. 선생, 그건 사고였어. 그냥 임신 때문에 현기증이 나서 넘어진 거야. 자네, 자꾸 있지도 않은 살인 사건을 만들어 내는 게 꼭 스콧 제이비어 같아."

"그런 것 같기도 하네요. 전 그만 진료실로 돌아가 봐야겠습니다."

"참, 그 아가씨는 테디를 기소하지 않겠다더군. 유치장에서 진 땀 좀 흘리게 두다가 나중에 풀어 주려고."

"글쎄요, 그건 좋은 소식이네요. 대체 왜 그랬는지나 알았으면 좋겠는데요."

"이번 한 번만일지, 또 일어날 일일지도 문제야."

진료실로 돌아와 보니 데이브 펜쇼가 나를 기다리고 있었네. 병원 내 진료실의 단점이 무엇인지 슬슬 실감이 나더군.

"할 말이 있어서 왔습니다."

펜쇼가 책상 모서리에 걸터앉은 채 말했네.

"무슨 일이시죠?"

에이프릴이 메모장에 남겨 놓은 몇 가지 메시지를 훑어보며 물었지.

"오늘 아침에 당신이 법정 앞에서 스콧 제이비어와 이야기하는 모습을 봤어요. 잘 알겠지만 그 사람은 미친 사람이에요."

"의학적 소견입니까?"

"이봐요, 샘. 제이비어는 노인이었어요. 자연사한 거라고요."

"왜 그렇게 공격적이에요, 데이브? 난 당신 말을 믿어요."

펜쇼는 만족한 듯했어.

"난 그냥 스콧 제이비어랑 더는 실랑이를 벌이기 싫을 뿐입니다."

펜쇼가 떠난 후 여러 가지 가설을 떠올려 보았네. 데이브 펜쇼가 제이비어를 죽였고, 로즈 듀프레이가 그것을 어떤 방법으로든 알아냈다. 로즈는 펜쇼의 환자였으니 가능성은 있었다. 로즈는 제이비어의 장례식을 관찰하기 위해 묘지로 소풍을 가자고 제안했고, 그곳에서 로즈를 본 펜쇼가 로즈까지 죽였다. 아니면 펜쇼에게는 로즈를 죽일 다른 이유가 있었다.

대체 어떻게? 마법으로? 최면으로? 수영 못 하는 사람에게 최면을 걸어 다리에서 강으로 뛰어내리게 할 수 있을까?

나는 포기하고 에이프릴의 메시지를 읽는 데 집중했네. 환자들이 나를 기다리고 있었어.

늦은 오후, 5시쯤 되었을 무렵 테디 부시가 밖에서 날 기다리고 있다고 에이프릴이 전해 주더군. 마지막 환자 진찰을 끝낸 뒤 테디에게 들어오라고 했어. 테디는 어색해하는 눈치였고, 사무실로 들어오면서 고개를 숙여 내 시선을 피하더군.

"유치장에서 나왔군요, 테디?"

"네, 선생님. 그…… 그 여자가 고소하지 않는다고 해서요. 대체 저한테 무슨 일이 일어난 건지 모르겠어요. 아마 정신이 좀 이상했었나 봐요."

"앉아서 얘기 좀 합시다. 오늘 아침에도 술 마셨죠?"

"그냥 커피 잔으로 한잔했을 뿐이에요. 늘 그래요."

"빈속에 마셨으니 술기운이 훅 올라왔을 수도 있겠네요."

"그렇긴 하죠."

테디도 동의했어.

"그래서 밖으로 나가서 그 여자를 보고 덤벼든 건가요?"

"저…… 저도, 그럴 생각은…… 그치만 선생님, 제가 어제 오리 연못에서 그 여자가 홀딱 벗고 수영하는 걸 봤거든요? 그런데 그 여자가 바로 제 눈앞에, 옷을 다 입고 나타난 거예요. 그래서 술기운 때문에 갑자기 그 여자를 덮치고 싶어진 게……."

"그 여자는 여기 시내 사람도 아니에요, 테디. 다른 사람을 착각한 거예요."

"아뇨, 그 빨강 머리는 어디에서 봐도 알아볼 수 있어요. 전 언덕 위에 있는 숲에 있었거든요. 어제 작업한 그 무덤 근처요. 아래를 내려다보니까 그 여자가 연못에서 수영을 하고 있는 거예요. 나와서 옷을 입는 모습까지 다 지켜봤어요."

"세드릭이 당신을 찾고 있었는데, 거기 있었군요."

"그런 것 같아요. 여자한테서 눈을 뗄 수가 없었어요."

"테디, 이제 술 끊어요. 그것 때문에 무슨 일이 일어나는지 이 제 알았잖아요. 이런 일이 또 일어나면 그때는 지금처럼 잘 풀리지 않을 수도 있어요. 렌즈 보안관님이 당신을 잡아 가두고 열쇠를 버릴 겁니다."

"알아요."

테디가 또다시 고개를 숙였어.

"좋아요, 그럼 이제 그만 가 봐요. 사고 안 치도록 조심하고."

"약 처방 같은 건 안 해 주시나요?"

"그냥 상식만 갖고 살면 돼요, 테디."

테디가 간 뒤 에이프릴이 사무실로 들어왔네.

"내일 아침에 예약 있어요?"

"웨니스 부인 왕진 한 건요."

"전화해서 점심 먹고 간다고 해요. 아침에 로즈 듀프레이의 장례식에 참석해야 하니까."

장례식에는 렌즈 보안관과 함께 갔네. 장례식 시작 전, 보안관 차에 앉아서 한참 이야기를 나누었어.

"자네 말엔 아무 증거도 없잖아, 선생."

보안관은 계속 그렇게 말하더군.

"일단 한번 해 보자고요."

보안관은 한숨만 쉬었어. 신 코너스의 교회에서 스프링 글렌 묘지로 가는 장례식 줄을 따라가는 동안 그 화제에 대해 더 이야기하기를 거부하더군.

"그냥 억측이야. 억측만으로 살인자를 판결할 수는 없어."

보안관의 말은 그게 전부였네.

며칠간 따스한 4월 날씨와 햇살이 계속 이어지고 있었고, 그날은 로즈 듀프레이가 죽은 날과 특히 비슷했어. 문상객들이 무덤을 향해 줄지어 이동하는 동안 테디와 세드릭 부시는 삽을 들고 한쪽에 물러서 있었네.

죽은 여자는 가족이 많았는데 모두 홀로 줄을 이끄는 남편 뒤를 따라 걸어갔네. 사람들을 둘러보다 문상객들 사이에 펜쇼 의사가 있는 모습을 보고 깜짝 놀랐어. 맷 제이비어의 장례식 날 내가 그랬던 것처럼 병원에서 걸어온 게 분명했지.

목사가 관 머리맡에 서서 뭐라고 웅얼거렸는데 잘 들리진 않았네. 그러고 나서 금세 테디와 세드릭이 무덤을 파더군.

짧은 묘지 예배가 거의 끝나 갈 무렵 렌즈 보안관이 내게 물었어.

"이제 좀 만족했나?"

"잠시만요."

그렇게 말하던 나는 문득 나무들 사이로 어떤 색이 번쩍이는 모습을 보았네.

"서둘러요!"

나는 재촉하면서 뛰쳐나갔어.

"선생, 도대체 무슨……?"

번쩍하는 색깔이 보였던 나무들까지 그리 멀지 않았기에 순식간에 도착했지.

"범인은 항상 범죄 현장에 돌아오는 법이죠."

가냘픈 손목을 움켜쥐고 나무 뒤에서 여자를 끌어냈어.

"보안관님, 로즈 듀프레이 살인 사건의 진범을 소개하겠습니다. 수잔 그레거 양입니다."

"당신 미쳤어? 이거 놔!"

여자가 비명을 질렀네.

렌즈 보안관도 당황스러운 얼굴이었어.

"선생, 나는……."

하지만 내가 다급히 말을 이었지.

"당신 수영 잘하죠, 수잔? 다리에서 뛰어내려서 오리 연못까지 수영해서 가려면 당연히 잘해야겠죠. 검은 머리 가발을 쓰고 로즈가 입었던 블라우스와 바지를 입고 있었으니 한동안 로즈인 척할 수 있었을 겁니다. 난 너무 멀리 있어서 당신 얼굴을 잘 보지 못했고요. 연못에 도착한 당신은 젖은 옷과 가발을 벗고 원래 입었던 마른 옷으로 갈아입었어요. 그때 테디 부시가 당신을 우연히 본 거죠. 로즈의 시체가 발견된 죽은 나무 옆에서 헤엄치는 건 그리 유쾌하지 않았죠?"

"난 안 죽였어. 증거도 없잖아!"

여자는 소리 질렀어.

나는 손가락으로 증거를 하나하나 꼽아 보았네.

"첫째, 테디 부시가 당신이 알몸으로 오리 연못에서 수영하고 있는 모습을 보았다고 합니다. 시냇물이 흘러 들어가는 곳 말이죠. 그날 시냇물이 얼마나 차가웠는지는 내가 증언할 수 있어요. 산에서 눈 녹은 물이 흘러 내려오니 오죽하겠습니까? 잠깐 더위를 식히자고 누구도 그렇게 찬물에서 홀딱 벗고 수영할 수는 없어요. 둘째, 당신 친구 밥 듀프레이의 말로는 내가 지나가는 바람에 자기 아내가 깜짝 놀랐을 수도 있다더군요. 하지만 여자는 계속 고개를 숙이고 있었죠. 난 그 얼굴조차 제대로 못 봤습니다. 사실 그건 당신이었고, 당신은 얼굴을 보이면 위험한 상황이었죠.

셋째, 듀프레이와 가짜 아내는 내가 지나갔을 무렵 막 샌드위치를 다 먹은 상태였는데 검시에 따르면 로즈 듀프레이의 위장은 텅 비어 있었습니다. 결론적으로, 내가 목격한 다리에서 떨어진 여자는 다른 사람이었다는 겁니다. 넷째, 테디의 습격 미수 후 당신을 진찰했을 때 검푸른 멍 몇 개를 봤어요. 하지만 겨우 몇 분 사이에, 그렇게 빨리 멍이 들지는 않죠. 그건 그전에 헤엄치다 든 멍일 겁니다. 다섯째, 로즈는 익사 후 물속에서 그렇게 긴 거리를 떠내려왔는데도 거의 멍이 없었습니다. 왜일까요? 실제로는 그렇게 이동한 게 아니기 때문이죠. 그나마 멍 몇 개는 물에 빠뜨려 죽이기 전 당신에게 맞아서 생겼을 겁니다. 아마도 시체가 발견된 그 자리에서 바로 익사했겠죠."

밥 듀프레이가 우리 쪽을 향해 다급히 달려왔네. 수잔 그레거도 그쪽을 돌아보더니 소리치더군.

"아니에요! 난 아무 책임 없어요. 밥이 죽인 거예요. 밥이 그 여자를 때리고, 물에 빠뜨렸다고요. 난 그냥 목격자 앞에서 물에 뛰어들기만 했어요. 밥은 그 여자랑 이혼하고 나랑 결혼하고 싶어 했지만, 그 여자가 임신을 해서 이혼하지 않겠다고 했어요."

이야기가 들릴 만한 거리까지 다가온 밥 듀프레이의 얼굴이 분노로 일그러지더군.

"닥쳐! 너 때문에 우리 둘 다 유죄 판결을 받게 생겼잖아!"

바로 렌즈 보안관이 바라던 바였어. 보안관은 밥 듀프레이가 수잔 그레거에게 달려들기 전 재빨리 수갑을 꺼냈지.

샘 호손 박사는 이야기를 마무리했다.

"이리하여 나는 로즈 듀프레이 익사 사건과 테디의 수잔 그레거 습격 사건을 하나로 묶는 데 성공했네. 맷 제이비어? 아냐, 그건 그냥 자연사였네.

다음에 오면 '백 주년 기념 여름 축제' 이야기를 해 주겠네. 끔찍한 밀실 살인이 일어나는 바람에 다 망칠 뻔했지 뭔가."

The Problem of the Crying Room

유아 보호실의 수수께끼

샘 호손 박사가 말했다.

"들어오게, 들어와! 자네도 당연히 약주 한잔할 테지? 암, 그래
야지! 지난번에 '백 주년 기념 여름 축제'에 일어난 밀실 살인 이
야기를 해 주겠다고 약속했었지? 그즈음 노스몬트는 온통 축제로
바빴다네. 이미 1927년 여름에 초기 청교도 정착 3백 주년 기념행
사를 열었는데, 1932년에는 노스몬트가 마을로서 정식으로 인정
받은 백 주년 기념행사를 해야 할 판이었으니 말이야. 대공황의
시대였고, 대통령 선거가 있던 해이기도 했지만, 노스몬트의 장로
들은 그때 우리에게 필요한 게 축제라고 생각했던 모양일세······."

(샘 선생은 말을 이었다.)

대부분의 사람들은 백 주년 기념행사의 꽃은 아마 우리 마을에
최초로 생긴 영화관, 노스몬트 시네마의 개장이라고 생각했을 걸

세. 우리가 보기엔 마치 미래로 나아가는 첫 발자국 같았고, 대부분의 주민들에게는 몇 년 전 생긴 청교도 기념 병원의 개원보다 훨씬 중요한 행사였지. 영화관 개장인 6월 29일 수요일에 트렌턴 시장이 리본 커팅 행사를 하기로 되어 있었지. 그다음 주 월요일인 7월 4일 독립기념일에는 불꽃놀이로 클라이맥스를 장식하는 일주일짜리 행사였어.

개장 전날인 화요일에 영화관에 들렀네. 최초로 상영될 연속 상영작, 제임스 캐그니의 〈승자독식〉과 체스터 모리스의 〈기적의 사나이〉 광고가 이미 영화관 전면에 걸려 있더군. 영화관 주인인 맷 크릴리는 주민들과 마찬가지로 상당히 흥분한 상태였어.

"구경하고 가요, 샘."

크릴리가 내 팔을 잡아끌며 채근했네.

"아주 편안한 좌석이 430석이나 있어요. 이 정도면 노스몬트 인구의 절반 아닙니까? 신 코너스 같은 먼 곳에서도 관객이 올 거예요. 그 동네엔 이런 곳이 없으니까!"

안으로 들어가 보니 정말이지 감동적이더군.

"뒤에 있는 이 작은 방은 뭐죠? 유리로 막혀 있는데."

내가 물었네.

"젖먹이나 어린아이를 동반한 가족을 위한 유아 보호실입니다. 아이들이 울어도 다른 사람들에게 방해가 되지 않도록 따로 만든 공간이죠. 스크린에서 나는 소리는 이 스피커를 통해 들을 수 있고요. 나라 전체를 통틀어도 이런 시설이 있는 영화관은 몇 군데 안 됩니다."

크릴리의 목소리에는 자랑스러움이 가득하더군.

"정말 훌륭하네요, 맷."

그 작은 방에는 좌석이 열두 개쯤 있었네. 함께 한가운데 통로로 내려가다가 문득 뒤를 돌아보았어.

"저 위에 있는 게 영사실인가요?"

"맞습니다. 저도 가끔 직접 영사기를 돌리겠지만, 프레디 베이가 공식 영사 기사예요."

"프레디가 제정신으로 일을 하긴 할까요?"

프레디는 취해 있을 때가 안 취해 있을 때보다 더 많기로 꽤 유명한 친구였어. 금주법이 아직 폐지되지도 않은 시절이었는데 말일세.

"요즘은 그래도 많이 괜찮아졌어요, 샘. 영사기 조작법을 가르쳐 줬더니 제법 관심을 보이더라고요."

"그렇다니 다행입니다."

프레디 베이는 큰길가 이발소 2층에 방을 빌려 살고 있었는데, 출근하는 길에 그 친구를 자주 보곤 했다네.

나오다 보니 검은 머리의 예쁜 여자 한 명이 크릴리에게 물어볼 것이 있다는 듯 다가오더군. 크릴리가 나를 돌아보았네.

"샘, 베라 스미스 알죠?"

"아뇨, 초면입니다."

크릴리가 신 코너스에서 티켓 판매원을 새로 고용했다는 이야기는 들었지만, 이렇게 예쁜 아가씨인지는 몰랐지.

"베라, 이쪽은 샘 호손 의사 선생님이에요. 혹시 수금하다가 손목이 아프면 이분을 찾아가면 됩니다."

베라가 나를 보며 매력적인 미소를 지었네.

"그런 일이 일어나지 않길 바라야죠."

"시내에 살아요?"

나는 마치 아무것도 모르는 양 물었어.

"신 코너스에서 왔어요. 자동차로 출근해요."

"아주 좋은 직업을 얻었네요. 1층에서 일하는 거죠?"

"크릴리 사장님이 계속 그렇게 말씀하세요."

"좌석 안내원으로 남자애들 몇 명을 더 고용해야 해요. 오늘 낮
까지는 내가 할 겁니다. 아침 신문에 광고를 내 뒀어요."

크릴리가 말했어.

"좋은 사람 찾길 바랍니다."

"여기 오프닝 나이트 티켓을 드리죠. 여자 친구 데려와요, 샘."

"정말 감사합니다."

그해 여름 내게는 여자 친구가 없었기에, 사무실로 돌아와서 간
호사 에이프릴에게 함께 가겠느냐고 물었네.

"내일 밤? 트렌턴 시장님이 리본 커팅식 할 때요?"

"맞아요."

"세상에, 너무 좋죠! 그런데 뭘 입고 가면 돼요? 잡지에서는 영
화관 개장식 때 다들 정장을 입던데."

"노스몬트에서는 안 그래도 돼요. 당신이 입었던 그 드레스……"

그때 전화벨이 울렸어. 렌즈 보안관의 흥분한 목소리였네.

"선생, 빨리 여기 좀 와 줘야겠어. 시체가 나왔어."

"어디신데요, 보안관님?"

"이발소 위층에 있는 프레디 베이네 아파트. 방금 자살했어."

그 집은 지저분했고 가구도 별로 없었지. 그야말로 프레디가 살 만한 집이었어. 식탁에는 반쯤 빈 밀주 스카치 한 병이 놓여 있었어. 프레디는 큰 안락의자 옆에 뻗어 있었고, 바닥에 놓인 오른손 밑에는 리볼버가 놓여 있었다네.

"자기 머리를 쐈어."

렌즈 보안관이 나직이 말했어.

나는 관자놀이에 난 피 묻은 상처를 자세히 들여다보았네.

"화약 화상이 있군요. 자살이 맞는 것 같습니다, 보안관님."

"한 시간쯤 전에 복도를 지나가던 어떤 여자가 총소리를 들었다더군. 문을 두들겼는데 안에서 대답이 없어서 나한테 전화를 한 거야."

"불쌍한 프레디가 왜 자살을 했는지 모르겠어요."

"아, 유서가 있어, 선생. 세상에 그런 어처구니없는 건 처음 보네!"

떨리는 손으로 쓴 듯한 그 유서를 받아 들고 재빨리 훑어보았네.

저는 노스몬트 시네마의 오프닝 나이트 행사에서 트렌턴 시장을 죽였습니다. 항상 술을 마신다고 경찰을 보내 저를 괴롭히는 그 인간이 싫었어요. 유아 보호실 천장과 맞닿은 영사실 바닥에 드릴로 구멍을 뚫었습니다. 시장이 안에 들어왔을 때 위에서 소리를 내서 천장을 올려다보게 하고, 그때 미간을 쐈습니다. 그리고 난 뒤 아무도 보지 못하게 구멍을 퍼티로 메웠습니다. 시장이 유아 보호실에 혼자 있을 때 어떻게 총에 맞았는지 아는 사람은 없습니다. 비밀을 무덤까지 가져갈 수도 있었지만 양심상 그럴 수가 없었습니다. 그래서 이런 식으로 자백합니다.

프레디 베이

"하지만······."

"맞아, 선생. 오프닝 나이트 행사는 내일 밤이고, 트렌턴 시장은 아직 살아 있지. 프레디는 아직 저지르지도 않은 범죄를 자백한 셈이야."

프레디 베이의 유서는 알코올중독자의 횡설수설로 치부되었고, 트렌턴 시장도 그냥 웃어넘겼네.

"날 죽일 생각이긴 했는데, 너무 취해서 자기가 실제로 저지른 줄 알았나 봅니다."

렌즈 보안관과 나는 영사실 바닥과 아래층 방 천장을 개인적으로 조사해 보았지만 구멍이라고는 찾아볼 수도 없었어. 만일 프레디가 자기 계획을 진지하게 실행에 옮기려 했다 해도, 제일 중요한 첫 단계조차 해 놓지 않았던 걸세.

"영사 기사 없이 뭘 어떻게 하란 말입니까?"

맷 크릴리가 벗어지는 머리를 헝클어뜨리며 씩씩거렸네.

"여기 아래층에서 사람들한테 인사를 해야 하는 마당에 직접 영사기까지 돌려야 한다니!"

"잘될 거요."

렌즈 보안관이 격려하더군.

"그리고 만약 시장님이 겁을 먹고 리본 커팅식에 참석하지 않으시면요?"

"어니 트렌턴은 웬만해선 겁을 집어먹는 사람이 아니오. 게다가 그럴 이유가 뭐 있겠소? 예비 살인자는 이미 죽었는데."

렌즈 보안관이 대꾸했네.

나는 영화관을 나오면서 보안관에게 물었어.

"개장식에 오실 거죠?"

"당연하지. 하지만 사건 때문은 아닐세. 그냥 아내하고 여기 시내에서 괜찮은 영화나 몇 편 보고 싶어서 오는 거야."

보안관이 나를 흘끗 쳐다보더군.

"자네 설마 걱정하는 건 아니지?"

"아닙니다."

"그럼 왜 그러는 건데, 선생? 뭔가 석연치 않은 표정이잖아."

"전 그냥 밀주 스카치가 병에 왜 반만 남았을까 생각하고 있었습니다. 보안관님도 프레디가 얼마나 술을 좋아하는지 아시잖아요. 만약 자살할 생각이었다면 그 병부터 다 비우지 않았을까요?"

"그럴 수도 있겠지. 하지만 누가 프레디를 죽이고 시장까지 죽일 계획을 세우고 있다면 그런 유서를 남겨서 우리에게 경고하는 바보짓은 안 할걸."

보안관이 대꾸했어.

"모르겠네요. 솔직히 뭘 어떻게 생각해야 좋을지도 모르겠습니다."

나는 그렇게 털어놓았지.

개장식 오후는 환한 햇살이 가득했네. 그야말로 축하 행사를 하기에 너무나 딱 맞는 따스한 여름날이었지. 시내 광장 전체가 화려하게 꾸며져 있었고, 트렌턴 시장뿐만이 아니라 다른 여러 정치인들도 방문했어. 나는 시 행정 위원이자 트렌턴의 정적(政敵)인 캐스퍼 드레이크를 보고 손을 흔들었다네.

캐스퍼는 나를 보더니 소리를 지르더군.

"호손 선생! 잠깐만 기다려요!"

"좀 어때요, 캐스퍼?"

캐스퍼는 위궤양이 있는 야윈 남자였네. 벌써 몇 년 동안이나 내가 그 치료를 맡고 있었지.

"그럭저럭 괜찮습니다. 그보다 프레디 베이가 자살했다는 게 무슨 소리예요?"

"그런 것 같더군요. 유서를 남겼던데요."

"아무리 생각해도 이상한데. 새로 개장한 크릴리 영화관에 채용되자마자 자살했다고요?"

"그러게 말예요."

뭐라 말을 더 보태기가 망설여지더군. 유서 내용이 아직 사람들 사이에 퍼지지 않았기를 바라는 수밖에 없었어.

"오프닝 나이트 행사 때 올 거죠?"

"그걸 놓칠 수는 없죠. 거기에서 만나요, 캐스퍼."

7시가 조금 넘어서 스터츠 토르페도를 끌고 가 보니, 에이프릴은 이미 준비를 마치고 기다리고 있더군. 여름이라 해가 길어서,

광장을 돌아 새 영화관 근처에 주차를 했을 때도 날은 여전히 밝았다네. 7월 4일 독립기념일까지 아직 닷새나 남았지만 아이들은 벌써부터 야외 음악당 근처에서 폭죽과 장난감 총으로 축하 파티를 벌이고 있더군. 덕분에 저녁 행사에 더 축제다운 활기가 더해졌고, 렌즈 보안관도 도로 모퉁이에 서서 그 모습을 지켜보면서 굳이 제지하지 않았네.

"잘 왔네, 선생. 그리고 에이프릴."

우리가 차에서 내리자 보안관이 말했어.

"부인분도 같이 오셨어요, 보안관님?"

에이프릴이 물었네.

"안에서 자리 몇 개 맡아 두고 있어. 시장이 공식적으로 나올 때까지 난 여기 있어야 할 것 같아서."

오프닝 나이트 관객들은 모두 초대권을 받은 손님들이었기 때문에 베라 스미스는 티켓 부스를 지킬 필요가 없었지. 대신 맷 크릴리와 함께 출입구에 서서, 초대권을 받고 있었네. 입구 쪽으로 나온 트렌턴 시장을 본 크릴리는 잠시 입장을 중단하고, 상징적인 붉은 리본을 입구에 장식했지. 그사이 우리는 모두 그 주위에 모여들었네.

우람한 체격의 시장은 마치 재선 유세라도 하는 듯 입을 열었지.

"친구 여러분, 이웃 여러분. 오늘 밤, 백 주년 기념 여름 축제의 메인 이벤트에 참석하게 되어 매우 영광입니다. 노스몬트의 첫 영화관, 노스몬트 시네마의 개장식이 바로 시작됩니다."

시장이 가위를 들고 리본을 자르자 사람들이 모두 환호했다네.

우리는 모두 시장의 뒤를 따라 영화관 안으로 들어갔네. 캐스퍼 드레이크가 지나가다가 허리를 숙이고 베라 스미스에게 무어라 귓속말을 하는 모습이 보이더군. 무슨 말을 했는지 몰라도 베라는 얼굴을 붉히며 미소를 지었어. 에이프릴과 나는 중간 부근 통로 자리에 앉아, 같은 줄 맨 끝자리에 앉아 있는 보안관의 아내에게 손을 흔들었지. 잠시 후 보안관이 나타나 내 팔꿈치를 붙잡았네.

"선생, 문제가 생겼어. 트렌턴 시장이 영화 초반부를 꼭 저 유아 보호실 안에서 봐야겠다는 거야."

나는 웃을 수밖에 없었지.

"설마 미신을 믿으시는 건 아니죠, 보안관님? 우리가 천장에 구멍이 없다는 걸 확인했잖아요. 게다가 프레디의 유서가 진심인지 아닌지는 몰라도, 그 친구는 이미 죽었어요."

보안관은 고개를 가로저었네.

"그냥 느낌이 안 좋아. 무슨 운명으로 끌려가는 것 같네."

"제가 가서 시장님하고 이야기를 좀 해 보겠습니다."

내가 말했어. 에이프릴이 내 자리를 잡아 놓겠다고 약속하긴 했지만, 관객들을 보고 완전히 흥분한 상태로 한 말이어서 딱히 믿을 수는 없었네.

트렌턴은 맷 크릴리, 캐스퍼 드레이크와 함께 서서 영화관 인테리어를 보며 감탄하고 있더군. 맷이 나를 보고 말을 걸었어.

"샘, 시장님이 정말로 유아 보호실에서 영화를 보고 싶다고 하시는데 당신이 같이 좀 있어 드리면 안 될까요? 난 영사실에서 필름을 돌려야 하고, 보안관님은 밖에서 경비를 서 주면 안심이 될 것 같네요."

"다들 왜 이렇게 바보 같이 구는지 모르겠네."

트렌턴이 한마디 하더군. 나도 솔직히 그 말에 동의했어.

"난 그냥 유아 보호실 안에 오 분이나 십 분쯤 앉아서 분위기를 보려는 것뿐이라오. 그리고 바로 나와서 여러분하고 같이 있을 생각이라니까."

혹시 트렌턴이 여성 표를 노리는 게 아닌가 하는 생각도 들었지만, 그날 저녁 유아 보호실에 초대된 젊은 가족은 없었다네.

"그동안 제가 곁에 앉아 있겠습니다. 가시죠."

내가 말하자 맷 크릴리가 겨우 미소를 지으며 베라에게 손짓했네.

"영화 상영 시간 동안 좌석 안내원들한테 뒤로 와서 서 있으라고 해요. 스크린을 머리로 가리면 안 되니까."

우리는 유리창이 난 방으로 들어가 맨 앞줄에 앉았어. 방음판 때문인지 귀에 오싹한 느낌이 들더군. 나는 속삭이려다가 문득 밖에서 아무도 우리 이야기를 듣지 못한다는 사실을 깨달았네.

"유리가 아주 두껍네요. 크릴리가 돈깨나 썼겠는데요."

트렌턴 시장도 고개를 끄덕였어.

"보스턴에도 이런 곳은 없을 거요."

"부인은 오늘 밤 어디 계십니까?"

어색한 분위기를 없애려고 물었어. 시장의 부인 힐다 트렌턴은 밝은 성격의 중년 여성으로, 시 행사가 있을 때면 대체로 시장과 함께 나타나곤 했거든.

"금방 올 겁니다. 오후에 신 코너스에 있는 장모님을 뵈러 갔으니까."

"신 코너스요? 티켓 판매 담당 베라도 거기에서 왔다던데."

트렌턴이 흥, 하고는 중얼거렸네.

"어쩐지 낯이 익다 싶더라니. 아마 거기에서 봤던 모양입니다."

객석 조명이 꺼지고 화려한 붉은 커튼이 양옆으로 갈라졌어. 스크린에 최초의 흑백 이미지가 나타나자 관객들은 박수를 쳤네. 머리 위로, 구석에 설치된 스피커에서 음악이 흐르더군. 창 너머로 렌즈 보안관이 우리를 흘끔 쳐다보기에 나는 손을 흔들었네.

"좌석이 참 편하군요. 하지만 크릴리한테 바닥에도 카펫을 좀 깔라고 해야겠습니다."

나는 시장에게 말했어.

트렌턴은 스크린에 시선을 고정한 채 끙 소리만 내더군.

두 번째 장면이 나타났네. 신앙 치료사에게 교화된 어느 사기꾼 집단의 이야기였어. 트렌턴 시장은 론 채니가 찍었던 무성영화 버전을 먼저 보았는지 십 분도 채 지나지 않아 지루해하며 다른 관객들이 있는 곳으로 돌아가자고 하더라고.

"힐다를 찾으러 가야겠습니다. 아마 지금쯤 와 있을 겁니다."

스크린에서 등장인물 한 명이 총을 꺼냈네. 트렌턴이 막 일어나려는데 희미하게 뭔가가 깨지는 소리가 들렸어. 마치 먼 거리에서 총이 발사되는 소리 같더군. 영화 소리인 줄 알았는데 내 옆에서 시장이 숨을 헐떡거렸어.

"으윽! 누가 나한테 총을 쐈어!"

시장은 비칠거리며 자기 자리로 돌아가 주저앉았네. 왼쪽 어깨

아래, 살집이 있는 윗가슴 부분을 꽉 움켜쥐고 있었지.

"어디 좀 봅시다."

내가 코트를 벗고 던지며 말했네. 셔츠에 피가 묻어 있고, 총 알구멍이 나 있었어.

때마침 문이 열리고 렌즈 보안관이 고개를 들이밀었지.

"시장님, 부인께서 방금 도착하셨습니다. 이리로 안내할까요?"

"시장님이 총에 맞았어요! 사람을 좀 불러 주세요!"

"총에 맞아? 대체 어떻게? 자네하고 단둘이 있었던 것 아니었어? 내가 계속 밖에서 지키고 있었는데."

"프레디 베이가 쐈나 보죠. 불 좀 켜 달라고 해 주세요. 잘 보이지 않아요."

내가 중얼거렸네.

소식을 들은 힐다 트렌턴은 거의 히스테리 직전이었어.

"내 남편이 총을 맞았다고요? 당장 봐야겠어요! 옆에 있어야 해요!"

"곧 보실 수 있습니다. 병원으로 모셔야 하지만, 아마 괜찮을 겁니다. 다행히 총이 발사되었을 때 시장님은 막 일어서려던 참이었어요. 그렇지 않았으면 머리를 맞았겠죠."

내가 말했네.

"도대체 어떻게 이런 일이……."

렌즈 보안관이 시장을 일으켜 세웠네. 영화 상영은 중지되고 관객석 조명이 다시 켜졌어. 청교도 기념 병원에서 구급차 한 대가 곧 도착할 예정이었지.

"그냥 가만히 계세요, 시장님. 제가 보기엔 살짝 스친 것 같지만 아직 확신할 수는 없습니다."

내가 주의를 주었어.

시장의 얼굴이 하얗게 질렸네. 나는 시장이 쇼크에 빠질까 봐 걱정이 되더군. 구급차가 빨리 와 줘야 할 텐데 말이야. 캐스퍼 드레이크가 군중 속을 힘겹게 뚫고 나와 우리 쪽으로 다가왔네.

"무슨 일입니까? 설마 돌아가셨어요?"

"팔팔하게 살아 계세요, 캐스퍼. 사람들한테 좀 물러나 있으라고 해 줄 수 있죠?"

이윽고 구급차가 도착했고, 우리는 들것에 누우라고 시장을 설득했네. 안색도 좋아지고 무슨 합병증을 일으키진 않은 것 같았지만, 그래도 나는 시장과 함께 구급차를 타고 갔어. 가기 전에 렌즈 보안관에게 말했지.

"그 천장 좀 다시 한 번 확인해 보세요. 총알이 지나갈 만한 구멍이 있는지 찾아봐 주셔야 합니다. 아, 그리고 벽이랑 방음판도……."

"내가 다 알아서 하겠네, 선생."

힐다 트렌턴도 우겨서 같이 구급차에 탔네. 청교도 기념 병원에 도착했을 무렵 힐다는 남편보다 더 안색이 나빠져 있었어. 병원 의사들이 모두 긴장한 채 트렌턴을 즉시 수술실로 데려갔지. 나는 손을 씻고 마스크와 가운을 착용한 뒤 그 뒤를 따라 들어갔다네.

모든 상황이 끝나는 데 대략 십오 분 정도밖에 걸리지 않았어.

탄환을 적출한 래스크 선생이 집어서 내게 보여 주더군.

"2.5센티미터 정도밖에 안 들어갔어요. 아주 먼 거리에서 발사됐거나, 아니면 무언가를 뚫고 나오면서 속도가 느려진 것 같네요."

"죽을 수 있었나요?"

"물론이죠, 어딜 맞느냐에 달린 일입니다. 그래도 시장님은 운이 좋았네요."

래스크 선생은 허리를 숙이고 다시 할 일로 돌아갔어.

"몇 바늘만 꿰매면 아주 말짱하게 나을 겁니다."

"탄환 잘 보관해 두세요. 나중에 보안관님이 달라고 할 테니까."

내가 말했네.

나는 수술실에서 나와, 밖에서 기다리고 있는 힐다 트렌턴에게로 돌아갔어.

"최악의 사태도 각오하고 있어요, 샘 선생님. 그이는 죽었나요?"

"힐다, 시장님은 괜찮아요. 그냥 긁힌 상처나 다름없어요."

"하지만 누가 총을 쐈잖아요!"

"그렇죠."

"어떻게 그런 짓을 할 수가 있어요?"

"정치인들은 항상 적이 있기 마련이니까요."

나는 프레디 베이를 생각하며 대답했다네.

"그럼 이런 일이 또 벌어질 수도 있는 것 아니에요? 아무리 여기가 병원이라도……."

"렌즈 보안관님이 병실 밖에 부보안관을 배치할 거예요, 힐다."

나는 이미 보안관에게 힐다 트렌턴이 겁먹고 어쩔 줄 모른다는 이야기를 했고, 보안관은 이미 경비 한 명을 배치해 놓았지.

탄환이 무언가를 뚫고 나오면서 속도가 느려졌을 수도 있다는 래스크 선생의 말도 이미 전달해 두었네.

"발사되는 소리도 희미하게 들렸고요."

당시 상황도 설명했지.

"소음기 달린 권총처럼?"

"그런 건 영화에서 본 적밖에 없지만 대부분 그냥 기침 소리나 바람이 쉭 부는 소리 정도로밖에 안 들리잖아요? 유아 보호실에서 들은 건 권총이 발사되는 날카로운 소리이긴 했는데, 그렇게 큰 소리가 아니었어요. 물론 방음판 탓도 있겠지만요."

렌즈 보안관은 고개를 가로젓더군.

"상황이 크게 달라질 건 없네, 선생. 창문에도, 벽에도 그리고 천장에도 총알구멍은 없었어. 그리고 방음판 구멍은 탄환이 지나갈 수 있을 만큼 크지도 않았고. 자네가 좋아하는 그 클래식한 밀실 살인 미스터리처럼 문이 잠겨 있지는 않았지만 그건 별 문제는 아니지. 내가 밖에 서 있었고, 자네가 안에 있었으니 말이야. 아무도 들어가지 않았고 총알도 당연히 들어간 적 없네. 그건 불가능한 일이었어, 선생."

"찬찬히 오랫동안 생각해 보면 불가능한 일이란 없는 법입니다. 프레디 베이가 트렌턴을 정말로 죽이고 싶어 했는데, 그 방법에 대해서만 거짓말을 했다고 가정해 보죠. 그럼 사전에 그 유아 보호실 안에 무슨 함정을 설치해 놓을 수도 있지 않았을까요? 좌석

밑이나 아니면 벽에 붙은 스피커에 권총을 숨겨 놓고 임의의 타이밍에 발사되게끔 조작할 수도 있을 겁니다."

"선생, 그건 나도 잘 모르겠⋯⋯."

"한번 가서 보죠."

트렌턴 시장 총격 사건에 매우 상심한 맷 크릴리는 나머지 행사를 취소해 버렸네. 텅 빈 로비에서 여전히 넋 나간 얼굴로 서성대고 있더군.

"캐스퍼 드레이크가 그러는데 두 분은 이미 이런 일이 일어나리라는 사실을 알고 있었다면서요. 사실입니까?"

크릴리가 우리 앞으로 다가와 물었네.

"정확히 그런 건 아니었소. 그 협박은 이미 지나간 일인 줄 알았지."

렌즈 보안관이 대답했어.

"이렇게 큰 개장 행사를 당신들이 다 망친 겁니다."

"우리가 망친 게 아니라 범인이 망친 거죠."

내가 대꾸했지.

보안관을 따라 객석으로 들어가니 보안관의 지시로 유아 보호실 앞에서 경비를 서던 부보안관이 보였어.

"우리가 나갈 때와 똑같네. 벽과 천장을 다 조사해 봤는데 아무것도 찾을 수 없더군."

보안관이 말해 주었네.

나도 알 수 있었어. 피 묻은 손수건이 여전히 트렌턴의 자리 옆바닥에 놓여 있었네. 총에 맞았을 때 내가 벗겼던 트렌턴의 남색 정장 재킷도 그 옆에 함께 있었고. 다행히 옷이 크게 망가지지는 않았지. 안감에 피가 한두 방울 묻은 정도더군.

"이 재킷은 시장님한테 도로 갖다 드리세요. 그런데 혹시 방음판을 떼어서 옮길 수 있거나, 아니면 그 뒤에 작은 문을 숨겨 놓을 가능성은 없었나요?"

"없어, 선생. 내가 다 시도해 봤어. 심지어 위층에 있는 영사실까지 다 확인했다고."

나는 발판 사다리를 가져와서 벽에 붙은 스피커를 직접 훑어보았지. 권총이 숨겨져 있지는 않았어. 다음으로는 모든 좌석의 덮개를 더듬더듬 만져 보았는데 결과는 마찬가지였다네. 새로 지은 영화관 바닥은 그야말로 먼지 한 톨 없었고, 발톱보다 작은 빨간색 종잇조각을 하나 줍긴 했지만 그 외에는 아무것도 없었어.

"막다른 골목이네요, 보안관님."

내가 자백했어.

"당황스럽지?"

"그런 것 같아요. 그런데 하나 여쭤볼 게 있는데, 캐스퍼 드레이크가 프레디의 유서 내용을 어떻게 알았을까요? 크릴리에게 미리 경고가 있었다고 말한 게 드레이크였다면서요."

"트렌턴 시장이 오후 모임 때 언급했다고 하더군. 마치 극장에 가는 링컨이 된 기분으로 오늘 밤 영화관 행사에 참석할 거라면서."

"캐스퍼가 이 문제에 대해 미리 알고 있었을 가능성은 없을까요?"

렌즈 보안관이 한 손을 내저었어.

"그건 아닐 것 같네. 그보다는 시카고 뉴스에 더 관심이 많았지."

"시카고?"

그러고 보니 시카고에서 열리는 민주당 전당 대회 마지막 날이었다는 사실을 까맣게 잊고 있었어. 네 번째 무기명 투표에서 민주당 대통령 후보로 지명된 뉴욕 주지사 프랭클린 D. 루스벨트가 바로 비행기를 타고 날아가서는 승인 연설을 해서 사람들이 깜짝 놀랐지.

"루스벨트가 연설에서 금주법 폐지를 언급했다더군. 두 주 전에 후버가 그랬던 것처럼 말이야. 이제 금주법은 죽었으니 누가 당선되든 상관없는 일이지."

"그게 캐스퍼에게 어떤 영향을 미칠까요?"

"글쎄, 난 그 문제는 별로 관심 없어……."

"보안관님, 사람 하나가 죽었고 또 한 명이 오늘 거의 죽을 뻔했어요. 만약 캐스퍼가 관련돼 있다면……."

렌즈 보안관은 주저하는 기색이었네.

"난 그냥 사소한 소문 하나를 들었을 뿐이야, 선생. 오늘 밤 총격 사건과는 아무 상관도 없을 거야. 그러니까 내년에 금주법이 폐지되면 수입 주류를 잔뜩 쟁여 놓았던 사람은 꽤 짭짤하게 벌 수 있지 않겠어?"

"밀주업자 말인가요?"

"아니면 의료 용도로 정부한테서 허가를 받은 누군가가 합법적으로 수입할 수도 있겠지. 요 옆 신 코너스에 그런 제약 회사가 하나 새로 생겼다는 이야기를 들었네."

"신 코너스요?"

그 동네 이름이 자꾸 튀어나오는 이유가 뭘까?

"캐스퍼가 그곳과 관련이 있다는 말인가요?"

"글쎄, 그게 바로 확신할 수가 없는 부분이야, 선생. 하지만 정치적 배경이 없는 한 그런 정부 허가를 받을 수는 없겠지? 내가 들은 얘기는 신 코너스에 창고가 하나 있는데 스카치위스키를 천장에 닿을 정도로 잔뜩 쌓아 놓고서 금주법이 폐지되기만을 기다리고 있다는 소리였네. 핑커턴 탐정사 놈들이 그 제약 회사를 경호하고 있고."

로비로 돌아가니 베라 스미스가 마침 크릴리와 함께 있더군.

"더 시키실 일이 없다면 그만 집에 가 봐도 될까요?"

"가세요. 내일은 그래도 좀 낫겠지."

영화관 주인은 침울하게 대답했네.

"잠깐만요, 베라. 당신 차까지 바래다줄게요."

함께 걸어가는 동안 베라가 입을 열었네.

"트렌턴 시장님은 괜찮으실까요?"

"그럴 겁니다. 다행히 총이 발사될 때 막 일어나려던 자세였거든요."

"그런데 대체 누가 그런 짓을 저질렀을까요? 대체 어떻게?"

"지금 그 진상을 알아내려는 참입니다. 그런데 신 코너스에 산다고 했죠?"

"맞아요."

"좀 전에 캐스퍼 드레이크하고 이야기를 나누는 모습을 봤는데, 혹시 그쪽 시내에서 마주친 적 있나요?"

"네, 그래서 아는 거예요. 시내 은행에 갔을 때나 장을 볼 때 더러 봤거든요."

"혹시 드레이크가 거기에서 무슨 사업을 하나요?"

베라는 의아한 표정이더군.

"그건 잘 모르겠네요."

나는 베라가 포드에 오르는 사이에 문을 붙잡아 주었네.

"신 코너스에서 드레이크가 무슨 사업과 관련이 있는지 시내 사람들한테 좀 물어봐 줄 수 있을까요?"

"좋아요, 그렇게 원한다면야."

하지만 베라가 실제로 해 줄 것 같지는 않았어.

나는 베라의 차량이 떠나는 모습을 지켜본 뒤 영화관 안으로 돌아왔네. 보안관이 유아 보호실 문을 잠그고 표식을 찍고 있더군.

"당분간 아무도 못 들어오게 해야겠어. 우리는 내일 다시 와서 보세."

보안관이 말했지.

"무슨 좋은 생각 없나요, 보안관님?"

보안관은 나를 쳐다보고는 고개를 가로저었어.

"제길, 선생. 누가 저지른 일인지는 이미 알고 있잖아. 문제는 범인이 어제 자살했다는 거지."

트렌턴 시장의 상태가 걱정되었는데, 다음 날 아침에 일어나서 집에 갈 준비를 하는 시장의 모습을 보니 마음이 놓였네.

"재킷을 보내 줘서 고맙습니다. 덕분에 어젯밤에 실려 올 때보다는 조금이나마 더 위엄 있는 모습으로 걸어 나갈 수 있게 되었군요."

"어깨는 좀 어떠시죠?"

"래스크 선생이 열흘 있다 다시 와서 실밥을 제거하라더군요. 하루 이틀 정도 약간의 출혈이 있을 수는 있겠지만, 그 외에는 멀쩡하다고 합디다."

힐다 트렌턴이 웃는 얼굴로 우아하게 들어왔어. 평정을 되찾으니 시장 아내로서의 모습도 다시 돌아온 것 같더군.

"보안관님이 범인을 잡았나요?"

힐다가 물었어.

"몇 가지 쓸 만한 단서를 찾았습니다."

나는 거짓말을 했네. 그리고 한 방울의 진실을 덧붙였지.

"신 코너스에서 무슨 조사를 하고 계신 것 같더군요."

트렌턴은 출혈 때문에 다소 비틀거리긴 했지만 부축해서 차로 데려가는 데 큰 무리는 없었네. 최소한 독립기념일 주말까지는 시장 옆에 붙어 있으라는 지시를 받은 부보안관이 뒤따라왔고, 또 한 명의 다른 부보안관이 시장 자택에 야간에 경비를 설 예정이었어.

시내 광장에서 렌즈 보안관이 불꽃놀이와 장난감 총을 가지고 노는 아이들을 쫓는 시늉을 하고 있더군.

"내버려 두세요, 보안관님. 어차피 제지할 법률도 없잖아요."

내가 외쳤네.

"저 녀석들이 잔디밭에 쓰레기를 버리고 가잖아."

보안관은 허리를 굽혀, 방금 전 녀석들이 귀가 찢어질 정도의 폭음을 울리며 터뜨리고 간 체리 폭죽 찌꺼기를 주우며 투덜거렸어.

"트렌턴 시장님은 집에 돌아가셨어요."

"그건 다행이구먼."

하지만 보안관은 이해가 안 되어 당황스럽다는 표정이더군. 익숙한 얼굴이었지.

"선생, 내가 시장 어깨에서 파낸 총알을 훑어봤거든. 그냥 돋보기로만 들여다봤는데, 글쎄 지난번에 프레디 베이 자살에 사용된 총알하고 크기랑 흔적이 거의 똑같아 보이더라고."

"네?"

"그리고 그 총은 화요일부터 계속 사무실 금고 안에 잘 보관되어 있었고."

"무슨 말씀인지 알겠습니다."

"내 금고에 있던 총으로 밀실에서 불가능 총격 사건이 벌어졌다니까!"

"신 코너스에 있다는 그 창고 위치, 아세요?"

"뭐?"

"스카치위스키 창고 말입니다."

"모르겠는데. 뭐, 창고가 그렇게 많진 않으니까."

"그럼 가시죠."

"왜? 거기 가서 뭘 하려는 거야, 선생?"

"마지막 퍼즐 조각을 찾을 겁니다. 거기 보관돼 있는 스카치위스키의 브랜드가 지난번에 프레디 베이의 아파트에서 나왔던 술병과 같은지 확인하려고요."

보안관이 나를 잠시 응시하더니 말했네.

"가세."

차를 몰고 가면서 생각을 정리했네. 정확히 무슨 일이 일어났는
지에 대한 확신을 얻었지. 정말이지 어처구니없는 방식으로 앞뒤
가 맞더라고.

신 코너스가 렌즈 보안관의 관할이 아니라는 사실은 나도 알고
보안관도 알았지만, 딱히 누굴 체포하러 가는 건 아니었으니 문제
는 없었네. 보안관은 큰 어려움 없이 청교도 제약 회사의 창고 위
치를 알아냈고, 핑커턴 탐정사의 경비들에게 내가 의료용 위스키
의 재고 상태를 점검하러 온 의사라면서 들여보내 달라고 했네.

"들어가셔도 될 것 같습니다. 보스는 안에 계십니다."

이윽고 경비가 말했어.

"바로 그 사람을 만나러 온 겁니다."

경비를 따라 통로를 걸어가며 스카치위스키 상자에 적힌 브랜
드를 확인했다네. 내가 예상한 바로 그 이름이었지. 건물 끄트머
리에 불이 켜진 작은 사무실 하나가 있었고, 가까이 다가가니 모
르는 남자 한 명이 나오더군. 남자는 얼굴을 찌푸리더니 우리에게
로 다가왔어.

"총 꺼내세요, 보안관님."

내가 속삭였네.

낯선 남자를 따라 누군가가 사무실에서 나왔거든. 바로 트렌턴
시장이었네.

순간적으로 깜짝 놀라 서로를 쳐다보았지만 트렌턴이 먼저 옆 사람에게 고함치듯 명령을 내렸어.

"당장 쏴! 단속반 놈들이야!"

하지만 보안관은 총 대신 배지를 내밀었네.

"이 상황을 어떻게 설명할 겁니까, 시장님? 핑커턴 친구들은 일단 내보내시죠. 여기 샘 선생이 시장님한테 드릴 말씀이 있다고 합니다만."

"물론입니다."

나는 한 걸음 앞으로 나서서, 좁은 통로에서 트렌턴 시장을 마주하고 말했네.

"하마터면 완전히 속아 넘어갈 뻔했습니다. 인정하죠. 아주 그럴싸하게 범인과 희생자를 바꿔 놓았더군요. 프레디 베이가 범인이고 당신이 희생자인 줄 알았는데, 알고 보니 사실 이 사건은 완전히 정반대였던 겁니다. 프레디 베이는 당신이 이곳과 유착돼 있다는 사실을 알고 있었고, 금주법 폐지가 점점 현실로 다가오자 처음으로 당신에게 살짝 협박 편지를 보내야겠다는 생각을 했던 거죠. 당신은 스카치위스키 한 병을 가져와 프레디에게 먹인 뒤 그를 죽이고, 마치 술에 취해 떨리는 손으로 괴발개발 쓴 것 같은 그 유서를 위조한 겁니다. 차라리 그 술병을 다 쏟아 버리지 그랬어요? 반만 남은 그 병 때문에 처음으로 의심을 품게 됐죠."

"내가 총에 맞았다는 사실을 잊은 모양인데. 렌즈, 이 일로 당신 배지를 박탈할 수도 있어."

트렌턴이 말하더군.

보안관은 아무 말 없이, 내가 계속 말하게 내버려 두었어.

"그 총격이 제일 괴상한 부분이었죠. 어떻게 했는지는 알아냈지만, 이유는 추측할 수밖에 없더군요. 당신은 아마 베이가 뭔가를 남겨 두지 않았을까 두려웠을 겁니다. 의료 목적으로 스카치위스키를 수입할 허가를 받기 위해 정치적 연줄을 이용했다는 사실을 고발하는 편지 같은 것 말이죠. 만일 그런 편지가 베이의 사후에 발견된다면 당신은 당연히 베이 살인 사건의 주요 용의자가 될 겁니다. 그럼 이 협박자를 죽이고도 안전할 수 있는 방법이 뭘까요? 다른 편지를 위조하는 거죠. 그자가 당신을 죽이려는 계획을 짠 듯한 편지를 쓰고, 술김에 실제 살인을 저질렀다고 착각한 것처럼 위장하면 됩니다. 그럼 진짜 편지가 나타나더라도 그냥 주정뱅이가 갈겨 쓴 낙서라고들 생각하겠죠."

"내가 총에 맞을 때 당신이 바로 옆에 있었잖아!"

트렌턴 시장이 대꾸했네.

"당신은 그 '총격' 연출에 온 신경을 다 썼겠죠. 우선 영화관에 오기 직전, 얼음송곳 같은 것으로 직접 어깨를 찔렀습니다. 이미 발사된 총알을 박아 넣을 수 있을 정도의 깊이 만큼 말이죠. 감염되지 않도록 총알을 충분히 소독하셨기를 바랍니다. 당신은 손수건으로 상처를 꾹 눌러서 피를 넉넉히 묻힌 뒤, 일부러 영화관에 남겨 놓았어요. 프레디의 기묘한 고백 이후 진짜 총격 사건이 벌어지면 우리는 당신을 프레디 살인 사건과 절대 결부 짓지 못하고 몹시 당황하겠죠. 심지어 진짜 협박 편지가 나와도 말이죠. 생각해 보면, 이 '총격 사건'은 당신이 꼭 유아 보호실에서 영화를 봐야겠다고 우길 때부터 이미 예견돼 있었습니다. 그 어떤 살인자도 당신이 그러리라는 사실을 예상할 수 없었겠죠. 프레디, 아니 그 누구라도 그런 범죄를 계획할 수는 없었을 겁니다. 단 당신이 직접 계획했다면 이야기가 다릅니다, 시장님."

"당신이 바로 내 옆에 있었잖아. 총소리도 들었고."

"제가 들은 건 애들 장난감 총에 사용되는 폭약 캡슐이 당신 옆 바닥에 떨어지는 소리였죠. 당신은 엉거주춤 일어서면서 발뒤꿈치로 폭약을 꾹 밟아 터뜨렸고, 그 소리는 꽤 커서 희미하게 들리는 총소리로 오해할 수 있을 정도였죠. 폭약 캡슐은 녹아서 당신 신발에 달라붙었고, 바닥에는 미세한 빨간 조각 하나만 남았습니다. 캡슐이 폭발하자 당신은 다시 출혈이 일어나도록 손수건을 빼내서 바닥에 떨어뜨렸고, 그걸 저희가 나중에 찾았습니다. 총알이 찢고 들어간 것처럼 보이게 하기 위해 셔츠에는 구멍을 뚫었지만, 재킷에는 딱 맞는 구멍이 없었습니다. 멀쩡한 재킷을 당신에게 보내고 난 뒤 자꾸 재킷 생각이 나더군요. 그리고 오늘 제가 신 코너스와 관련된 단서 하나를 언급하자, 당신은 경호 담당으로 배치된 부보안관의 눈을 피해서 이곳을 몰래 찾아와 모든 것이 다 잘 돌아가고 있는지 확인해야 했던 거죠."

"당장 여기에서 나가야겠어!"

트렌턴이 버럭 고함을 지르더군. 그리고 우리가 무슨 일이 일어났는지 깨닫기도 전에 몸을 휙 돌려 좁은 통로를 달려 내려갔네.

"따라와!"

보안관이 내게 소리치며 트렌턴의 뒤를 쫓아갔어.

통로 중간쯤에 도달했을 때서야 그게 함정이었음을 알아차렸네. 트렌턴이 쌓여 있던 위스키 상자를 밀쳐서 우리 앞으로 와르르 무너뜨린 거야. 정말이지 끔찍하게 머리가 좋은 자였지…….

샘 호손 박사는 이야기를 마무리 지었다.

"아무튼 난 보다시피 이 자리에 있으니, 거기에서 살해당하지는 않았다네. 물론 렌즈 보안관도 멀쩡했네. 위스키 상자가 엉뚱한 방향으로 무너지는 바람에 트렌턴 시장이 깔려 버렸거든. 끌어내니 이미 죽어 있더라고. 솔직히 그 말도 안 되는 계획을 짜내고, 스스로의 몸에 상처를 내서 총알을 박아 넣은 걸 보면 죽기 직전에 약간 미쳐 있었던 게 분명해. 노스몬트 주민들에게는 이 사건의 진상을 결코 말할 수 없었다네. 베이와 트렌턴은 모두 죽었고, 우리는 그걸 그냥 자살 사건과 비극으로 정리했지. 사람들은 대체 시장이 스카치위스키가 가득한 창고 안에서 뭘 했을까 궁금하게 여기긴 했지만 그냥 사석에서만 이야기하곤 했네.

그 창고가 결국 어떻게 됐는지는 듣지 못했어. 정부 요원들이 스카치위스키를 다 몰수하기 전에, 밀수업자들이 몰려들었지. 그리고 백 주년 기념 여름 축제 기간이 끝나기 전에 트렌턴 시장 총격 사건만큼이나 어처구니없는 불가능 살인이 또다시 벌어졌다네."

치명적인 불꽃놀이의 수수께끼

"들어오게!"

샘 호손 박사가 늘 자기 옆에 놓아두는 빈 의자를 향해 손짓하며 재촉했다.

"막 약주를 따르던 중이었는데 아무래도 혼자 마시기는 싫어서 말이야. 그러고 보니 자네가 이번에 오면 밀주 스카치가 가득 찬 그 창고 이야기를 해 주기로 했었지? 1932년 여름, 7월 4일 독립기념일 직전에 발견했던 거기 말일세. 기억하겠지만 그때는 노스몬트의 백 주년 기념 여름 축제였고 축하할 일이 굉장히 많았다네……."

(샘 선생은 말을 이었다.)

그해 독립기념일은 월요일이었지. 그 전주에 워낙 많은 일들이 벌어졌다 보니 그걸 다 겪은 렌즈 보안관은 아마 평화로운 휴일을 손꼽아 기다렸을 거야. 하지만 월요일 이른 오전부터 잘 차려입은 남자 두 명이 노스몬트로 차를 끌고 와서, 보안관에게 배지를 내보였다지 뭔가. 금주법 부서 집행과에서 나온 찰스 시몬스와 제임스 리디라는 두 남자였는데, 우리가 신 코너스에서 발견한, 스카치위스키로 가득한 창고의 소유권을 양도받기 위해 보스턴 사무실에서 왔다더군. 창고는 다른 군에 있었지만 렌즈 보안관과 나는 그 창고를 찾아낸 후 임시로 책임지고 있었거든.

그 주에 우리 간호사 에이프릴은 휴가를 갔네. 에이프릴은 체스터 호수에 있는 별장을 빌려서, 나와 보안관 부부를 초대해 휴일을 함께 보내려 했었지. 베라는 이미 에이프릴과 함께 아침 일찍 차를 타고 호수로 떠났고, 우리도 정오쯤에 그리로 갈 예정이었어. 청교도 기념 병원 건물 안 새 진료실에서 환자 몇 명을 진찰하고 있는데, 렌즈 보안관이 전화로 나쁜 소식을 알려 주더라고.

"선생, 난 아무래도 정오까지 못 갈 것 같네. 방금 금주법 부서 담당자 두어 명이 도착했거든. 그 사람들하고 신 코너스에 좀 가 봐야겠어."

"저도 그리로 가겠습니다. 어차피 호수로 가는 길이니 함께 갈 수 있겠죠."

"아냐, 선생. 오스월드 형제한테 오전에 차고에 들르겠다고 약속했거든. 신 코너스에서 볼일을 마치면 그쪽에 가야 하네."

에이프릴과 베라를 실망시킬 수는 없었으니 내가 할 수 있는 모든 방법을 모색해야 했지.

"오스월드 형제하고는 무슨 일인데요? 제가 도와 드릴 일이 뭐 없을까요?"

"글쎄, 있을 것 같기도 하고. 맥스 웨버가 오스월드네 정비소 땅을 사고 싶어서 눈독 들이는 거 알지? 그걸 어떻게든 팔게 하려고, 웨버가 정비소를 파손했다면서 오스월드네 쪽에서 난리야. 누가 어젯밤에 창문을 깼다는 거야."

"깨진 창문 때문에 보안관님의 휴일을 반납하는 건 너무 아까운데요. 이따가 제가 들러서 보안관님이 오전 중에 들를 거라고 말해 놓겠습니다."

"고맙네, 선생."

"그러고 나서 신 코너스에 있는 창고로 보안관님을 모시러 가죠."

"좋아. 오스월드 그 친구들은 그냥 나한테 깨진 창문을 보여 주고 상황을 처리해 달라고 하고 싶을 뿐일 거야. 뭐, 그리 급한 일은 아니지. 부보안관들을 보내서 주말 내내 경비를 세게 하면 되고."

사무실 문을 잠그고 나와서 차를 몰고 시내에 있는 오스월드네 정비소로 향했네. 십 년쯤 전이었다면 노스몬트에 자동차 정비소는 필요 없겠지만, 그즈음엔 시내 사람들 절반 정도가 자동차를 소유하고 있었지. 나머지 절반도 대공황 때문에 사지 못했던 것뿐이었어. 오스월드 형제, 테디와 빌리는 둘 다 이십 대 후반이었고, 내가 시내에 처음 나와서 살 때부터 포드 모델 T를 뚝딱뚝딱 고칠 줄 알았지. 이 정비소는 겨우 일 년 전에 개장했는데 벌써 차에 흥미를 갖기 시작한 십 대 소년들 소굴이 되어 있었어. 초저녁부터 시끄럽다고 불평하는 사람도 있었지만, 심각한 문제는 아니었네.

솔직히 그때는 시내 광장에서 펑펑 터지는 폭죽 소리가 더 시끄러웠지. 독립기념일이면 늘 그렇듯이 늦은 저녁에 밴드 콘서트가 열릴 예정이었지만, 온통 폭죽과 장난감 권총 소리로 가득했어. 그 소리를 들으니 바로 며칠 전 일어난 어느 비극적인 살인 사건에 얽힌 불쾌한 기억이 떠오르더군. 그 일 때문에 밀수 스카치 창고도 발견하게 되었고 말이야. 하지만 이제는 다 끝난 일이었어. 지금 노스몬트에서 휴일에 벌어질 수 있는 최악의 범죄가 깨진 유리창 정도였으니, 그 사실을 행복하게 여기자고 생각했지.

　도착해 보니 동생인 빌리 오스월드가 정비소 밖에 나와 있더군. 길 맞은편에 차를 세웠는데, 그 친구가 폭죽 심지에 불을 붙이고 있었어. 빌리는 덩치만 컸지 아직 어린애라서 그리 놀랍지 않았네. 6미터 정도 떨어져서 폭죽이 멋지게 터지는 모습을 보고는 씩 웃더군. 어린애들 몇 명이 멀찍이서 그 모습을 지켜보고 있었어.
　"차는 잘 굴러가요, 선생님?"
　빌리가 나를 보고는 물었네.
　"아주 멀쩡하게 잘 굴러가. 빌리, 너희 형 있니?"
　"안에서 쉐보레 수리하고 있어요."
　빌리를 따라 안으로 들어가니 테디 오스월드가 타이어를 갈고 있더군. 테디는 빌리보다 진중한 성격이었지만 생김새는 매력이 덜했지. 내가 보기엔 둘 중 누굴 골라도 괜찮을 것 같았는데 여자애들은 항상 빌리만 쫓아다니고 테디는 무시했어.
　"창문이 깨졌다며, 테디. 렌즈 보안관님이 오전 중에 들르실 거라고 나한테 전달해 달래."

테디가 망치를 집어 들고 쉐보레 펜더의 찌그러진 부분을 펴기 시작했네.

"맥스 웨버 짓이죠, 뭐. 뻔해요. 이게 그 자식 대가리였으면 똑같이 두들겨 패 줄 텐데."

빌리가 차 옆으로 다가오더군.

"맞아요, 맥스 짓이에요."

빌리도 동의했네.

"여길 왜 그렇게 탐내는 거야? 밑에 유전이라도 있어?"

내가 물었어.

"시내 전체를 뜯어고치겠다는 거대한 계획이 있다나 봐요. 이 모퉁이에 오피스 빌딩을 세우고 1층에 가게를 여럿 입점시킬 생각이래요."

찌그러진 부분을 펴기 위해 빌리도 두 번째 망치를 집어 들었지만, 어디에서부터 어떻게 해야 좋을지 갈피를 못 잡는 눈치였어. 결국 테디가 한숨을 쉬고는 망치를 빼앗아 들고 시범을 보이더라고.

바로 그때 도라 스프링스틴이 정비소로 들어왔네. 도라는 빌리의 여자 친구였는데 길 아래 약국에서 소다수를 판매하는 예쁜 금발 아가씨였지.

"어느 창문이 깨졌다는 거야?"

도라는 누구에게라고 할 것 없이 물었어.

"저기 뒤. 누가 돌을 던져서 깼어."

테디가 중얼거리더군.

도라가 작업대에 놓여 있던 작은 돌을 집어 들었네.

"그냥 자갈이네, 뭐. 허공에서 폭죽이 터지는 바람에 날아온 것 아닐까? 우연한 사고였을지도 몰라."

나도 도라의 말에 동의했어.

"보안관님이 여기에서 할 일은 딱히 없어 보이는데. 혹시 필요하다면 내가 맥스한테 적당히 좀 하라고 말해 둘게."

"맥스 웨버한테 누가 따질 수 있겠어요? 소다수 사러 와서도 가게 주인이라도 되는 것처럼 얼마나 거만하게 구나 몰라요."

도라가 말했네.

빌리 오스월드가 창고 캐비닛을 열고 커다란 '빅 버스터' 폭죽 상자 두 개를 꺼냈어.

"그만하고 가자, 테디. 문 닫고 나가서 놀자고. 젠장, 독립기념일이잖아?"

자꾸 그 사실이 언급되는 게 나는 솔직히 거북했네. 1924년, 내가 노스몬트에서 진료소를 개업한 지 얼마 되지 않은 독립기념일에 공원 야외 음악당에서 살인 사건이 벌어진 적이 있었거든. 난 그 이후로 7월 4일만 되면 계속 저주받은 기분이 들었어. 그 뒤로 이어졌던 독립기념일은 쭉 평화로웠는데도 말이야.

"그 정도면 시내를 다 날려 버릴 수 있겠는데."

내가 한마디 했네.

빌리가 밀봉된 폭죽 상자 하나를 안아 들더군.

"이건 오늘 밤을 위해 특별히 준비한 불꽃놀이예요. 일반 폭죽은 아무 때나 터뜨릴 수 있잖아요. 바로 지금이라도!"

형제와 도라가 길 건너 공원으로 향했기에 나도 그 뒤를 따랐네. 하지만 웬 검은 세단이 길가에 서는 바람에 갑자기 걸음을 멈춰야 했어. 조수석에 렌즈 보안관이 앉아 있었거든.

"선생, 이분은 보스턴 사무실에서 나온 제임스 리디 씨야. 그리고 뒷좌석에 있는 분이 찰스 시몬스 씨."

둘 다 우울한 얼굴이더군. 나는 둘을 향해 미소를 지었네. 운전석에 앉은 리디는 그냥 흥, 소리만 냈고, 시몬스는 아무 말 없이 밖으로 나와서 다리를 펴더군. 둘 다 독립기념일에 일하기 싫어 죽을 지경이었나 봐.

"만나서 반갑습니다. 그럼 지금 신 코너스로 가시는 길인가요, 보안관님?"

"내 사무실에 창고 열쇠를 놓고 왔어. 얼른 가서 가져와야 해."

찰스 시몬스가 걸어가는 빌리 오스월드를 불러 세웠어.

"잠깐만요, 선생님. 혹시 그 폭죽을 터뜨리시려는 겁니까?"

"네, 그런데요. 누구세요?"

시몬스가 재빨리 자기 배지를 내보였네.

"제가 좀 확인해 봐야겠는데요."

시끄러워질 걸 염려한 렌즈 보안관이 얼른 끼어들었어.

"여기에는 제지할 법률이 없소, 시몬스 씨. 조심만 한다면 내버려 둘 수밖에."

정부 사람은 떫은 표정으로 폭죽 상자를 돌려주더군.

"좋습니다, 하지만 조심하셔야 합니다."

그러고는 차로 돌아가서 문을 닫았네.

"그럼 신 코너스에서 뵐게요."

떠나는 보안관을 향해 내가 그렇게 말했지.

"하여튼 경찰들이란, 항상 문제 일으킬 줄밖에 모른다니까."

도라 스프링스틴이 투덜거렸네. 그리고 도라와 나는 시내 광장 잔디밭 건너편에 있는 빌리에게로 갔어. 빌리가 밀봉된 상자를 뜯고 중간 크기의 긴 폭죽을 하나 꺼내서 잔디밭에 꽂고는 헐렁한 티셔츠 주머니에서 나무 성냥갑 하나를 꺼냈지.

"얼른 해치워 버려, 빌리! 너무 요란하게 터뜨리진 말고!"

테디가 소리를 질렀네.

빌리가 넓은 등을 우리에게로 돌리고 허리를 숙여, 성냥에 불을 붙이려 했네. 하지만 얼굴에 당황스러운 표정이 떠오르더니 다시 한 번 성냥을 그었어. 아무 일도 일어나지 않았다네. 결국 세 번째에 성냥은 반으로 뚝 부러지고 말았네. 빌리는 어이없다는 표정을 짓더니 허리를 폈어.

"젠장, 빨리 좀 하라니까!"

빌리가 성냥을 하나 더 꺼냈지만 이번에도 실패했네. 결국 테디가 쫓아와서 성냥갑을 빼앗더라고. 테디는 성냥을 꺼내서 한 번에 불을 붙이고는 심지에 불을 댕겼네. 빌리는 터벅터벅 걸어가며 투덜거렸지.

"그거 내 폭죽이야, 형. 최소한 불은 내가 붙이게 해 줘야지."

심지에 불이 댕긴 순간 번쩍하는 불빛을 본 나는 뭔가 잘못되었다는 사실을 깨달았네. 테디도 그랬겠지만, 너무 늦어서 도망칠 기회조차 없었어. 귀가 찢어질 듯한 폭음과 함께 폭발이 일어나고, 불길이 테디를 집어삼키며 빌리에게까지 뻗어 갔네.

사람들은 비명을 지르며 뛰쳐나갔고, 연기가 걷히고 나니 둘 다 땅바닥에 누워 있더군.

테디 오스월드는 즉사했어. 동생 빌리는 등에 화상을 입었고, 뇌진탕일 가능성도 있었지. 현장에서 할 수 있는 최선의 조치를 취하고 나니 구급차가 와서 빌리를 청교도 기념 병원으로 실어 갔네. 렌즈 보안관과 다른 사람들도 시내를 벗어나기 전 폭발음을 듣고 서둘러 현장으로 돌아왔어. 상황을 확인하자마자 보안관은 나와 함께 현장에 남기로 결정하고, 부보안관 한 명을 요원들과 함께 신 코너스로 보냈네.

"대체 무슨 일이 일어난 건가, 선생?"

떠나는 구급차를 바라보며 보안관이 물었어.

"빌어먹을, 제가 더 알고 싶네요. 폭죽이 불량이었던 것 같습니다. 그것 말고는 아무것도 생각이 안 나요."

보안관이 상자에서 마구 흩어져 있던 폭죽들을 주워 모았네. 폭발 현장에서 멀리 떨어져 있어서 함께 터진 폭죽은 없었지만 그래도 하나하나 조심스럽게 다루었지.

"저 구멍 좀 보게나!"

입을 벌리고 폭발 지점을 멍하니 바라보고 있는데, 보안관이 외쳤어. 보안관은 폭죽 하나를 집어 들더니 고개를 절레절레 젓더군.

"선생, 그거 아나? 내 생각에는 폭죽이 아니라 다이너마이트 반 도막이 터진 것 같아. 딱 저 정도로 폭발하거든."

"어떻게 그럴 수가 있죠? 빌리가 포장을 뜯는 걸 제 눈으로 똑똑히 봤는데요. 공장에서 밀봉되어 나온 제품이었다고요."

"심지는?"

나는 상황을 떠올리고는 고개를 끄덕였어.

"그러고 보니 즉시 불이 붙더군요. 마치 광산이나 공사 현장에서 쓰는 긴 도화선처럼. 물론 그렇게 길진 않았지만요."

"선생, 공장에서 뭘 한 가지 실수했다면 그건 이해가 되지만, 지금 문제가 되는 건 두 가지야. 기묘한 폭발 그리고 기묘한 심지. 이제 어떤 느낌이 들지?"

"살인 사건이네요."

나는 인정할 수밖에 없었어.

"하지만 대체 어떻게 한 걸까요?"

"그런 건 자네 전문이잖아."

"게다가 문제가 또 있습니다. 만일 이게 살인 사건이라면 범인이 노린 건 형제 둘 다였을까요, 아니면 빌리 한 명이었을까요?"

"빌리?"

"처음에 포장을 뜯고 심지에 불을 붙이려 했던 건 빌리였거든요. 하지만 자꾸 실수를 해서 결국 테디가 직접 불을 붙였습니다."

렌즈 보안관이 고개를 끄덕였네.

"병원에 가서 빌리 얘기를 좀 들어 봐야겠군."

병원에서 빌리의 등 화상을 잘 치료해 주었지만 여전히 통증은 남아 있는 모양이었어. 빌리는 엎드려서 고개만 우리 쪽으로 돌렸네. 무척이나 슬픈 얼굴이었어.

"형이 죽었다니 믿을 수가 없어요. 어떻게 우리한테 이런 일이 일어날 수가 있죠?"

보안관이 말했네.

"맥스 웨버 짓은 아닐까? 웨버가 창에 돌을 던졌다고 너희가 비난했잖아."

"돌을 던지는 것과 살인을 저지르는 건 전혀 달라요, 보안관님. 아무리 그래도 웨버가 그랬을 것 같진 않아요."

보안관은 폭발 현장에서 폭죽을 쌌던 종이 포장지를 가져왔네. 거기에는 굵은 빨간 글씨로 '빅 버스터 폭죽 12개들이. 취급 주의.'라고 쓰여 있더군.

"이 포장을 어떻게 뜯었는지 좀 보여 줄래, 빌리?"

"그냥 스티커를 떼고 한쪽을 찢은 다음 폭죽을 하나 꺼냈어요. 아무 생각도 없었죠. 그때 절 보고 있었잖아요. 맞죠, 선생님?"

"맞아."

내가 대답했네.

"아마 빌리가 특정한 폭죽을 골라서 꺼낸 게 아닐까 생각하시는 모양인데 그러진 않았습니다, 보안관님. 속을 들여다보지도 않고 그냥 잡히는 대로 하나 꺼냈죠. 그리고 상자를 그냥 바닥에 내려 놓는 바람에 다른 폭죽 몇 개가 풀밭에 쏟아졌고요."

렌즈 보안관은 고개를 끄덕였어.

"혹시 무슨 원한이 있는 사람은 없냐, 빌리? 만약 불을 제대로 붙였다면 형 말고 네가 죽었을 텐데."

"제가 형 대신 이 폭죽에 불을 붙일 거라는 사실을 아는 사람은 아무도 없었어요. 바로 어젯밤에 형은 이거 말고 로켓형 폭죽 몇 개를 쌌거든요. 그냥 공장에서 나온 불량품 아닐까요?"

빌리가 묻더군.

"그 속에 다이너마이트 반 도막이 들어 있었어, 빌리. 그리고 심지도 문제였고. 선생이 그러는데, 테디가 불을 붙이자마자 폭발을 일으켰다더구나."

"차라리 제가 죽었어야 했어요."

빌리가 베개에 얼굴을 묻은 채 중얼거렸네.

우리는 자리를 떴어. 렌즈 보안관은 나머지 폭죽을 살펴보겠다고 했고, 나도 맥스 웨버에게 전화를 걸어야겠다는 생각이 들었네.

웨버는 시내 광장에서 몇 블록 떨어진 메이플 거리에 있는 자기 집 현관에 앉아 아침 신문을 읽고 있더군. 웨버는 덩치가 크고, 한쪽 입꼬리에 여송연 한 개비를 물고 있곤 했지. 공동체의 리더 격인 사람이었지만 나는 웨버 같은 인간에게 노스몬트의 미래가 달렸다는 생각만 해도 끔찍했다네.

"안녕하시오, 샘 선생."

웨버는 내게 인사를 건네며 신문을 내려놓았어.

"광장에서 사고가 벌어졌다는 얘기를 들었소. 내 아내와 딸이 무슨 일이 일어났는지 보러 간 참이오."

"직접 가 보시진 않으십니까, 웨버 씨?"

웨버는 불이 꺼진 여송연을 입에서 빼고 불쾌한 듯 물끄러미 그것을 쳐다보더군.

"이젠 다리가 불편해서, 예전처럼 쉽게 돌아다닐 수가 없다오."

"테디 오스월드가 폭발로 죽었습니다. 동생 빌리는 부상을 입었죠."

"그거 안됐구먼."

"저희가 확인해 보니 폭죽 속에 다이너마이트가 섞여 있더군요."

웨버가 신음했네.

"공장에서 아주 끔찍한 실수가 있었던 모양이지."

"어쩌면 제품 불량이 아닐지도 모릅니다. 그 형제는 웨버 씨가 정비소를 넘기라고 자기들을 괴롭혔다고 생각하는 것 같던데요."

"그건 말도 안 되는 소리요. 나는 적절한 가격을 제시했지만 그 친구들은 팔기를 거부했소. 그 일은 거기에서 끝난 거요."

"혹시 어젯밤 그 가게 창문에 돌을 던지셨습니까?"

"무슨 말도 안 되는 소리!"

웨버는 진실을 말하는 듯했지만, 세상에는 아주 능란한 거짓말쟁이들이 한둘이 아니거든. 웨버의 가족이 시내 광장 쪽에서 걸어오는 모습을 보고, 나는 거기에서 더 알아낼 만한 게 없겠다고 생각했어. 자리를 뜨며 내가 말했지.

"보안관님이 얘기를 듣고 싶다고 하십니다."

"내가 어디 있을지는 뻔하잖소. 여기 아니면 내 사무실이지."

걸어서 유치장에 가 보니 렌즈 보안관이 자기 책상에 앉아 있었네. 보안관은 과학 수사를 하는 경찰은 아니었지만, 폭죽을 분류해 놓은 모습은 그야말로 일류 수사 기법을 적용하고 있는 것 같더군. 심지를 다 잘라서 여섯 개씩 두 줄로 늘어놓았더라고. 그러고는 하나씩 불을 붙여, 얼마나 빨리 불이 붙는지 확인하고 있었네.

"전부 느려. 일반 폭죽과 똑같아. 그리고 폭죽에는 원래 들어가 있어야 할 화약이 멀쩡하게 채워져 있었어. 다이너마이트도 없고, 뭐 이상한 것도 하나 없었네."

나는 고개를 끄덕였어.

"그럼 빌리가 그 끔찍한 폭죽을 고를 기회는 단 한 번뿐이었다는 말이군요. 이걸 살인 사건이라고 부르기는 어렵겠는데요, 보안관님."

"자네 특기인 불가능 범죄라면 모를까 말이야. 하지만 너무 깔끔하게 해치워서 애초에 범죄 같아 보이지도 않아."

보안관은 심지를 책상 서랍 속에 다 쓸어 넣어 버렸지.

"난 그만 신 코너스로 돌아가서 그 정부 놈들이 뭘 하는지 봐야겠네. 같이 갈 텐가?"

"저는 오스월드 정비소를 한 번 더 훑어봐야겠습니다. 그러고 나서 제가 그리로 가죠. 어쨌든 오늘이 다 가기 전에 꼭 에이프릴 별장에 갈 수 있었으면 좋겠네요."

도착해 보니 정비소 문은 잠겨 있더군. 막 떠나려던 찰나, 뒷골목에 누군가 있는 모습을 보았네. 도라 스프링스틴이 깨진 유리창으로 손을 넣고 있었어.

"거기에서 뭐 해?"

내가 다가가며 물었어.

도라는 손을 베이는 것도 신경 쓰지 않고 손을 빼더군.

"그냥 가설 하나를 시험해 보고 있었어요. 한번 들어 볼래요?"

"그럼. 난 가설을 아주 좋아하거든."

"어젯밤 이 창을 깨고 들어온 돌은 그렇게 위협적이지 않았어요. 하지만 단순히 창을 깨려는 목적이 아니었다면요? 정비소에 침입하는 게 범인의 목적이었다면 어떨까요?"

"15센티미터짜리 구멍으로 들어오려면 아주 힘겹게 몸을 뒤틀어야겠는데."

"하지만 손은 집어넣을 수 있잖아요. 그리고 손을 넣으면 창문 고리에 손이 닿아요."

갑자기 흥미가 돋더군. 그래서 도라 말대로 손을 넣어 보니 정말 그 말이 맞았어. 침입자는 창을 열고 들어간 뒤, 다시 닫고 나와서 똑같은 방법으로 잠글 수가 있었네.

"그런데 목적이 무엇이었을까?"

"그 폭죽은 잠겨 있지 않은 캐비닛 안에 보관되어 있었거든요. 누구든 창을 통해 안으로 들어가서 다른 내용물이 들어 있는 폭죽 상자로 바꿔치기할 수 있죠. 스티커를 떼고 바꿔치기한 상자의 똑같은 자리에 풀로 붙이는 건 아주 쉬운 일이에요. 시간만 있다면."

나는 고개를 절레절레 저었다. 존경심에서 우러난 행동이었지만 도라는 오해한 모양이었다.

"그럼 선생님은 어떻게 생각하시는데요?"

"네가 말한 거랑 비슷해."

"맥스 웨버가 한 짓이라고요?"

"그 생각도 하긴 했어. 그래서 방금 전에 웨버의 집에 들렀는데 모든 걸 다 부정하더라고."

"웨버는 오스월드 형제를 이 건물에서 내쫓으려 해요."

"나도 알아."

"빌리는 병원에 있으니까 안전하지 않을까요?"

"그럴 거야. 아무리 웨버라도 이렇게 빨리 할 수 있는 모든 방법을 다 동원할 만큼 멍청하진 않아. 하지만 렌즈 보안관님한테 부보안관을 붙여서 밤새 경비해 달라고 부탁해 볼게."

도라는 안도한 표정을 짓더군.

"정말 고마워요."

나는 도라를 정비소에 남겨 두고 차를 타고 시내를 빠져나와 신코너스로 향했어. 도라는 창문 문제의 핵심을 찔렀지만, 누구나 꺼내 쓸 수 있는 폭죽 속에 다이너마이트를 집어넣는 건 너무 비정하고 아무 이득도 없는 살인 방법 같아 보이더군. 확신을 가지려면 범인이 자기 범행이 성공하는 모습을 어떻게 확인했는지, 그리고 아무리 봐도 불가능해 보이는 범죄가 바로 내 코앞에서 이루어진 방법이 무엇인지를 알아야 했어.

창고가 점점 시야에 들어오자 큰 트럭 한 대가 하역장 옆에 서 있는 모습이 보이더라고. 셔츠 차림의 리디라는 요원이 대여섯 명쯤 되는 남자들에게 밀주 스카치 상자를 나르도록 지시하고 있었네. 나는 차를 세워 두고 리디에게로 걸어갔어.

"어떻게, 일은 좀 잘돼 갑니까?"

내가 물었네.

"그럭저럭요."

"휴일에 나와서 일하려니 힘드시겠네요."

"필요할 때는 일해야죠. 범죄자들에게는 휴일이 없으니까 우리도 마찬가지예요."

나는 렌즈 보안관을 찾아 창고 안으로 들어갔네. 또 다른 금주법 요원 시몬스가 통로 끝에서 일을 지시하고 있더라고. 반이 넘는 위스키 상자가 이미 사라져 나는 깜짝 놀랐네.

"벌써 세 트럭째거든요. 우린 원래 일을 아주 빨리 해치웁니다."

시몬스가 말했네.

"보안관님은 어디 계시죠?"

"여기 있다가 금방 가셨습니다. 낚시나 가야겠다면서."

나는 고개를 끄덕였어.

"낚시하기 아주 좋은 날씨죠."

렌즈 보안관은 평생 단 한 번도 낚시를 한 적이 없는 사람이었어.

나는 밖으로 나가서 창고 주위를 빙 돌았네. 원래 경비를 서고 있어야 할 부보안관의 모습은 코빼기도 보이지 않더군.

보안관이 낚시를 갔을 리는 없으니 아직 근처 어딘가에 있을 테고, 그 말은 보안관 차도 아직 근처 어딘가에 있다는 뜻이었어. 나는 멀찍이 보이는 키 큰 잡초와 무성한 덤불을 훑어보며 무언가를 찾았지. 솔직히 뭔가 나오는 게 더 무서웠다네.

이윽고 누가 봐도 트럭 바퀴 자국으로 보이는 흔적을 발견했네. 깎지 않은 잡초 위로, 덤불 바로 옆에 있는 마른 개울 바닥을 향해 있더군. 바로 최근에 생긴 자국이었지. 3미터쯤 더 가니 움푹 팬 곳에 보안관 차 뒷부분이 불쑥 튀어나와 있었네.

"거기 가만히 있어, 호손 선생."

뒤에서 목소리가 들리더군.

고개를 돌리지 않아도 제임스 리디가 총을 들이대고 있다는 사실을 느낄 수 있었어.

"무슨 법률 위반이라도 했습니까?"

"머리가 있으면 창고로 돌아가는 게 좋을 거야. 보안관을 그렇게 찾고 싶다면 내가 데려다주지."

나는 선택권이 없었기에 두 손을 들고 리디의 총구 앞을 걸어 창고로 들어갔네. 시몬스 역시 총을 뽑아 든 채 나를 기다리고 있다가 건물 앞에 있는 작은 사무실로 들어가라고 손짓하더군.

렌즈 보안관이 손발이 묶이고 입에 재갈이 물려진 채 의자에 결박당해 있었네. 오스카 프롤리라는 이름의 부보안관은 기절한 채 바닥에 쓰러져 있었어. 다음으로 무슨 일이 일어날지는 뻔했기에 등 뒤에서 순간적으로 움직임이 느껴지자 그것을 피하려 했네.

그다음 순간 뒤통수가 빠개지는 듯한 고통을 느끼며 바닥으로 넘어졌어. 정신을 잃지는 않았지만, 사무실 문은 밖에서 잠겨 버렸지. 나는 뒤통수를 문지르며 천천히 몸을 일으켰네.

렌즈 보안관이 재갈 너머로 무어라 웅얼거리더군. 재갈을 빼 주었더니 보안관이 얼굴을 찌푸렸어.

"저놈들, 정부 요원이 아니야."

"동감입니다."

"내일 진짜 정부 요원이 오기 전에 여기 있는 술을 다 가져가려는 밀주업자 놈들이었어. 내가 사무실에 있는 현상수배 포스터 속

사진과 트럭 운전수 한 명이 똑같이 생겼다는 사실을 알아보자마자 나한테 덤벼들더군. 오스카도 꽤 심하게 폭행당했네."

허리를 굽혀 쓰러진 부보안관의 상태를 확인했어.

"별 문제는 없어 보입니다. 차츰 정신이 돌아오고 있어요."

"저놈들이 떠나기만 하면 당장 주 경찰에 전화해야겠어."

"그때까지 저희가 살아 있을지는 모르는 일이죠."

"그래, 맞아."

나는 보안관을 풀어 주고 나서 프롤리도 풀어 주었네. 부보안관은 낯빛도 많이 좋아져서 크게 걱정하지 않아도 될 것 같더군.

"무슨 일이 일어난 거죠?"

완전히 정신을 차린 프롤리가 물었어.

"저놈들이 권총 개머리판으로 자네 머리를 갈겼어. 선생은 놈들이 우리를 다 죽일 거라고 생각하는 모양이야."

밖에서 트럭이 출발하는 소리가 들렸네. 그리고 금세 다른 차한 대가 들어오더군.

"이게 마지막이야!"

얇은 파티션 너머로 남자가 고함치는 소리가 들렸네.

"무슨 좋은 생각 없어요?"

나는 프롤리에게 물었어.

"저놈들이 제 총을 가져갔어요. 남은 거라곤 폭죽뿐인데요."

프롤리가 주머니를 뒤적거리더니 말하더군.

"뭐가 있다고?"

렌즈 보안관이 어이없다는 듯 물었네.

"들판에 폭죽을 설치 중이었거든요. 아시잖아요, 독립기념일."

"폭죽 주세요. 빨리!"

내가 말했네.

폭죽은 오스월드 형제가 터뜨리려던 것보다 작았지만 충분히 쓸 만해 보였어.

"뭐 하려고?"

보안관이 물었어.

"제가 이걸 터뜨림과 동시에 셋이 함께 몸통으로 문에 부딪치는 겁니다. 잘되면 밖에 있는 놈들은 우리한테 총이 있다고 생각하겠죠. 그게 유일한 희망이에요."

셋의 몸무게에 문짝이 박살 났고, 폭죽도 아주 시원스럽게 터졌네. 제일 가까이에 있던 남자가 나르던 상자를 떨어뜨리고는 두 손을 들더군.

"이쪽에는 총이 있다, 시몬스! 당장 무기 버려!"

렌즈 보안관이 고함을 질렀어.

프롤리는 제일 가까이에 있던 남자를 붙잡아 바닥에 넘어뜨리고 제압한 뒤 무기를 빼앗았네. 나머지는 두 손을 들었고 싸움은 시작도 하기 전에 끝났어. 하지만 시몬스와 리디는 옆에 없었지. 그놈들은 밖으로 나가 자동차 쪽으로 달리고 있었거든.

보안관이 압수한 총을 흔들며 놈들을 쫓아서 창고 밖으로 달려 나갔네. 순간적으로 저렇게 어리석은 행동을 하다 혹시 보안관이 죽을지도 모른다는 생각이 들더군. 가짜 요원들은 이미 차를 보안관 쪽으로 돌진하고 있었어. 하지만 보안관은 멈춰 서더니 타이어를 향해 총을 쏘았고, 코앞까지 다가온 차가 방향을 틀다가 서 있던 트럭과 정면으로 부딪혀서 거의 전복될 뻔했네.

"여긴 내 관할도 아닌데."

렌즈 보안관은 장전된 권총을 들고 차를 향해 뛰어가며 구시렁거렸지.

시몬스와 리디는 피범벅이 된 몰골로 기어나와 손을 들었네.

"아주 잘하신 일이에요, 보안관님. 관할 구역이든 아니든 상관없이."

내가 말했어.

"이놈들을 놓칠 수는 없었네. 내 생각에 이놈들이 바로 테디 오스월드를 죽인 범인인 것 같아."

보안관이 말했지.

지방 당국에 사건을 넘기고 나서야 우리는 겨우 차를 몰아 체스터 호수에 있는 에이프릴의 별장으로 향할 수 있었네. 우리는 물가에 놓인 커다란 접이식 나무 의자에 앉아서 사건에 대한 보안관의 설명을 들었지. 에이프릴이 차가운 레모네이드를, 그리고 베라 렌즈는 집에서 구워 온 쿠키를 나누어 주었어. 호수에 떠 있는 요트를 지켜보며 에이프릴이 준비한 저녁을 기다리는 한가한 시간이었지만, 사실 가장 손에 땀을 쥐는 일이 기다리고 있었지.

렌즈 보안관이 입을 열었어.

"테디도 빌리도 원래 의도된 희생자는 아니었어. 놈들이 원하던 건 그냥 폭발로 부상자가 몇 명 생겨서, 자기들이 창고를 터는 사이 나를 노스몬트에 묶어 놓으려던 것뿐이었네. 보안관 한 명쯤 이야 뭔가 수상한 일을 만들어 그쪽에 묶어 놓으면 멀리 떨어뜨려 놓기 어렵지 않다고 생각했던 거지. 그래서 놈들은 오스월드 형제를 불러 세워서 폭죽 상자를 검사하는 척한 거야. 당연히 금주법 부서는 폭죽과 아무 상관도 없고, 놈들도 그 사실을 잘 알고 있었지. 시몬스는 폭죽 상자를 확인하면서 조작된 폭죽 상자로 바꿔치기했네. 빌리가 맨 처음 집어서 불을 붙였던 폭죽이 다이너마이트였던 건 그냥 불운이었지만, 어차피 시몬스는 그 형제가 폭죽 한 상자를 전부 다 터뜨리는 게 그리 오래 걸리지 않으리라는 사실을 알고 있었네. 늦든 빠르든 결국 누군가는 죽거나 다칠 가능성이 있었고, 놈들이 원했던 건 그게 전부였어."

베라가 레모네이드를 길게 한 모금 마시고는 슬픈 얼굴로 호수를 바라보더군.

"놈들은 진짜 금주법 담당 요원들이 오기 전에 얼른 창고를 비워야 했고, 방해가 되는 누구든 절대 가만히 놔둘 수 없었던 거야."

나는 일어나서 물가로 걸어갔네. 잠시 후 에이프릴이 나를 따라왔어.

"무슨 일이에요, 샘?"

"잘 모르겠어요."

"보안관님 말씀에 무슨 문제라도 있었어요?"

"나름 훌륭한 해답이라고 생각해요. 다른 사람을 대여섯 명이나 해칠지도 모르는 밀주업자 무리를 내가 걱정할 필요는 없겠죠."

"테디 오스월드 말고 또 다른 사람요?"

"나도 모른다니까요. 어쩌면 보안관님 말씀대로 일이 진행된 게 아닐 수도 있지만, 그렇다고 그 말이 틀렸다는 건 아니에요."

"왜 보안관님 말씀대로 일이 진행되지 않을 수도 있었다는 거예요?"

"왜냐하면 시몬스는 빌리 오스월드나 그 누구도 바로 그 순간에 폭죽 상자를 들고 거리로 나오리라는 사실을 알 수가 없었으니까요. 게다가 그게 '빅 버스터' 폭죽일 거라는 사실도 알 턱이 없죠. 조작된 상자를 미리 준비해 둘 방법도 없고, 그 커다란 상자를 우리 중 누구에게도 들키지 않고 바꿔치기할 도리도 없어요. 우리가 한시도 눈을 떼지 않고 지켜보고 있었으니까."

"하지만 시몬스가 한 짓이 아니라면 누가 한 짓인데요? 대체 어떻게?"

나는 바로 대답할 수가 없었네. 그냥 그 자리에 가만히 서서 잔잔한 호수에 돌 몇 개로 물수제비만 떴을 뿐이었지. 그러고 있는데 베라가 부르더군.

저녁은 역시 너무나 훌륭했고, 식사 후 에이프릴이 프렌치 브랜디 한 병을 꺼내 오는 바람에 우리 모두 깜짝 놀랐네.

"의료용으로 엄격하게 처방된 건데 혹시 이게 법을 어기는 일은 아니겠죠, 보안관님?"

에이프릴이 말했어.

"독립기념일이니 내 특별히 처벌을 면제해 주리다."

보안관이 잔을 들며 말하더군.

10시가 넘어서 에이프릴의 별장을 나온 나는 보안관 부부를 집까지 태워다 주었지. 보안관은 그날 하루 성과 덕분에 무척 기분이 좋았고, 머릿속에는 온통 다음 날 아침 신 코너스로 돌아가서 시몬스와 리디를 법정에 세워야 한다는 생각밖에 없는 상태였네. 나는 굳이 그 생각이 틀렸다고 말해서 보안관의 기분을 망치고 싶지는 않았어.

두 사람을 집에 데려다준 뒤 나는 차를 돌려 청교도 기념 병원에 있는 빌리 오스월드를 찾아갔네. 빌리는 엎드린 채 꾸벅꾸벅 졸고 있었고, 간호사는 빌리를 깨우라는 말에 난색을 표했어.

"제가 모든 책임을 지겠습니다."

내가 설득했네.

우리 목소리에 빌리가 깨서 돌아보더군.

"안녕하세요, 선생님. 저, 금방 퇴원할 수 있을까요?"

"며칠만 있으면 나갈 거야. 그래도 운이 좋았어."

"형보다는 훨씬 운이 좋았죠."

"그래."

내가 차분히 말했네.

"솔직히 말해, 빌리. 너, 형은 왜 죽였니?"

"뭐라고요?"

빌리는 놀라서 침대에서 일어나려 하더군.

"가만히 있어, 빌리."

"왜 말도 안 되는 소리를 하는 거예요, 선생님! 제가 상자 포장 뜯는 걸 직접 보셨잖아요! 누가 그 상자에 손을 댔다면 아마 그 전날 밤에 침입한 웨버나, 아니면 다른 사람 아니겠어요?"

나는 고개를 가로저었어.

"아니야, 빌리. 그건 너였어. 다이너마이트가 들어 있는 가짜 폭죽은 네 셔츠 속에 숨겨져 있던 거야. 너는 등을 돌린 채 허리를 숙이고 폭죽에 불을 붙이는 척하면서 진짜 폭죽을 가짜 폭죽과 바꿔치기했던 거지. 네가 두 번이나 불붙이는 데 실패했던 건 그렇게 하면 어차피 늘 그렇듯 테디가 와서 대신해 줄 거라는 사실을 알고 있었기 때문이고. 하지만 폭발이 일어났을 때 멀리 도망가지 못했던 탓에 너도 등에 화상을 입었던 거야."

"전 진짜 그 성냥으로 불을 붙이려고 했어요! 그런데 붙지 않았던 거예요!"

"아마 네가 미리 성냥 끄트머리에 물을 묻혀 놓았겠지. 그것 말고 나머지는 다 마른 성냥이었으니, 너는 테디가 아무 문제 없이 심지에 불을 붙일 수 있을 거라는 사실을 알고 있었어. 그러는 사이 걸어가면 되는 일이었고."

"선생님 말에는 아무 증거도 없어요!"

빌리가 우겼네.

"증거는 렌즈 보안관님 책상 서랍 속에 있어. 네가 폭발 때문에 부상을 입었을 때, 옷에서 진짜 폭죽이 발견되어서는 안 되기 때문에 떨어져 있던 다른 폭죽들과 함께 그걸 땅바닥으로 집어 던졌지. 그런데 보안관님은 심지를 가지고 실험하려고 그걸 다 주워 놓으셨거든. 내가 보안관님 책상에서 그 심지들을 다 살펴봤어. 전부 열두 개였는데, '12개들이 빅 버스터' 폭죽 상자에 폭죽이 열두 개라니. 이미 폭발한 한 개는 그 상자 속에 있을 수 없잖아. 슬쩍 섞어 둔 폭죽이었던 거야. 그리고 그 폭죽을 섞어 둘 수 있던 사람은 너밖에 없어, 빌리."

빌리는 아무 말 없이 한참을 누워 있더군. 그러다 이윽고 입을 열었네.

"형은 우리 둘 다 그 정비소에 영원히 묶여 있기를 바랐어요. 맥스 웨버가 꽤 괜찮은 조건을 제시했는데, 형은 교섭조차 안 하려 들었죠. 그러니 형이 죽으면 저는 그 정비소를 팔고 다른 곳으로 이사 가서 새롭게 시작할 수 있을 거라고 생각했어요. 영원히 형의 그림자 속에 가려지고 싶지는 않았다고요."

"렌즈 보안관님한테 전화해야겠다."

나는 빌리에게 말했네.

샘 호손 선생은 이야기를 마무리 지었다.

"그 사건에 관련된 이야기는 그게 마지막이었네. 빌리는 재판을 기다리는 사이 감옥 안에서 자살했지만, 그때 난 다른 곳에 가 있었지. 그해 가을에 하마터면 노스몬트를 영원히 떠나야 할지도 모르는 일이 일어났거든. 다음번에는 그 이야기를 해 줌세."

The Problem of the Unfinished Painting

미완성 그림의 수수께끼

"일찍 왔구먼."

샘 호손 박사가 나를 위해 문을 잡아 주며 말했다.

"내가 노스몬트를 떠날 뻔했던 일이 궁금해서 안달이 났나 보지? 일단 추위를 가시게 해 줄 브랜디 한 잔 따르고, 그 이야기를 해 주겠네. 자랑스러운 이야기는 아니지만, 시골 의사로서의 내 이야기는 그 부분 없이 완성될 수가 없거든."

(샘 선생이 말을 이었다.)

1932년 초가을에 일어난 일이었다네. 대공황 최악의 순간과 대선 선거운동으로 촉발된 흥분이 차츰 고조돼 겹치던 시기였지. 당연히 사람들은 루스벨트가 선거에서 이기면 무슨 일이 일어날지 이야기했고, 두 후보 모두가 금주법 폐지를 공약으로 내놓았기 때문에 금주법 폐지에 관한 추측도 많이 오갔어. 하지만 그 일이 시작되던 날, 나는 정치나 금주법을 고민하고 있지 않았다네. 청교도 기념 병원에서 토미 포레스트라는 어린 소년을 돌보고 있었는데, 그 직전 여름에 걸렸던 심한 소아마비가 막 악화되고 있었어.

"호흡을 힘들어하고 있습니다."

토미의 부모인 메이비스와 마이크 포레스트 부부에게 말했어. 이 가족은 그 전해 여름에 노스몬트로 이사를 왔고, 마이크는 새로 생긴 초등학교에서 아이들을 가르치고 있었네. 메이비스는 사랑스러운 젊은 여성이었지.

"저희 아이는 마비되는 건가요, 선생님?"

메이비스가 내게 이렇게 물었을 때 가슴이 찢어질 것만 같았지만, 그래도 솔직히 대답했네.

"안타깝지만 만성 마비가 올 가능성이 있습니다. 하지만 얼마나 넓은 범위로 올지는 아직 모르겠습니다. 지금은 아이의 목숨을 구하기 위해 최선을 다하고 있습니다."

"지금 어떤 처치를 하고 계시는 거죠?"

마이크가 비통한 얼굴로 물었어.

"소아마비로 인해 토미의 호흡기 신경이 손상되고 있습니다. 지금도 혼자 힘으로 호흡하는 일이 굉장히 힘들고, 금방 그조차도 불가능해질지도 모릅니다. '드링커 인공호흡기'라는 기계가 최근에 새로 나왔는데요, 말하자면 쇠로 된 인공 폐인 거죠. 슬로 드링커라는 사람이 사 년 전에 발명한 기계인데 머리를 제외한 몸 전체를 그 속에 넣고, 강한 압력을 줍니다. 모터로 공기 압력을 조였다 풀었다 하면서 환자의 폐로 공기가 들어가고 나올 수 있게

끔 해 주는 기계죠."

"그게 있으면 토미가 살 수 있을까요?"

"제가 아는 한 현재 토미를 살릴 수 있는 유일한 방법입니다. 스탬포드에 한 대 있는데 지금 쓸 수 있을지 모르겠네요. 제가 그쪽 병원에 전화를 한번 해 보겠습니다."

스탬포드의 의사는 모터 수리를 보내는 바람에 당장 기계를 쓸 수가 없다고 하더군.

"아마 내일은 가능할 겁니다. 내일 아침에 한번 전화 주시죠. 정오 전에."

말은 그랬지만 영 미심쩍었어.

"제 환자는 내일이 되면 너무 늦을지도 모릅니다. 혹시 근방에 드링커 인공호흡기가 또 없을까요?"

"보스턴에 한 대 있어요."

의사는 내게 그 병원의 이름을 알려 주었고, 나는 감사 인사를 했지.

하지만 고작 십 분도 채 지나지 않아 보스턴의 유일한 인공 폐는 현재 토미보다 고작 몇 살 더 많은 어린 소녀를 살리는 데 사용되고 있다는 사실을 알게 되었네. 그래서 간호사 에이프릴에게 전화해서 뉴욕시에서 제일 큰 병원에 문의해 보라고 했어.

"급한 일이 생기면 어디로 연락하면 돼요, 샘?"

에이프릴이 물었네.

"일단 회진부터 돌고 올게요. 데커 부인하고 폭스 소령님을 봐야 해요."

병원에서는 지난해 안 쓰는 동을 수리해서 의사 사무실로 바꿔 놓았기에 외부 진료소에서 일할 때보다 훨씬 편했다네. 내 환자들도 진료를 받으러 병원을 찾아오는 빈도수가 점점 더 높아졌거든. 게다가 그즈음에는 집에서 아이를 출산하거나 임종을 맞이하는 일이 점점 사라지고 있었어. 이미 노스몬트에서는 절반 이상의 아이들이 병원에서 태어났고, 심각한 불치병에 걸린 사람들 또한 병원에서 치료를 받고 있었다네.

데커 부인과 폭스 소령은 내 환자들 중 가장 전형적인 사례였어. 데커 부인은 며칠 전 통통한 사내아이를 낳았고, 폭스 소령은 1918년 독일의 겨자 가스 공격으로 폐에 손상을 입은 노령의 참전 용사였지. 소령에게 더 해 줄 만한 의료적 처치는 없었네. 머리를 간신히 쥐어짜 데커 부인과 무척 들뜬 그 남편에게 몇 마디 말을 건네는데, 끔찍한 병에 걸린 자식을 둔 아래층 포레스트 부부가 떠오르더군. 데커 부부는 곧 아이를 데리고 집으로 돌아가 새로운 삶을 시작하겠지. 포레스트 부부는, 어떤 결과가 나올지 모르지만 결국 예전과 같은 삶을 살 수는 없을 거야.

폭스 소령은 언제나 강인하고 노련한 노인이었기에 괴로워하는 모습을 보기가 참 힘들었어. 소령은 항상 베개에 몸을 받친 채 침대에 누워 있었네. 나이는 육십 대 중반쯤 되었는데 겉보기보다 훨씬 나이 들어 보였지. 도착해 보니 방문객이 한 명 있었어. 노스몬트 상인회 회장, 클린트 웨인라이트였지. 큰길에 있는 폭스 소령의 스포츠용품 가게는 특히 사냥철에 사람들이 약속 장소로 많이 이용했어. 소령은 다른 상인들을 위해 캔 따개나 전구의 수

명을 연장시켜 주는 도구 같은, 사소하지만 유용한 발명품들을 만들어 열심히 팔았지. 심지어 청각에 문제가 있는 사람들을 위해 작은 소리 증폭기까지 발명했을 정도였어.

"환자분, 오늘은 좀 어떠세요?"

나는 소령의 침대 발치에 걸려 있는 차트를 보며 웃는 얼굴로 물었네.

"피곤해 죽겠어, 의사 선생."

소령은 간신히 대답하더군.

"가게로 돌아오시기를 저희 모두가 목이 빠져라 기다리고 있다고 말씀드리던 중이었어요."

클린트가 짐짓 명랑한 척하며 말했네. 클린트 웨인라이트는 삼십 대 중반의 야심만만한 남자로, 남성복 전문점을 운영하고 있었어. 사람들은 그의 곱슬머리를 보고 영화배우 같다며 놀리곤 했었지.

"금방 좋아지실 겁니다."

나는 최대한 희망적으로 들리도록 말했네.

폭스 소령은 기침을 하고 조금 더 편한 자세를 찾아 몸을 뒤척였어.

"나도 모르겠어, 선생. 어쩌면 그 독일 놈들 가스가 드디어 내 숨통을 끊어 놓을 때가 됐는지도 몰라."

나는 소령의 맥박과 혈압을 재고 심박을 들어 보는 등 활력징후를 확인했네. 전날보다 딱히 나아지지는 않았지만 그렇다고 나빠지지도 않았어. 회진을 끝내고 나니 거의 정오라서, 간호사들이 환자들 점심 쟁반을 들고 돌아다니는 소리가 들렸네.

"저는 그만 가 봐야겠습니다."

클린트 웨인라이트가 말하며 자리에서 일어났어.

"몸조심하세요, 소령님. 주말까지 계속 병원에 계신다면 한 번 더 뵈러 오겠습니다."

"와 줘서 고맙네, 클린트."

폭스 소령이 대답했네. 간호사가 들어오자 소령은 다시 기침하기 시작했고, 간호사는 쟁반을 내려놓고 목 뒤 베개 위치를 조정해 주었지.

클린트와 나는 복도로 함께 걸어 나왔어.

"좀 나아지실 가능성이 있을까요?"

클린트가 터놓고 묻더군. 나는 어깨를 으쓱했어.

"완쾌는 불가능합니다. 지금 당장은 회복하시더라도 결국 언젠가는 재발할 테니까요."

"전 가족도 뭣도 아니지만 정말 안타깝네요."

"지금 누가 소령님 가게를 보고 있죠?"

"소령님이 고용한 빌 브링엄이라는 젊은이가 점원으로 일하고 있는데, 혹시 아세요?"

나는 고개를 가로저었어.

"시내 발전 속도가 워낙 빨라서 요즘은 새 소식을 다 따라잡기가 쉽지 않네요."

"그러고 보니 최근 들어 옷 가게에 오는 걸 못 봤네요. 요즘 재고 정리 세일을 하는 중이거든요."

"고마워요, 클린트. 언제 한번 들를게요."

나는 클린트와 로비에서 헤어져, 복도를 지나 내 사무실로 향했네. 에이프릴이 내게 메시지 몇 개를 전해 주더군.

"뉴욕에 확인해 보니 인공 폐 두 대가 모두 이미 사용되고 있대요. 좀 더 먼 곳에 있는 기계까지 수배해 볼까요?"

나는 고개를 가로저었어.

"토미가 이동을 견디지 못할 거예요. 스탬포드에 있는 기계가 수리될 때까지 토미가 버텨 주기를 바라는 수밖에 없겠네요. 그게 최선입니다."

에이프릴은 점심을 먹으러 가고, 나는 왕진 나가기 전에 몇 가지 서류 작업을 끝냈네. 히긴스 부인 댁에 들러 통풍 증상이 어떤지 확인해 주기로 약속했었거든. 그런데 나가기 전, 갑자기 렌즈 보안관에게서 전화가 왔어.

"선생, 자네 도움이 필요해."

"저, 지금 왕진 가야 하는데요, 보안관님."

"테스 웨인라이트가 살해당했어. 난 지금 웨인라이트네 집에 있네."

"테스가요? 말도 안 돼! 제가 바로 몇 십 분 전에 테스 남편을 병원에서 봤는데요."

"당장 이리로 와 주게, 선생. 바로 나올 수 있을까?"

"히긴스 부인네 집에 가는 길에 들르겠습니다."

내가 말했어.

도착해 보니 가게에서 불려 온 클린트 웨인라이트도 그 자리에 있더군. 슬퍼서 정신을 못 차리는 상태라서 렌즈 보안관을 만나기 전 그 친구부터 진정시키는 데 최선을 다해야 했지.

보안관은 숲이 우거진 집 뒷마당이 잘 보이는 테스 웨인라이트의 작은 아틀리에에 서 있었어. 테스는 이젤 앞 의자에 앉은 채 쓰러져 있었지. 누군가 물감이 지저분하게 묻은 긴 천으로 목을 졸라 죽였던 거야. 테스가 반항한 흔적이 곳곳에 남아 있었네. 쓰러진 꽃병, 부러진 한쪽 손톱. 하지만 죽음은 순식간에 찾아온 듯했어.

"무슨 일이 있었던 거죠?"

보안관은 반쯤 그리다 만 국화 수채화를 가리키며 말했네.

"테스는 여기에서 그림 그리기를 좋아했다더군. 클린트가 11시 되기 조금 전에 집을 나섰고, 그때 청소부 밥콕 부인이 도착했다고 하네. 밥콕 부인은 항상 거실에서만 일했지. 아틀리에 문은 달혀 있었어. 밥콕 부인은 맹세코 아무도 방에 들어가지 않았다고 말했고, 모든 창문이 다 잠겨 있다는 사실은 자네도 확인할 수 있을 거야."

나는 세 개의 창문을 차례차례 확인해 보았어. 전부 안쪽에서 단단히 잠겨 있었고, 다른 문은 없었지.

"그럼 설명할 수 있는 방법은 딱 두 가지네요. 클린트가 나가기 전에 자기 아내를 죽였거나, 밥콕 부인이 거짓말을 했거나."

내가 말했어.

"밥콕 부인은 테스가 안에서 돌아다니는 소리를 들었다더군. 라디오를 켜고, 전화를 받고…… 그것도 남편이 나간 후에 말이야.

내 생각에 그 부인 말은 신뢰할 수가 있을 것 같아, 선생. 그래서 자네한테 전화한 걸세."

나도 밥콕 부인을 몇 년 전부터 알고 있었네. 환자들 집에 왕진을 가면 자주 마주치던 사람이었거든. 오십 대 초반에 체격이 튼튼하고 믿음직스러운 여성인데 아주 근면하다고 소문이 났었지. 십 년쯤 전에 남편을 잃은 밥콕 부인은 자신과 십 대 딸의 생계를 유지하기 위해 주 단위 청소 일을 수도 없이 했다네.

"부인이 도착한 후 여기에서 있었던 일들을 빠짐없이 말해 주세요."

내가 말했네.

밥콕 부인은 울어서 눈이 충혈됐지만 정신을 차리고 그 섬뜩한 발견을 하기까지 벌어졌던 상황을 설명했어.

"전 10시 50분쯤에 도착했어요. 수요일이면 늘 그 시간에 오거든요. 웨인라이트 씨가 부인은 아틀리에에서 그림을 그리고 있다기에, 여기 바로 문밖에서 거실 청소를 시작했죠. 웨인라이트 씨가 차에 갈아 끼울 스페어타이어를 가지러 지하실에 간 사이, 안에서 부인이 라디오를 켜는 소리가 들렸어요. 그림 그릴 땐 늘 그랬거든요. 저는 제 할 일을 시작했고요. 이십 분쯤 있다가 웨인라이트 씨가 나가고 전화벨이 울리더니 부인이 딱 한 번 만에 받았어요."

"누구랑 얘기하는지 들렸나요?"

"아뇨. 문이 두꺼워서 소리가 잘 들리지 않아요. 그냥 벨 소리가 한 번 울리는 것만 들었어요. 그리고 그 후로 정오 전까지는 아무 일도 없었어요."

밥콕 부인이 손수건을 움켜쥐었네.

"문을 두드리고 부인께 점심을 먹겠느냐고 물었어요. 라디오가
여전히 켜져 있어서 제 목소리가 안 들릴 것 같더라고요. 문을 열
고 다시 불렀다가 저렇게 된 걸 발견한 거예요."

나는 고개를 들어 밥콕 부인 뒤에 서 있던 렌즈 보안관을 바라
보았어.

"보안관님이 오셨을 때도 라디오가 계속 켜져 있던가요?"

"아니."

"보안관님을 부르면서 제가 껐어요. 전화기 바로 옆에 있어서."

"그럼 그 전에는 테스 웨인라이트가 살아 있는 모습을 실제로
보지는 못했다는 말이군요?"

"뭐, 그렇죠."

"안에서 싸우는 소리도 못 들었고요?"

"네, 그런데 라디오 소리가 굉장히 컸어요."

"방 안에 있는 물건은 라디오와 전화기 말고는 아무것도 건드리
지 않았죠?"

"네, 안 건드렸어요."

"그리고 여기, 방 밖에 있는 동안 아무도 방에 들어가지 않았다
는 사실을 맹세할 수 있나요?"

"아무도 안 들어갔어요, 정말로."

렌즈 보안관이 한숨을 쉬었네.

"지금 상황을 얼마나 골치 아프게 만들고 있는지 알고 있소, 밥

콕 부인?"

"저는 그냥 사실만을 말할 뿐이에요."

우리는 밥콕 부인을 내버려 두고 부엌에 가서 클린트 웨인라이트와 이야기를 나누었네. 클린트의 얼굴에는 슬픔보다 분노가 더 강렬하게 드리워져 있었어.

"대체 누가 이런 짓을 저지를 수 있죠?"

"그건 우리가 물으려던 말이오."

보안관이 대꾸했어.

"클린트, 오늘 아침에 테스를 찾아오기로 약속한 사람이 있었어요?"

내가 물었네.

"제가 아는 한은 없었습니다."

"테스를 마지막으로 본 게 언제죠?"

"아마 10시 45분쯤이었을 거예요. 아래층으로 내려가서 갈아끼울 타이어를 가지고 나와서 창고에서 갈았죠. 그리고 폭스 소령님을 뵈러 병원에 갔어요. 11시가 조금 지났을 때쯤 병실에 도착했던 것 같네요."

"아침에 본인 가게는 안 들렀고요?"

"안 들렀습니다. 제가 자리를 비울 때는 젊은 아가씨 한 명이 대신 여러 가지 일을 맡아서 해 주니까요."

"혹시 테스에게 원한을 품은 사람은 없었나요?"

"모든 사람이 테스를 좋아했어요."

"혹시 테스와 밥콕 부인 사이에 무슨 문제가 있었던 건 아닙니까? 밥콕 부인이 무슨 물건을 훔치는 광경을 테스가 봤다거나?"

"아뇨, 그런 일은 절대 없었어요."

집 앞에 서 있는 보안관의 차를 보고 이웃 사람 몇 명이 다가오더군. 그중 하나는 빌 브링엄이었네. 이름이 기억나더군.

"소령님 스포츠용품 가게에서 일하는 젊은 친구 맞지?"

"맞습니다, 선생님."

빌이 예의 바르게 대답했어. 그는 이십 대 중반쯤 되는 잘생긴 근육질 청년이었고, 나보다 열 살은 어릴 터였지만 두꺼운 안경 때문에 그것보다는 나이가 조금 더 들어 보였네.

"이 근방에 사나?"

"길 건너 집 몇 채 너머에 삽니다."

"혹시 정오 직전에 집에 있었어?"

"아뇨, 선생님. 전 가게에 있었어요. 소령님은 좀 어떠세요?"

"그냥 딱 예상했던 정도야."

"빨리 회복하셨으면 좋겠네요."

폭스 소령이 지금보다 나아질 일은 없겠지만 굳이 그 말을 내뱉진 않았네. 그 대신 이렇게 물었어.

"혹시 이 집에 누가 찾아오는 걸 본 적은 없었어?"

보안관과 다른 사람들이 모두 목소리가 들릴 만큼 가까운 거리에 있어서인지 빌은 나를 겁먹은 얼굴로 쳐다보았네.

"혹시 남자 친구 같은 거 말씀이세요? 남편분이 옷 가게에 계시는 동안에?"

"꼭 그런 이야기는 아니야."

"한 명도 못 봤어요. 당연히 밥콕 부인은 빼고요. 그 부인은 수요일마다 오세요."

아틀리에로 돌아가 보니 시체는 이미 치워졌더군. 전화기와 뒤집힌 꽃병을 쳐다보다가 문득 미완성 그림 쪽으로 시선이 쏠렸네. 꽃병과 꽃이 스케치되어 있었고, 붉은색과 녹색 수채 물감이 잎과 꽃잎에 넓게 칠해져 있었어.

이웃 사람들과 함께 렌즈 보안관이 내가 있는 곳으로 들어왔지.

"선생, 자네 하이디 밀러 기억하지?"

하이디는 테스 웨인라이트 또래의 명랑한 여성이었는데 슬하의 두 아이가 사춘기 이전에 흔히 않는 질병에 걸렸을 때 내가 보살펴 준 적이 있었다네.

"잘 지냈어요, 하이디? 이 거리에 사는 줄 잊고 있었네요."

"바로 어젯밤에도 테스를 만났어요. 이 근방에서 이런 일이 일어나다니 믿을 수가 없어요."

하이디는 무척 심란한 표정으로 눈가를 가리던 머리카락을 쓸어 올렸네.

"어젯밤에 만났다고요? 혹시 남편도 이 집에 같이 있었나요?"

나는 흥미를 느끼고 물었어.

"클린트요? 네, 가게 장부를 정리하려던 참이었어요. 전 인사만 건네고 바로 테스를 보러 들어갔고요. 테스랑 같이 이 방에서 그림에 대해 이야기했는데."

나는 이젤 쪽을 가리켰네.

"혹시 이 정물화를 그리던 중이었습니까?"

"이 꽃 그림, 맞아요. 어젯밤부터 계속 색을 덧칠하고 있었어요."

"테스와 친했군요, 하이디. 혹시 신변을 위협받고있다는 이야기를 테스가 한 적이 있던가요?"

"아뇨."

"어젯밤에 둘이 무슨 이야기를 했소?"

렌즈 보안관이 물었네.

"테스 그림이랑, 우리 아이들 이야기요. 테스는 아이가 없어서인지 항상 우리 아들들한테 관심이 많았거든요. 서로 자주 왕래하는 사이였다고요. 테스가 죽었다니 도저히 믿어지지가 않네요."

"혹시 당신도 밥콕 부인을 고용했어요?"

나는 직감으로 물었네.

"네. 우리 집에는 화요일에 와요."

"믿을 만한 사람이에요?"

"그럼요."

"밥콕 부인하고 무슨 문제가 있었던 적은 없어요?"

"전혀요."

더 할 일이 없었기에 나는 렌즈 보안관과 함께 내 차로 걸어갔네.

"11시와 12시 사이에 누가 테스에게 전화를 걸었는지, 보안관님은 혹시 짐작 가는 데 없으세요?"

보안관은 어깨만 으쓱했어.

"교환수 밀리 터커한테 물어봐야겠군. 누구한테 연결했는지 기억할지도 몰라."

"그건 보안관님한테 맡길게요. 저는 환자가 기다리고 있어서."

"어떻게든 조금이라도 도와준다면 정말 고맙겠네, 선생. 클린트 웨인라이트는 지역 상인회에서 중요한 인물이야. 난 이 사건을 최대한 빨리 해결하고 싶어."

나는 차 옆에서 멈춰 섰어.

"클린트의 알리바이가 너무 완벽하다는 사실이 자꾸 마음에 걸립니다. 밥콕 부인의 말을 믿는다면 테스가 살해된 시간에 클린트는 폭스 소령님의 병실에 앉아 있었어요. 그 모습을 제 두 눈으로 똑똑히 보기까지 했죠. 전 항상 알리바이가 너무 완벽하면 의심스럽더라고요."

"설마 클린트가 사람을 고용해서 자기 아내를 목 졸라 죽이게 했다는 말인가?"

렌즈 보안관의 목소리에서는 불신의 빛이 짙게 묻어나더군.

"모르겠습니다. 그렇다 해도 아무도 방에 들어간 적이 없다는 밥콕 부인의 맹세 때문에 그 가능성을 제기하긴 어렵네요."

보안관은 고개를 절레절레 흔들었어.

"자네가 나 대신 교환수 밀리하고 이야기를 좀 해 줄 수 있겠나? 난 최대한 빨리 검시를 시작해야 해서 말이야."

나는 할 수 없이 승낙했네. 히긴스 부인의 왕진에는 이미 늦었지만 그 부인의 상태는 그리 심각하지 않으니 오전 중 아무 때나 차를 타고 가면 괜찮을 거라고 생각했지.

웨인라이트의 남성복 전문점은 전화 교환국에서 겨우 한 블록 떨어진 곳에 있었어. 나는 거기부터 먼저 들르기로 했네. 그러고 보니 클린트 웨인라이트가 젊은 아가씨를 고용했다는 이야기가 떠오르더군. 갈색 머리의 매력적인 로티 그로스는 고등학교를 졸업한 사내애들 사이에서 꽤 인기가 있었어.

로티가 내게 인사를 건넸네.

"샘 선생님, 사장님은 지금 안 계세요. 사모님 소식 들으셨죠?"

"방금 거기에서 왔어. 정말 끔찍한 비극이던데."

"서로 지극히 사랑하는 부부였는데. 사장님은 정말 힘드실 거예요."

"클린트가 혹시 오전 내내 가게에 있었어, 로티?"

"아뇨, 집에서 나와서 바로 폭스 소령님 문병을 가느라 병원으로 가셨을 거예요. 제가 10시에 가게를 열었고, 사장님은 12시가 조금 넘어서 출근하셨거든요. 보안관님이 사장님한테 전화하기 바로 직전에."

"고마워, 로티. 나중에 또 봐."

나는 교환국이 있는 블록으로 내려가서 밀리 터커와 다른 아가씨 한 명이 일하고 있는 2층 교환대로 올라갔네. 둘 다 고등학교를 졸업한 지 얼마 안 되는 나이였지. 밀리는 시원시원한 성격의, 플래퍼*가 되기에는 조금 늦게 태어난 젊은 아가씨였지만 찰스턴 춤 솜씨가 뛰어나 파티 분위기를 잘 띄운다는 평판이 있었지.

"안녕, 밀리. 오늘 어때?"

"호손 선생님! 여긴 웬일이세요?"

"번호를 말씀하세요."

● flapper 1920년대 신여성

다른 교환수가 불이 들어오는 구멍에 플러그를 꽂고 익숙한 대사를 말하더군.

"오늘 아침 테스 웨인라이트한테 무슨 일이 일어났는지 들었지?"

"살인이 일어났다면서요? 너무 끔찍해요!"

"지금 알아낸 바로는 11시에서 12시 사이에 죽은 것 같아. 청소부 밥콕 부인이 그때 전화벨이 딱 한 번 울렸다던데, 혹시 그때 누가 테스에게 전화했는지 알 수 있니?"

"세상에, 호손 선생님. 하루에 전화가 몇 통이나 걸려 오는지 알기는 하세요? 로즈랑 저는 그냥 아무 생각 없이 플러그를 꽂았다 뺐다 할 뿐이라고요."

그때 교환대에 불이 들어오는 바람에 밀리는 재빨리 몇 곳을 연결해 준 뒤 다시 내 쪽을 돌아보았다.

"도와 드릴 수 있으면 좋을 텐데요. 로즈, 11시에서 12시 사이에 웨인라이트 씨네 집에 전화가 한 통 왔었다는데 혹시 기억나?"

다른 교환수가 생각에 잠겼어.

"한 통 있었던 것 같은데. 웨인라이트 씨가 가게에서 건 전화였던가?"

나는 고개를 가로저었네.

"클린트는 그때 가게에 없었어."

"그럼, 모르겠네요."

"고마워, 아가씨들. 혹시 뭐 떠오르는 게 있으면 나나 렌즈 보안관님한테 바로 말해 줘야 해."

사무실로 돌아가 보니 에이프릴이 제정신이 아니더군.

"샘, 당신을 찾느라 얼마나 여기저기 전화했는지 알아요? 밀리 터커가 방금 전까지 거기 있었다고 그러던데요? 포레스트 씨네 아들 상태가 악화됐어요."

"바로 가 볼게요."

"스탬포드 병원에서도 전화가 왔어요. 인공호흡기를 쓸 수 있대요. 그래서 최대한 빨리 환자를 보내겠다고 했어요."

"그 연락은 언제 왔죠?"

"1시 조금 지났을 때요. 히긴스 씨네 집에 전화했는데 거긴 오지도 않았다면서요? 대체 어디 있었어요?"

에이프릴의 목소리에는 비난이 담겨 있었어.

"웨인라이트 부인이 살해당했어요. 그래서 보안관님이 도움을 요청해서……."

"히긴스 부인은요? 대체 언제 올지 목이 빠지게 기다리고 계시던데."

"전화해서 내일 오전에 간다고 해 줘요."

나는 서둘러 병원 복도를 뛰어서 토미 포레스트의 병실로 향했네. 도착해 보니 침대 곁에 병원 의사와 간호사 그리고 토미의 부모가 있더군. 내가 들어가자 의사가 고개를 들어 쳐다보았어.

"오는 길에 스탬포드의 인공호흡기를 예약했습니다."

의사가 고개를 가볍게 가로젓더군.

"안타깝지만 샘, 이젠 어쩔 수 없습니다. 아이가 몇 분 전에 사망했어요."

침대 곁에 있던 메이비스 포레스트가 내 쪽으로 몸을 돌렸어.

"대체 어디 있었어요? 토미가 계속 울면서 도와 달라고 당신을 찾았는데."

"크랜튼 선생님이 최선을 다해 주셨으리라 믿습니다."

"인공호흡기만 제때 여기 있었다면……."

마이크 포레스트의 뺨에 눈물이 흘러내렸네.

"미안합니다."

내가 할 수 있는 말은 그게 전부였지.

크랜튼이 나를 따라 병실을 나왔네.

"에이프릴이 온 사방으로 선생을 찾아다녔다는데요."

"무슨 일이 있어서 렌즈 보안관님을 도와 드리고 있었습니다."

크랜튼이 암울한 얼굴로 입을 꾹 다물더니 말했어.

"이렇게 말하고 싶진 않지만 샘, 우리가 할 일은 산 사람을 치료하는 겁니다. 우린 경찰이 아니잖아요."

"제가 여기에서 할 수 있는 일도 딱히 없었어요."

"그래도 여기 있었어야죠."

전화기를 내려놓으려는데, 에이프릴이 사무실로 들어왔네.

"토미 포레스트는 죽었어요."

"저도 알아요."

"방금 스탬포드에 전화해 인공호흡기 예약을 취소했어요."

에이프릴이 책상 옆으로 다가왔네.

"집에 가는 게 어때요? 안색이 너무 안 좋아요."

"크랜튼 선생님 말로는 내가 렌즈 보안관님을 도울 게 아니라 환자 곁에 있었어야 했다더군요."

"그 사람 말에 너무 신경 쓰지 말아요."

"맞는 말 같아서 그래요."

나는 집으로 돌아가 가만히 곱씹어 보았네. 렌즈 보안관이 전화해서 사건 이야기를 하려 했지만 지금은 이야기를 할 기분이 아니라고 대꾸했지. 테스 웨인라이트 살인 사건에서 내 마음은 완전히 떠나 버렸어. 대신 토미 포레스트와 히긴스 부인 그리고 다른 환자들에 대한 생각으로 가득했지.

내가 환자들을 실망시킨 걸까?

내가 노스몬트에서 의사 노릇을 할 자격이 있기나 한 걸까?

그날 밤 나는 미래의 무게에 짓눌려 거의 한숨도 못 잤네. 렌즈 보안관과 함께 수수께끼 사건을 해결하는 일은 내 인생에서 이미 큰 부분을 차지하고 있었지만, 노스몬트에서 계속 살아가려면 더는 그래서는 안 됐어. 먼저 의사 역할을 제대로 해야지. 노스몬트를 떠나 다른 곳에서 진료소를 열려는 게 아니고서야, 지금은 우선순위가 무엇인지 확실히 할 때였네.

아침 회진 때 토미 포레스트가 있었던 빈 병실을 멀리하게 되더군. 폭스 소령은 어제보다 상태가 좀 나았고, 평상시보다 곁에 오래 앉아 전쟁 이야기를 들어 주었어. 그때 렌즈 보안관이 나를 찾아왔다네.

"자네를 찾느라 얼마나 애를 먹었나 몰라, 선생."

나는 소령에게 인사하고 복도로 걸어 나왔어.

"저 이제 사건 해결은 그만 은퇴할까 싶어요, 보안관님."

"뭐?"

"소아마비 소년 하나가 어제 죽었어요. 제가 곁에 있었어도 살릴 수는 없었겠지만, 아이와 아이 부모에게 조금은 위안이 되어 줄 수 있었을지도 몰라요."

"살인자들을 정의의 철퇴로 내려쳐서, 살릴 수 있었던 많은 사람들은 어쩌고?"

"요즘은 이 근방에 상습적 범죄자들도 별로 없잖아요."

"웨인라이트 사건은? 범인이 또 다른 사람을 목 졸라 죽이고 돌아다니도록 그냥 내버려 두겠다는 거야?"

"테스 웨인라이트는 범인과 아는 사이였던 것 같습니다. 그렇지 않고서야 그렇게 쉽게 뒤로 다가가서 목을 조르지 못했겠죠. 집에 절도범이 들어왔는데 어떻게 등을 돌릴 수 있겠어요?"

"방에는 어떻게 들어간 거지?"

"어쩌면 내내 그 안에 있었을지도 모릅니다. 아니면 남편이 나간 뒤 애인을 몰래 들여보냈을 수도 있죠. 창문을 열어 놓았다가 다시 창문을 잠그면 되잖아요."

"탈출은 어떻게 하고?"

"밥콕 부인이 들어왔을 때 문 뒤에 숨어 있었겠죠. 그리고 부인이 보안관님한테 전화하는 틈에 몰래 나간 게 아닐까요?"

보안관은 마지못해 수긍하긴 했지만 아직 반신반의하는 눈치였어.

"그럴 가능성도 있겠지. 하지만 그랬다면 밥콕 부인에게 들킬 수도 있으니 부인의 머리를 구타해서 기절시키지 않았겠어?"

"보안관님, 이제부터 제가 할 일을 말씀드릴게요. 전 지금 왕진을 가야 합니다. 그게 다 끝나고 오는 길에 웨인라이트 씨네 집에서 만나죠. 그때 제 이론이 맞는지 확인해 봐야겠습니다."

"한 시간 안에 끝낼 수 있겠나? 정오까지?"

"노력해 볼게요."

나는 데커 부인의 집을 방문하여 산모와 아이가 잘 있는지 확인한 뒤, 차를 몰고 히긴스 부인의 집으로 향했어. 그 집 가족들은 나를 반갑게 맞이해 주었지만, 히긴스 부인은 한마디 하더군.

"어제 오실 줄 알고 기다렸잖아요. 오셨으면 케이크 한 조각을 대접해 드릴 수 있었을 텐데."

"정말 아쉽네요. 갑자기 볼일이 생겨서요."

"밀리 터커가 그러는데 보안관님을 도와 웨인라이트 씨네 집 사건을 해결하고 있다면서요?"

"그랬죠. 하지만 지금은 환자 돌보는 데 바빠서 거기에 쓸 시간이 없네요."

히긴스 부인의 집을 떠나 바로 웨인라이트네 집으로 향했어. 렌즈 보안관이 밖에서 기다리고 있더군.

"뭐 흥미로운 것 좀 발견했나요?"

"자네 이론이 틀렸다는 것만 알아냈지, 선생. 와서 직접 봐."

나는 보안관을 따라 집 안으로 들어갔네. 이젠 쥐 죽은 듯 괴괴하고, 기묘할 정도로 생명력이 느껴지지 않는 곳이었지.

"오후에는 추도 시간을 가질 예정이라 다들 장례식장에 있어."

거실에서 아틀리에로 들어간 나는 바로 보안관의 말뜻을 알 수 있었지. 문은 오른쪽으로 안쪽을 향해 열려 있었고, 전화기는 오른쪽 벽 옆 테이블 위에 놓여 있었어. 밥콕 부인은 시체를 발견하고 나서 바로 전화를 하러 그쪽으로 향했겠지. 내 이론을 더욱 박살 내는 요소가 또 있었는데, 완성된 그림들이 전부 벽에 기대어 있고, 문 뒤에 보관돼 있었다는 점이었어. 아무도 거기에 숨을 수 없었고, 설령 그렇게 하려고 시도했어도 밥콕 부인이 전화를 한 뒤 바로 발견했을 거야.

"납득했습니다."

"다른 아이디어 없나, 선생?"

"전혀 없네요."

나는 액자를 끼우지 않은 캔버스들을 휙휙 넘기며 훑어보았어.

"꽃이나 정물을 좋아했나 봅니다. 이 꽃잎과 잎사귀의 섬세한 터치 좀 보세요. 정말 훌륭한 예술가였군요."

"자네 눈엔 그런가 보군. 난 더 역동적인 그림이 좋던데."

나는 문을 향해 걸어갔어.

"이제, 환자들을 돌봐야 합니다."

"선생, 자네는 범인이 누군지 아는 거지?"

나는 인정했어.

"한 가지 가능성이 있습니다. 장례식장으로 함께 가시죠."

차를 타고 보안관 뒤를 따라가서 길 아래에 세우고 내렸네. 아직 이른 시각인데, 인파가 가득하더군. 아는 사람들에게 인사를 하며 들어가서 사람 한 명을 찾아다녔네. 승산 없는 모험, 그냥 허세 섞인 속임수일 수도 있었지만 성공할 거라는 확신이 있었지.

"저기 있네요. 가시죠."

나는 렌즈 보안관에게 말했네.

"아니, 선생. 저 애가 어떻게 범인이라는 건가! 그건……."

내가 그 사람을 소리쳐 불렀어.

"로티! 로티 그로스! 잠깐 나 좀 봐!"

웨인라이트의 옷 가게에서 일하는 아가씨가 의아한 표정을 지으며 우리 쪽으로 다가왔네.

"왜 그러세요?"

차 문을 열어 주자 로티는 뒷좌석에 앉으며 물었어.

나는 보안관과 함께 앞 좌석에 앉은 채 뒤를 돌아보았지.

"로티, 클린트가 어제 자기 대신 집에 전화 좀 해 달라고 했었지? 11시에서 12시 사이에. 신호가 딱 한 번 울리면 바로 끊으라고 하지 않았어?"

"저는……."

"렌즈 보안관님이 클린트 웨인라이트를 아내 살해 혐의로 곧 체포하실 거야. 네가 공범이 아니라면 방조 혐의로 기소될 수 있어."

로티 그로스는 심하게 흐느끼더군. 결국 보안관은 차를 몰아 누가 대화를 방해할 걱정이 없는 곳으로 이동했지. 로티가 그렇게 울음을 터뜨린 가장 큰 이유는 클린트 웨인라이트와의 부적절한 관계를 부모에게 들킬지도 모른다는 어마어마한 공포였어. 아내를 살해한 사건에서 웨인라이트의 알리바이를 거들었다는 사실보다, 그게 훨씬 더 큰 죄이고 수치스러운 일이라고 생각한 모양이더라고.

"사모님을 죽일 거라는 얘기는 한 마디도 안 했어요. 그냥 전화만 한 통 걸어 달라고 했을 뿐이에요."

로티는 주장했지.

렌즈 보안관은 여전히 아무것도 모르는 눈치였지만 그래도 모든 것을 다 아는 척하는 연기는 매우 훌륭하더군. 결국 보안관은 내게 이렇게 물었네.

"로티를 위해서 처음부터 설명을 쭉 해 줄 수 있겠나, 선생? 상황이 얼마나 심각한지 이 아이도 알아야지."

"클린트 웨인라이트는 밥콕 부인이 10시 45분이나 50분쯤에 도착하기 직전에 아틀리에에서 아내의 목을 졸라 죽였습니다. 그리고 밥콕 부인이 정오까지는 아내를 방해하지 않으리라는 사실을 알았기 때문에 문을 닫아 두었죠. 테스가 아직 살아 있다고 착각하게끔 만들기 위해 클린트가 한 일은 두 가지였습니다. 타이어를 갈아야 한다는 핑계로 지하실에 내려가서, 미리 끊어 놓았던 두꺼비집 퓨즈를 연결한 것. 그러면 방을 나오기 전에 미리 켜 두었던, 아틀리에에 있는 라디오가 켜지죠. 자연스럽게 밥콕 부인은 테스가 아직 살아 있고 직접 라디오를 켰다고 생각했겠죠. 그러고 나서 클린트는 폭스 소령님을 문병해 알리바이를 만들었고, 그동안 여기 로티에게 집에 전화를 걸게 했죠. 신호가 딱 한 번 가면 끊으라고 말이죠. 이리하여 밥콕 부인은 테스가 아직 살아서 누군가와 대화를 나누고 있다는 착각에 더욱 확신을 갖게 된 겁니다."

"그런 걸 다 어떻게 알아냈나, 선생? 테스가 그때 이미 죽었다는 사실은 어떻게 알았어?"

"밥콕 부인이 보안관님한테 전화할 때 너무 시끄러워서 라디오를 껐다고 했잖아요. 테스가 만약 전화를 받았다면 벨이 울렸을 때 라디오를 끄지 않았을까요?"

"밥콕 부인이 테스가 안에서 돌아다니는 소리도 들었다고 했는데."

"그 부분은 단순히 부인의 상상일 겁니다. 문이 너무 두꺼워서 이야기하는 목소리도 안 들렸다니까 사소한 생활 소음 같은 건 어차피 전혀 안 들렸을 거예요."

로티 그로스가 고개를 들었어.

"나랑 결혼한다고 했어요. 난 그 사람을 사랑해요."

"감옥에 가기 싫으면 클린트에게 불리한 증언을 하는 편이 좋을 거야."

내가 경고했어.

"선생, 대체 어쩌다 그런 생각을 하게 된 건가?"

보안관이 물었네.

"아마 미완성 그림 때문이었던 것 같습니다. 붉은색과 녹색을 넓게 칠한 그림은 다른 그림의 섬세한 꽃잎과 잎사귀와는 너무 다르게 느껴졌거든요. 당연히 예술가들은 언제나 스타일을 바꿀 수 있는 법이지만, 전날 밤 방문했던 하이디 밀러는 섬세하게 색칠하기 전 그림을 이미 보았어요. 만일 우리가 추정한 시각보다 테스가 빨리 죽어서 그림을 손볼 시간이 없었다면, 클린트의 알리바이는 쓸모없어지죠. 거기에서 왠지 이 모든 것들이 다 가짜일 수도 있겠다는 생각이 들더군요. 교환수 로즈는 그 수수께끼의 전화를 클린트가 가게에서 집으로 건 전화라고 생각하고 있었어요. 그 기억은 반만 맞았던 거죠, 가게에서 건 전화라는 부분만. 클린트는 당연히 전화를 걸 수 없었기에, 혹시 로티에게 전화를 걸어 달라는 부탁을 했던 게 아닐까 싶었죠."

렌즈 보안관이 말했어.

"아직 이해가 안 가는 부분이 하나 있네. 클린트는 왜 굳이 밀실을 만들어서 상황을 더 어렵게 한 건가? 그냥 창문을 열어 두었다면 지나가던 범인이 우연히 아틀리에로 침입했을지도 모른다는 가능성이 남아 있었을 텐데."

"그 답은 간단합니다. 클린트는 밥콕 부인이 일하는 내내 그 문이 보이는 위치에 있으리라는 사실을 몰랐어요. 이 방 저 방 돌아다니며 가상의 살인자가 침입한 흔적을 만들어 줄 거라고 생각했죠. 이 살인 사건을 불가능 범죄로 만든 건 밥콕 부인의 행동 때문이었습니다. 정확히 말하면 너무 한 자리에 있었기 때문이라고 해야겠죠."

"진술서를 쓰고 서명까지 해 주겠니?"

렌즈 보안관이 로티에게 물었네.

"클린트에게 피해가 간다면 싫어요."

"클린트는 자기 아내를 죽인 사람이야, 로티. 처벌을 받아야 해."

결국 로티가 말했네.

"알겠어요. 서명할게요."

클린트 웨인라이트는 늦은 오후 체포되었네. 이틀 후 테스는 땅에 묻혔어. 나는 그 장례식에 가지 못했지. 토미 포레스트가 같은 날 아침에 묻혔기 때문에 거기에 갔거든.

샘 선생이 이야기를 마무리했다.

"그 후로 나는 환자들에게 더 많은 시간을 바치겠다는 스스로와의 약속을 고집스럽게 지켰네. 거의 일 년 이상 탐정놀이와 담을 쌓은 것 같구먼. 하지만 노스몬트에서 금주법이 폐지되던 그날 밤 사건이 터지는 바람에 맹세를 어기게 되었지. 그 이야기는 다음까지 아껴 놓겠네."

The Problem of the Sealed Bottle

밀봉된 병의
수수께끼

"이번에는 노스몬트의 금주법 마지막 날 밤 이야기를 해 주겠다고 약속했었지?"

늙은 샘 호손 박사는 방문객에게 브랜디를 넉넉히 따르며 말했다.

"물론 금주법은 전국에서 동시에 폐지됐지만 다른 곳에서는 그렇게까지 드라마틱한 일이 벌어지지 않았을 거야."

(샘 선생이 말을 이었다.)

그날은 1933년 12월 5일 화요일이었네. 프랭클린 D. 루스벨트는 3월부터 대통령 임기를 시작했고, 33개 주가 이미 금주법을 폐지한다는 헌법 수정안에 비준한 상황이었어. 유타주는 수정안에 비준하는 36번째이자 마지막 주가 되겠다면서, 펜실베이니아주와 오하이오주가 투표를 마칠 때까지 버텼지. 시간이 점점 늦어지더니 동부 표준시로 오후 5시 32분이 되어서야 겨우 유타주에서 수

정안이 비준되었네. 그로부터 딱 한 시간이 지난 후 루스벨트 대통령은 공식적으로 금주법 폐지를 선포했어.

모든 지역사회가 각자의 방식으로 이 일을 축하했다네. 노스몬트에 사는 우리는 거의 십사 년 만에 처음으로 합법적인 음주를 할 수 있는 자리에 초대받았지. 장소는 오래된 커피숍 자리에 새로 들어선 '몰리스 카페'였다네. '몰리스 카페'는 주류를 새롭게 합법적으로 판매하기에는 그야말로 최적의 장소였지. 왜냐하면 우리 모두가 오랜 세월 동안 그 커피숍에서 불법 주류를 한 잔 가득 따라 마시곤 했었거든.

몰리 프랭클린은 몇 년 전 남편 거스와 함께 노스몬트로 이사를 온, 사십 대 초반의 유쾌한 여성이었어. 몰리의 아버지는 보스턴에서 전기 도금 사업을 하던 사람이었는데, 그 딸과 결혼해서 노스몬트로 이사를 온 거스는 시청 근처 큰길에 작은 여송연 가게를 열었네. 다들 결혼해서 행복하게 잘 사는 한 쌍이라고 생각했기 때문에, 어느 날 밤 몰리가 보스턴 친정집에 간 사이 거스가 차고에서 목매달아 죽은 일은 정말이지 충격이 아닐 수 없었어. 충격에서 회복하는 데 몇 개월이 걸리기는 했지만 몰리는 결국 노스몬트에 남아 자기 사업을 하기로 결심했네. 거스의 생명보험금과 여송연 가게를 판 돈으로 커피숍을 산 후 카페로 리모델링을 한 거야. 금주법이 폐지되는 날 바로 가게를 열 준비를 해 두었지. 그날은 끊임없이 비가 내렸지만 몰리의 의지는 꺾이지 않았어.

나는 그날 저녁 간호사 에이프릴과 함께 몰리스 카페 개업식에 참석했네. 몰리는 문간에 서서 늘 그렇듯 활기찬 태도로 우리를 맞이해 주었지.

"어서 와요, 샘. 에이프릴, 당신도. 다들 라디오에서 음주 합법 선언을 기다리고 있는 참이에요."

몰리는 키가 크고 뼈대가 굵은 체격에 살짝 통통한 편이었어. 그날은 짧은 금발에 가벼운 웨이브를 넣고, 빛을 받으면 마구 반짝이는 화려한 드레스를 입었더군.

부슬부슬 내리는 비 때문에 입었던 비옷을 벗고 에이프릴의 비옷도 받아 들었네.

"별로 기분 좋은 저녁은 아니네요."

비옷을 걸 자리를 찾아 두리번거리며 내가 말했어.

"기운을 내요. 10도만 내려가면 눈으로 바뀔 테니까. 자, 선생님. 비옷은 저쪽 외투 보관소에 걸어 두면 돼요. 여긴 아주 고급스러운 가게라서."

몰리가 비옷을 받아 들었어.

커피숍이 크게 바뀌었다는 사실은 바로 알 수 있었네. 어슴푸레한 조명 덕분에 묘한 분위기가 감돌았고, 벽에 붙은 커다란 전면 거울 때문에 내부 공간이 거의 두 배는 더 넓어 보였지. 꽤 많은 사람들이 이미 가게를 채우고 있었다네. 병원에서 함께 일하는 웨인 선생과 크레슨 시장, 그리고 시장 부인 수잔이 내 눈에 띄었네. 우리의 친구 렌즈 보안관도 빈 와인 잔을 만지작거리며 앉아 있더군. 그토록 오래 기다렸던 순간이 빨리 오기를 목이 빠져라 기다리는 눈치였어.

"안녕하세요, 보안관님."

"자네 왔군, 선생. 아주 엄청난 밤이 되겠어."

"그러게나 말입니다."

나도 동의했네.

"그런데 몰리가 아직 술을 넉넉히 들여놓지 못했다더군. 필 얀시가 합법적으로 주류 유통업을 시작했는데, 루스벨트가 선언에 사인하기 전까지 배달을 할 수가 없다잖아."

"뭐, 그 정도는 기다릴 수 있죠. 조금 더 걸려도 다들 기다릴 수 있을걸요."

나는 사람들을 헤치고, 시의원 존 피니건과 대화를 나누는 몰리에게로 다가갔네. 피니건은 쉰 살쯤 되는 대머리 남자였는데 사소한 질환 여러 가지를 봐 준 적이 있었지.

"자네도 술을 마시는 줄 몰랐는데, 샘."

내가 다가가자 피니건이 말했어.

"오늘은 그냥 축하 파티에 가깝다고 봐야죠. 게다가 누가 과음했을 때는 옆에 의사가 있어 주는 편이 좋지 않을까요?"

"허허, 이미 웨인 선생까지 있으니 우린 지금 이중으로 보호를 받고 있는 셈이군."

몰리 프랭클린이 우울한 얼굴로 말했네.

"의사가 필요할 일은 없을지도 몰라요. 필 얀시가 좀 전에 전화했는데 선언이 너무 늦어지는 바람에 보스턴 창고에서 내일 아침까지 위스키, 진, 럼주를 배달할 수가 없다고 연락이 왔대요. 지금 갖다줄 수 있는 건 포트와인 한 상자랑 셰리주 한 상자뿐이라잖아요."

피니건이 끙 앓는 소리를 내더군.

"이런 젠장, 괜찮은 스카치 한잔 마시려나 했더니."

몰리가 동병상련이라는 듯 대꾸했네.

"우리만 그런 게 아니에요. 뉴욕도 똑같대요. 창고는 꽉 차 있는데 오늘은 이미 다 닫았다는 거예요. 재고가 있는 주류 전문점은 딱 두 군데뿐이고, 주류 판매 허가를 받은 바와 레스토랑도 고작 1퍼센트밖에 안 된대요. 나머지는 불법 주류를 마시고 싶은 게 아닌 이상 내일까지 기다려야 해요."

때마침 문이 열리고 판지 상자를 어깨에 짊어진 필 얀시가 들어왔네. 바에서 기다리던 스무 명 남짓 되는 사람들 사이에서 환호성이 울려 퍼졌지. 얀시는 순한 대형견처럼 빗물을 털고는 바에 상자를 올려놓았어.

"포트와인 왔어요, 몰리. 셰리주도 금방 가져올게요. 밖에 비가 진짜 억수같이 쏟아져요."

"이 술값은 어떻게 계산하죠, 몰리?"

바에 앉아 있던 크레슨 시장이 물었네. 크레슨은 참 괜찮은 친구였고, 시장 일로 바쁘지 않을 때면 부유한 부동산업자로서 열심히 일하곤 했지. 아직 시장이 된 지 일 년도 채 되지 않았지만 다들 크레슨을 좋아했어.

"첫 잔은 무료예요."

몰리가 선언하자 사람들이 환호성을 터뜨렸어.

"그다음부터는 뉴욕 가격과 똑같이 한 잔에 30센트예요. 스카치는 45센트."

누군가는 왜 뉴욕과 똑같은 가격을 받느냐며 시비를 걸 수도 있었겠지만 그때 사람들은 다들 기분이 좋았기에 아무도 이의를 제기하지 않았네. 웨인 선생은 안에 술병이 정말로 들어 있는지 사람들에게 보여 주려는 듯 이미 상자를 뜯고 있었어. 얀시가 셰리주 상자를 들고 돌아와 포트와인 상자 옆에 내려놓았고.

몰리가 상자를 돌려 라벨을 읽어 보고는, 몰려든 사람들에게 둘러싸여 상자 뚜껑을 열었네.

"누가 제일 먼저 마시지?"

피니건이 물었어.

"크레슨 시장님이 드셔야 할 것 같은데요."

몰리가 그렇게 말하자 아무도 반대하지 않았네.

"뭐로 드시겠어요, 시장님? 포트와인, 아니면 셰리주?"

크레슨은 새로 개봉한 두 상자 사이에서 결정하기가 어려운 눈치였어.

"글쎄, 포트와인으로 할까요? 아냐, 아냐. 셰리주로 해야겠네. 셰리주 마셔 본 지 하도 오래돼서 무슨 맛이었는지 생각도 안 나네요."

"병 고르세요."

크레슨은 더는 망설이지 않고 상자 맨 위 왼쪽 끝 칸으로 손을 뻗어서 병을 뽑아 들었네. 뚜껑 포장을 벗기자 몰리가 짐짓 격식을 갖춰 크레슨에게 코르크 따개를 건넸어. 크레슨이 어린 소년처럼 씩 웃고서 코르크 마개를 뽑자 또 환호성이 울려 퍼졌지. 다음으로 시장은 바에 한 줄로 세워져 있는 와인 잔 중 하나를 집어서 불빛에 비춰 보고는, 셰리주를 따르더군.

크레슨이 사람들을 향해 건배사를 건넸네.

"여러분의 건강과 노스몬트의 미래를 위하여."

피니건 시의원이 잔을 들고 술을 따르던 그때 심각한 일이 일어 났네. 아직 왼손에 셰리주병을 들고 있던 시장이 잔을 훌쩍 비우 더니 고통스러운 표정을 지은 거야.

"이건 셰리주 맛이……."

시장은 말을 끝맺지도 못했어. 나는 쓰러지는 시장을 보고 붙잡 으러 뛰쳐나갔네. 내 뒤에서 수잔 크레슨이 비명을 질렀지.

시장은 이미 숨이 끊어졌지만 한 손에 여전히 셰리주병을 꽉 붙 잡고 있더군. 바닥에 눕히고 호흡하게 하려고 애쓰는 사이 술이 바닥에 조금 쏟아졌네. 거기에서 도저히 착각할 수 없는, 쓴 아몬 드 냄새가 풍겼어. 나는 시장의 손에서 병을 빼앗아 들고 냄새를 맡아 보았다네. 의심의 여지가 없었지.

"독살당했습니다. 청산가리 같네요."

"어떻게 좀 해 볼 수 없어요?"

시장 부인이 울면서 묻더군.

"미안해요, 수잔. 이미 돌아가셨어요……."

시체가 치워진 후 렌즈 보안관이 내게 말했어.

"이번 건은 날 좀 도와줘야겠네, 선생."

"원하신다면 부검을 집도하고 병 속 내용물도 분석하겠습니다. 저는 거의 청산가리라고 확신합니다만, 아마 시안화칼륨 용액일 겁니다."

"내 말이 무슨 뜻인지 알지 않나. 사건 해결에 자네 도움이 필요해."

"지난번 사건 이후로 벌써 일 년도 넘게 지났어요. 전 요즘은 환자를 돌보는 데 더 많은 시간을 쏟고 있습니다, 보안관님. 이젠 아마추어 탐정놀이에서는 발 뺐다고요."

"시장이 죽었어, 선생. 빨리 해결책을 내놓지 않으면 사람들이 내 머리가죽을 벗겨 놓을 거야. 심지어 불가능 범죄라고! 우리가 내내 지켜보고 있었고, 크레슨 본인이 만지기 전까지는 아무도 술병과 술잔을 건드린 적이 없잖아."

몰리는 카페에서 사람들을 다 내보내고, 시체가 쓰러져 있던 자리에 떨어진 한 방울의 와인 자국을 응시하고 있었네.

"어쩌면 자살일지도 몰라요. 뭐, 어떻게 되든 내 가게 오픈을 다 망쳐 놓은 건 사실이네요."

몰리가 말했어.

"제가 생각할 수 있는 가능성은 포도밭에서부터, 아니면 공장에서 포도주를 담을 때부터 이미 전체에 다 독이 들어간 게 아닐까 하는 건데요."

나는 상자 쪽으로 다가가 아무 병이나 하나 집어 들었네.

"한번 확인해 보겠습니다."

하지만 코르크 따개로 병 하나를 열어 보니 쓴 아몬드 냄새는 전혀 나지 않았어.

"이거 하나는 괜찮은 것 같지만 만일을 대비해 분석을 해 봐야겠네요."

"한 상자 통째로 다 해 보는 게 어때, 선생?"

렌즈 보안관이 물었어.

"좋은 생각입니다. 병원 연구실에 필요한 설비가 다 있어요."

나는 몰리를 흘끔 쳐다보고 말했네.

"미안합니다, 좀 가져가야겠어요."

몰리는 한 손을 내저으며 대꾸했어.

"다 가져가요. 왜 죽었는지 빨리 밝혀내야 나도 이 우울한 분위기를 떨치고 다시 장사를 시작할 수 있을 테니까."

다음 날 아침 크레슨 시장의 죽음에 대해 약간의 사실을 알아냈네. 시장이 연 술병에는 분명히 시안화칼륨이 들어 있었네. 사람을 즉사시키기에 충분한 양이었지. 하지만 같은 상자에 들어 있던 나머지 열한 병에는 아무런 독도 들어 있지 않았어. 하나같이 셰리주 외의 다른 성분은 함유되어 있지 않았고. 결국 프랑스 어느 농장의 불만 많은 일꾼이 셰리주 한 병에 몰래 독을 타는 바람에 이곳 노스몬트의 에드먼드 크레슨 시장이 우연히 죽어 버렸다는 가설밖에 안 남은 거야.

당연히 나는 그 가설을 손톱만큼도 믿지 않았지.

차를 몰고 유치장으로 가서 잔뜩 풀이 죽은 렌즈 보안관에게 내가 발견한 사항을 죄다 말했네.

"피니건 시의원이 수사를 주 경찰한테 맡기겠다더군. 나한테는 이 사건을 주관할 권한이 없다는 거야. 지난여름에 자기 집에 침입한 애새끼들을 잡아 준 게 누군데, 나보고 권한이 없다니!"

"화를 내 봤자 좋을 건 없어요, 보안관님. 진정하시고 사건에 대해 찬찬히 생각해 보자고요."

보안관의 얼굴이 밝아졌어.

"자네 지금 날 도와주겠다는 말인가?"

"보안관님이 올바른 길로 가실 수 있도록 방향은 제시해 드리겠습니다. 지금 약속할 수 있는 건 그게 전부예요. 지금까지 저희가 알아낸 게 뭐죠?"

"셰리주 한 병에 독이 들었는데 그 병을 직접 고르고, 뚜껑을 따고, 잔에 따라서 마신 시장 본인이 죽었다는 거지."

보안관이 우울하게 대답했네.

"그렇죠. 심지어 자기 잔을 직접 골랐고 그 속에 아무것도 안 들었다는 사실도 확인했어요. 독은 병에 들어 있었습니다."

"시장이 넘어진 후에 혼란을 틈타 누가 몰래 넣은 게 아닐까?"

나는 고개를 가로저었어.

"제가 병을 빼앗으려고 보니 시장이 병을 아주 세게 꽉 쥐고 있었어요. 그리고 독은 이미 그 속에 들어 있었고요. 코르크 마개를 뽑기 전부터 독이 들어 있었다는 뜻입니다."

"코르크 따개에 독이 묻어 있었던 게 아닐까?"

스스로도 별로 진지하게 생각하고 내뱉은 말 같지는 않더군.

"아뇨, 그러면 독을 충분히 넣을 수가 없어요. 게다가 두 번째 병도 제가 같은 코르크 따개로 땄습니다."

"그럼 그 병에는 한참 전부터 독이 들어 있었다는 말이군. 그럼 운반한 사람을 의심해야겠는데. 필 얀시 말이야."

"만약 얀시가 미리 독을 넣고 새로 밀봉했다 해도 크레슨 시장님이 딱 그 병을 집어들 거라는 사실을 확신하지는 못했을 텐데요."

"그렇겠지. 어쩌면 누가 죽든 상관없었을지도 몰라. 그냥 몰리네 바에서 불미스러운 사건을 터뜨리고 싶었거나, 공공연히 술 마시는 게 싫었을지도 모르지. 어쩌면 숨겨진 금주법 찬성론자였을 수도 있어."

나는 그 말에 웃음을 터뜨렸다.

"필 얀시가요? 제가 노스몬트에서 사는 내내 계속 밀주를 팔았던 그 사람이?"

"어쩌면 얀시가 이 술을 만들고 가짜 라벨을 붙였을 수도 있네. 금주법 시대가 하도 오래되다 보니 사람들도 진짜 라벨을 판별하기 어려워졌지 않나."

"이건 진짜예요. 와인에 조예가 깊은 웨인 선생님이 직접 확인했거든요."

아침에 병원을 나오기 전에 웨인 선생과 그 이야기를 했었네.

"부탁 하나만 들어주면 안 될까, 선생? 필 얀시한테 배달 경로를 물어봐 줄 수 없겠어? 난 여기에서 주 경찰을 기다려야 한다네."

최소한 그 정도는 해 줄 수 있을 것 같더군. 이렇게 호기심이 동하는 사건을 내가 거부한다고 하면 아무도 안 믿을 거야. 살인 사건에서 렌즈 보안관을 돕지 않은 지도 벌써 한참 되었고, 병원에는 내가 돌볼 환자도 없었고, 몇 가지 일상적 사무 연락 말고는 별로 할 일도 없었거든.

"좋습니다. 제가 가서 이야기해 보죠."

얀시는 시내 외곽에 있는 자기 창고에서 다른 남자 세 명과 함께 일하고 있더군. 직원들이 보스턴에서 온 트럭에서 짐을 내리고, 얀시는 위스키 상자를 확인하고 작은 배달 트럭에 짐을 옮겨 담는 일을 감독하고 있었네.

"하필 제일 바쁜 날 자네가 뭘 물어보러 올 줄이야, 선생. 들어오게, 잠깐 쉬자고!"

나는 양해를 구했네.

"딱 몇 분만 내주시면 됩니다. 어젯밤 몰리네 가게에 배달한 와인 상자에 대해 물어볼 게 있어서 그러는데요."

"아, 그거? 그게 왜?"

"실험 결과 한 병에 틀림없이 독이 들어 있었어요. 대체 어떻게 그런 일이 일어날 수 있었는지 알고 싶은데요."

"여기에서 일어난 일은 아냐. 그건 확실해."

"몰리네 가게에서 일어날 수 있는 일도 아니었어요. 어디에서부터 들어 있었을까요? 설마 여기 도착하기도 전부터 들어 있었단 말인가요?"

얀시는 버번 상자에 붙인 라벨에 몰리의 이름과 주소를 신중하게 적으며 잠시 생각에 잠겼네. 그러더니 만년필을 내려놓고는 말하더라고.

"내 생각엔 자네가 엉뚱한 방향에서 접근하고 있는 것 같아, 선생. 일단 크레슨 시장에 대한 질문부터 시작하는 게 어떨까? 신코너스 근처에 있는 시장의 사냥용 별장 말이야."

"그게 무슨 뜻이죠?"

얀시가 대꾸했어.

"자네가 알아내야지. 난 그만 일하러 가 봐야겠네."

얀시는 진 상자를 들고 비틀거리는 한 남자를 향해 소리를 지르며 걸어가 버렸네. 그 이상의 정보를 얻어 낼 가능성은 없어 보여서 나는 차를 타고 시내로 돌아왔지. 사무실이 있는 청교도 기념 병원을 지나쳐 북쪽 도로를 통해 시장의 집에 들어서자, 처음에는 아무도 없는 듯했지만 자세히 보니 앞 창문 커튼 틈으로 불빛이 보이고 누가 나를 쳐다보고 있다는 사실을 알 수 있었지. 나는 차를 대고 문으로 걸어갔네. 노크도 하기 전에 문이 열리더니 수잔 크레슨이 나타났어.

"무슨 일인가요, 의사 선생님?"

시장 부인이 아름다운 여인이라는 생각을 한 번도 해 본 적이 없었는데, 슬픔에 젖은 그 모습이 묘하게 매력적으로 느껴졌다네.

"지금 렌즈 보안관님을 도와서 시장님의 죽음에 대해 수사하는 중입니다."

"살인 사건이겠죠."

수잔이 정정했어.

"네, 아마 사건이겠지만 아직 확신할 수는 없어서요. 어쩌면 끔찍한 사고일지도 모르니까요."

"정말 그렇게 생각해요?"

"지금은 무슨 생각을 해야 좋을지도 모르겠습니다. 잠깐 안으로 들어가서 몇 가지 질문을 해도 될까요?"

"십 분 후에 장례식장에 가 봐야 해요. 여러 가지 수속 때문에요. 이제 에드먼드를 돌려받을 수 있는 거죠?"

"네, 검시는 끝났습니다."

수잔을 따라 들어가니 식민지풍과 현대풍 가구들이 묘하게 조화를 이룬 넓은 거실이 나오더군.

"전 그게 독이었다고 생각해요."

나는 고개를 끄덕였네.

"와인병 속에 독이 들어 있었습니다. 시장님을 죽이고 싶어 하는 사람이 혹시 있었나요, 크레슨 부인?"

"전혀요. 그이는 아주 인기 많은 사람이었어요. 선거에서 큰 차이로 당선된 시장이었다고요."

"신 코너스 근처에 시장님 소유의 사냥용 별장이 있다고 들었는데요."

"맞아요. 그이 친구들이 함께 쓰는 곳이었어요."

수잔은 열쇠 뭉치 하나를 꺼내서 지갑 속에 넣더군.

"전 거의 가 본 적도 없어요. 다들 부인들을 안 데려와서."

"어떤 친구들이었죠?"

내가 물었네.

"아, 병원의 웨인 선생님이랑 존 피니건 그리고 필 얀시도 있었던 것 같아요. 죽기 전에 거스 프랭클린도 가끔 갔죠. 그 사람들 사실 사냥도 안 했어요. 그냥 앉아서 카드놀이나 하고 술이나 마셨을 거예요."

"혹시 제가 그 별장에 가 볼 수 있을까요? 시장님의 죽음과 관련된 단서를 얻을 수 있을지도 모릅니다."

"그런 생각은 어떻게 하셨어요?"

"그냥 어디에서 주워들은 이야기예요. 혹시 그 열쇠고리에 별장 열쇠가 들어 있나요?"

"아뇨, 이건 그냥 집과 차 열쇠예요. 그이가 별장 열쇠를 어디 뒀는지는 저도 모르고, 지금은 찾을 경황도 없네요."

수잔은 빨리 나가고 싶어 안달이 난 눈치였어.

"제 기억에 시장님은 아주 꼼꼼한 성격이셨습니다. 부인도 열쇠가 어디 있는지 정확히 알고 계실 것 같은데요."

수잔은 한숨을 쉬고 서재로 들어가더군. 한쪽 벽에 직접 만든 듯한 열쇠 선반이 있었는데 거기에는 못이 여러 줄 박혀 있었어. 수잔은 꼬리표가 붙은 열쇠들 중 하나를 골라서 내게 건넸네.

"그이가 꼼꼼했다는 말은 맞아요. 첫 잔을 마실 셰리주병을 고를 때, 난 그이가 뭘 고를지 정확히 알고 있었죠. 항상 맨 위 왼쪽부터 시작하거든요. 책이나 신문을 읽을 때도 늘 그랬어요."

"그걸 아는 사람이 많았던가요?"

"네모난 케이크나 미트로프를 자를 때도 늘 그랬어요. 그이는 항상 왼쪽 위부터 골랐거든요. 그이를 아는 사람이라면 거의 다 알고 있었을 거예요. 피니건 시의원은 가끔 그걸 가지고 툭하면 놀렸죠."

나는 열쇠를 주머니에 넣고 수잔에게 말했네.

"최대한 빨리 돌려 드리겠습니다."

사냥용 별장에서 대체 무엇을 찾게 될지 예상도 할 수 없었네.

하지만 얀시가 그곳에서 무슨 일이 일어났는지에 대한 의문부터 가지라고 했기에, 우선 그곳부터 찾아보아야겠다고 생각했지. 통나무로 간소하게 지은 건물이었지만 2층에 침실이 네 개나 있어, 오두막이라기보다는 사람이 거주하는 집 같았지. 가구는 제법 많았지만 화려하지는 않았어. 집 안을 휙 둘러보고 난 뒤 나는 찬찬히 하나하나 살펴보기로 했다네.

벽난로에 재가 남아 있는 걸 보니 가을 동안 사용했던 모양이야. 아마 얼마 전에 끝난 사냥 시즌 동안 썼던 것 같았어. 크레슨 시장처럼 꼼꼼하고 세심한 사람이 지난해 겨울에 피웠던 장작 재를 지금까지 남겨 두지는 않았을 테니 말일세. 찬장 주위와 2층 침실도 다 둘러보긴 했지만 애초에 내가 무엇을 찾고 있는지조차 알 수가 없었어. 삼십 분쯤 후 포기해야겠다고 생각하고 있는데 문득 서랍 속에 든 작은 가죽 주머니 하나가 눈에 띄었네. 검은 고무 구슬 같은 것이 여러 개 들어 있었어.

그때 아래층에서 갑자기 문이 열리는 소리가 들리는 바람에 나는 얼어붙었네. 하지만 가죽 주머니 끈을 당겨 조인 뒤 서랍 속에 다시 집어넣고 서둘러 침입자를 맞이하러 침실 밖으로 나갔지. 계단에서 딱 마주쳤어. 웨인 선생이었네.

"아, 호손!"

웨인 선생은 마치 병원 복도에서 마주치기라도 한 듯 내게 인사를 건넸어.

"밖에 있는 차가 대체 누구 건가 했네. 자네가 이 별장 열쇠를 갖고 있었을 줄은 몰랐지 뭐가."

웨인은 나보다 나이가 많았어. 쉰 살쯤 되었던가, 덥수룩한 머리는 이미 회색으로 물들어 있었지. 직장 밖에서 마주친 적은 없었지만 항상 장시간 일하는 박식한 내과의라는 인상이 있었다네. 스태프 미팅 때 툭하면 앉아서 하품을 해 댔지만 그걸 뭐라고 하고 싶지는 않았어.

"크레슨 부인이 주셨습니다. 지금 제가 렌즈 보안관님의 수사를 돕고 있거든요."

나는 설명했어.

"탐정 일로 돌아갔군?"

웨인이 히죽 웃으며 물었어. 항상 내가 탐정 일을 한다는 걸 농담거리로 삼곤 했거든.

"내 생각엔 아마 금주법 찬성론자들이 배후에 있을 것 같네. 음주가 합법이 된 지금, 사람들을 술에서 멀어지게 하려는 수작일 거야."

"여긴 어쩐 일로 오셨어요?"

웨인은 계단에 멈춰 서서 내가 비켜서기를 기다렸네.

"지난번에 다 같이 사냥 여행을 갔을 때 옷을 몇 벌 놓고 갔었어. 들어올 수 있을 때 얼른 가져가야겠다고 생각했지."

"열쇠를 갖고 계시는군요?"

"그럼."

웨인은 자기 열쇠를 내게 보여 주었어.

"주말이면 몇몇은 여기 와서 그냥 쉬다 가기도 했거든. 에드먼드는 그 부분에서 관대한 편이었고, 우린 이 장소를 좋아했어. 지금은 다 끝났지만."

"누구랑 같이 오셨습니까?"

"피니건 시의원이랑 필 얀시. 보통 우리 넷이 왔지."

나는 고개를 끄덕였네.

"전 아래층에 가서 좀 둘러봐야겠습니다."

몇 분 후 웨인이 사냥용 재킷과 가죽 케이스에 든 소총을 가지고 내려왔어.

"다시는 못 모이게 된다니 참 아쉽구면."

"크레슨 부인이 남편과 함께 오는 일은 없었나요?"

내가 물었네.

"우리가 여기 있을 때는 없었네. 그럼 병원에서 보세, 샘."

웨인은 정문으로 나갔어.

나는 웨인이 차를 몰고 나가는 모습을 지켜보고 나서 위층으로 올라가 내가 아까 들여다봤던 서랍을 다시 열어 보았네. 가죽 주머니가 사라졌더군.

노스몬트로 돌아온 나는 긴급한 환자가 없는지 에이프릴에게 물어보았네. 별일 없다는 대답을 듣고, 렌즈 보안관이 있는 유치장으로 전화를 걸었어. 부보안관이 몰리스 카페에 있다고 하기에 그쪽으로 차를 몰고 갔지.

몰리는 중문과 정문 사이에 있는 외투 보관소에서 벽에 마무리 페인트칠을 하고 있더군.

"어제는 시간이 없었거든요. 이젠 어차피 아무도 안 올 테고."

몰리가 내게 말했네.

"시장이 죽은 곳을 구경하러 올 사람도 있지 않겠어요? 얀시가 나머지 술은 갖다줬나요?"

"네, 트럭에 싣고 왔었어요. 당신하고 보안관님이 어젯밤에 가져간 셰리주는 어땠어요?"

"모든 병을 다 따서 시험해 봤는데 다른 병에서는 독이 안 나오더군요. 만일을 대비해서 포트와인 상자도 확인해 봐야 할 것 같은데요."

"한 병만 가져가요. 한 상자를 다 내줄 여유는 없어요."

"보안관님은 어디 계세요?"

"안에요. 존 피니건하고 대화하는 중이세요."

몰리가 페인트 묻은 손가락으로 가리켰어.

내가 들어가자 피니건이 쳐다보더군. 스카치 한 병과 유리잔 하나가 그 앞에 놓여 있었네. 금주법이 폐지되니 한시라도 시간을 낭비할 수가 없었던 모양이지.

"와서 한잔하겠나, 선생?"

피니건이 물었네.

"전 낮술은 좀 그래서요."

나는 렌즈 보안관에게 손짓을 했네. 그리고 함께 대화를 나누기 위해 부엌으로 자리를 옮겼어.

"뭐 좀 찾았나?"

보안관이 물었어.

다른 병에서는 독약이 나오지 않았다는 사실을 보고한 뒤, 나는 얀시와 나눴던 대화 내용과 그 후 사냥용 별장에 찾아갔다는 이야기를 털어놓았네.

"분명 살인 사건과 무슨 관련이 있는 것 같은데, 대체 어떻게 연결 지어야 할지 모르겠습니다."

"자네가 도와줘서 얼마나 고마운지 몰라. 방금 전까지 저 시의원한테 혹시 시의회에서 무슨 문제가 있었던 건 아닌지 알아내려고 애쓰고 있었는데, 글쎄 아무 문제 없다잖아."

"여기 시내에서야 아무 일 없이 잘 돌아가고 있겠죠. 문제가 생긴 곳은 사냥용 별장이었을 겁니다. 필 얀시를 다시 찾아가서 이야기해 볼 생각인데, 그 전에 몰리한테서 포트와인 한 병을 받아 가야겠어요."

얀시의 창고로 돌아가 보니 아침 내내 하던 작업이 거의 끝났더군. 딱 한 명만 남아서 트럭에서 짐을 내리고 있기에 얀시가 어디 있느냐고 물어보았지.

"얀시요? 창고 안 어디 있겠죠. 점심 먹고 와서 몇 시간은 못 본 것 같네요."

남자가 대답했네.

창고 안으로 돌아가 이름을 부르며 얀시를 찾았지. 아침에 비해 창고에 쌓인 위스키 상자가 엄청나게 늘었더군. 하역장에서 사무실에 이르기까지 긴 복도를 이룰 정도라서, 군 주민들이 한참을 마시고도 남을 정도였어.

"얀시! 어디 있습니까! 샘 호손인데요!"

내가 다시 불렀네.

거의 사무실에 다 왔을 무렵 창고 바닥으로 천천히 흐르는 약간의 액체가 보였네. 쌓인 상자 뒤에서 흘러나오고 있었어. 그 뒤를 찾아보니 필 얀시가 있더군. 가까이에서 보니 등에 총을 맞은 상태였고, 이미 죽어 있더라고.

시체를 훑어보던 렌즈 보안관이 몸을 일으켰네.

"죽은 지 얼마나 된 것 같나, 선생?"

"몇 시간쯤 된 것 같습니다. 밖에서 일하는 찰리라는 친구가 그러는데 점심시간 이후로 얀시를 못 봤다는군요. 찰리가 돌아왔을 때 이미 죽어 있었을 가능성도 있죠."

"혹시 크레슨 시장 독살 사건과 관련이 있을까?"

"저는 높다고 봅니다. 어쩌면 누가 얀시를 매수해서 배달 전 그 병에 시안화칼륨을 넣었을 수도 있죠."

"밀봉된 병에 대체 어떻게 넣은 거지?"

"그게 문젭니다. 저도 자꾸 왠지 금주법 찬성론자들이 이 사건의 배후에 있을 것 같다는 생각이 들어요. 어쩌면 사람들에게 겁을 줘서 음주를 꺼리게 만들기 위한 최후의 발악으로 전국의 모든 와인 및 주류에 다 독을 타고 있을지도 모르죠."

"그게 무슨 말도 안 되는 소린가, 선생?"

"예, 말도 안 되죠. 하지만 얀시를 매수해서 독을 타게 했다면 얀시가 뭐라 떠벌리기 전에 죽여 버리는 것도 말이 되죠."

"얀시의 죽음은 완전히 다른 동기일 수도 있네, 선생. 얀시가 자네한테 시장의 사냥용 별장을 확인해 보라고 했었지? 어쩌면

거기에서 벌어지는 또 다른 일에 대해서 더 떠들까 봐 죽였을 수
도 있어."

보안관이 지적했네.

"맞는 말씀입니다. 그런데 보안관님, 혹시 오후 내내 몰리스 카
페에 존 피니건과 함께 계셨던가요?"

"아니, 전혀. 난 자네가 오기 직전에 거기 도착했어. 그리고 피
니건도 그 자리에 그리 오래 있진 않았을걸."

나는 마음을 정했어.

"알겠습니다. 그럼 전 그만 병원에 가 보겠습니다. 최대한 빨리
부검을 진행하겠지만 그리 놀라운 사실이 새로 드러나진 않을 것
같네요. 그냥 소구경 권총 탄환에 맞은 상처 같습니다."

"면식범의 소행일까?"

"살인자한테 등을 돌리고 있었으니 그렇겠죠. 아니면 누가 몰래
숨어들어서 등 뒤에서 쏘았던가."

내가 말했네.

렌즈 보안관은 슬픈 표정을 짓더니 고개를 절레절레 저었어.

"이건 정말 너무 복잡하고 큰 사건일세, 선생. 가끔 이런 일을
하기에 내가 너무 늙었다는 생각이 들 때가 있어."

병원으로 돌아간 나는 몰리에게서 받아 온 포트와인을 통상적
으로 검사해 보았네. 독은 들어 있지 않았어. 고를 수 있는 술병
이 24개나 되었는데 그중에서 크레슨 시장은 정확히 독이 든 술
병을 집었던 거야. 이게 과연 사고일까, 아니면 살인 사건일까?
문득 시장 부인이 말했던 시장의 평소 습관이 떠올랐네.

셰리주 상자는 아직 내 사무실 작업대 위에 놓여 있었네. 나는 몰리스 카페의 주소가 적혀 있는 라벨을 꼼꼼히 들여다보았지. 날카롭고 뚜렷한 그 만년필 필적이 필 얀시의 글씨체라는 사실은 바로 알아볼 수 있었어. 그날 아침 창고에서 다른 상자의 라벨에 주소를 쓰던 필 얀시의 모습도 떠오르더군. 바로 몇 시간 전까지 살아 있었고, 금주법 폐지 덕분에 드디어 정직한 사람이 되었다고 기뻐했었는데 말이야.

라벨을 들여다보던 나는 갑자기 누가, 어떻게, 왜 크레슨 시장을 죽였는지 깨달았네.

늦은 오후, 나는 몰리스 카페를 찾아갔어. 다른 손님들은 없더군.

"시의원님은 가셨나요?"

내가 물었어.

몰리가 읽고 있던 신문에서 고개를 들었네.

"누구한테 얀시 소식을 듣더니 꽁지 빠져라 뛰쳐나가던데요. 꼭 유령이라도 본 것 같은 얼굴로."

"왜 그런 표정을 지었는지 저는 이해가 됩니다."

나는 바에 앉으면서 몰리에게 말했어.

"시장님 사냥용 별장에 자주 놀러 가던 사람 다섯 명 중 세 명이 죽었잖아요."

"세 명?"

"시장님, 얀시 그리고 당신 남편 거스."

몰리가 바 뒤에서 술병을 하나 꺼내 들고 왔네.

"공짜 술 한잔해요, 샘."

"당신이 그 사람들을 죽였죠?"

나는 조용히 물었어.

"대체 무슨 소릴 하는 거예요? 거스가 목을 매달았을 때 나는 보스턴에 있었는데."

"거스 말고, 나머지 둘 말입니다. 크레슨과 얀시."

몰리는 버번을 조심스럽게 따르고 물과 얼음을 넣은 뒤 잔을 내 앞에 내려놓았어.

"만일 그렇게 생각한다면 이 잔에도 독이 들어 있겠네요."

나는 잔을 쳐다보지도 않았네.

"당신이 시장을 죽인 건 거스의 복수 그리고 그 사람들이 별장에서 하던 짓 때문이었겠죠."

"그게 뭐였는데요?"

몰리가 공허하게 물었어.

"내가 무슨 말을 하는지 당신도 잘 알고 있잖아요, 몰리. 그 사람들은 아편을 피웠어요. 당신 남편은 아편 중독으로 자살에 내몰렸고, 그래서 당신이 크레슨 시장을 죽인 거죠."

"정말 어처구니없는 말을 다 하네요, 샘! 어떻게 그런 황당한 생각을 했는지 한번 말이나 해 봐요."

"좋습니다. 오늘 그 별장에 갔다가 검은 구슬 몇 개를 발견했어요. 파이프에 넣어 피우는 생아편이었죠. 웨인 선생이 갑자기 나타나서 그걸 가져갔습니다. 아마 맨 처음 아편을 제공한 사람이 바로 웨인 선생이 아니었을까 싶네요. 오래전부터 스태프 미팅 때

하품하는 모습을 보면서 바로 알아차렸어야 하는데 말이죠. 하품을 제어하지 못하는 건 아주 전형적인 아편 금단현상인데."

몰리가 대꾸했네.

"알겠어요. 그럼 내가 밀봉된 와인병에 어떻게 독을 넣어서 크레슨 시장한테 마시게 했는지도 말해 봐요."

나는 우리 사이에 놓인, 건드리지 않은 버번 잔을 바라보다 고개를 들었지.

"피하 주사기로 봉랍과 코르크 마개를 뚫고 독을 주입했겠죠. 당신 남편이 다른 마약을 하느라 썼던 주사기가 있을 테니. 아무도 봉랍에 난 작은 구멍을 주목하지 않겠죠. 혹시 구멍이 너무 크면 밀랍 한 방울로 막으면 그만이고요. 시안화칼륨은 보스턴에 있는 당신 아버지의 전기 도금 공장에서 가져왔을 겁니다. 그런 곳에서 자주 사용되는 물질이니까."

"한 가지를 잊었네요, 샘. 얀시가 와인을 가져오는 모습을 모두가 다 봤잖아요. 크레슨이 병을 따기 전까지 그 와인은 계속 사람들 눈앞에 놓여 있었다고요."

"얀시가 가져왔다고 생각했던 거죠, 우리 모두가. 하지만 그건 계속 그 자리에 놓여 있었어요. 아마 외투 보관소 문 바로 앞 맨바닥에 신문이나 옷가지로 덮여 있었겠죠? 어젯밤엔 비가 억수같이 왔고 얀시는 들어오면서 비옷에 묻은 물기를 털었어요. 와인 상자를 어깨에 짊어지고 왔으니 당연히 상자 위에 붙어 있던 라벨의 글씨는 빗물에 번졌을 겁니다. 그런데 글씨가 멀쩡했어요. 그건 불가능한 일이죠. 비가 오는 내내 와인 상자가 건물 안에 있던 게 아니고서야. 아마 얀시는 술 상자를 그날 이른 시간에 배달해 놓았을 겁니다. 당신은 술병에 독을 주입한 뒤 외투 보관소에 두 상자만 남겨 놓았죠. 나머지는 얀시에게 다시 가져갔다가 금주법 폐지를 알리는 드라마틱한 연출과 함께 재등장시켜 달라고 부탁한 게 아닌가요? 당연히 얀시는 당신이 술병에 독을 넣었으리라고는 상상도 못한 채 그 부탁을 들어줬겠죠. 그런데 오늘 얀시가 와인을 저녁 이전에 갖다 놓았다는 사실을 폭로하겠다고 협박하는 바람에 당신은 얀시를 총으로 쏠 수밖에 없었습니다. 렌즈 보안관님이 오늘 오후 시의원과 함께 이 카페에 있었던 건 아주 잠깐이라고 하시더군요. 그러니까 당신은 점심시간 사이에 창고로 차를 몰고 가서 얀시를 죽일 수 있었던 겁니다."

"아주 똑똑하네요, 샘. 당신이 그렇게 똑똑한 걸 늘 알고 있었지만."

"친구들은 모두 시장의 깐깐한 버릇을 알고 있었죠. 당신도 직접 관찰해서 알았거나, 아니면 남편이 지나가듯 언급했을지도 모르겠네요. 어떤 상황에서든 어차피 시장이 맨 위 왼쪽부터 집으리라는 사실을 알고 있었겠죠. 당신이 바로 상자 방향을 돌려서 독이 든 병이 제자리에 오도록 조절한 사람 아니었던가요? 만일 시장이 다른 병을 집었다 해도 뭐, 크게 문제 될 일은 없었겠죠. 그냥 다음 기회를 노리면 그만이니까."

몰리의 얼굴에 지친 미소가 떠오르더군. 마치 어떤 결론에 도달한 듯 말이야.

"이번이 바로 다음 기회였어요, 샘. 거스가 자살한 직후 아편쟁이였던 크레슨의 친구들이 저지른 짓이라는 사실을 알고, 한 차례 시도했었는데 그땐 실패로 돌아갔었거든요. 절대 실수할 수 없었죠."

"만약 시장이 셰리주 말고 포트와인을 골랐다면 어떻게 됐을까요?"

"그 상자에도 마찬가지로 귀퉁이 칸에 든 병에 독을 넣었어요. 당연히 당신한테 분석하라고 건넨 그 병은 아니었고요."

나는 버번 잔을 손가락으로 가리켰네.

"혹시 내가 진실을 밝혀낼 것을 대비해서 이 잔에도 독을 넣었나요, 몰리?"

"그건 안전해요. 마셔도 돼요."

"그러고 싶진 않네요."

몰리가 어깨를 으쓱하더군.

"그건 당신 선택이에요. 하지만 나라면 괜찮은 버번을 낭비하진 않겠어요."

내가 반응하기도 전, 몰리는 잔을 들어 단숨에 마셔 버렸네.

샘 선생은 브랜디를 비우며 이야기를 끝냈다.

"몰리는 자기가 죽인 두 남자와 같은 날 묻혔네. 가끔 몰리가 떠오를 때면 내가 바로 세 번째 희생자가 될 수도 있었다는 생각이 들곤 해. 다음에 올 때는 1933년 여름, 서커스단이 마을을 찾아온 이야기를 해 주겠네."

The Problem of the Invisible Acrobat

사라진 곡예사의
수수께끼

늙은 샘 호손 선생은 셰리주 두 잔을 따른 후 한 잔을 방문객에
게 건네며 말했다.

"노스몬트에서는 카니발과 축제가 자주 열렸지. 하지만 진짜 큰
서커스단이 우리 마을을 찾아온 건 1933년 여름이 처음이었네.
덕분에 그해 7월에 노스몬트가 일약 유명해져서 하트포드, 프로
비던스, 스프링필드 같은 먼 곳에서도 관광객이 찾아왔는데⋯⋯."

(샘 선생은 말을 이었다.)

당시 자동차 여행이 증가하는 추세였기에, 노스몬트에서는 뉴
잉글랜드 전역에서 사람들을 끌어모을 수 있다는 생각에 7월 중
순경 '비거&브라더스' 서커스단을 초빙했네. 그런데 새로 지은 시
영 축제장이 제때 준비가 되지 않는 바람에 스케줄에 차질이 생겼
지. 렌즈 보안관은 막 광고판이 설치되기 시작된, 그러니까 겨우

한 달 전에서야 그 사실을 알았지.

비거&브라더스는 이동 수단이 마차가 아니라 철도였던 초창기 서커스단이었기에 철도 근처에 넓은 땅을 원했다네. 팝 워튼의 농장은 위치가 딱 좋았고, 특히 농장주가 장기간 병원에 입원한 상태여서 제대로 관리가 안 되고 있었기에 더욱 좋았지. 팝은 육십대 후반의 내 환자였는데 평생 열정적으로 농사를 짓다가 심각한 류머티즘이 찾아오는 바람에 그만 병석에 눕고 말았어. 농사에 별 관심이 없었던 팝의 아들 마이크는 방치해 둔 농장을 서커스단에 빌려주고 약간의 돈이라도 벌자고 아버지를 열심히 설득했네.

서커스 열차는 월요일 새벽, 아직 깜깜한 시간에 도착했네. 나는 아침 7시에 보스턴에서 찾아온 보안관의 여덟 살짜리 조카 테디 렌즈와 함께 그걸 보러 가기로 약속했었지. 테디의 아버지는 대공황 때문에 직업을 잃고 실업자가 되었고, 보안관 부부는 여름 한 달이나마 입 하나라도 줄여 주기 위해 아이를 맡기로 약속한 모양이었어. 테디는 서커스를 보고 싶어 안달이 난, 그저 천진난만하고 활발한 어린아이였네.

"벌써 왔어요?"

테디가 날렵한 내 로드스터에 올라타며 물었어.

"그럴걸. 어디 한번 가 보자."

"차 진짜 멋있어요, 샘 선생님."

"고마워."

나는 씩 웃은 뒤 워튼 농장으로 차를 몰았어. 코끼리와 곡예사를 볼 수 있다는 생각에 나도 테디 못지않게 신이 났었네. 마치 출근을 빼먹고 놀러 나가는 기분이었지.

기대는 어긋나지 않았어. 가장 가까운 언덕에 차를 세우자, 제일 먼저 눈에 띈 것은 서커스 텐트 세우는 일을 돕는 한 쌍의 코끼리였거든. 객차에서 짐을 내리고, 짐승 우리를 설치하고, 텐트와 현수막을 세우는 등 돌아다니는 일꾼들이 거의 백 명은 되어 보였어. 나는 차를 세워 놓고 테디의 손을 꼭 잡았네. 흥분한 아이가 저 거대한 코끼리 쪽으로 뛰어가면 안 되니 말이야.

팔자수염에 가죽 재킷을 입은 쾌활한 남자 하나가 우리를 보고 다가오더군.

"어떻게 오셨죠? 아들과 함께 거대한 텐트 설치를 구경하러 오셨나요?"

"어, 제 아들은 아니지만 맞습니다. 저는 노스몬트에서 진료소를 운영하는 샘 호손이라는 의사이고, 이 아이는 보안관의 조카 테디 렌즈라고 합니다."

테디는 남자와 악수를 했어.

"조지 비거라고 합니다. 이건 내 서커스단이고."

남자는 악수를 하며 테디를 향해 활짝 웃었지.

"만나서 반가워요. 그럼 혹시 브라더스 아저씨도 여기 있나요?"

남자가 웃음을 터뜨렸네.

"브라더스 아저씨는 없단다, 아가야. '브라더스'란 플라잉 람피치 형제를 가리키는 말이거든. 쇼에서 볼 수 있을 거야, 다섯 명 전부."

남자는 막 올라가고 있는 커다란 서커스 현수막을 가리켰네. 다섯 명의 검은 머리 청년이 톱밥으로 채워진 무대 위, 하늘 높은 곳에서 줄에 매달려 빙빙 도는 모습이 그려져 있었지. 그중 한 명은 공중그네에서 손을 놓고, 무릎으로 공중그네에 매달려 있는 다른 곡예사를 향해 손을 뻗고 있었네.

테디는 외쳤어.

"와! 그럼 광대도 있어요?"

"광대가 있느냐고?"

비거가 주위를 둘러보더니 지나가던 어느 늘씬한 남자를 불렀네.

"하비, 이 꼬맹이가 광대가 있느냐고 묻는데!"

남자는 몸을 돌려 우리 쪽으로 다가왔어. 이미 얼굴에 광대 분장을 하고 있더군. 남자는 커다란 소맷자락 속으로 조용히 손을 집어넣더니 종이로 된 꽃다발 하나를 꺼내 테디에게 선물하고는, 반대쪽 소매로 다시 손을 집어넣어 이번에는 살아 있는 새끼 토끼 한 마리를 꺼냈네. 남자는 테디에게 토끼도 건네주고는 우리를 향해 미소 지으며 허리를 숙인 뒤 걸어가 버렸어.

"저 친구는 광대 하비입니다. 말은 한 마디도 안 하지만 항상 사람들을 즐겁게 해 주죠."

조지 비거가 설명했어.

"정말 신나요!"

테디가 복슬복슬한 새끼 토끼를 쓰다듬으며 소리를 질렀네.

"이 토끼 집에 데려가도 돼요, 샘 선생님?"

"너희 삼촌하고 숙모한테 여쭤봐야지."

느닷없이 애완 토끼를 마주할 렌즈 보안관의 모습을 떠올리니 무척 재미있더군.

비거가 오후 공연 티켓 두 장을 건네며 말했어.

"처음 오신 손님이니 선물을 드리죠. 두 분이 한가운데 제일 앞자리에 앉아 주시면 좋겠습니다."

"꼭 오겠습니다."

나는 약속했네. 솔직히 그때까지 오후에 테디를 서커스에 데려갈 생각은 없었지만, 이렇게 즐거워하는 모습을 보니 안 가겠다고 할 수가 없었어.

키가 크고 반짝이는 검은 머리의 사랑스러운 여성이 가던 길 중간쯤에서 몸을 돌려 비거에게로 다가왔네.

"내 아내 힐다입니다. 안장 없이 말을 타는 묘기를 하죠."

비거가 소개했어.

힐다는 우리에게 사무적으로 고개만 까딱하고는 비거에게 말했지.

"조지, 좀 와 봐. 호랑이 우리 내리는 데 문제가 생겼어."

"알았어. 일하러 가야겠네요, 여러분. 그럼 나중에 뵙죠."

나는 테디와 함께 동물과 텐트 설치를 한참 구경하다가, 흥미진진할 오후를 위해 일단 테디를 집으로 데려갔다네.

렌즈 보안관과 아내 베라도 그날 오후 서커스 구경을 오기로 했어. 한참 뒷줄 맨 끄트머리 좌석에 앉아 있는 보안관 부부를 보고, 네 번째 줄 한가운데 제일 좋은 자리에 앉은 우리가 손을 흔들었다네. 구획만 해 놓은 야외 나무 의자를 제외하면 남은 자리가 거의 없었지. 뭐, 어린 인생에서 최고의 날을 보내고 있는 테디에게는 자리 따위는 아무 상관도 없었겠지. 제일 먼저 곡예사와 동물 무리로 이루어진 서커스 퍼레이드가 우리 앞을 지나갔네. 안장 없이 말을 탄 힐다도 보였고, 반짝반짝 빛나는 타이츠를 입은 람피치 브라더스 다섯 명과 슬픈 얼굴의 광대 하비도, 당대 유명 코미디언 하포 막스처럼 작은 뿔피리를 불며 지나갔지.

곡예사와 동물들이 지나간 뒤 전형적인 서커스 감독 복장을 한 조지 비거가 스포트라이트를 받으며 등장했네. 실크해트를 벗고 부드럽게 팔을 벌리며 입을 열더군.

"안녕하세요! 천막 안에서 벌어지는 위대한 쇼, '비거&브라더스' 서커스에 잘 오셨습니다! 여러분은 앞으로 아주 즐겁고, 흥분 되고, 당황스럽고, 깜짝 놀라고, 흥미롭고, 재미있기 짝이 없는 두 시간을 보내실 겁니다. 두 눈 똑똑히 뜨고 계셔야 합니다. 여기 세 개의 링과 여러분의 머리 위에서 무슨 일이 끊임없이 일어날 테니까요. 그럼 안장 없는 승마의 여왕 '어메이징 힐다'가 죽음도 두려워하지 않고 한 쌍의 야생마 위에서 벌이는 곡예를 박수로 맞이해 주시기 바랍니다!"

힐다는 나란히 걸어 들어오는 두 마리의 회색 말 위에서 양 다리를 벌리고 균형을 잡으며 멋지게 등장했네. 테디의 눈이 휘둥그레지더군. 스팽글이 잔뜩 붙은 짧은 옷을 입고 사랑스러운 몸매를 유감없이 드러낸 힐다 비거의 모습에 나도 눈이 살짝 커졌어. 힐다는 말 등에서 공중제비를 도는 등, 여러 가지 놀라운 곡예를 선보여 관중들로부터 박수와 환호를 받았네.

색색의 스포트라이트가 다시금 출연자 입구 쪽으로 향했고 이번에는 하비를 선두에 세운 어중이떠중이 광대 무리가 비틀거리는 걸음으로 요란을 떨며 입장했네.

"저기 하비 있어요!"

테디가 하비를 알아보고 내 소매를 잡아당겼어.

"그래, 하비 맞네."

하비는 헐렁한 웃옷 속에서 살아 있는 오리 한 마리를 꺼내더니 깜짝 놀라며 기절하는 척했고, 다른 광대들이 그런 하비를 마구 때렸다네. 하비는 아침에 만난 우리를 떠올렸는지, 재빨리 단상으로 가서 알록달록한 마분지 메달을 테디에게 걸어 주었네. 그러고는 톱밥 무대 위로 돌아가서 다른 광대들에게 고무 곤봉으로 얻어맞았지.

광대 무리가 여전히 무대 앞쪽에 있는 사이, 갑자기 악단 쪽에서 요란한 트럼펫 소리가 울려 퍼지고 스포트라이트가 서커스 링으로 뛰어나오는 다섯 명의 곡예사를 비췄어. 그리고 링 아래로 그물이 설치되더군. 확성기를 통해 비거의 목소리가 울려 퍼졌네.

"신사 숙녀 여러분, 우리 서커스단의 스타, 플라잉 람피치 브라더스 다섯 형제를 소개합니다!"

검은 머리의 다섯 젊은이들이 허리를 숙여 인사했고, 스포트라이트가 빙빙 돌며 스팽글이 가득한 타이츠를 반짝반짝 비추더군. 다섯 명은 각각 다른 색 옷을 입고 있었네. 하얀색, 분홍색, 파란색, 노란색, 녹색. 다섯 명은 누가 봐도 형제라는 사실을 알 만큼 꼭 닮았더군. 비거가 나서서 이들을 소개했지.

"하얀색이 아르투로, 분홍색이 눈치오, 파란색이 주제페. 이냐치오가 녹색, 피에트로가 노란색입니다. 여러분, 큰 박수 부탁드립니다!"

다섯 형제가 공연을 시작했네. 커다란 천막 천장의 가장 높은 곳까지 줄사다리를 타고 올라가, 나무 단으로 옮겨 갔어. 아르투로가 가장 먼저 펄쩍 뛰어올랐네. 허공으로 높이 뛰어, 공중그네를 덥석 붙잡았지. 관객들이 환호성을 지르자 다른 형제들도 모두 뒤를 따라 현란한 공중 곡예를 선보였다네. 눈치오와 아르투로가 절묘하게 그물로 떨어졌을 때도 관중은 그것이 곡예의 일부라고 확신하고 손뼉을 치며 웃었지. 아마 실제로도 그랬을 거야. 하비와 광대들이 떨어진 사람을 둘러싸고 장난을 치느라 떠들썩했거든. 그야말로 여러 번 예행연습을 한, 정해진 순서처럼 보였다네. 한편 위쪽에서는 남은 세 형제가 여전히 박자 한 번 놓치지 않고 공중 곡예를 이어가고 있었다네.

눈치오는 자신을 따라오는 스포트라이트 속에서 사다리를 기어 올라 형제들을 바라봤네. 색색의 조명이 현란하게 번쩍이며 천막 안의 분위기를 한층 더 광기 어린 기묘한 공간으로 고조시켰어. 주제페와 피에트로가 한 공중그네 위에 함께 올라타고 크게 앞뒤로 움직였고, 피에트로는 이냐치오를 공중에서 붙잡았네. 맞형으로 보이는 아르투로는 나무 단 위에 서서 빈 공중그네가 자신이 있는 쪽으로 다가오기를 기다리다, 가볍게 잡아채고 형제들 뒤를 따라 허공을 날았네.

몇 분쯤 지났을까, 뭔가 이상하다는 느낌이 들었지. 그 느낌은 차츰 분명해졌어. 색색의 조명, 관중들의 환호와 박수 소리, 허공을 날며 질주하는 곡예사들…… 갑자기 다섯 중 넷밖에 안 보이는 것 같더라고. 차근차근 색깔을 확인하며 다시 한 번 세어 보았네. 파란색, 노란색, 흰색, 녹색. 분홍색 곡예사가 사라진 거야. 눈치 오였지.

"분홍색 곡예사 보이니?"

나는 테디에게 물었어.

"아뇨. 어디 있어요?"

"나도 모르겠다. 혹시 그물로 떨어졌나?"

하지만 그렇지 않다는 사실을 알고 있었네. 떨어지는 곡예는 한 번뿐이었으니까.

다른 형제들도 모두 눈치오가 사라졌다는 사실을 알아챈 모양이었어. 나무 단에 옹기종기 모여서 대화를 나누고 있더라고. 그 아래로 서커스 단장 복장의 조지 비거가 다시 나타났네.

"플라잉 람피치 브라더스에게 큰 박수 부탁드립니다!"

네 형제는 공중그네를 타고 우아하게 안전그물로 하나하나 떨어졌네. 주제페, 피에트로, 아르투로, 이냐치오. 사라진 눈치오에 대한 언급은 따로 없었어. 청중들의 환호 속에서 네 형제가 사라진 뒤 바로 동물 훈련 곡예를 선보이기 위해 사자와 호랑이 우리가 무대로 나왔네.

"아주 잠깐만 여기 혼자 있을 수 있겠니?"

나는 테디에게 물었어.

"그럼요, 샘 선생님. 어디 가시려고요?"

"잠깐 밖에 좀. 돌아다니면 안 돼, 가만히 여기 있어야 한다."

렌즈 보안관 부부도 앉은 자리에서 테디를 볼 수 있으니 큰 걱정은 되지 않았네.

나는 톱밥이 깔린 바닥을 걸어서 곡예단이 드나드는 넓은 입구를 통해 밖으로 나갔네. 조지 비거가 모자를 벗고 서서 네 형제들과 격렬하게 입씨름을 벌이고 있더군.

"대체 무슨 일입니까? 한 명은 어디 갔어요?"

"없어졌어요. 분명히 거기 있었는데 갑자기 없어졌어요."

아르투로가 두 손을 벌리며 짧게 말했네.

자리에서 일어나는 나를 보았는지 렌즈 보안관이 뒤따라 나오더군.

"무슨 일인가?"

"곡예사 한 명이 없어졌답니다."

"시작할 때는 분명히 다섯 명이 있었던 것 같던데."

비거의 아내 힐다가 반짝이는 의상을 입은 채 뛰어왔어.

"침대칸에도 없어."

"이거 생각보다 문제가 커진 것 같은데."

비거가 얼굴을 찌푸리며 말했네.

"사람이 그렇게 느닷없이 사라질 수는 없습니다."

물론 나는 오랜 세월 동안 실제 사라진 사람을 꽤 여럿 보았지만 이렇게 정교한 속임수 하나 없이 홀연히 사라진 사람은 없었거든.

"없어진 건 언제 알아차렸죠?"

"막 2단 공중제비를 끝냈을 때였어요. 원래 눈치오가 그때 제 뒤를 따라와야 하는데, 단 위에 서서 주위를 둘러봐도 눈치오가 없는 거예요."

이냐치오가 대답했어.

"혹시 그물로 떨어진 것 아닙니까?"

내가 물었네.

큰형 아르투로가 대답하더군.

"떨어지긴 했죠, 그 전에. 나도 같이 떨어졌고. 하지만 우리 둘다 다시 위로 기어올라 왔어요."

"나도 압니다. 봤어요."

나는 렌즈 보안관을 돌아보았네.

"보안관님도 그 사람이 다시 올라가는 건 보셨겠죠?"

"이 친구가 올라가는 건 기억이 나는데."

보안관은 아르투로 쪽을 턱짓으로 가리키며 말했어.

"다른 한 명은 잘 모르겠군."

"아뇨, 전 봤습니다. 그 사람이 올라가는 것까지는 봤는데 그 뒤로는 어땠는지 잘 기억이 안 나네요. 공중제비를 시작하는 곳에 조명이 없는 바람에 너무 어둠침침해서."

비거가 말했어.

"어디 사라질 데가 없다니까요. 그야말로 천막 꼭대기로 기어올라가지 않는 한."

"혹시 그랬을 수도 있지 않을까요?"

나는 천막 꼭대기가 보일 만한 곳까지 한참을 걸어가서 올려다보았네. 당연히 지금 그곳에는 아무도 없었지.

비거가 설명했어.

"그냥 해 본 말일 뿐입니다. 이 천막은 한가운데 폴대를 꽂고 그 주위로 캔버스 천을 팽팽하게 당겨 씌워서 세운 구조거든요. 들이치는 비를 막기 위해서죠. 게다가 곡예용 단은 캔버스 천 아래로 3미터는 아래에 있습니다. 아무에게도 들키지 않고 그렇게 높이 올라갈 수는 없어요."

"그 친구한테 무슨 일이 생겼다면 누군가는 봤겠지. 안에 수백 명이 있는데."

보안관도 동의하더군.

"금방 나타날 거예요."

힐다의 목소리에는 확신이 없었네.

모두가 뭘 어떻게 해야 좋을지 모르는 채 그냥 제자리에 서 있었기에 나는 테디에게 돌아가기로 했네. 렌즈 보안관도 날 따라오더군.

"서커스 하는 놈들은 다 이상한 놈들이야. 내가 한번은……."

"보안관님! 저게 뭐죠?"

나는 걸음을 멈췄어.

보안관의 시선은 받침대에 앉은 사자를 향해 채찍과 총을 겨누고 있는 사자 조련사에게 못 박혀 있었지만, 나는 천막 꼭대기를 올려다보고 있었네. 밧줄과 도르래에 매달려 있는 사람도 없었고, 단 위에도 아무도 없었지만 텅 빈 공중그네가 마치 보이지 않는 곡예사의 무게를 지탱하는 양 앞뒤로 흔들리고 있었거든.

주제페와 피에트로가 흔들리는 공중그네를 살펴보러 줄사다리를 올라갔어. 하지만 지상으로 내려온 둘은 아무것도 없다고 하더군.

"그냥 바람이 살짝 불었던 것 같네요."

피에트로의 추측이었네.

"전 그렇게 생각하지 않습니다. 바람치고는 너무 일정했어요. 게다가 방금 전에 천막 캔버스 천이 아주 팽팽하다는 이야기도 들었고요."

나는 테디가 잘 있는지 확인한 뒤 다시 람피치 브라더스 네 명이 있는 곳으로 향했네. 하비와 광대들이 어딘가에서 나타나, 동물 곡예가 끝난 후에 다시 무대에 오를 준비를 하고 있더군.

"혹시 눈치오 못 봤어?"

비거가 하비에게 물었네. 슬픈 얼굴의 광대는 고개를 가로젓더군. 난 아직도 하비가 원래 말을 못 하는 건지, 아니면 할 줄 아는데 안 하는 건지 알 수가 없었어.

렌즈 보안관은 딱히 수사할 것도 없다고 중얼거리며 자기 자리로 돌아가 버렸지만 눈치오 람피치의 기묘한 실종은 자꾸 나를 괴롭혔네.

"서커스 재미있니?"

나는 자리로 돌아가 테디에게 물었어.

"정말 굉장해요, 샘 선생님! 사자 조련사가 호랑이를 때려서 링 안으로 점프하게 했어요! 그리고 그 링을 불 위에 걸어 놓았는데 호랑이가 또 점프해서 뛰어넘었어요! 불길 속으로!"

나는 머리 위 공중그네를 바라봤어. 또 흔들리고 있더군. 몇 분후 람피치 브라더스가 마지막 곡예를 선보이기 위해 나타났을 때도 공중그네가 자꾸 신경이 쓰이더라고. 아까만큼 재빠르고 힘차진 않았지만, 아르투로가 또다시 줄사다리를 타고 올라가면서 문제의 공중그네를 쳐다보더군. 관중들은 그것도 쇼의 일부라고 생각한 모양이었지만, 나는 뭔가 이상한 일이 일어나고 있다는 사실을 알고 있었네.

다음으로는 피에트로가 다른 공중그네로 힘차게 뛰어, 혼자 귀신처럼 움직이는 그 그네에 옮겨 타고 자연스럽게 연기를 이어 갔네. 눈치오에 대한 언급 없이 브라더스의 곡예가 끝났고, 다시 안장 없는 말을 탄 힐다와 시끄러운 카우보이 한 무리가 나와 허공에 공포탄을 쏘며 쇼의 피날레를 장식했네.

확성기를 통해 공연이 끝났음을 알리고, 나가서 입소문 많이 내달라는 조지 비거의 목소리가 들려왔네. 쇼는 대략 한 시간 사십 분쯤 걸렸어. 원래 예정됐던 두 시간보다 이십 분 정도 짧았는데, 눈치오의 실종 때문에 생략된 부분이 있어서 그런 것 같더라고.

밖으로 나가면서 테디와 내게 말을 거는 사람들과 대화를 나누며 눈앞에서 벌어졌던 일을 확인했네. 맞아, 처음에는 분명 형제가 다섯 명이었는데 다섯 번째 사람에게 무슨 일이 일어났는지 제대로 본 사람이 아무도 없었어. 다들 어느 순간 한 명이 없어졌다는 것은 눈치챘고, 그걸 의아해하고 있었지. 한 여인이 혹시 그물로 떨어지다 다친 게 아니냐는 의견을 냈지만, 노인 하나가 떨어지자마자 바로 기어 올라갔다고 알려 주었네. 분홍색 타이츠를 입은 사람이 떨어진 후에 다시 단으로 올라갔다는 그 이야기에는 다른 몇 사람도 동의했어.

렌즈 보안관과 베라는 아르투로가 다시 기어 올라가는 모습을 똑똑히 보았다고 했네. 두 사람이 앉은 자리는 천막 맨 뒷자리여서, 무대 전체가 아주 잘 보였을 거야.

나는 곰곰이 생각해 보았지만 결국 결론을 내리지는 못했어.

"처음에는 다섯 형제가 모두 올라갔다. 두 명이 그물로 떨어졌지만 그 둘 다 다시 기어 올라갔다. 세 명은 여전히 위에 있었고, 두 명이 위로 돌아왔다. 3 더하기 2는…… 4?"

"사람들의 관심을 끌려는 속임수였겠지. 그냥 잊어버리세."

렌즈 보안관이 툴툴거렸네.

우리 넷은 먼지가 풀풀 날리는 주차장을 걸어 내 로드스터와 보안관의 세단이 주차되어 있는 곳으로 향했네. 그런데 광대 분장을 한 남자가 서커스단 영역을 벗어나 벌판을 가로질러 워튼네 집 쪽으로 뛰어가는 모습이 보이더군.

"저기 좀 보세요. 뭔가 이상하지 않아요?"

내가 보안관에게 물었어.

"거기 잠깐만! 이리로 좀 와 보시오!"

보안관이 소리를 질렀네.

광대가 갑자기 빠르게 달리기에 나도 달리기 시작했어. 그때 난 아직 삼십 대 중반이었고 체력도 괜찮았지.

울퉁불퉁한 땅바닥에서 재빨리 상대를 들이받았네. 둘 다 균형을 잃고 바닥에 넘어졌지.

"뭐가 그렇게 급합니까?"

광대를 붙잡은 채 물었어.

"난 아무 짓도 안 했어요. 놔줘요!"

렌즈 보안관이 다급히 뛰어오더군.

"서커스단 소속 광대요?"

광대가 옷을 툭툭 털며 자리에서 일어났어.

"아뇨, 아닌데요."

"그럼 무단 침입으로 체포해야겠는데."

"젠장, 할 수 있으면 해 보던가!"

남자가 버럭 소리를 지른 순간, 나는 광대 분장 아래 그 얼굴을 알아보았네.

"난 마이크 워튼이에요. 여긴 우리 아버지 땅이라고요."

렌즈 보안관의 입이 떡 벌어지더군.

"그럼 대체 광대 분장을 하고 여기에서 뭘 하고 있었던 건지 설명이나 좀 들어 봅시다."

내가 물었네. 아버지는 잘 알았지만 아들 워튼은 잘 몰랐거든.

빨간 고무 코를 뽑고, 주머니에서 천을 꺼내 얼굴 분장을 지우는 워튼의 어깨는 축 늘어져 있었어.

"나…… 나도 모르겠어요. 그냥 항상 광대 역할을 해 보고 싶었어요. 그래서 비거한테 일주일 동안 농장을 빌려줄 테니 서커스 공연에 광대로 끼워 달라고 조건을 걸었던 거예요."

"이제야 알겠군."

보안관이 중얼거렸지.

"물론, 광대도 훌륭한 직업이라고 생각합니다. 그런데 방금 전에는 왜 그렇게 정신없이 뛰어갔던 거죠?"

"엮이기 싫어서요."

"무엇에요?"

"광대가 사라진 사건 말이에요. 분명히 경찰이 와서 사람들한테 이것저것 물어보고 다닐 거잖아요. 여기 있는 렌즈 보안관님이 이미 탐문하며 돌아다니는 것도 봤어요. 내가 광대놀이나 했다는 걸 우리 집 노인네가 알면 큰일 날 거예요. 그런 건 다 멍청한 짓이라고 하는 사람이니까."

"광대 실종 얘기는 어디에서 들었죠?"

"하비가 얘기하던데요."

"그 사람이 자기가 말하고 싶을 때 말할 수 있는 사람이었다니 다행이네요."

"그래서 누가 뭘 묻기 전에 얼른 도망친 거예요."

"그 사라진 곡예사, 눈치오라는 사람 압니까?"

워튼이 어깨를 으쓱하더군.

"다 똑같이 생겨서 잘 모르겠어요. 얼굴은 다 봤고, 얘기도 다 해 봤는데 누가 누군진 몰라요."

워튼은 빨리 도망치고 싶어 안달 난 기색이었어.

"그만 가 보시오. 나중에 질문할 게 있을 때 댁이 어디 있을지는 알겠으니."

렌즈 보안관이 말했네.

"고맙네요."

워튼은 덫에서 풀려난 여우처럼 들판을 뛰어갔어.

"저 사람이 사건에 대해 뭘 알고 있을까요?"

나는 보안관에게 물었네.

"아니, 저 꼬맹이는 아무것도 몰라. 하여튼 팝 워튼은 아들이나 딸이나, 자식 농사는 참 끝내주게 지었단 말이지."

몇 년 전 밀주업자와 사랑의 도피를 한 뒤 소식이 완전히 끊어진 워튼의 딸 이사벨 이야기였지.

나는 혹시 거기 사는 사람이 있을까 궁금해져, 들판을 가로질러 텅 빈 농가로 향했네. 아버지가 입원한 사이 마이크는 농사를 짓기 싫었는지 몇 달 전 시내에 방을 얻었지. 낡은 농가 안에는 아무도 없었고, 서커스 음악도 아이들 웃음소리도 들리지 않더군.

나는 보안관, 베라, 테디와 함께 보안관의 집으로 향했네. 그리고 렌즈 가족의 권유로 함께 가벼운 저녁을 먹었지. 테디는 입만 열면 서커스 이야기였지만 자기가 아주 기묘한 무언가를 보았다는 사실은 전혀 몰랐어. 나도 내가 본 게 별것 아닐지도 모른다는 생각이 들기 시작하더군. 사라진 눈치오는 어쩌면 다음 마을에서 또다시 나타날지도 몰라. 어쩌면 서커스 공연을 할 때마다 매번 실종되는 곡예를 하는 사람일지도 모르지.

하지만 저녁 식사 이후 집으로 돌아와 보니 제프 슬래터리라는 웬 기자 하나가 집 밖에 차를 대고 나를 기다리고 있더군. 기자는 내게 기자증을 내보이며 설명했어.

"스프링필드 신문에서 나왔습니다. 오늘 '비거&브라더스' 서커스에서 곡예사 한 명이 공연 중에 실종되었다는 제보가 들어왔거든요."

"그런데 저는 왜 찾아오신 거죠?"

"서커스에 가서 이미 조지 비거 씨와는 이야기를 나눴습니다. 실제 그런 일이 있었다는 사실을 확인받았고, 목격자로 당신 이름을 언급하더군요. 보안관님도 봤다면서요?"

나는 이 젊은이를 가만히 들여다보았네. 뒤통수에 페도라를 얹고 넥타이를 느슨하게 묶은 모습이 마치 대도시 기자를 흉내 낸 듯했어. 기자증을 모자 띠에 끼우지 않은 게 더 놀라울 지경이었지. 나는 내가 봤던 일을 이야기했네.

"비거 씨 말로는 텅 빈 공중그네가 계속 흔들리는 게 꼭 사라진 곡예사가 여전히 매달려 있는 것 같았다고 하던데, 그것도 보셨습니까?"

"네, 봤어요. 그냥 바람이 좀 불어서 그랬던 것 같던데요."

"오늘은 바람이 별로 안 부는 날이었잖아요."

나는 어깨를 으쓱했어.

"그만 가 봐요. 쓰고 싶은 대로 아무 얘기나 쓰던가."

"사람들이 그러는데 당신이 수수께끼 해결에 일가견이 있다던데요."

"약간은요."

"이 수수께끼도 풀 건가요?"

"아무도 그런 부탁은 안 하던데요. 그리고 솔직히 이게 수수께끼인지도 잘 모르겠고."

"내가 보기엔 수수께끼 같은데."

자리를 뜨려는 기자에게 한 가지 질문을 했네.

"그런데 대체 누가 그런 전화를 했습니까? 자기 이름을 대던가요?"

"아뇨. 그냥 서커스에서 봤다고만 하더라고요. 남자 목소리였어요. 여기까지 와 볼 가치는 있을 것 같더라고요."

"소득이 있었어요?"

"뭐, 그 눈치오라는 사람이 없어진 건 사실이잖아요. 그거면 충분해요."

나는 기자와 헤어져 집으로 갔어. 무슨 일이 벌어지든 나와는 상관없다고 생각했지.

집 안으로 들어서는데 전화벨이 울렸네. 우리 간호사 에이프릴이 궁금해서 건 전화였어.

"테디가 동물을 좋아하던가요?"

"동물에 광대에 그냥 다 좋아했죠. 신이 나서 어쩔 줄을 모르던데요. 급한 환자는 없었어요?"

"중요한 일은 없었어요. 미첼 부인이 그냥 평소 질환으로 연락해 와서, 내일 아침에 선생님이 방문할 거라고 했어요."

"잘했어요."

"샘……."

"왜요?"

"퇴근길에 워튼네 집을 지나쳤거든요. 바깥이 어두운데 팝 워튼의 침실에 불이 켜져 있었어요."

"아직 병원에 있지 않아요?"

"당연하죠. 그래서 불이 켜진 걸 보고 이상하다고 생각한 거예요."

"뭐, 아들 아닐까요? 서커스 사람들한테 집을 쓰라고 내줬거나, 아니면 서커스단이 와 있는 사이 자기가 그 집을 쓰고 있을 수도 있죠."

"내일 아침에 미첼 부인 집에 먼저 갈 거예요, 아니면 사무실 먼저 들를 거예요?"

"사무실에 먼저 갈게요. 전화해 줘서 고마워요, 에이프릴."

"잘 자요, 샘."

전화를 끊으면서 나는 에이프릴이 언제부터 나를 '샘 선생님'이라고 안 부르게 되었을까, 하는 생각을 했네.

아침에 일찍 일어난 나는 워튼 농장에 한번 들러 봐야겠다고 생각했네. 솔직히 호기심이었어. 낡은 목조 저택에 도착해 보니 아직도 2층 침실 불이 켜져 있었어. 이른 아침 햇빛 속에서도 레이스 커튼을 뚫고 비치는 천장 알전구 불빛을 확인할 수 있었지. 집 너머, 들판 건너편 서커스 천막은 마치 사막 보초병처럼 서 있더군. 멀리서 수컷 코끼리 우는 소리가 들리는 것 같았지만 여기는 고요하기 그지없었어.

갑자기 너무 고요하다는 생각이 들었네.

노스몬트 주민들 중에서 침실 불을 밤새 켜 놓는 사람은 없거든.

정문 손잡이를 돌려 보니 열려 있어서 문을 밀고 들어갔네.

"마이크! 마이크 워튼! 안에 있어요? 샘 호손입니다!"

2층으로 가는 계단에 빨간 무언가가 떨어져 있었지. 마이크의 고무 코였어. 대답하는 소리는 어디에서도 들리지 않았네. 나는 빨간 코를 주워들고 계단을 올라갔어. 불이 켜진 침실에는 아무도 없었고, 침대에 깔린 침대보에도 누가 잤던 흔적이 없었네. 나는 복도로 나와서 옆방 문을 열었어.

불을 켜니 안은 그야말로 현란한 색채의 향연이 펼쳐져 있더군. 분홍색 벽에 잡지에서 뜯어낸 듯한 그림과 사진이 하나 가득 붙어 있었네. 전부 광대 사진이었어. 서커스 광대, 영화 속 광대, 심지어 펀치넬로 역할을 맡았던 엔리코 카루소 사진까지 있더라고. 그리고 방 한가운데에 놓여 있는 무언가를 보고 처음에는 광대 복장을 한 인간 모형인 줄 알았어. 하지만 그건 말라붙은 커다란 핏자국 속에 얼굴을 처박고 엎어진 사람이었네.

"마이크."

나는 무의식적으로 이름을 부르며 본능적으로 허리를 굽혀서 생명의 징후를 찾았네.

광대 복장을 한 남자는 마이크 워튼이 아니었어. 내가 멀리서 딱 한 번 본 적 있는 그 사라진 곡예사, 눈치오 람피치였지.

렌즈 보안관과 주 경찰들이 사건 현장을 조사하는 사이, 람피치 브라더스가 시체의 신원을 확인하러 올 때까지 나는 밖에서 기다렸네. 아르투로는 욕설을 내뱉었고 주제페는 울음을 터뜨렸어. 형제 모두가 그 시체가 사라진 눈치오라고 확인해 주더군. 사인은 가슴팍에 단도로 대여섯 번 찔린 상처였고, 최소한 그중 한 번은 심장을 관통했어. 흉기는 어디 갔는지 보이지 않았고.

"초저녁쯤 죽은 것 같습니다. 부검을 해 보면 더 정확히 알겠지만 이 카펫에 스며든 피가 완전히 말라붙어 있어요. 에이프릴이 어젯밤에 퇴근하다 지나가면서 봤는데 이 방에 불이 켜져 있었다는군요."

내가 보안관에게 말했네.

"그럼 사라진 직후 아닌가?"

"그럴 수 있죠. 이 헐렁한 광대 복장 속에 아직도 분홍색 타이츠를 입고 있는 걸 보면."

내가 대꾸했지.

"그런데 대체 천막 꼭대기에서 어떻게 사라진 걸까, 선생? 우리 모두가 이 친구가 위로 기어 올라가는 건 봤는데, 내려오는 건 못 봤잖아."

"저한테 생각이 있습니다. 우선 지금은 마이크 워튼을 예의 주시하시는 게 좋겠습니다. 그 친구가 가장 유력한 용의자니까요."

"그 친구가 눈치오를 왜 죽였는데? 어제 처음 만난 사이 아닌가?"

"저도 모르죠. 확실한 건 눈치오가 살인자와 함께 이 빈집에 왔었고, 그건 어쩌면 두 사람 사이에 성적 관계가 있었다는 사실을 암시할지도 모릅니다."

"워튼네 아들하고 눈치오가 말이야?"

"저도 제가 무슨 말을 하고 있는지 모르겠네요, 보안관님. 전 일단 미첼 부인한테 왕진을 다녀와야겠습니다. 그리고 병원에 들러서 팝 워튼을 만나 봐야죠."

청교도 기념 병원에 도착하니 딱 낮 12시였네. 나는 사무실에 가서 에이프릴에게 별일 없었는지 확인하고, 팝 워튼을 만나러 갔어. 팝은 병실에 혼자 있더군. 워낙 쇠약해져서인지 본래 나이인 예순아홉보다 더 들어 보였어. 차트를 대충 훑어보고 팝의 침대 옆에 앉아서 기분이 좀 어떤지 물어보았네.

"어떤 날은 좀 나을 때도 있어. 팔다리만 성하면 일하러 나갈 텐데 말이야."

팝이 가냘프고 쉰 목소리로 대답했어.

"마이크가 좀 보러 오나요?"

"요즘은 안 와. 아마 농장에 온 서커스 보느라 정신없을 거야."

"마이크는 원래 그렇게 서커스를 좋아했나요?"

옛일을 회상하는 듯 팝의 눈빛이 흐릿해졌네.

"애들은 원래 다 서커스를 좋아하는 법이지. 동물에, 광대에, 곡예에. 아주 시끄럽고 정신 사나워. 우리 애들 둘 다 서커스를 좋아했어. 한동안은 거의 집착 수준이었지. 특히 광대한테."

"댁에 가 보니까 방에 광대 사진이 하나 가득 붙어 있던데요."

팝이 나와 눈을 마주쳤네.

"정신 나간 짓 같지? 하지만 애들 엄마가 없어서 돌봐 줄 사람이 나밖에 없었거든. 그래서 뭘 하는 게 옳은 길인지 잘 몰랐어. 한번은 마이크가 못된 짓을 저질렀기에 침실에 가두고 문을 잠갔는데, 창밖으로 도망쳐 버렸어. 결국 난 그렇게 엄격하지 못했네. 엄마가 없다는 것 자체가 아이들에게는 이미 충분한 벌이었다는 생각이 들었거든."

"혹시 아이들에게는 광대가 어머니 대신이었던 게 아닐까요?"

"난 모르겠네. 뭔가 이상하다는 생각은 했네만. 정상은 아니니까."

팝의 눈꼬리에 눈물이 맺혔어.

"자식을 잃는다는 건 정말 끔찍한 일이야."

사무실로 돌아가니 에이프릴이 스프링필드에서 온 오후 신문을 보여 주더군.

"제프 슬래터리라는 기자가 방금 와서 놓고 갔어요."

에이프릴이 말했네. 헤드라인에 이렇게 쓰여 있더군.

'실종된 곡예사, 광대 분장을 한 채 엽기적으로 살해되다.'

"신문 좀 팔렸겠네요. 이걸 가져가서 조지 비거한테도 보여 줘야겠는데요."

"서커스단에 또 가 보려고요?"

"내가 갈 덴 이제 거기밖에 없어요. 서두르면 오후 공연에 늦지 않을 거예요."

쇼가 막 시작된 참이어서 커다란 서커스 천막 주위가 온통 자동차와 마차로 가득했네. 눈치오 람피치의 실종과 연이은 살인 사건도 사업을 방해하지는 못했던 모양이야. 나는 바로 비거를 찾아가려 했지만 들어가는 길에 큰형인 아르투로와 마주쳤네. 아르투로는 이미 스팽글이 달린 타이츠를 입고, 무대에 오를 준비를 마쳤더군.

"쇼는 계속되어야죠. 사람들이 람피치 브라더스를 보러 오잖아요."

아르투로는 내 질문에 간단하게 대답했네.

"동생 얘기 좀 물어볼게요, 아르투로. 눈치오는 어떤 사람이었어요?"

"어른보다는 소년에 가까웠죠. 채 스무 살도 안 된 녀석이었으니까."

"여자 친구는 있었나요?"

"그럼요! 여자 친구가 아주 많았어요."

"여기 시내에요?"

"그럴 때도 있고요. 서커스단 안에도 있었어요. 그 나이 때는 나도 그랬으니까."

하비와 광대들이 뛰어 들어왔고, 조지 비거도 서커스 감독 복장으로 나타났어.

내가 다가가자 비거가 대뜸 말하더군.

"얘기할 시간이 없습니다. 공연 끝나고 찾아오세요."

"짧은 질문 하나만 하겠습니다. 노스몬트를 서커스 공연 장소로 잡은 이유가 뭐였죠?"

"서커스단 단원 하나가 여길 알고 있었어요. 서커스를 하기에 괜찮은 장소일 거라고 하기에. 누구였는지는 잊어버렸습니다. 이제 좀 비켜 주시겠습니까, 의사 선생님? 그리로 힐다가 말 타고 들어올 겁니다."

나는 마상 공연을 보고 사자 조련사 공연도 처음 제대로 보았네. 그리고 람피치 브라더스가 나왔지. 허공을 날아다니는 형제들을 조명이 따라다녔어. 이윽고 형제들이 허리 숙여 인사를 하자 관객들이 환호하더군.

"내 남편을 기다리는 거예요?"

공연이 끝나고 힐다가 내게 물었어.

"네, 맞습니다."

힐다는 난처한 표정이었지.

"저기, 우린 문제가 생기는 걸 원치 않아요."

"문제는 이미 생긴 것 같은데요. 살인 사건은 언제나 문제가 됩니다."

"살인 사건 얘기가 아니에요. 내 말은……."

갑자기 조지 비거가 힐다 옆으로 나타났네.

"입 다물어, 힐다. 당신 말이 너무 많아."

관객들이 빠져나갔고, 일부는 힐다에게 다가와 프로그램 소책자에 사인을 요청하더군.

나는 비거를 옆으로 끌어당겼어.

"살인 사건 수사 중입니다, 비거 씨. 늦든 빠르든 결국 진실은 밝혀질 겁니다."

"무슨 진실 말입니까?"

"눈치오 람피치의 실종이 원래는 마케팅을 위한 의도된 곡예였다는 사실 말이죠. 렌즈 보안관님이 처음 생각했던 것처럼."

"말도 안 되는 소리. 살인 사건이 어떻게 의도된 곡예가 됩니까?"

비거가 겁먹은 표정을 지었어.

"지금은 살인 사건 얘기를 하는 게 아닙니다. 그건 또 다른 문제고요. 난 눈치오가 어떻게 사라졌는지 알아요. 눈치오와 아르투로가 함께 그물로 떨어졌을 때, 광대 무리가 몰려들어서 그 둘을 끌어 내렸잖아요. 그중 한 명이 눈치오에게 헐렁한 광대 복장을 덮어씌워서, 광대들 속에 섞여 나갔던 거죠."

"눈치오가 단 위로 다시 올라가는 모습을 관객들이 다 봤는데."

비거가 항변했어.

"아뇨, 모두가 다 본 건 아닙니다. 나도 보고, 테디도 보고, 우리 주변 구역에 있는 사람들은 다 봤죠. 하지만 뒷줄에 앉은 렌즈 보안관님과 다른 사람들은 아르투로가 올라가는 모습만 보았다고 하더군요. 무대 위에서 워낙 소란스러운 일이 많이 일어나다 보니 너덧 명이 곡예를 벌이는 모습을 정확하게 바라보는 건 쉬운 일이 아니었죠. 생전 처음 보는, 다 똑같이 생긴 형제들 속에서 눈치오의 모습을 내가 어떻게 알아봤는지 자문해 봤습니다. 당연히 타이츠 색깔로 구분했던 거였죠. 그게 다섯 형제를 구분할 유일한 단서였으니까. 내가 앉은 자리에서, 아르투로의 하얀 타이츠에 분홍색 스포트라이트가 비치는 바람에 난 그게 눈치오인 줄 알았던 겁니다. 하지만 다른 각도에서 본 렌즈 보안관님은 그게 아르투로라는 사실을 알고 있었고요."

조지 비거가 나를 가만히 응시하다 결국 말했네.

"좋아요, 우린 그냥 소문이 좀 나길 원했을 뿐입니다. 그게 무슨 문제라도 됩니까?"

"빈 공중그네가 흔들렸던 건 뒤에서 검은 실로 묶어서 잡아당겼기 때문이겠죠. 마술사들이 흔히 하는 것처럼."

"네, 맞아요."

"그리고 당신은 스프링필드의 기자에게 전화를 했죠."

"안 될 게 뭐 있습니까? 프로비던스하고 하트포드에도 전화했는데, 와 준 사람은 그 기자뿐이었어요."

"대체 누가 눈치오를 죽인 거죠, 비거 씨? 혹시 당신은 눈치오가 언론에 진실을 말할 게 두려웠나요?"

"눈치오는 내 아들 같은 애였습니다. 난 그 애 털끝 하나 건드리지 않았어요."

나는 불편한 기분으로 비거와 나란히 선 채 생각에 잠겼네. 왠지 비거의 말을 믿어도 될 것 같더라고. 속임수를 돕고, 링에서 그물로 떨어진 눈치오를 재빨리 끌어낸 건 광대들이었잖아? 그렇다면 광대들에게 열쇠가 있을 거야. 마이크 워튼도 광대 차림을 하고 있었고.

마침 말 없는 하비가 근처를 지나가기에 불러 세웠네. 하지만 하비는 내 쪽으로 오는 대신 이미 관객들이 나간 빈 천막 안으로 도망쳤어. 그제야 나는 진실을 알 수 있었네.

나는 도망치는 하비 뒤를 쫓아갔어.

"난 당신이 누군지 압니다! 도망 못 가요!"

하비는 반대편 출구로 향했지만 그곳에는 이미 렌즈 보안관과 제프 슬래터리가 서 있었다네. 하비는 주위를 둘러보더군. 광대 분장을 한 그 얼굴이 절망으로 일그러졌고, 결국 공중그네 단과 연결된 줄사다리를 올라가기 시작했어. 나는 심호흡을 하고는 하비 뒤를 따라 올라갔네.

"선생! 어딜 올라가는 거야! 자네 미쳤어?"

렌즈 보안관이 고함을 지르더라고.

하비는 더 빠르게 올라갔네. 그리고 꼭대기에 도착한 순간 나를 내려다보며 옷 속에서 칼을 꺼내더군. 보안관 말이 맞았어. 이건 미친 짓이었던 거야.

나는 단으로 올라서서 하비를 마주 보며 부드럽게 말했네.

"그만해요, 하비. 당신은 이미 한 명을 죽였어요. 또 사람을 죽이고 싶진 않잖아요?"

칼끝은 여전히 나를 똑바로 향하고 있었다네. 내가 조심스럽게 한 걸음 다가가자 칼날이 내 가슴에 거의 닿을락 말락 할 정도로 스쳤지. 지상에서 무슨 일이 일어나든 나는 듣지도 보지도 못하는 상황이었어. 지금 이 순간, 광대 하비와 나 단둘뿐이었지.

"당신이 옛날에 살던 집 자기 방에서 눈치오를 죽였죠? 왜 그랬습니까?"

내가 차분하게 물었네.

칼날이 또다시 허공을 갈랐고, 나는 구석에 몰려 버렸지.

"왜 그랬습니까?"

광대 하비가 거의 속삭임에 가까운 목소리로 대답하더군.

"난 마이크 워튼이 아니야."

"압니다."

나는 그렇게 말하면서 달려들어 광대의 허리를 부둥켜안고, 함께 단에서 뛰어내렸네. 허공으로 떨어지는 시간은 정말 무시무시한 영원 같았지만 결국 우리는 그물에 안착했지.

광대 하비는 마이크 워튼의 여동생 이사벨이었어. 몇 년 전 집을 나갔다던 팝의 딸 말이지.

"서커스단에 들어가려고 집을 나갔다는군요. 침실 벽에 잔뜩 붙여 놓은 그 광대 사진에 완전히 빠져서 말이죠."

나는 렌즈 보안관에게 말했어.

"난 그게 마이크 방인 줄 알았는데."

"마이크는 조금이나마 동생에게 다가가려고 광대 분장을 했을 뿐이었습니다. 살인 현장이었던 방 벽지가 분홍색이었던 것을 보고 마이크가 아니라 이사벨 방이라는 사실을 바로 알았어야 했는데 말이죠. 팝 워튼은 아마 그 방에 따로 손대지 않았을 겁니다. 체력적으로 그런 일을 하는 게 힘에 부쳤거나, 아니면 딸이 언젠가 돌아올지도 모른다는 희망 때문에요. 이사벨은 실제로 돌아왔습니다. 비거의 말에 따르면 서커스단원 중 누군가가 노스몬트에 가자고 제안했다더군요. 전 그게 이사벨이었을 거라 생각합니다. 이사벨이 광대 하비 역할을 할 때 결코 말을 하지 않았던 건 여자라는 사실을 들키기 싫어서였던 거죠."

"마이크가 여동생 방을 썼을 수도 있잖아?"

보안관이 말했네. 나는 고개를 가로저었어.

"팝 워튼의 말로는 아들을 침실에 가뒀더니 창밖으로 도망쳤다고 하더군요. 마이크의 침실은 1층입니다."

"그럼 왜 이사벨이 눈치오를 찌른 건가?"

"아르투로가 그러는데 눈치오는 서커스단 안에 여자 친구가 있었다고 합니다. 그게 이사벨 아니었을까요? 이사벨은 눈치오를 자기 집으로 데려왔고, 사방 벽에 광대 사진이 가득한 그 방에 들어갔다가 마음속에서 무언가가 툭 끊어졌던 게 아닐까 싶습니다. 어쩌면 최초에 집을 나가게 만들었던 그 충동이었거나, 순수한 질투였을 수도 있죠. 아르투로의 말로는 눈치오가 머물렀던 도시에서 계속 새로운 여자들을 만났다고 하니까요."

렌즈 보안관이 슬픈 얼굴로 고개를 가로저었어.

"어쨌든 팝에게 좋은 소식은 아니군."

샘 선생은 이야기를 마무리 지었다.

"보안관 말이 맞아. 재판이 열린다는 소문이 있었지만 그 전에 이사벨은 실성해 버렸고 팝은 죽었거든. 마이크는 그냥 서성거리기만 할 뿐 아버지와 동생에게 별 도움이 되지도 못하다가 결국 도망쳤어. 노스몬트를 떠난 후 마이크의 소식은 전혀 듣지 못했다네. 람피치 브라더스 네 명의 소식도. 하지만 조지 비거는 원하는 대로 실컷 홍보를 했을 거야. 내가 곡예용 그물로 떨어졌던 일도 한몫했겠지.

다음번에 자네가 또 오면 어느 재계 거물이 노스몬트 근처에 담배 농사를 지어서 사람들을 부자로 만들어 주었던 이야기를 해 주겠네. 최소한 그 사람의 꿈만큼은 담배 연기 속으로 허무하게 사라져 버릴 만한 게 아니었지. 그 얘긴 다음에 하자고."

담뱃잎 건조실의
수수께끼

샘 호손 선생은 손님에게 술을 따르며 이야기를 시작했다.

"아주 오래전부터 코네티컷강 동쪽 제방에서는 담배를 재배하고 있었네만, 대공황 한복판에 재스퍼 제닝스가 노스몬트를 찾아오기 전까지는 아무도 담배 재배가 우리 주 산업의 일부가 되리라고는 생각 못 했다네. 그리고 그게 바로 내가 마주친 가장 당황스러운 수수께끼의 시작이었는데……."

1934년 9월, 제닝스 담배 회사는 노스몬트 북쪽으로 몇 킬로미터쯤 떨어진 밭에서 처음으로 그럴싸한 수확량을 올렸네. 당시 모든 신문들은 뉴저지 해안에서 불이 난 '모로 캐슬'이라는 배 이야기로 떠들썩해서 아무도 제닝스가 이룬 성취에 주목하지 않았지. 제닝스가 노스몬트에 처음 왔을 때, 나는 일종의 회사 비공식 주치의로 활동했어. 박봉의 농장 노동자들이 흔히 겪는 일사병이나 탈수 증상을 치료해 주곤 했지. 한번은 한여름에 제닝스가 성긴 면직물 덮개를 씌운 넓디넓은 담배밭을 내게 안내해 준 적이 있었네. 제닝스는 야윈 몸집에 매 같은 인상의 사내였어. 살짝 구부정한 자세로 성큼성큼 빠르게 걸었지. 내가 그 걸음을 따라가느라 애를 먹자 한마디 하더군.

"운동 좀 해야겠군, 의사 선생. 나보다 스무 살은 젊으면서 농장 좀 걷는다고 그렇게 헐떡대야 쓰겠나?"

"체력이 부족한 건 인정합니다. 그런데 이 덮개들은 뭐죠?"

내가 물었어.

"이렇게 성긴 면직물을 씌워서 그림자를 드리워야 여송연 말기에 딱 좋은, 크고 얇은 담뱃잎이 생산되거든. 이 토양도 그런 담뱃잎을 키우기에 아주 좋지. 담배가 자라서 중엽(中葉)이 성숙하면 거의 뿌리 부근에서 떼어 내고 나머지는 그냥 시들게 놔두는 거야. 그리고 건조 창고에 놓아두었다가 숙성 처리를 위해 건조실으로 옮기는 걸세."

"처리요? 상처 처리라면 제가 좀 아는데."

농담이었지만 제닝스는 나를 쳐다보지도 않았지.

"건조 숙성 처리는 보통 여섯 주가 걸리는데 날이 너무 습하면 가끔 불을 피우곤 하지. 여기가 바로 건조실일세."

제닝스는 외벽이 몇 미터씩 간격을 두고 띄엄띄엄 붙어 있는, 대충 마무리한 듯한 길쭉한 건물로 나를 데려갔네.

"통풍 때문에 이렇게 지었다네."

제닝스가 설명했어.

"그때 손을 다쳐서 치료해 준 일꾼은……."

"로이 핸슨 말이군."

"핸슨, 맞아요. 그 친구가 도끼로 담배 줄기를 베려다 자기 손을 찍었죠. 그런데 수확할 시기치고는 좀 이른 것 같은데요."

"수확이 아니네. 이 시기에는 꽃망울이 피는데 영양분을 잎에 집중시키기 위해 꽃망울을 다 따 버리거든. 핸슨은 그 작업을 하다가 손을 다친 거야."

내가 처음 잎담배 농장을 찾아간 건 그 일꾼의 부상 때문이었지. 재스퍼 제닝스와 잡담을 나눈 뒤 나는 건조실 안으로 들어가 핸슨의 상태를 확인했지. 아직 오른손에 붕대를 둘둘 두르고 있었지만, 건조대로 쓸 틀을 조립하는 데에는 별다른 문제가 없어 보이더군.

"좀 어때요?"

나는 붕대를 풀면서 물었어.

핸슨은 머리가 짧고 운동선수처럼 튼튼한 몸을 지닌 이십 대 젊은이였네. 부상을 당했을 때, 아마추어 복싱을 잠깐 했는데 혹시 이 부상 때문에 더는 복싱을 하지 못할까 우려했었지.

"나쁘진 않아요. 아직 밤엔 좀 아프지만요."

나는 마지막 한 겹 남은 붕대를 벗기며 말했어.

"잘 낫고 있네요. 새 붕대로 갈아 줄게요."

"저, 복싱 다시 할 수 있을까요, 선생님?"

"못 할 이유가 뭐 있겠어요? 그래도 운이 좋았네요. 하마터면 손의 반이 날아갈 뻔했습니다."

재스퍼의 아내 세라 제닝스가 물 한 통과 커다란 국자를 들고 처리장 안으로 들어왔어.

"물 마실 사람 없어요? 샘, 당신은 어때요?"

"고마워요, 세라. 지금은 괜찮아요."

내가 대답했어.

세라는 명랑하고 머리가 좋은 여성이었어. 깔깔 웃고 농담을 하면서 남자들 사이를 편하게 오갔고, 가끔 남자들이 다가서려 하면 이리저리 받아넘기며 슬쩍 피하곤 했지. 누가 세라를 추행한다면 재스퍼가 죽여 버릴 것이라는 사실은 의심의 여지가 없었지만, 그럴 위험은 별로 없어 보였어.

나는 세라와 함께 농가 건물로 걸어갔네. 차도에 내 새 차가 세워져 있었지.

"저게 뭐예요? 올즈모빌? 원래는 스포츠카였잖아요."

세라가 물었네.

"젊었을 땐 그랬죠. 하지만 서른다섯이 넘으니 안정적인 걸 선호하게 되더라고요."

내가 대답했어.

"안정되려면 결혼하는 게 최곤데."

"뭐, 좋은 여자가 나타나면 생각해 봐야죠."

그 후로 제닝스 잎담배 농장을 몇 주 동안 가지 않았다네. 로이 핸슨은 붕대 갈 일이 있으면 내 진료실을 찾아왔고, 그다음에는 이제 직접 할 수 있을 거라고 말했거든. 얼마 지나지 않아 핸슨의 손에는 흉터만 남았다네.

"참 괜찮은 젊은이예요."

핸슨이 나간 후 간호사 에이프릴이 말했어.

"원래는 프로 복서가 되고 싶었대요. 상상이나 돼요?"

"요즘 젊은이들은 정규직 찾기가 워낙 어렵잖아요."

"우리보다 그렇게 많이 어리지도 않아요. 스물일곱이라던데."

"제닝스 잎담배 농장에서 그렇게 돈을 많이 주진 않을걸요."

"차에서 여자 친구가 기다리네요."

병원 주차장으로 걸어가는 핸슨을 창문으로 바라보며 에이프릴
이 말했네.

"네?"

나는 에이프릴 옆으로 다가갔어.

"저건 세라 제닝스 같은데."

"뭐라고요?"

"멀어서 확신은 못 하겠어요. 어쩌면 장을 함께 보러 나왔는지
도 모르겠네요."

내가 차가 떠나는 모습을 지켜보는 사이 에이프릴은 자기 책상
으로 돌아갔어.

"아, 깜박 잊을 뻔했네요. 렌즈 보안관님이 오늘 저녁 식사에
초대하셨어요."

"전화해 볼게요."

그해 여름 나는 일이 그리 바쁘지 않았고, 보안관 부부는 늘 유
쾌한 사람들이었지.

9월 초 어느 따스한 오후, 오랜만에 제닝스 농장에 불려 갔어. 이상하게도 세라 제닝스에게서 연락이 왔고, 환자 때문에 부른 것도 아니었다네. 세라는 농가 주택 응접실에서 나를 맞이했는데 얼굴에 웃음기가 전혀 없다는 사실이 먼저 눈에 들어오더군. 세라는 접힌 종이 한 장을 펼쳐서 내게 내밀었어.

"이거 읽어 볼래요, 샘?"

나는 그 종이를 대충 훑어보았네. 필적을 속이려는 어린애처럼 굵은 글씨로 아무렇게나 휘갈긴 글이 쓰여 있었어.

'당신이 로이 핸슨과 건조실에서 무슨 짓을 했는지 알고 있다. 분노한 신께서 당신들에게 천벌을 내릴 것이다.'

서명은 따로 없더군.

"어제 우편물에 섞여서 왔어요. 사실 지난주에도 왔는데 난로에 태워 버렸거든요. 경찰의 사건 해결에 도움을 주고 있다던데요, 샘. 누가 이걸 썼는지 좀 알아내 줬으면 해요."

"이건 내 전문이 아닌데요."

그리고 나는 망설이다가 물었네.

"이 말이 사실인가요?"

세라의 얼굴이 새빨개졌어.

"당연히 아니죠. 로이는 착한 젊은이고 난 그냥 다른 사람들과 마찬가지로 로이에게 잘해 줬을 뿐이에요. 이 편지는 음해라고요."

"혹시 짚이는 범인이 있어요?"

"아뇨, 전혀. 누가 날 이렇게까지 싫어하는지 전혀 모르겠어요."

"렌즈 보안관님한테 신고했어요?"

"뭐라고 신고해요? 기분 나쁜 편지가 두 통 왔다고? 이런 편지를 보내는 게 범죄인지는 잘 모르겠네요."

"재스퍼는 알아요?"

세라가 시선을 돌렸네.

"그이한테는 말 안 했어요. 안 그래도 지금 첫 담배 수확 때문에 신경 쓸 게 많은 사람이에요. 난 그냥 당신이 이 편지를 보낸 사람만 잡아 주면 조용히 덮고 넘어갈 생각이고요."

"어떻게요? 누구인지 알아냈다 치고, 그다음엔 어떻게 하려고요?"

"나…… 난 그냥 그 사람을 잡아내서 사과를 받고 싶어요. 만약 우리 일꾼이라면 해고할 거예요."

"여기에서 몇 명이나 일하고 있어요?"

"집안일을 돕는 벨린다가 있어요. 요리와 청소 일을 도와주고 있죠. 그리고 재스퍼가 고용한, 로이처럼 종일 일하는 일꾼이 대여섯 명 있어요. 나머지는 수확철에 잠깐 고용한 임시직들이에요."

나는 자리에서 일어섰어.

"약속은 아무것도 못 해요, 세라. 하지만 한번 둘러보긴 할게요. 혹시 당신과 핸슨이 처리장에 단둘이 있는 모습을 본 사람이 있을까요?"

"그런 사람은 없어요! 우린 거기에 단둘이 있던 적도 없다고요."

"지난여름에 내가 잠깐 들렀을 때 당신이 마실 물을 가져다준 적이 있었죠. 날이 더우면 항상 그렇게 합니까?"

세라가 고개를 끄덕였어.

"가끔은요. 늘 그러는 건 아니에요."

"그때 핸슨은 손을 다쳤을 때라 거기에서 혼자 일하고 있었죠?"

"네, 맞아요. 하지만 평소엔 항상 주변에 다른 사람들이 있어요."

"내 생각엔 당신이 이 편지에 너무 과하게 반응하는 것 같습니다. 당신이 싫어서 이런 편지를 보냈을 수도 있겠지만, 뭔가 저지를 만한 사람은 아닌 것 같은데요. 뭐, 계속 편지를 보내는 것 말고 다른 짓은 못 하잖아요?"

세라가 내 말에 대답했어.

"내 남편한테 편지를 보낼 수 있죠."

벨린다 산체스는 덩치 큰 멕시코 혼혈 여성으로 거의 일 년 가까이 제닝스 집안에서 요리와 청소 일을 하고 있었네. 찾아보니 부엌에서 제닝스 부부의 외동아들 매튜와 함께 있더군. 매튜는 내성적인 열여섯 살 소년으로 아버지의 사업을 물려받을지 말지 아직 고민하는 중이었다.

"안녕, 매튜. 학교로 돌아가니 좀 어때?"

매튜가 뿌루퉁한 얼굴로 나를 쳐다보았어.

"아빠가 다음 주까지 학교 가지 말고 수확 일을 도우래요."

"지금쯤이면 끝났을 줄 알았는데."

"날씨가 이상해서요. 6월인데 이렇게 추우니 다 늦어질 수밖에."

벨린다가 마치 가족의 일원인 양 자연스럽게 끼어들더군.

"로이 핸슨의 손 상태를 확인하러 왔는데, 혹시 어디 있나요?"

"로이 손은 다 나았어요. 지금은 밖에서 다른 일꾼들이랑 같이 담뱃잎을 따는 중이에요."

벨린다가 대답했네.

나는 뒷문으로 나가서 건조실을 지나 담배밭으로 향했네. 면직물 덮개는 다 치워져 있었고, 넓은 잎이 달린 담배 줄기들이 고랑에 죽 늘어선 가운데 러닝셔츠와 작업복 바지를 입은 남자들이 도끼를 휘두르고 있었어. 재스퍼 제닝스도 그사이에 껴서 임시직 한 명에게 땅바닥 바로 위에서 넓은 담뱃잎을 떼는 요령을 가르쳐 주고 있더군.

핸슨은 건조장에서 새로 딴 담뱃잎을 넣어 놓는 중이었네. 며칠 전에 넣어 둔 다 마른 잎들은 건조실로 옮겨지고 있었지.

"손은 좀 어때요?"

내가 물었어.

"새것처럼 멀쩡해요, 선생님."

핸슨은 손을 들어 손가락을 이리저리 움직이더군.

"혹시 시간 있으면 잠깐 얘기 좀 할 수 있을까요?"

"그럼요."

나는 행여나 누가 듣기라도 할까 두려워 주위를 두리번거렸네.

"잘 알겠지만 여긴 작은 동네라 소문이 굉장히 빨리 퍼집니다. 당신과 제닝스 부인에 대한 소문이 좀 있는 것 같아요."

"뭐라고요? 그게 무슨 소린데요?"

핸슨은 진짜 당황한 듯했어.

"혹시 건조실에 부인과 단둘이 있었던 적 있어요?"

"맙소사, 없어요. 주위에 사람들이 항상 있었죠. 제닝스 부인도 주위에 있었고. 누가 그런 얘길 하는데요?"

"그건 중요한 게 아닙니다. 그냥 조심해요, 로이. 세상엔 남들을 궁지에 몰아넣고 즐기는 사람들도 있어요."

"충고 고맙습니다."

핸슨이 말했어.

핸슨은 다시 일하러 돌아가고 나는 일꾼들이 줄지어 담뱃잎을 떼어 내는 모습을 보며 걸어갔네. 그들 중 일부는 읽고 쓰기를 못한다는 사실을 알고 있었어. 세라가 내게 보여 준 협박 편지를 쓸수 있을 만한 사람은 딱히 없어 보였지. 그보다는 오히려 동네 이웃, 또는 정기적으로 찾아오는 지인 중에 있을 것 같았어. 하지만 조사해 볼 만한 한 가지 가능성이 더 있었어.

농가 주택으로 돌아가 보니 세라가 현관에서 식물에 물을 주고 있더군.

"뭐 좀 알아냈어요?"

세라가 물었어.

"별로 없네요. 핸슨하고 얘기해 봤는데 결백해 보이던데요? 익명의 편지가 왔다고 구체적으로 말하진 않았고, 그냥 그런 소문이 있다고만 말해 봤어요."

"당연히 결백해 보이겠죠! 정말 결백하니까! 그 편지에 진실이라고는 한 톨도 안 담겨 있어요."

"세라, 혹시 저녁때 내 식사까지 좀 준비해 줄 수 있어요? 사람들이 긴장이 풀린 상태에서 이야기하는 걸 들어 보고 싶어요."

"그건 아무 문제 없죠. 벨린다는 항상 한 소대는 먹일 수 있을 만큼 음식을 준비하거든요."

임시직 노동자들과 직원 몇 명은 합숙소에서 함께 식사를 했네. 시내에 사는 핸슨과 현장 감독 프랭크 프레스콧은 제닝스 가족과 함께 밥을 먹었지. 하루 일과가 끝나고 저녁 7시쯤, 나는 이들과 함께 저녁 식탁에 앉았네. 세라, 재스퍼, 매튜 그리고 핸슨과 프레스콧이 함께 있었지.

잠시 앉아 있다 보니 제닝스는 이 저녁 시간을 현장 감독과 함께 하루를 되짚는 시간으로 쓴다는 사실을 금세 알 수 있었네. 프레스콧은 말랐지만 강단 있는 사십 대 남자로 제닝스가 질문할 때만 대답할 뿐, 그 외에는 말이 없었어.

"오늘은 좀 어땠지, 프랭크? 임시직들이 수확에 좀 익숙해졌어? 자네 스케줄은 문제없고?"

"조금은 쓸 만해졌던데요."

프레스콧이 대답했네.

제닝스는 핸슨을 돌아보았어.

"혹시 일용직 구하는 떠돌이들을 좀 더 구해 올 수 없을까, 로이?"

"기찻길 근처에 항상 몇 명이 있긴 한데요, 담배 수확을 할 수 있을지……."

"지금 사람들만큼은 할 수 있겠지. 오늘은 내가 도끼 다루는 법까지 직접 가르쳐야 했다니까."

핸슨이 다음 날 아침 출근길에 일용직들을 몇 명 데려오겠다고 약속했고 화제는 담뱃잎 크기로 넘어갔네.

"기대했던 것만큼 크지는 않지만 뭐, 첫해니까요. 점점 나아지겠죠."

프랭크 프레스콧이 말했어.

벨린다가 먹음직한 애플파이를 디저트로 가져다주었네. 식사를 마친 후 제닝스는 프레스콧, 핸슨과 함께 담뱃잎 건조가 잘되는지 확인하러 건조실로 나갔어. 라디오에서 국지적인 소나기가 올 거라는 소식이 있어서 새로 딴 담뱃잎들이 혹시 비를 맞지 않을지 걱정이 되는 모양이더라고. 나는 매튜와 함께 2층으로 올라갔네. 매튜의 방은 대학교 삼각 깃발과 더러운 옷 무더기로 가득한, 전형적인 남자애 방이었어. 하다 만 모노폴리 게임이 바닥에 펼쳐져 있었고, 최근 열렸던 카니발에서 가져온 듯한 파란 풍선이 천장 근처에 잔뜩 떠 있었어. 어수선한 옷장에 4-H클럽 리본이 한 줌 들어 있는 걸 보니 그래도 제법 노력은 하는 아이인 것 같았지.

"매튜, 단둘이 잠깐 얘기 좀 할 수 있을까?"

"무슨 얘기요? 전 아픈 데 없어요."

매튜가 뿌루퉁한 얼굴로 대꾸했어.

"프랭크 프레스콧과 로이 핸슨이 궁금해. 넌 그 둘을 꽤 오래 봤을 테고, 저녁도 매일 같이 먹지? 네가 보기에 그 둘은 괜찮은 사람들이야?"

매튜가 시선을 돌렸어.

"네, 그 사람들 나쁘지 않아요."

"너하고 대화도 자주 하니? 가끔 게임도 해?"

나는 모노폴리 판을 가리키며 물었어.

"로이가 가끔 올라와요. 모노폴리를 좋아하더라고요. 프레스콧 아저씨는 저녁 먹을 때랑 밭에서 일할 때 아니면 자주 못 봐요. 저보다 나이도 훨씬 많고."

"그래, 조용한 사람 같긴 하더라. 말이 별로 없던데."

"아, 그래도 아빠가 없으면 말을 좀 해요."

"너희 엄마는 그 사람들 좋아하시니? 로이랑 프레스콧 아저씨 말이야."

"그런 것 같아요."

침대 가장자리에 앉아 있다가 일어서며 말했어.

"나중에 나하고도 모노폴리 게임 한판 하지 않을래?"

매튜는 어깨를 으쓱했어.

"뭐, 좋죠."

"좋아. 매튜, 혹시 너한테 무슨 문제가 있으면 얼마든지 고민을 들어 줄게. 꼭 의학적인 문제가 아니어도 괜찮아. 난 남의 이야기를 잘 들어 주는 편이거든. 내가 네 나이였을 때도 가족들에게 말 못 할 고민거리가 있었지."

대꾸가 없기에 아래층으로 내려왔네. 재스퍼 제닝스가 부엌에 있었어.

"건조실 전등에 문제가 생겼는데, 아무래도 퓨즈가 나간 것 같아."

재스퍼는 그렇게 말하고 퓨즈 상자를 찾아 들고 밖으로 나갔네. 이미 어두워졌지만 프레스콧이 장작더미에서 통나무 몇 개를 가져오더군.

"불을 피우려는 거예요. 혹시 비가 들이칠지 모르니까, 수확한 잎은 건조한 상태를 유지해야 해서요."

벨린다가 그렇게 말하면서 얼음 상자를 열고 새 얼음을 쪼개기 시작했어.

"당신도 정말 할 일이 많네요. 이 집 식구들뿐만이 아니라 일꾼들 식사까지 전부 준비해야 한다니."

"별것 아닌데요, 뭐."

벨린다는 계속 얼음을 쪼갰지.

"로이 핸슨은 어때요?"

"괜찮은 젊은이죠. 다들 로이를 좋아해요."

"제닝스 부인은 어디 있죠?"

"밖에 나간 것 같은데요."

나는 뒷문으로 나가서 마당을 가로질렀네. 아직 건조실 전등을 고치지 않은 모양이었지만, 틈새를 통해 안에서 움직이는 남자들의 그림자를 볼 수 있었어.

"저기요!"

내가 외쳤네.

"건조실 안에 있어요, 선생님."

목소리가 들렸어. 프레스콧 같았지.

나는 담뱃잎을 말리는 거치대 사이로, 미로 같은 길을 걸어갔네. 독한 담배 냄새가 코를 찌르더군. 그 안은 어둠침침해서 한쪽 편으로 비쳐 드는 농가 불빛과 반대편에서 희미하게 비치는 합숙소 불빛에만 의지해 걸을 수밖에 없었어. 담뱃잎 거치대 사이를 걷다 보니 그나마 그 약한 불빛마저 전부 사라져 버리더군.

"저기요!"

"여기일세!"

재스퍼 제닝스가 말했어.

나는 목소리가 나는 방향으로 걸어갔지.

그때 갑자기 꺽꺽거리다 꾸르륵꾸르륵 숨넘어가는 소리가 들렸다네. 피가 싸하게 식는 것 같았지.

"무슨 일입니까?"

걸려 있는 담뱃잎들을 헤치고 뛰어가니 담뱃잎이 발밑으로 쏟아져 흩어졌네.

머리 위 전등이 켜졌고, 프레스콧과 핸슨이 5, 6미터쯤 떨어진 퓨즈 상자 옆에 서 있는 모습이 보였네. 재스퍼 제닝스는 그 둘의 앞, 지저분한 바닥에 쓰러져 있었어. 목울대에 칼로 그은 상처가 나 있더군.

제닝스는 눈을 뜬 채 죽어 있었어. 마치 살려 달라고 애원하는 듯했지만, 도움을 주기엔 이미 늦고 말았네.

몇 분 정도 처치를 해 보았지만 제닝스를 되살릴 방법은 없었어.

"무슨 일이 있었던 거죠? 누가 이 사람을 죽였어요?"

망연자실한 채 나를 바라보는 두 남자를 향해 물었네. 흉기는 보이지 않았지.

프랭크 프레스콧이 당황한 얼굴로 고개를 가로저었어.

"이런 젠장, 나도 몰라요. 그냥 이……, 이상한 소리만 들렸는데 갑자기 재스퍼가 쓰러졌어요. 우리 셋 모두 손을 뻗으면 닿을 거리에 있었는데."

"알겠습니다. 일단 주머니에 있는 것 다 꺼내 놓으세요. 칼을 갖고 있는지 확인해야 하니까."

나는 두 사람의 주머니를 확인하고, 이미 여러 번 본 렌즈 보안관의 방식으로 몸수색도 했네. 흉기는 나오지 않았지.

"대체 무슨 일이에요?"

건조실 통로를 지나 이쪽으로 걸어오는 세라 제닝스의 목소리가 들렸네.

"바닥에 쓰러진 사람, 재스퍼 아니에요?"

"보안관님을 부르세요. 사고가 일어났습니다."

"재스퍼……."

나는 세라에게 다가가서 최대한 다정하게 어깨를 감쌌어.

"정말 안타깝지만 세라, 재스퍼가 죽었어요."

세라는 비명을 지르며 반쯤 쓰러졌어.

세라를 부축해 집으로 데려온 뒤 벨린다에게 렌즈 보안관에게 전화하라고 일렀네. 아래층 부엌에 내려와 있던 매튜는 얼굴이 잿빛이 되어 버렸지.

"이제 네가 용감해져야 한다. 너희 엄마는 지금 도움이 필요해. 네가 엄마의 힘이 되어 드려야 해."

보안관이 도착할 때까지 제닝스는 건드리지 않고 그냥 내버려 두었네. 보안관은 제닝스의 시체를 재빨리 훑어보았지.

"최소한 이게 자네가 항상 달고 다니는 밀실 살인 사건이 아니란 것만은 확실하군, 선생. 이 헛간은 녹슨 체보다도 더 많은 구멍이 숭숭 뚫려 있으니 말이야. 대체 왜 이렇게 지은 거지? 자재가 부족했나?"

"여긴 건조실이라고 합니다. 말린 담뱃잎을 통풍이 잘 되는 곳에 보관해야 하거든요. 훈연으로 보존 처리를 하는 방법도 있지만 대부분의 미국 담배들은 자연 숙성 건조 처리를 하죠."

"선생, 꼭 전문가처럼 말하는구먼."

"지난여름에 제닝스가 설명해 줬습니다."

"둘 중 누가 죽인 거야? 핸슨이야, 프레스콧이야?"

"저도 이런 말씀을 드리고 싶지는 않지만 보안관님, 둘 다 범행을 저질렀다는 사실을 부정하고 있어요. 제닝스와 함께 건조실에 들어왔을 때부터 셋 다 빈손이었다는군요. 핸슨은 헐렁한 재킷을 입고 있었지만 주머니가 없는 옷이었죠. 살인이 일어나자마자 제가 바로 몸수색을 했는데 아무도 흉기가 없었어요. 건조실 바닥이나 건조 중인 담뱃잎 무더기를 찾아봐도 흉기가 보이지 않았습니다."

"그건 문제가 아냐, 선생. 목을 긋는 데 꼭 칼이 필요한 건 아니니까. 난 아주 가느다란 철사로 그런 범행을 저지른 경우도 많이 봤네."

"저도 많이 봤죠. 하지만 이번 경우는 아닙니다. 만약 교살을 당했다면 목 전체에 흔적이 남아 있어야 해요. 게다가 내내 가만히서 있었기 때문에, 허공에 걸린 철사에 목이 걸린 것도 아니고요."

"낚싯줄에 날카로운 낚싯바늘을 꿰어서 던지면……."

"이 어둠 속에서요, 보안관님? 게다가 옆에 다른 사람이 두 명

이나 더 있는데? 그리고 목에 난 상처를 잘 보세요. 낚싯바늘로
낸 상처라고 하기에는 너무 매끈하잖아요. 이건 날카로운 칼날로
목젖 부근을 정확히 슥 그은 겁니다. 오른쪽에서 왼쪽으로."

"그게 무슨 뜻이지?"

"이런 상처의 경우 살인자가 항상 희생자 뒤에 서서 어깨 너머
로 팔을 뻗게 되죠. 만약 살인자가 희생자 정면에 있었다면 희생
자는 칼날이 목에 닿자마자 반사적으로 몸을 뒤로 젖혔을 겁니
다. 그리고 당연한 말이지만, 희생자 뒤에 서면 살인자의 옷에 피
가 묻지 않아요."

"그래서 무슨 말이 하고 싶은 거야, 선생?"

"살인자는 제닝스 뒤에 서서 왼쪽 어깨 너머로 팔을 뻗어 날카
로운 칼날로 목젖을 단번에, 오른쪽에서 왼쪽으로 그었다는 말입
니다. 상처를 보면 알 수 있어요. 따라서 살인자는 왼손잡이라는
말이죠."

렌즈 보안관이 우울한 표정을 지었어.

"따라오게, 선생. 농장 사람들을 다 확인해 볼 테니."

그 후 우리는 좌절할 수밖에 없었네. 세라와 매튜는 모두 오른
손잡이였고 벨린다도 마찬가지였어. 로이 핸슨과 프랭크 프레스
콧 역시 오른손잡이였지. 이 농장에 있는 왼손잡이라고는 합숙소
에 있던 임시직 노동자 두 명뿐이었지만 이들은 살인이 벌어졌을
때 다른 일꾼들과 함께 저녁 식사 자리에 앉아 있었네. 합숙소에
있던 사람들은 모두, 테이블에서 일어난 사람이 단 한 명도 없다

고 장담했어.

렌즈 보안관은 몹시 짜증이 난 눈치였네.

"이것 좀 봐, 선생. 핸슨하고 프레스콧은 흉기를 갖고 있지 않았다고 증언했고, 또 다가오는 소리를 들었다고도 확신했네. 세라랑 세라 아들이랑 요리사는 계속 서로의 시야 안에 있었지만 알리바이는 없어. 어쨌든 이 다섯 명은 모두 오른손잡이야. 그리고 합숙소에 있던 사람들은 모두 철벽의 알리바이가 있고."

나는 다시 밖으로 나가 핸슨과 프레스콧을 불러냈네. 렌즈 보안관은 부보안관 한 명을 불러 혹시 난리 통에 칼이 어딘가 떨어지지 않았는지 확인하도록 지시했지만, 어차피 아무것도 못 찾을 게 뻔했어.

"로이, 하나 물을게요. 오늘 아침 부랑자들 중에서 일용직 일꾼을 구해 왔죠? 철길 옆 그 야영지가 여기에서 얼마나 멀죠?"

"한 2킬로미터 정도 되는 것 같은데요, 아마."

핸슨은 의아한 표정이었어.

"혹시 그중 한 명이 이 근방을 떠돌다가, 당신들이 안에 있을 때 그 건조실 안으로 들어왔을 가능성은 없을까요?"

내 말에 프레스콧이 고개를 가로저으며 대답했네.

"그럴 수는 없어요, 선생님. 누가 퓨즈를 빼 버려서 재스퍼가 건조실 밖으로 나갔던 건데, 그냥 지나가던 부랑자가 그걸 조작할 수 있었을 리가 없죠. 게다가 부랑자가 재스퍼를 죽일 동기도 없고요. 그리고 만약 누가 몰래 숨어들었다면 우리가 몰랐을 리가 없습니다."

"그럼 대체 살인은 어떻게 일어난 걸까요?"

"참 난감한 일이죠. 나도 모르겠네요."

프레스콧이 말했어. 나는 핸슨을 돌아보았네.

"로이, 당신은 어떻게 생각하죠?"

"자살은 아니에요. 그것만은 확실해요."

대도시 경찰들의 수사 방식을 열심히 공부했던 렌즈 보안관은 부보안관 한 명에게 건조실에 누운 시체 사진을 찍으라고 지시하고 있더군. 부엌으로 돌아가 보니 벨린다가 열심히 세라를 위로하고 있었어.

"뭘 좀 찾았어요?"

세라가 내게 물었어.

"아직요. 부보안관들이 지금 건조실을 수색하는 중이에요."

"혹시 나 때문에 이런 일이 생긴 거예요? 그 편지 때문에?"

"그건 알 수 없네요."

벨린다가 괜히 부엌 청소를 하는 척하는 사이 세라는 눈물을 닦고 마음을 가다듬으려 애썼네. 그러더니 스스로에게 말하는 듯, 중얼중얼 읊조리기 시작했어.

"최선을 다해야 해. 결혼해서 가족을 만들고, 아들이 커서 어른이 되는 걸 보고, 그 애가 여자애들과 사귀는 걸 지켜보고……."

"지금 무슨 얘길 하는 거예요, 세라? 재스퍼한테 하는 말입니까, 아니면 매튜?"

"모르겠어요. 둘 다인 것 같아요."

세라는 또다시 울음을 터뜨렸고 벨린다가 와서 다독였네.

2층으로 올라가 매튜 방의 닫힌 문을 조심스럽게 노크했어.

"들어오지 마!"

나는 문을 열고 안으로 들어갔어.

"너하고 얘기 좀 하고 싶은데. 너희 아빠에 대해서."

"아빠 죽었어요. 제가 죽인 거예요."

나는 침대 가장자리에 앉아 매튜의 어깨를 붙잡았어. 매튜가 나를 돌아보았지.

"제가 엄마한테 편지를 썼어요. 엄마하고 로이 핸슨에 대해서. 그래서 아빠가 살해당한 거예요."

"네가 썼다고……?"

물론 난 이미 그 가능성도 고려했었지. 벨린다나 다른 일꾼들이 썼다고 하기에는 문장이 너무 깔끔하고 문법도 정확했거든. 하지만 직접 고백을 들으니 충격이었어.

"왜 그랬니, 매튜? 왜 엄마한테 그런 고통을 줬어?"

"나보다 로이한테 더 관심이 많아서요. 난 밤에 내 방에만 앉아 있는데 로이는 아래층 거실에서 엄마랑 같이 있잖아요."

"너랑 로이가 친한 줄 알았는데. 모노폴리도 같이 했다면서."

"그냥 손이 나을 때까지 시간 때운 거예요. 사실 로이는 나한테 별 관심이 없어요."

"엄마랑 로이가 정말 건조실에 같이 있는 걸 봤어?"

매튜가 시선을 피했네.

"아뇨."

매튜의 목소리는 낮았어.

"제가 지어낸 얘기예요. 그냥 엄마한테 상처를 주고 싶었어요. 그러면 엄마가 로이보다 저한테 더 신경 쓸 거라고 생각했어요."

"엄마한테 고백하자, 매튜. 몹시 나쁜 짓을 한 건 사실이지만 너희 아빠가 돌아가신 일과는 아무 상관 없어. 그 일 때문에 네가 계속 자책하게 놔둘 수는 없지."

매튜 옆에 한참 앉아서 매튜의 아빠와 엄마 이야기, 그리고 이 곳을 떠나 도시로 가고 싶다는 매튜의 꿈 이야기를 들어 주었네. 그러고 나서 방을 나와 아래층으로 내려왔지. 렌즈 보안관이 뒷마당에 낙심한 얼굴로 서 있더군.

"선생, 우리가 건조실 바닥을 샅샅이 다 찾아봤는데 칼이고 뭐고 목을 그을 만한 흉기는 하나도 안 나왔어."

그때 한 가지 생각이 떠올랐네.

"제닝스의 주머니는 찾아보셨습니까?"

"뭐? 그 생각은 못 했는데."

"만약 프레스콧이나 로이 핸슨이 제닝스를 죽였다면 순간적으로 흉기를 숨기기 위해 집어넣었을지도 모릅니다."

괜찮은 발상이었지만 제닝스의 주머니에서는 손수건과 씹는담배 한 줌밖에 나오지 않았네. 주머니를 뒤진 뒤 렌즈 보안관은 일어나서 고개를 흔들며, 시체를 병원으로 가져가 부검을 하라고 지시했지.

"이번에는 정말 막다른 골목에 부딪힌 것 같네, 선생."

"시간을 조금만 주십시오."

다른 일꾼들이 그늘 속에 서서 상황을 지켜보고 있더군. 어쩌면 제닝스가 죽었으니 일자리를 잃을지도 모른다고 걱정하고 있었는지도 몰라. 세라도 같은 생각을 했는지, 프랭크 프레스콧을 보내서 사람들에게 말을 전했지.

"제닝스 부인이 일자리를 잃을 걱정은 하지 말라고 한다. 내일도 예정된 대로 일이 진행될 거야. 농장은 계속 운영되어야 하니까."

환호성을 지르기에는 너무 우울한 상황이었지만 어쨌든 그 말 덕분에 일꾼들은 의욕에 불이 붙은 모양이었어. 일꾼들은 중얼중얼 동의의 말을 늘어놓으며 합숙소로 돌아갔다네.

렌즈 보안관이 프레스콧을 쳐다보았어.

"혹시 저 둘이 공범 아닐까, 선생?"

"아뇨, 그렇게 친해 보이지는 않았습니다."

"난 이제 뭘 해야 하지?"

"왼손잡이를 찾아야죠."

보안관이 나를 돌아보더군.

"용의 선상에 오른 사람들 중 왼손잡이는 없었다니까."

"그럼 이건 불가능 범죄네요."

내가 씩 웃었네.

"왜 웃나? 자네 뭐 아는 게 있는 거지, 선생?"

"그냥 어떤 생각이 떠올랐을 뿐이에요. 이제 확인해 봐야죠."

그렇게 말하다가, 갑자기 내 생각이 옳다는 사실을 깨달았어. 세라가 응접실에 혼자 앉아 있기에 그 맞은편에 가서 앉았네.

"누가 그 편지를 썼는지 알아냈습니다."

"그게 굉장히 먼 옛날 일처럼 느껴지네요."

"범인은 매튜였어요. 저한테 고백하더군요."

"왜요? 그 애가 왜 그렇게 끔찍한 짓을 했대요?"

"당신이 로이보다 자기한테 더 관심을 기울여 줬으면 해서 그랬다는군요. 로이는 당신 아들보다 겨우 열한 살 많잖아요."

세라의 얼굴이 핼쑥하고 창백해졌어.

"알아요. 하지만 그런 거짓말로 날 괴롭히다니……."

나는 숨을 깊이 들이마셨네.

"매튜도 거짓말이라고 생각하고 썼죠. 하지만 그 말에 사실은 진실이 담겨 있었던 것 아닌가요? 당신 아들이 보낸 익명의 편지는 사실 당신의 약점을 찔렀던 겁니다. 당신과 로이 핸슨은 연인 사이였고, 그 편지를 로이에게 보여 주자 그는 패닉에 빠졌어요. 혹시 재스퍼가 그 편지를 쓴 게 아닐까, 또는 그 편지를 발견하는 게 아닐까 하는 생각에 겁을 먹었겠죠."

세라가 버럭 소리를 지르며 벌떡 일어났어.

"그만해요! 그 이상 아무 말도 하지 말아요. 지금 로이가 내 남편을 죽였다고 말하려는 모양인데 그건 사실이 아니에요! 난 그게 사실이 아니란 걸 알아요!"

"정말 미안해요, 세라. 하지만 로이 핸슨이 재스퍼를 죽였고, 당신도 그걸 알고 있으리라 생각합니다."

세라 제닝스는 당연히 알고 있었지. 렌즈 보안관이 내게 물었어.

"로이가 재스퍼의 목을 그었다면 칼은 어디 간 거지? 설마 흉기가 얼음이고 녹여 버렸다는 말을 하진 않겠지? 그 상처는 너무 매끄러워. 아주 날카로운 무언가로 벤 상처잖나."

"그럼요, 보안관님. 제 생각엔 면도날 같습니다."

"그건 어디 갔는데?"

나는 손전등을 켜고 건조실 안 재스퍼 제닝스가 쓰러졌던 지점으로 둘을 인도했어. 손전등을 똑바로 위로 향하고, 전등보다도 더 높은 천장 꼭대기를 비추었네.

"저기 있네요. 보이십니까?"

"뭐가 있는데. 어디 보자…… 잠깐, 저건 파란 풍선 아냐?"

"맞습니다. 그리고 거기에는 안전면도기 면도날이 붙어 있을 거예요. 핸슨은 매튜의 방에서 풍선을 가져왔어요. 그 방에서 매튜와 모노폴리를 하고 논 적이 있다고 하니까요. 핸슨은 제닝스가 퓨즈를 직접 고치러 가리라는 사실을 알고 있었고, 프레스콧을 데려올 것도 알고 있었어요. 어둠 속에서 핸슨은 손을 뻗어 재스퍼의 어깨 너머로 딱 한 번 목을 긋고, 피가 솟구치기 전에 바로 면도날을 놓았습니다. 면도날은 풍선이 알아서 건조실 천장으로 올려 줬죠. 그래도 사각지대이지만 고개만 살짝 들면 금방 들킬 수 있었습니다. 저기 파란색이 있는 건 이상하잖아요. 그래서 아마 핸슨은 내일 낮에 재빨리 회수할 생각이었을 겁니다. 사다리가 닿지 않는다고 해도 새총이나 BB탄 총으로 풍선을 쏘면 그만이었겠죠."

"그렇게 따지면 프레스콧도 할 수 있는 일이었잖아?"

보안관이 지적하더군.

나는 고개를 가로저었네.

"핸슨에게는 동기가 있었습니다. 그건 나중에 말씀드릴게요. 그리고 핸슨은 매튜의 방에서 풍선을 갖고 나올 수가 있었어요. 무엇보다 로이 핸슨은 왼손잡이였습니다."

"뭐라고, 선생? 핸슨도 오른손잡이인 걸 우리가 다 확인했잖아! 본인이 증명했는데."

"세상에는 양손을 똑같이 사용할 수 있는 사람이 소수 존재하죠. 그 점에 대해서는 가장 훌륭한 증거를 바로 제가 갖고 있습니다. 올해 초여름에 핸슨의 손 부상을 치료해 준 적이 있었는데, 그때 핸슨은 담뱃잎을 도끼로 떼어 내다가 줄기를 움켜쥔 자기 손을 내리쳤죠. 그때 핸슨은 오른손을 다쳤어요, 보안관님. 그 말은 왼손으로 도끼를 사용했다는 뜻입니다. 제닝스의 목을 그은 바로 그 손 말입니다."

샘 선생은 셰리주를 한 모금 마시며 이야기를 마무리했다.

"핸슨의 운명은 마지막까지 비극적이었어. 렌즈 보안관이 체포하려 하자 그날 밤 바로 도망쳤는데, 다음 날 아침 철로 옆에서 발견됐네. 어둠 속에서 화물차에 올라타려다 굴러 떨어져서 바퀴 밑에 깔리고 만 거야. 세라는 그날 밤 일어난 두 겹의 비극에서 회복하는 데 오랜 시간이 걸렸지.

다음번에 자네가 우리 집에 오면 메인주에서 보냈던 겨울 휴가와 눈밭 위 기묘한 자국에 대한 이야기를 해 주겠네."

The Problem of the Snowbound Cabin

눈에 갇힌 오두막의 수수께끼

샘 호손 박사는 제일 좋아하는 의자에 편안히 앉아 브랜디를 한 모금 마신 뒤 말했다.

"이번에는 1935년 1월에 메인주에서 보냈던 겨울 휴가 이야기를 해 주려 하네. 아마 제정신인 사람이라면 한겨울에 메인주로 차를 몰고 가진 않을 거라고 생각하겠지. 특히 당시엔 유료도로도, 고속도로도 없던 시절이니 말이야. 그게, 사실은 자동차 때문이었는데……."

(샘 선생은 말을 이었다.)

나는 언제나 스포츠카를 가장 좋아했네. 인턴십을 마친 뒤 부모님은 내게 노란 1921년식 피어스애로 오픈카를 선물해 주셨고, 폭발 때문에 망가지기 전까지 그 차는 언제나 내 인생의 자랑거리였지. 그 후로 1930년 초에 구입한 차는 그 멋진 피어스애로의 만족

감을 뛰어넘지 못했어. 그리고 1935년 초, 드디어 꿈의 차를 구입하게 되었네. 눈부시게 반짝이는 빨간색 메르세데스 벤츠 500K 스페셜 로드스터였어. 당연히 비쌌지만 이미 십이 년이나 개업의로 일하고 있었고, 또 독신이다 보니 시골이었지만 돈을 제법 모을 수 있었어.

보스턴에서 차를 구입한 후 청교도 기념 병원에 있는 진료실로 몰고 갔더니 간호사 에이프릴이 자기 눈을 의심하더군.

"샀어요, 샘? 당신 차예요?"

"맞아요. 돈 좀 썼어요."

에이프릴은 반짝반짝 윤이 나는 기다란 엔진 덮개를 감탄 어린 눈빛으로 바라보며, 새빨간 래커 칠이 된 차체를 쓰다듬었어. 우리는 차 뒷좌석에 함께 앉아 보고, 그 뒤에 숨겨진 두 개의 스페어타이어를 들여다보기도 했네. 그리고 나서 나는 에이프릴을 태우고 병원 주차장 주위를 한 바퀴 드라이브했지.

"정말 꿈 같아요, 샘! 이런 차는 처음이에요!"

에이프릴은 내가 노스몬트에 처음 왔을 때부터 간호사로 일했고 십 년쯤 전에는 함께 케이프코드로 짧은 휴가를 간 적도 있었지만, 우리 관계는 여전히 플라토닉에 멈춰 있었네. 나는 에이프릴을 친구로서 좋아했고, 간호사로서도 완벽하다고 생각했지만, 우리 사이에 무슨 로맨스의 불꽃이 튄 적은 없었어. 에이프릴은 나보다 몇 살 연상인 삼십 대 후반이었지만, 함께할 상대에게는 여전히 매력적인 여성이었네. 에이프릴의 사생활에 대해 이야기해 본 적은 없지만, 왠지 노스몬트 안에서 에이프릴의 짝이 될 만한 사람이 없다는 느낌을 받곤 했었어.

아마 그런 생각 때문이었을 거야. 메르세데스에서 내린 에이프릴에게 내가 충동적으로 이렇게 말했던 건.

"메인주로 드라이브나 갑시다."

"메인요? 1월에요?"

"못 갈 것 뭐 있겠어요? 겨울치고는 날씨도 온화한 편이고 도로도 깨끗한데. 가서 스키를 타도 되고요."

"아뇨, 괜찮아요. 다리에 깁스하긴 싫어요."

말은 그렇게 했지만 에이프릴은 휴가 계획에 제법 관심을 보였네.

"그런데 환자들은 어떡하고요?"

"핸들맨 선생이 휴가를 가고 싶으면 일주일쯤 대신 환자를 봐줄 수 있다고 하더라고요. 대신 자기가 3월에 플로리다에 갈 때는 내가 봐주고."

에이프릴이 장난기 어린 미소를 지으며 결정을 내렸어.

"그럼 그렇게 해요. 하지만 스키는 절대 안 탈 거예요……!"

그다음 주초에 우리는 휴가를 떠났네. 북쪽을 향해 매사추세츠주를 통과해 뉴햄프셔주로 진입했지. 운전은 그야말로 꿈 같았어. 컨버터블 뚜껑을 열고 달리기에는 날씨가 너무 추웠지만, 오른쪽 운전석과 기다란 후드 때문인지 왠지 외국에 있는 느낌이었고 속도도 더 빠르게 느껴지더군. 사전에 전화로 예약해 둔 숙박업소가 뱅고어 북쪽이어서, 우리는 메인주 주 경계를 넘어선 후에도 꽤 한참을 달려가야 했다네.

"눈이 오네요."

에이프릴이 앞 창유리에 처음으로 내려앉은 예쁜 눈송이를 가리키며 말했어.

"눈이 오기 전에 여기까지 와서 정말 다행이죠."

그 후로도 가는 눈발이 꾸준히 날려, 그린부시 휴양지에 도착했을 때는 벌써 길바닥에 몇 센티미터는 쌓여 있더군. 나는 커다란 소나무 아래에 차를 세우고 뒷좌석에서 짐을 꺼냈네. 숙소는 통나무로 지어진 큼직한 건물이어서 메인주의 숲에서 가장 많이 나는 자원이 무엇인지 새삼 알 수 있더군. 로비 안으로 들어가니 활기찬 기운이 느껴졌고, 편안한 응접실의 벽난롯가 같이 포근했다네. 약간 외국어 억양이 있는 키가 크고 가무잡잡한 사십 대 남자가 우리를 맞이해 주었지.

"어서 오세요, 그린부시 휴양지에 잘 오셨습니다. 제가 이 휴양지의 주인 앙드레 멀혼입니다."

내가 손을 내밀며 말했어.

"저는 샘 호손입니다. 그리고 이쪽은……."

"아, 호손 부인이시군요!"

"아닙니다."

나는 이어서 말했네.

"방을 두 개 예약했는데요."

앙드레 멀혼이 미소를 지었어.

"따로 떨어져 있지만 연결되어 있는 방이죠. 숙박부에 사인하시면 바로 방을 보여 드리겠습니다."

"6박 7일 동안 있을 겁니다."

"아주 좋네요."

방은 아늑했고, 우리는 한 시간 후 저녁을 먹으러 내려왔네. 멀혼이 테이블로 와서 앉으라고 손짓을 했지.

"난 혼자 먹는 게 너무 싫어요. 저녁 같이 먹읍시다."

즐거운 식사 시간이었네. 앙드레가 에이프릴에게 관심을 보이는 것이 내 눈에도 보이더군. 앙드레는 자신의 프랑스 아일랜드계 뿌리에 대한 이야기, 그리고 지난겨울 아내가 차를 운전하다가 도로에서 미끄러져 사망했다는 이야기를 했어.

"부인 성함이 뭐였어요?"

에이프릴이 동정 어린 목소리로 물었네.

"루이스요. 아직도 지갑에 루이스 사진을 넣고 다녀요. 루이스가 내 인생에서 사라진 후로 난 뭘 바라보고 살아야 좋을지 모르겠어요. 아이도 없고, 내가 가진 건 이 휴양지뿐이라."

앙드레는 호감 가는 인상의 자기 또래 여인의 사진을 보여 주었네.

"웃는 얼굴이 참 예쁘네요."

에이프릴이 말했어.

저녁 식사 자리에서 앙드레 멀혼과 나눈 대화는 그야말로 세계적 관심사로 가득했어. 메인주의 숲속에서 이런 이야기를 나누리라고는 상상도 못 했다네. 한 세기 전에 소로가 여길 방문했던 이야기를 하다가, 또 다음 순간에는 유럽 전역을 공포에 몰아넣은 아돌프 히틀러로 넘어가는 거야. 노스몬트에서도 이런 대화는 나눠 본 적이 없었지.

"이 근방에서 할 수 있는 게 뭐가 있을까요?"

나는 그렇게 묻다가 문득 덧붙였어.

"우리 둘 다 스키는 못 탑니다."

앙드레 멀혼은 어깨만 으쓱했네.

"스키는 알프스 스포츠죠. 가끔 그게 스위스나 노르웨이만큼 미국에서도 유행하게 될지 의문이 듭니다. 하지만 미네소타에 사는 스칸디나비아인들 사이에서는 점점 인기를 얻고 있다더군요. 그리고 누가 알았겠어요? 스키 리프트인가 하는 게 발명돼 여가 시간의 혁명을 일으키게 될 줄을. 이젠 스키를 타고 내려갔다가 리프트를 타고 다시 올라갈 수가 있다니까요."

"하지만 여기 그린부시에서는 스키를 안 타죠?"

에이프릴이 물었어.

"안 탑니다. 대신 스노 슈잉과 하이킹이 있어요. 내일 아침에 두 분에게 눈밭에서 신는 스노 슈즈를 빌려 드릴 테니 같이 시골 풍경 구경이나 나가시죠."

앙드레 멀혼의 특별한 관심은 우리 둘 중에서도 특히 에이프릴에게 쏠려 있었지만 딱히 불만은 없었네. 앙드레는 매력적인 남자였고, 말솜씨도 아주 좋았지. 나는 다음 날 아침을 고대하며 잠들었어.

화창하고 맑은 날씨였지만 북풍이 불어서 우리는 옷깃을 목까지 꼭 잠그고 숙소 앞에서 앙드레를 기다렸네. 에이프릴은 문만 뚫어져라 보고 있었고, 나는 메르세데스를 세워 둔 소나무 쪽만 쳐다보고 있었어. 그러다 격자무늬 재킷을 입은 한 청년이 내 차

근처를 맴도는 모습을 보고 깜짝 놀랐네. 한 손에 엽총을 들고 있었거든.

나는 그쪽으로 걸어갔어.

"차가 마음에 듭니까?"

내가 물었네.

"정말 멋진데요. 당신 건가요?"

"맞아요."

"저 휴양지에 묵어요?"

나는 고개를 끄덕였네.

"내 이름은 샘 호손입니다."

"나는 거스 락소예요. 이 근방에서 좀 특이한 직업을 갖고 있죠."

"엽총이 필요한 직업입니까?"

"네, 야생동물을 사냥하거든요. 눈이 쌓여서 먹이를 구하기 어려워지면 녀석들이 내려와서 쓰레기장을 뒤지곤 해요. 오늘 아침에도 벌써 붉은스라소니 한 마리를 잡았어요."

"여기가 그렇게 야생과 가까운 곳일 줄은 몰랐네요."

락소는 내 메르세데스에 더 큰 관심을 보였어. 펜더를 쓰다듬으며 락소가 말하더군.

"이런 차는 처음 봐요. 돈 많이 썼겠어요."

"싸진 않았죠."

나는 이 대화를 계속하고 싶지 않았어. 내가 차에서 멀어지니 락소도 거리를 두는 것을 보고 마음이 놓이더라고.

이때쯤 앙드레가 스노 슈즈 세 켤레를 들고 나타났네. 락소를 보고는 얼굴을 찌푸리며 무어라 말하려던 눈치였지만 굳이 입 밖에 내진 않더군. 야생동물 사냥꾼은 방향을 획 틀어서 휴양지 뒤로 사라졌지.

"와, 정말 완벽한 아침이에요!"

에이프릴이 활짝 웃으며 말했어.

"어젯밤 언덕에 눈이 내렸네요. 군데군데 발이 푹푹 빠지는 곳도 있을 겁니다."

내가 스노 슈즈를 신느라 사투를 벌이는 사이 앙드레는 무릎을 꿇고 에이프릴에게 신발을 신겨 주었네.

"여기에서 일하는 사람이 몇 명이나 됩니까?"

내가 물었어.

"얼마나 바쁘냐에 따라 다르죠. 예약이 많이 들어오는 주말에는 시내에서 임시로 사람을 고용하기도 해요."

"락소도 임시직 일꾼인가요?"

"특이한 일을 하는 사람이긴 한데, 좀 믿음이 안 가죠."

"오늘 아침에 붉은스라소니를 잡았다던데요."

"아마 그랬을 겁니다. 겨울이면 먹이를 찾아 내려오거든요."

우리는 북쪽을 향해 걸었네. 얼어붙은 호수를 건너, 완만한 언덕 비탈길을 올라갔지. 에이프릴과 나는 스노 슈즈에 익숙하지 않아서 그런지 걷는 게 보기보다 만만치 않더라고. 1킬로미터쯤 가니 다리근육이 벌써 비명을 지르기 시작했어.

"이 언덕 반대 비탈에 있는 테드 쇼터네 집에서 잠깐 쉬어 갑시다. 익숙하지 않은 장비로 이 추운 날씨에 걸어가는 건 쉽지 않은 일이에요."

앙드레가 제안했어.

"테드 쇼터가 누군데요?"

"은퇴한 주식중매인인데 몇 년 전 이 근처로 이사 왔습니다. 혼자 사는 사람이라 누가 오면 무척 반가워해요."

언덕 꼭대기에 오르니 그 집이 보였네. 근처에 포드 세단이 세워져 있더군. 하지만 그 집 문까지 가는 길에는 눈이 가득 쌓여 있었어. 굴뚝에서는 연기가 피어오르고 있더군.

"난로를 피우는 걸 보니 집에 있나 봅니다. 집 밖으로 나온 흔적도 없네요."

앙드레가 말했어.

우리는 앙드레의 뒤를 따라 언덕을 내려갔지. 에이프릴이 왼쪽을 가리켰네.

"저게 붉은스라소니 발자국일까요?"

앙드레가 가까이 다가와서 말했어.

"20센티미터 간격 정도니 그런 것 같네요. 이 녀석이 거스 락소가 잡았다는 그놈인가 봅니다."

발자국은 집 모퉁이 쪽을 향해 맴돌다가 다른 방향을 향했네. 집 근처로 다가갈수록 발이 더 푹푹 빠져서 솔직히 스노 슈즈 없이는 아예 걷지도 못할 것 같더군. 문 앞에 도착하자 앙드레가 장갑 낀 손으로 문을 쿵 두드렸네.

아무도 나오지 않아서 앙드레가 문고리를 돌려 보았지.

"잠겨 있지 않은데."

앙드레가 그렇게 말하며 조심스레 문을 밀자 쌓인 눈이 집 안으로 쏟아지더군. 앙드레가 스위치를 누르니 머리 위에 매달려 있던 전구 하나에 불이 들어왔어. 앙드레의 어깨 너머로 난롯가에 큰 안락의자 하나가 놓여 있는 아늑한 방이 보이더군. 천장에 난 채광창을 통해 햇빛이 집 안으로 쏟아져 들어왔네. 복층에 정리 안 된 침대가 보였고, 식탁에는 지저분한 아침 식사 접시가 남아 있었어.

안락의자 등받이 너머로 누군가의 정수리가 보였네. 나와 에이프릴이 문간에서 기다리는 동안 앙드레가 그쪽을 향해 서둘러 걸어갔어.

"테드, 나 앙드레예요. 스노 슈잉을 하다가 잠깐 들렀는데……."

앙드레는 의자 위로 허리를 굽히고 앉아 있는 남자를 살짝 흔들었어. 그러고는 안색이 변하더라고.

"무슨 일입니까?"

내가 물으며 다가갔네.

"세상에…… 칼에 찔렸어요."

흘끔 보니 정말 그랬어. 의자에 앉은 남자는 죽어 있었네.

앙드레가 벽에 걸린 크랭크 전화기를 들고 경찰에 전화를 걸었지.

삼십 분쯤 뒤에 도착한 페티 보안관은 노스몬트의 내 가장 친한 친구 렌즈 보안관과는 전혀 다른 사람이었네. 이런 산간벽지와는 전혀 어울리지 않게 키가 크고 늘씬했으며, 잔뜩 화가 난 얼굴이었지. 맞춤 제복 위에는 값비싼 가죽 코트를 입고 있더군. 페티 보안관은 대체 그날 아침 왜 이 집을 방문했느냐고 묻더군. 첫 번째 질문에서 내 대답을 무시하긴 했지만, 내가 의사라는 말을 듣더니 갑자기 활기를 띠었어.

"지금 당장은 여기 와 줄 검시의가 없습니다. 혹시 사망 추정 시각을 확인해 주실 수 없을까요, 호손 박사님?"

페티 보안관이 물었어.

"한번 해 보겠습니다. 하지만 시체가 난롯가에 너무 가까이 있어서 정확히 알 수는 없겠는데요. 사후경직도 안 보이고. 몇 분 전에 죽었을지도 모르고, 몇 시간 전에 죽었을지도 모릅니다. 우리가 들어왔을 때 난로가 아직 활활 타고 있었으니 어쨌든 최대 몇 시간 이내인 것 같아요. 장작이 그렇게 오랜 시간 타지는 못할 테니 말이죠."

"그럼 해가 뜨고 나서 살해됐다는 말이군요."

"네, 아마 그럴 겁니다. 우리가 발견했을 때가 오전 10시경이었으니까요. 설거지하지 않은 아침 식사 그릇이 있었고, 불도 꺼져 있었죠."

"눈은 해가 뜨기 전에 그쳤습니다."

페티 보안관이 앙드레를 돌아보았어.

"집 안으로 들어왔을 때 다른 사람은 없었나요?"

"불쌍한 쇼터밖에 없었어요."

"사람이 드나든 발자국도 없었고요?"

앙드레는 고개를 가로저었어. 나도 거들었네.

"발자국은 없었습니다. 저희가 집 안도 뒤져 보고, 나가서 사방을 다 돌아보았는데 문은 이것 하나뿐이고 저희가 도착했을 때는 문 앞에 눈이 쌓여 있었어요. 창문은 다 닫혀 있고, 추워서 그랬는지 꽉꽉 잠겨 있더군요. 붉은스라소니 같은 게 아니고서야 이 근처로 다가올 녀석도 없죠."

보안관이 말했네.

"그럼 살인자는 이 안에 밤새 있었다는 말이 되는군요. 그런데 대체 흔적도 안 남기고 어떻게 도망쳤을까요?"

앙드레가 대꾸했어.

"자살이죠. 답은 하나뿐입니다."

페티 보안관이 한층 더 얼굴을 찌푸렸지.

"자살이라면 흉기는 어디 있는데요?"

당연한 질문이었지만, 그 순간 아무도 대답할 수가 없었다네.

경찰은 시체를 썰매에 싣고 눈으로 덮인 언덕으로 끌고 가, 언덕 반대편으로 밀어서 눈이 쌓이지 않은 도로까지 운반했네. 우리는 휴양지로 돌아갔고.

"쇼터라는 사람에 대해 좀 묻고 싶은데요. 대체 누가 그 사람을 죽였을까요?"

나는 앙드레에게 물었어.

휴양지 주인은 어깨만 으쓱하더군.

"아마 과거에 원한이 있던 사람 아닐까요? 이 근방에서는 적을 만들 만큼 사람을 많이 만나고 다닌 것 같진 않던데요. 전에도 말했지만 태도는 친절해도, 항상 혼자서만 지내던 사람이었거든요."

"휴양지에 찾아온 적도 있습니까?"

"거의 없네요."

그렇게 말하던 앙드레가 무슨 생각을 떠올렸는지 갑자기 손가락을 딱 튕겼네.

"그러고 보니 며칠 전에 온 적이 있어요. 휴양지에 묵고 있는 한 여자를 찾아온 적이. 그 사람이 우리 휴양지에 오는 바람에 나도 깜짝 놀랐는데, 그 이상은 잘 모르겠네요."

"여자는 아직 여기 있어요?"

"데브루 부인…… 네, 아마 아직 있을 거예요."

에이프릴이 앙드레와 즐겁게 대화를 나누고 있기에, 나는 헤어져서 데브루 부인이 묵고 있다는 방 번호를 물어보러 갔네. 접수대 담당자는 로비에 앉아서 패션 잡지를 읽는 늘씬한 부인을 가리키더군. 나이는 삼십 대 정도로 보였네. 나는 감사 인사를 한 뒤 여자 쪽으로 걸어갔어.

"안녕하세요. 데브루 부인이시죠?"

여자가 나를 돌아보더니 미소를 짓더군.

"맞아요. 혹시 언제 만난 적이 있나요?"

"아뇨, 아쉽지만 그럴 기회는 없었습니다. 제 이름은 샘 호손입니다."

"전 페이스 데브루예요. 이미 아시는 모양이지만. 그런데 제게 무슨 볼일이시죠?"

여자는 잡지를 내려놓았어.

"테드 쇼터 씨 때문에 여쭤볼 게 있습니다. 부인도 아셨던 분일 겁니다."

"'아셨던 분'이라뇨?"

"죄송합니다, 이미 소식을 들으신 줄 알았습니다. 쇼터 씨가 오늘 아침에 자택에서 사망한 채 발견됐습니다."

여자가 휘청거리다 의자에서 쓰러질 뻔했네. 내가 제때 받쳐 주었으니 망정이지.

정신을 차린 페이스 데브루는 내가 주문한 브랜디를 한 모금 마신 뒤 말했어.

"미안해요, 몇 년 동안 기절한 적이 없었는데."

"제가 가져온 소식이 그렇게 충격적이었다니 오히려 죄송합니다."

여자는 로비에 있는 소파에 기대앉았네. 큰 소란은 없었어. 여자가 쓰러지자마자 내가 재빨리 부축하는 모습을 본 사람은 접수대 담당자뿐이었거든.

"그럴 리가 없는데, 이해가 안 되네요. 전 그 사람하고 아주 오래전부터 알고 지냈어요. 죽은 이유가 뭔가요? 심장마비?"

"칼로 가슴을 찔렸습니다."

"설마 누가 그 사람을 죽였다는 거예요?"

여자의 창백한 얼굴이 한층 더 창백해졌어.

"자살로 추정되지만 확신할 수는 없습니다. 혹시 쇼터 씨 이야기를 좀 여쭤도 될까요? 왜 살던 곳을 떠나 여기까지 와서 혼자 살기로 한 겁니까?"

"그건 간단해요. 테드는 주식중매인이었는데, 주가 폭락으로 큰 타격을 입고 회복하질 못했어요. 자기 돈뿐만 아니라 다른 소액투자자 수백 명의 돈까지 잃었거든요. 그 사람들 중 일부는 돈을 잃은 것 때문에 테드를 비난했어요. 그래서 테드는 결국 현실을 직면하지 못하는 상황에 이르렀고, 삼 년 전 보스턴을 떠나 여기 온 후 계속 혼자 살았죠."

"당신도 투자자였습니까?"

내 질문에 여자는 슬픈 미소를 지었지.

"아뇨, 그 사람 아내였어요."

이번에는 내가 놀랄 차례였어.

"이혼하셨나요?"

페이스 데브루는 고개를 끄덕였네.

"이혼한 이유는 대공황과는 상관없었어요. 제가 1929년에 글렌 데브루라는 남자를 만나 사랑에 빠졌고, 몇 달 후 테드에게 이혼해 달라고 했거든요. 나중에 테드에게 무슨 일이 일어났는지 알고는 정말 안타까웠지만 그때는 이미 저와 아무런 관련 없는 사람이 되어 있었죠."

"여기는 남편분 없이 혼자 오신 겁니까?"

"네. 그이는 샌프란시스코에 새로 짓는 금문교에서 건축 기술사로 일하고 있어요. 집에는 몇 달에 한 번 오곤 해요. 그래서 전 외로움을 달래려고 이곳에 일주일 일정으로 여행을 왔던 거예요."

"전남편이 여기 살고 있다는 건 아셨습니까?"

"대충 어디쯤 사는지는 알았어요."

"도착했을 때 전화했나요?"

그쯤 되니 여자의 인내심이 바닥나고 말았어.

"당신 뭐예요, 호손 씨? 무슨 탐정이에요? 왜 그렇게 캐묻는 거예요?"

"전 의사입니다. 그리고 이런 종류의 범죄를 겪은 경험이 있어서 지역 경찰에 도움이 되지 않을까 싶더군요."

"'이런 종류의 범죄'라니 그게 무슨 뜻이에요?"

"정황이 아주 끔찍하거나, 성립이 도저히 불가능해 보이는 범죄를 말합니다. 쇼터 씨는 어떤 발자국도 없는 눈밭으로 둘러싸인 집 안에서 칼에 찔려 죽었어요. 살인자는 들어올 수도 없었고, 날이 밝기 전 눈이 그친 후에 나갈 수도 없었죠. 게다가 자살을 가리키는 흉기도 없습니다."

"설마 경찰이 제가 테드를 죽였다고 의심하는 건가요?"

여자가 물었네.

"지금 상황에서는 아마 당신의 존재도 모를 겁니다."

"계속 그랬으면 참 좋겠네요, 호손 선생님. 확실히 말하는데 전 전남편의 죽음에 대해 아무것도 몰라요. 언젠가 함께 저녁을 먹은 적이 있긴 하지만 그게 전부예요."

새로운 정보는 딱히 없었어. 나는 시간을 내줘서 고맙다고 말한 뒤 내 방으로 돌아와, 창가에 앉아서 죽은 남자의 집 안 풍경을 가만히 떠올려 보았네. 침대가 있는 복층 다락이 딸린 커다란 방 한 칸에, 작은 부엌이 있었어. 집 뒤로 별채가 하나 있었고. 집 안에는 주로 사업과 주식시장에 관한 책이 몇 권 있었고, 아침 식사를 한 흔적이 있는 것을 보니 쇼터는 아마도 날이 밝은 후에 살해당했을 거야. 자살을 하기로 결심한 사람이 과연 혼자 먹을 아침 식사를 준비할까 싶었지만, 그냥 그런 이상한 일이 일어났다고 생각할 수밖에 없었네.

저녁 식사를 마치고 난 후에야 마주친 에이프릴은 내가 보았던 그 어떤 모습보다 행복해 보였어.

"하루 종일 앙드레랑 같이 있었어요?"

내가 농담 삼아 물었어.

놀랍게도 에이프릴은 고개를 끄덕였네.

"나 그 사람 정말 마음에 들어요, 샘. 그 사람 사무실에서 단둘이 저녁을 먹었어요."

"이거 일이 커지는데요."

에이프릴은 화제를 바꿨지.

"그래서 살인 사건에 관련된 무슨 단서라도 찾았어요?"

"딱히 없었네요. 이 휴양지에서 묵고 있던, 알고 보니 쇼터의 전부인이었던 한 여성을 만났어요. 쇼터가 죽던 그 순간 그 자리에 있었다면 흥미로웠겠지만 아무것도 모른다고 주장하더군요."

"왜 혼자 숲속에 사는 남자를 죽인 걸까요?"

"나도 모르겠어요. 주가 폭락 때 자기 돈만 많이 잃은 게 아니라, 수많은 투자자들의 돈도 많이 잃었다고 하더군요. 어쩌면 그들 중 한 명이 여기까지 쫓아와서 복수했는지도 모르겠네요."

"오 년이나 지났는데요?"

"전에도 그런 일이 있었잖아요. 소위 '잘못된 것'에 대한 분노는 누군가의 마음속에서 때로 살인을 저지를 정도까지 커지곤 하죠. 쇼터는 어쩌면 그런 사람을 피해 이런 곳에 숨어 살고 있었는지도 몰라요."

우리는 휴양지 밖을 함께 산책했네. 화제는 금세 노스몬트와 그곳 사람들에 대한 이야기로 넘어갔어. 에이프릴은 마치 오래전 떠났던 집처럼 그리움을 담아 이야기하더군. 왠지 좀 신경이 쓰였어. 방으로 돌아온 후 오랫동안 창가에 앉아 쌓인 눈과 거기에 반사되는 불빛들을 바라보았네.

그때 문득 불빛 밑으로 움직이는 누군가의 그림자가 보였어. 엽총을 들고 또 다른 붉은스라소니의 뒤를 쫓는 듯한 거스 락소였네.

아침에 문을 두드려 보니 에이프릴은 자기 방에 없었네. 나는 아래층으로 내려와, 방 한구석에 혼자 앉아 있는 페이스 데브루를 피해서 아침 식사를 했지.

커피를 다 마셨을 즈음 에이프릴이 나타났네.

"늦어서 미안해요."

에이프릴이 멋쩍은 얼굴로 말했어.

"그건 괜찮아요. 여기선 각자 움직이니까. 아침은 먹었어요?"

"네."

"그럼 산책이나 할래요?"

"좋아요. 어디로 갈까요?"

"쇼터네 집을 다시 한 번 둘러볼까 해요."

"스노 슈즈 신어야 돼요?"

"아마 페티 보안관 부하들이 지금쯤 문 앞으로 가는 길을 만들어 놓았을 거예요. 그냥 한번 가 보죠."

어제 갔던 길을 따라가다 보니 눈이 쌓여 발이 푹 빠지는 곳이 한 군데 있었네. 에이프릴이 허리까지 빠지는 바람에 내가 끌어내야 했지. 우리는 쇼터의 집이 보이는 언덕 꼭대기까지 올라가는 내내 웃어 댔어.

"누가 안에 있나 보네요. 문이 열려 있는데요."

전화 회사에서 나온, 털 파카를 입고 수염을 기른 남자가 벽에서 전화기를 떼고 있더군.

"이젠 이 집에 필요 없을 것 같아서요. 빈집에 기계를 그냥 놔둘 수도 없으니."

남자가 우리에게 말했어.

"테드 쇼터 씨를 원래 아셨습니까?"

"잘은 몰라요. 그냥 여기 회선을 설치할 때 한 번 봤죠."

남자는 이야기하면서 계속 작업을 했네.

"혼자 살았나요?"

"아뇨, 휴양지 사람 한 명과 같이 있던데요."

"앙드레 멀혼요?"

"아뇨, 거기에서 일하는 잡일꾼요. 이름이 락소라고 했던가?"

나는 그 말에 잠시 생각에 잠겼네.

"거스 락소……. 혹시 이 근처에서 붉은스라소니를 본 적이 있습니까?"

"그럼요, 가끔 보죠. 대부분 자기 갈 길 가느라 바쁘지만."

남자가 떠난 후 나는 에이프릴과 함께 집 안을 둘러보았네. 난로의 온기가 없다는 것만 제외하면 전날과 똑같은 풍경이었어. 쇼터가 죽은 채 발견되었던 의자 옆에 서서, 혹시 내가 놓쳤을지 모르는 단서를 찾아 사방을 두리번거렸지.

"어떻게 생각해요?"

나는 에이프릴에게 물었어.

에이프릴은 깔깔 웃었네. 이 명랑한 모습은 내가 전에 한 번도 본 적도 없는, 에이프릴의 새로운 면이었어.

"꼭 셜록 홈스처럼 묻네요. 좋아요, 그럼 이건 어때요? 타이어나 뭐, 다른 데서 잘라 온 고무줄에 칼을 묶어서 자길 찔렀던 거예요. 그리고 칼을 놓아 버리면 긴 고무줄 때문에 멀리 날아가 버리는 거죠."

"멀리 어디로요?"

에이프릴이 고개를 들더니 가리켰어.

"천장에 난 저 채광창으로요."

정말 말도 안 되는 소리였지. 나는 튼튼한 테이블을 하나 가져와서 그 위에 의자를 올렸다네. 거기에 올라서니 채광창에 손이 닿더군. 채광창은 쉽게 열렸고 밖을 내다보니 지붕에 쌓인 눈에는 아무런 흔적도 없었어. 창틀도 손으로 훑어보았지만 숨겨진 칼 같은 건 없었네.

나는 바닥으로 내려와서 말했어.

"위에는 아무것도 없어요."

가구를 제자리에 옮겨 놓은 뒤, 자살 후 굴뚝을 통해 흉기를 올려 보냈던 이야기를 떠올렸다네. 그래서 굴뚝을 올려다보았지만 마찬가지로 아무것도 찾지 못했어. 나는 혼잣말처럼 에이프릴에게 이야기하며 전날 있었던 일들을 재구성해 보았네.

"쇼터는 아침에 일어났겠죠. 아마도 거의 해가 뜬 직후에. 그리고 아침 식사 준비를 했습니다. 아침 식사 전후로 난로에 불을 피웠죠."

에이프릴이 끼어들었어.

"어쩌면 살인자가 불을 피웠을지도 몰라요. 시체를 따뜻하게 해서 사망 추정 시각을 헷갈리게 만들려고."

그것은 내가 간과한 가능성이었어.

"그래도 살인자가 어떻게 들어와서 어떻게 나갔는지는 아직 알 수 없네요."

"밤에 왔다 간 것 아니에요? 눈이 그치기 전에."

나는 고개를 가로저었네.

"아침 식사를 한 흔적이 있잖아요."

"살인자가 거짓으로 꾸몄을지도 모르죠."

"그럼 난롯불은요? 그렇게 오랫동안 탈 수는 없어요. 진작 꺼졌을걸요."

"그건 그렇네요."

에이프릴도 동의했네. 그때 에이프릴의 시선이 문 앞 바닥, 작은 양탄자에 거의 가려진 무언가에 못 박혔어.

"저게 뭐예요?"

한쪽에 'G. D.'라는 이니셜이 각인되어 있고, 연필심을 고정해서 쓰는 가느다란 금색 리드 펜슬이었어.

"단서인 것 같네요."

말은 그렇게 했지만, 사실 반신반의했지. 페티 보안관의 부하들이 그걸 놓쳤을 리가 없으니 말이야. 어쩌면 조사관 중 하나가 집안 지도를 그리다가 떨어뜨린 물건인지도 몰라서 나는 주머니에 넣고 방을 둘러보았네.

"이 안에서 봐야 할 건 다 본 것 같네요, 에이프릴."

휴양지로 돌아오는 길에 에이프릴이 진지하게 물었네.

"샘, 만약 내가 일을 그만두고 다른 곳에 취직한다면 어떻게 할 거예요?"

"진료실 문 닫고 수도원에나 들어가야죠."

"아뇨, 진짜로요."

"에이프릴, 당신은 벌써 십삼 년이나 나랑 같이 일했잖아요. 내가 진료소를 처음 열었을 때부터 쭉. 만족하지 않았어요? 아니면 돈이 더 필요해요?"

"돈하고는 상관없는 문제예요."

"난 당신이 행복한 줄 알았어요, 에이프릴. 특히 요 며칠 동안은 더 행복해 보이던데요."

"맞아요."

"그럼 왜……."

"앙드레가 나보고 여기 있어 달래요."

나는 넋이 나갔어.

"앙드레가 일자리를 준대요?"

"나랑 결혼하고 싶대요."

"에이프릴! 만난 지 겨우 이틀 된 남자랑 결혼하겠다고요?"

"아뇨."

나는 안도의 한숨을 내쉬었어.

"아무튼 큰일이긴 하네요."

"하지만 여기에서 며칠 더 머무르면서 그 사람을 더 알아 가고 싶은 마음은 있어요."

"부인이 작년에 교통사고로 죽었다면서요. 앙드레는 그냥 외로운 것뿐이에요."

"나도 그래요."

"네?"

"난 서른아홉이에요, 샘."

"난 한 번도 당신이 그런 생각을 하고 있었을 줄은……."

갑자기 에이프릴의 목소리에 가시가 돋혔네.

"그럴 줄 알았어요. 난 가끔 당신이 날 여자라고 생각은 하는지 궁금할 때가 있어요."

일단 이 화제에 대해 더 이야기하고 싶지 않았어.

"어쨌든 여기 며칠 더 있어야겠네요. 상황이 어떻게 돌아갈지 일단 지켜봅시다."

내가 말했어.

그날 밤 저녁 식사를 한 후 나는 페이스 데브루와 한 테이블에 앉아 셰리주를 마셨네.

"난 내일 보스턴으로 돌아가요."

페이스가 털어놓더군.

"쇼터 씨의 장례식에는 참석하지 않을 건가요?"

페이스는 고개를 가로저었어.

"요 몇 년 동안 테드는 나한테 아무 의미도 없는 사람이었어요.
여기 온 것부터가 어리석은 일이었던 것 같아요."

에이프릴이 문간에 서서 안을 둘러보다가 나를 발견하고는 손
을 흔들며 테이블로 다가왔네.

"무슨 일이에요?"

나는 일어서서 에이프릴을 맞이하며 물었어.

"같이 좀 와 줄래요? 앙드레가 수수께끼를 푼 것 같대요. 당신
도 들었으면 좋겠어요."

"그럼요, 당연히 가야죠."

페이스 데브루도 일어섰네.

"저도 괜찮을까요?"

나는 페이스를 에이프릴에게 소개하고, 우리는 함께 앙드레의
사무실로 향했네. 앙드레는 책상에 앉아 있다가 데브루 부인이 나
타난 것을 보고 놀라는 눈치였지만 어쨌든 재빨리 의자를 권했어.

"죄송합니다, 데브루 부인. 설마 테드의 전부인이 저희 휴양지
손님으로 와 계실 줄은 상상도 못 했습니다. 난 그냥 테드의 죽음
에 대한, 사실에 근거한 가설을 세웠고 에이프릴은 호손 선생이
그 이야기를 들었으면 좋겠다고 하더군요."

"괜찮아요, 말씀하세요."

페이스가 말했어.

"떠돌이 붉은스라소니 말고는 아무도 접근한 흔적이 없는 그 집 안에서 테드 쇼터가 어떻게 살해당했는지를 설명할 수 있다면 당연히 들어 봐야죠."

내가 말했네. 앙드레는 고개를 끄덕였어.

"한 문장으로 설명할 수 있을 만큼 간단한 일입니다. 테드 쇼터는 얼음으로 된 단검으로 자기 자신을 찔렀고, 그 칼은 난롯가의 열기로 금방 녹아 버린 거죠."

페이스 데브루와 나는 아무 말이 없었지만 에이프릴은 바로 그 가설을 칭찬했네.

"샘, 당신이 떠올릴 법한 진상 아니에요? 난 이 말이 맞는 것 같아요."

"에이프릴⋯⋯."

나는 그렇게 말하려다 앙드레 멀혼에게 말했어.

"날카로운 얼음 조각으로 사람의 피부를 베어 본 적이 있습니까? 심지어 실외라고 해도 생각보다 어려운 일입니다. 집 안, 그것도 난로 옆에서는 그야말로 불가능하죠. 아무리 날카로운 얼음이라 해도 금세 녹아서 뭉툭해지니까."

그리고 페이스 쪽을 돌아보았네.

"당신 전남편이 자살했다는 사실을 숨김으로써 얻을 만한 이익이 혹시 있습니까?"

페이스는 고개를 가로젓더군.

"없어요. 이혼 후 테드는 자기 사망보험을 전부 해약하고 현금으로 받았거든요. 이리로 이사 온 후 테드는 자기가 죽어도 보험금을 받을 사람이 하나도 없다고 그랬어요."

"난 당신 생각이 맞는다고 생각해요, 앙드레."

에이프릴이 우겼지만 앙드레가 온화하게 말하더군.

"아뇨, 호손 선생 말이 맞아요. 난 그렇게 진지하게 생각해 보지 않았어요. 어쩌면 이 근방에 살인자가 있을 가능성 자체를 그냥 묵살해 버리고 싶었는지도 몰라요."

그 후 내가 숙소 휴게실의 당구 테이블에서 쉬고 있는데 에이프릴이 나를 찾아왔어.

"샘, 나 할 말 있어요."

"좋아요. 바로 갈까요?"

"아뇨, 위층이 좋겠어요."

나는 에이프릴과 함께 내 방으로 들어왔고, 의자에 편하게 앉았네. 하지만 에이프릴은 뻣뻣한 자세로 침대에 걸터앉더군.

"자, 이제 무슨 문제가 있는지 말해 봐요."

나는 내심 이제부터 닥칠 일을 두려워하면서 말했지.

"당신 앙드레 싫어하죠? 내가 처음 앙드레 얘길 꺼냈을 때부터 그랬던 것 같아요."

"아니에요, 에이프릴."

"그럼 왜 그러는데요?"

기가 쭉 빠지는 느낌이었네. 지금부터 해야 할 말은 정말이지 이제껏 했던 말 중 가장 어려운 말이었어.

"진실을 마주해야 해요. 쇼터의 죽음은 자살이 아니었고, 떠돌이 붉은스라소니의 소행도 아니에요. 눈이 그치고 우리가 안으로 들어가 쇼터를 발견하기 전까지 아무도 그 집 안에 들어가지 않았어요. 누구도 그럴 수가 없었다고요. 창문은 다 잠겨 있었고, 문 앞과 지붕에 쌓인 눈에는 아무런 흔적도 없었어요."

"하지만……."

"테드 쇼터는 우리가 들어갔을 때도 살아 있었어요. 아마 난롯가 온기로 깜빡 잠이 들었겠죠. 제일 먼저 쇼터가 앉은 의자로 다가간 앙드레가 허리를 굽히고 흔드는 척하면서 쇼터를 칼로 찌른 겁니다. 가능한 방법은 그것뿐이에요. 정말 미안해요, 에이프릴. ……어쩌면 앙드레는 몇 년 전 쇼터 때문에 돈을 잃었을지도 모르겠네요."

"아니에요!"

에이프릴은 침대에 쓰러져 울면서 주먹으로 침대보를 마구 내리쳤어. 나는 아무 말도, 아무것도 할 수가 없었네. 이미 너무 많은 말을 해 버렸기에.

그날 밤 나는 거의 눈을 붙이지 못했다네. 결국 새벽녘 꾸벅꾸벅 졸다가 깼는데 머리는 맑았지. 잠들어 있는 동안에도 뇌가 계속 일한 모양인지, 명료하지 못했던 상황이 완전히 파악되더군. 나는 한동안 침대에 누워 천장을 올려다보다가 결국 일어나서 페티 보안관에게 전화를 했어. 그리고 이유는 설명하지 않고, 내가 원하는 바만 전달했네.

"너무 늦었을지도 모르지만, 보안관님. 저와 함께 쇼터의 집에 같이 가 주셨으면 합니다. 오늘 아침 바로요."

"왜죠?"

"더 확신을 얻을 때까지는 말씀드릴 수가 없습니다."

"설마 '범인은 반드시 현장에 돌아온다'거나 하는 그런 진부한 말을 하려는 건 아니겠죠?"

나는 인정할 수밖에 없었네.

"그 비슷한 겁니다."

아침 8시가 조금 넘은 시각, 나는 보안관에게 차를 큰길에 세우고 쇼터의 집에서 만나자고 제안했네. 더는 눈이 내리지 않아서 우리는 새로운 발자국을 남기지 않고 집 앞까지 잘 다져진 길을 걸어갈 수 있었어. 나는 보안관에게 함께 복층 다락에 숨어 있자고 말했어.

"대체 누가 오길 기다리는 겁니까?"

페티가 물었어.

"내 생각이 맞는지 일단 기다려 보고 싶습니다. 나중에 설명할 시간은 많으니까요."

하지만 시간이 갈수록 보안관의 인내심은 점점 사라져 갔네.

"벌써 10시요, 호손 선생. 난 다른 할 일도 많아요."

"한 시간만 더 주십시오. 11시가 되어도 아무 일 일어나지 않으면 그땐……."

아래에서 문이 열렸네. 나는 페티의 팔을 툭 치며 조용히 하라는 신호를 주었어. 전에 본 적 있는 남자가 들어와 안을 둘러보더군.

"누구지······?"

페티 보안관이 속삭이려 했지만 나는 보안관의 팔을 꽉 잡고 몸에 바짝 힘을 주었다가 복층 다락 밖으로 뛰어내렸네.

그리고 그 남자로부터 채 2미터도 떨어지지 않은 곳에 착지했네. 남자가 나를 보고 깜짝 놀란 표정을 짓더군.

"당신이 찾던 게 이겁니까?"

그 전날 에이프릴과 내가 집 안에서 찾아냈던 리드 펜슬을 꺼내며 물었어.

남자가 의아한 표정으로 나를 쳐다보더니 손을 뻗더군.

"네, 맞아요."

내가 외쳤네.

"보안관님, 이리로 나오세요!"

남자의 얼굴에 당황한 빛이 스치는 것을 보고 나는 상대가 도망칠 줄 알았어. 하지만 그냥 제자리에 서 있더군.

"대체 이게 다 무슨 일이에요?"

페티 보안관이 내 옆으로 와서 서자 자신감이 솟아났지.

"어제 가짜 수염을 붙이고 전화 회사 직원으로 변장해서 이곳에 왔을 때 연필을 떨어뜨린 거죠? 발자국을 남기지 않고 집 밖으로 도망친 방법을 우리가 알아내기 전에 전화선을 빨리 치워야 했을 테고요. 보안관님, 이 사람을 살인죄로 체포하세요. 이 자는 쇼터의 전부인의 현재 남편입니다. 이름은 글렌 데브루고요."

보안관이 데브루를 연행하기 전에 상황을 설명한 뒤, 그린부시 휴양지로 돌아가서 에이프릴과 앙드레에게도 사정을 이야기했네. 남편이 체포되는 바람에 충격을 받은 페이스 데브루는 남편과 함께 군(郡) 유치장에 가 있었어.

"어젯밤엔 미안했어요. 내가 제정신이 아니었나 봅니다."

먼저 에이프릴에게 사과했네.

"이해합니다."

앙드레는 아마 에이프릴에게 자세한 이야기를 들었나 보더군.

"글렌 데브루는 건축 기술사였어요. 아마 샌프란시스코의 금문교를 짓는 데 장기간 파견 나가 있었던 모양이죠. 하지만 아내를 완전히 믿지 못해서, 가끔 보스턴으로 몰래 돌아와 아내를 감시했던 것 같습니다. 가짜 수염을 달고 변장을 해서 이곳까지 따라와 보니 글쎄 전남편과 저녁 식사를 하지 않겠습니까? 어쩌면 단순한 저녁 식사 이상의 행동을 했을지도 모르는 일이죠. 전화 설치 기사로 변장한 데브루는 쇼터의 집을 찾아가서, 교각 공사 때 쓰는 가느다란 철제 케이블을 설치해 놓았습니다. 멀리서 볼 때는 그냥 평범한 전화선이나 전선으로 보였을 겁니다. 그냥 풍경의 일부 같아서 그 집에 다가가면서도 알아차리지 못했지만, 실제로 거기 있었어요. 그 집은 전깃불도 들어오고 크랭크 전화기도 있으니 자연스러웠죠. 아마 우리 신경이 붉은스라소니 발자국에 쏠려 있어서 몰랐을 겁니다."

앙드레가 물었네.

"그럼 그 사람이 전화선 위를 걸어서 그 집으로 갔단 말이에요?"

내가 정정했네.

"철제 케이블이라니까요. 다리 기술자에게는 어려운 일이 아니었겠죠. 지붕에 도달한 범인은 채광창을 열고 다른 케이블에 매달려 안으로 들어갔습니다. 작업 도중에 쇼터와 마주쳤다고 해도, 데브루는 전화 설치 기사로 이미 쇼터를 만났으니 크게 당황하지 않았겠죠. 데브루는 쇼터를 찌른 뒤 왔던 길로 되돌아갔습니다. 지붕에 남은 발자국은 바람이 모든 흔적을 날려 버렸겠죠."

에이프릴이 의문을 제기했어.

"만약 데브루가 그 전에 그 집에 찾아가서 쇼터를 만난 적이 있었다면 왜 그냥 그때 죽여 버리지 않았던 거예요? 왜 그렇게 번거로운 범행을 꾸몄을까요?"

"처음 마주쳤을 때는 쇼터가 혼자가 아니었기 때문이죠. 거스락소가 곁에 있었어요. 데브루는 이런 방법으로 살인을 저지르면 자살로 위장할 수 있을 거라 생각했던 겁니다. 하지만 빠져나오는 데 너무 몰두한 나머지 흉기를 남겨 둔 거죠."

에이프릴이 물었네.

"그런 건 어떻게 다 알았어요, 샘? 어젯밤에는 앙드레가 범인일 거라고 생각했잖아요."

"우리가 처음 그 집에 들어가서 시체를 발견했을 때, 채광창으로 들어오던 햇빛이 생각나더군요. 채광창 유리에 쌓인 눈이 녹을 만큼 시간이 그렇게 충분하지 않았잖아요? 난로 덕분에 따뜻했지만 그래도 아주 추운 아침이었어요. 채광창에 눈이 쌓여 있지 않았던 건, 누가 그걸 열어서 눈이 다 쏟아졌기 때문이었을 겁니다. 채광창은 일반 창문처럼 잠겨 있지도 않았죠. 실제로 쉽게 열리더군요. 그래서 자문해 봤죠. 만일 살인자가 채광창으로 들어왔다면, 대체 지붕엔 어떻게 올라간 걸까?

설치된 선. 눈에 보이지 않지만 반드시 필요한 그 선이 정답이었습니다. 그런데 전화선이나 일반 전선이 사람 몸무게를 어떻게 지탱할 수 있을까요? 당연히 아주 특별한 선이어야겠죠. 특히 양쪽 끝이 튼튼하게 고정돼야 하고. 그런데 범행이 일어난 지 채 스물네 시간도 되지 않았을 때 전화 기사가 전화기를 회수하러 온 것을 보고, 나는 그 사람을 의심할 수밖에 없었습니다.

그리고 리드 펜슬도 문제였죠. 그 필기구에는 'G. D.'라는 이니셜이 각인되어 있었는데, 당연히 글렌 데브루를 가리키고 있었죠. 살인 당시나 경찰이 수색할 때 떨어진 물건이 아닙니다. 그러니 페티 보안관이나 그 부하들의 물건이 아니라면 당연히 전화 기사가 떨어뜨리고 갔겠죠. 그 전화 기사가 변장한 글렌 데브루라면 동기를 포함해서 모든 것의 앞뒤가 맞습니다. 오늘 아침, 나는 범인이 리드 펜슬을 찾아 쇼터의 집으로 돌아올지도 모른다고 생각하고 한번 모험을 해 본 겁니다."

내가 이야기를 마치자 앙드레가 일어나서 내 손을 잡고 흔들었네.

"정말 고맙습니다. 에이프릴도, 저도."

에이프릴은 내 뺨에 키스를 했어.

"어젯밤에 무례했던 걸 용서해 줄래요?"

"당신도 날 용서해 준다면요."

나는 시계를 보았네.

"난 오늘 슬슬 돌아가 봐야 할 것 같은데, 어떻게 하겠어요?"

"난 이번 주말까지 여기 있을 거예요, 샘. 그리고 돌아가서 후임에게 인수인계할 준비를 해야죠. 오랫동안 함께했으니 그래도 한 달 전에는 사직서를 제출할게요."

(샘 호손 박사가 이야기를 마무리했다.)

에이프릴과 앙드레는 그다음 해 봄에 결혼했네. 난 당연히 에이프릴이 떠나는 걸 원치 않았지만, 함께 있는 두 사람은 행복해 보였고 결혼식도 참 아름다웠지. 난 두 사람 아이의 대부가 되어 주었다네. 하지만 에이프릴의 후임을 찾는 건 그리 간단한 일이 아니었어. 그 이야기는 내 다음에 해 줌세.

The Problem of the Thunder Room

천둥 방의
수수께끼

"들어오게!"

늙은 샘 호손 박사는 오후에 찾아온 방문객을 평소와 다름없이 따뜻하게 맞이해 주었다.

"자, 그럼 내가 약주 한 잔 따라 줄 동안 여기 앉아 있게나. 오늘은 무슨 이야기를 하기로 했지? 아, 그래. 우리 간호사 에이프릴이 1935년 겨울에 결혼해서 그만뒀을 때의 일인데……."

에이프릴은 1922년 내가 노스몬트에 처음 와서 진료소를 개업했을 때부터 있었던 유일한 간호사였네. 메인주에서 남자를 만나 결혼하기로 결심한 건 정말이지 내게 큰 타격이었어. 하지만 에이프릴의 행복을 방해할 수는 없었네.

(샘 선생은 브랜디를 자기 잔에 조금 따르고는 말을 이었다.)

그건 1월 말에 벌어진 일이었어. 에이프릴은 2월 말까지는 출근해서 후임에게 인수인계를 해 주겠다고 약속했지만 노스몬트 같은 동네에서 적임자를 찾는 건 말처럼 쉬운 일이 아니었네. 3월 1일 금요일은 에이프릴이 마지막으로 출근하기로 약속했던 날이었지만, 나는 일주일만 더 나와 달라고 설득하는 데 간신히 성공했어.

에이프릴이 한숨을 쉬었지.

"샘, 난 솔직히 빨리 메인으로 돌아가서 결혼식 계획을 세우는 데 집중하고 싶어요. 부활절이 지나면 바로 식을 올릴 거란 말이에요."

"당신은 시간이 있잖아요, 에이프릴. 어차피 남은 평생을 앙드레 멀혼의 부인으로 살 거면서."

"그건 그래요. 정말 멋진 일이잖아요?"

"내가 봐 온 모습 중에서 최근 몇 달이 가장 행복해 보였던 건 사실이에요. 아무튼 내가 다른 사람을 찾을 수 있게 일주일만 더 시간을 줘요."

데드라인이 가깝다는 촉박함 때문이었는지 그다음 주 월요일 아침, 렌즈 보안관이 병원 사무실에 들렀을 때 나는 지푸라기라도 잡고 싶은 심정이었어.

"자네 아직도 에이프릴 후임을 못 찾았나, 선생?"

"네, 보안관님. 혹시 누구 아는 사람 없으세요?"

"글쎄, 어제 군 경계로에서 이상한 일이 있었거든. 부보안관 하나가 아주 화려한 노란색 듀센버그를 탄 젊은 아가씨와 마주쳤는데, 글쎄 차가 커브길 밖으로 튀어나가는 바람에 배수로에 빠졌지 뭔가. 지금은 차 수리가 끝날 때까지 호텔에 묵고 있는데 오늘 아침에 그 아가씨가 나한테 혹시 자기가 일할 만한 곳이 없느냐고 묻더라고."

"듀센버그를 끌고 다닐 정도면 돈이 좀 있는 아가씨겠네요. 게다가 십삼 년 동안 일했던 에이프릴처럼 꾸준히 일해 줄 사람을 구하지, 임시직을 구하는 게 아닙니다."

"노스몬트가 마음에 들어서, 여기에서 일하고 싶다더라고. 스탬포드에서 치과 의사 보조로 일한 적이 있다던데. 의사 밑에서 일하는 건 똑같은 거 아닌가?"

"뭐, 비슷할 수는 있겠죠."

나도 동의했어.

"그리고 그 아가씨 이름이 말이야, 자네도 에이프릴(4월) 다음이 뭔지 알지? 그 아가씨 이름은 메이(5월)라고."

나는 그 말에 웃음을 터뜨렸어.

"좋습니다, 보안관님. 가서 얘기해 볼게요."

정오까지 렌즈 보안관에게서 따로 연락이 없었기에, 나는 점심 먹으러 나가는 길에 일부러 빙 돌아 렉스네 정비소를 가 보기로 했네. 항상 화려한 자동차를 좋아했던 나로서는 노란 듀센버그가 있다니 꼭 보고 싶더군.

내가 막 들어왔을 때 렉스는 마침 그 차 수리를 하고 있었네. 앞 펜더의 찌그러진 부분에 마지막 망치질을 하고 있더군.

"차가 참 근사하지, 선생?"

"그러게요."

나는 그 멋진 만듦새에 경탄하며 주위를 서성거렸네.

엔진을 들여다보려고 후드를 들어 올리는데 길거리에서 젊은 아가씨 하나가 안으로 들어왔어.

"내 차에 무슨 짓을 하는 거예요?"

아가씨가 날카롭게 묻더군.

렉스 스테이플턴이 손에 묻은 기름을 닦으며 말했어.

"괜찮아요, 아가씨. 이쪽은 노스몬트 최고의 의사 샘 호손 선생인데, 그냥 훌륭한 차를 알아볼 줄 아는 친구라 그래요."

아가씨가 선뜻 미소를 지으며 내게로 다가와 악수를 청했어.

"전 메이 루소예요. 보안관님이 저보고 선생님한테 가 보라고 하시더라고요."

메이는 키가 작고, 워낙 활달하게 움직여서 금발이 찰랑찰랑 흔들릴 정도였네. 회색 스웨터와 거기에 잘 어울리는 주름치마를 입고 있었지. 나이는 에이프릴보다 열 살쯤 어린, 이십 대 중반 정도 되어 보였어.

"차가 정말 멋지군요. 듀센버그는 아주 훌륭한 차죠."

"고마워요. 여기 스테이플턴 씨가 빨리 고쳐 주시기만을 바랄 뿐이에요."

"아주 새것 같이 다 고쳤어요."

렉스가 그 점을 강조하려는 듯 문을 쾅 닫으며 말했네.

"여기 수리비 청구서. 그렇게 비싸진 않을 겁니다."

나는 메이가 20달러짜리 새 지폐 두 장을 건네는 모습을 지켜보

앉어. 그러고 나서 물었네.

"일자리 얘기 좀 할까요?"

"네. 제가 사무실까지 태워다 드릴게요."

나는 두 번 묻지 않았네. 함께 차를 타고 정비소를 빠져나와서 큰길을 달리니 온 시내 사람들이 우리만 쳐다보는 것 같더군.

"그런데 왜 노스몬트에 살고 싶다는 거예요, 루소 양?"

"전 지금 도망치는 중이에요."

"네?"

"보스턴에서, 빠른 차들에서, 빠른 삶에서. 스탬포드가 정답인 줄 알았는데 뉴욕과 너무 가깝더라고요. 전 더 느린 삶을 살고 싶어요."

"차는 부모님한테 받은 건가요?"

메이가 시선을 돌리더니 고개를 끄덕였네.

"래드클리프에서 4학년을 시작할 때 받았어요. 오 년 전에 졸업했죠. 스테이플턴 씨가 선생님이 좋은 차를 알아볼 줄 안다고 하던데, 선생님 차는 어떤 종류예요?"

"빨간 메르세데스 500K예요."

"와, 멋지네요!"

"내 사무실에 가면 볼 수 있을 겁니다."

"제가 지금 맞게 가고 있나요?"

"다음 모퉁이에서 좌회전해요. 청교도 기념 병원 안에 진료실이 있거든요."

"전문의이신 거예요?"

"그렇게 거창한 건 아닙니다. 그냥 일개 일반의일 뿐이죠."

메이는 망설임 없이, 요령 좋게 핸들을 꺾어 좌회전을 했네.

"한참 더 가야 해요?"

"아뇨, 시내에서 1, 2킬로미터도 안 떨어진 곳이에요. 운전하는 모습을 보니 배수로에 빠졌다는 게 상상이 안 되는데요."

메이가 대답했네.

"그땐 잠깐 딴생각을 하고 있었어요. 그 사고 때문에 옷을 몇 벌 잃어버렸지 뭐예요. 옷도 사러 가야 해요."

"렌즈 보안관님 말로는 치과 의사 밑에서 일한 적이 있다면서요?"

"맞아요. 스탬포드에서 나만의 삶을 꾸려 보고 싶었어요."

"그런데 왜 그만뒀어요?"

"치과 의사한테 질투가 심한 부인이 있었거든요."

갑자기 떠오른 생각인 듯, 메이가 덧붙여 물었네.

"선생님은 결혼했어요?"

나는 웃음밖에 나지 않았지.

"아뇨, 결혼 안 했습니다."

차가 병원 앞 도로로 진입하자 나는 주차장에 세워져 있는 내 메르세데스 옆자리를 가리켰네.

"시내에서 여기까지 걸어다녀요?"

메이가 물었어.

"그럼요. 날씨가 좋으면 거의 매일같이 걸어서 출퇴근하죠. 내가 할 수 있는 최선의 운동이니까."

메이는 새로 구입한 내 메르세데스를 보고 감명을 받은 눈치였고, 나는 나중에 태워 주겠다고 약속했네. 그러고 나서 병원에 들어가서 메이를 에이프릴에게 소개했어.

"메이, 이쪽은 에이프릴이에요. 곧 에이프릴 멀혼이 될 사람이죠."

"안녕하세요, 메이."

에이프릴은 미소를 지으며 인사를 건넨 뒤, 자신들의 이름에 관련된 뻔한 농담을 던졌네. 그러고 나서 사무 일과에 대해 설명하기 시작하더군. 내가 후임자를 데려와서 기분이 좋은 모양이었어. 나는 메이 루소를 채용하기로 했네.

며칠이 흐르자 금세 메이의 장단점을 파악할 수 있었어. 스탬포드의 치과 의사에게 전화를 걸어 보니 마지못한 눈치로 메이를 추천하더군. 메이는 명랑하고 성실했고, 모든 환자들에게 격려의 말을 건넬 줄 알았지. 기록과 장부를 정리하고, 환자들의 예약 스케줄을 짜고, 심지어 효율적인 왕진 루트를 고안하는 일까지 메이는 전부 자연스럽게 해냈어. 훈련받은 간호사는 아니었기에 가끔 에이프릴에게 전화를 걸어 의료적 절차에 대한 도움을 받고 싶어 할 때도 있었지만, 그래도 메이는 배우고자 하는 의지가 있었어. 그게 가장 중요하지.

금요일, 에이프릴이 마지막으로 출근하는 날 나는 두 여자를 데리고 나가 렉스 스테이플턴의 정비소 맞은편에 있는 괜찮은 레스토랑에서 점심을 사기로 했네. 렉스도 그 가게에서 자주 식사를 했기에 그날도 우리 테이블에 잠깐 들렀어.

"듀센버그는 잘 굴러가요?"

렉스가 메이에게 물었네.

"아주 좋아요. 고마워요."

"여기 선생하고 일하기로 했다는 얘기 들었는데, 일할 만해요?"

"최고예요."

메이가 에이프릴과 나를 보며 미소를 지었어.

점심 식사 후 메이가 볼일이 있다며 나갔기에 나는 에이프릴과 잠깐 단둘이 남았네.

"메이가 절대 당신을 대체할 수는 없을 거예요."

나는 진심을 담아 말했어.

"샘, 당신이 기회만 준다면 메이는 정말 일을 잘할 것 같은데요."

"내가 뭐 주의해야 할 일이 있을까요?"

"일 문제는 아닌데요."

에이프릴이 잠시 망설이다 덧붙였어.

"천둥을 굉장히 무서워하더라고요. 뭐, 그렇게 이상한 일은 아니지만."

"천둥을요?"

"지난 수요일 오후에 병원 환자들을 보러 나갔을 때 말이에요, 굉장히 이상한 천둥이 쳤잖아요."

"이상하긴 했죠. 3월에 말이죠!"

"그냥 몇 분 정도 치다 말았는데 메이가 진짜 무서워하더라고요. 머리를 책상 밑에 쑤셔 박을 정도로. 어렸을 때 집에 '천둥 방'이 있었는데, 천둥이 칠 때면 부모님이 남동생하고 자기를 거기에 데려다 놓곤 했었다고 들었어요."

뉴잉글랜드의 오래된 가옥에는 '천둥 방'이라는 것이 있다는 이야기를 나도 들은 적이 있었네. 노스몬트에도 소수 있다고 하더군. 폭풍이 칠 때 가족들이 대피하곤 하는, 창문 없는 방을 이르는 말이었지. 천둥과 번개를 남들보다 유달리 더 무서워하는 사람들이 있다는 건 알고 있었기 때문에 메이의 반응은 그리 놀랍지 않았어.

"이 근방에는 그렇게 심한 폭풍이 치지 않으니까 뭐, 괜찮겠죠."

에이프릴은 테이블 너머로 팔을 뻗어 내 손을 잡았어.

"보고 싶을 거예요, 샘. 당신은 여자가 꿈꾸는 최고의 상사였어요."

"행복하길 바랄게요. 날짜는 잡았어요?"

"부활절이 지나면 바로 하려고요. 올해 부활절은 약간 늦으니까 4월 27일에 했으면 싶은데, 정확한 날짜를 잡으면 알려 줄게요. 올 거죠?"

"무슨 일이 있어도 가야죠."

3월 말까지는 별일 없이 순탄했네. 메이와 나는 환자를 진찰하고, 왕진을 나가고, 진단서를 쓰는 하루하루의 일과에 차츰 익숙해졌어. 에이프릴과 함께 왕진을 나간 적은 거의 없었지만, 메이는 최소한 일주일에 두 번은 데리고 나가려 애썼네. 무엇보다 함께 나가는 게 즐거웠거든. 더 중요한 건 내 환자들이 메이를 긴급 전화를 받는 목소리로 기억하는 것이 아니라, 더 잘 알고 신뢰해 주기를 바랐기 때문이었지.

3월 말, 우리는 베리 로드에 있는 포스터의 집을 찾아갔어. 계절에 맞지 않게 후덥지근한 날씨가 그달 내내 이어졌고, 우레도 계속됐지. 그래도 그날은 보석처럼 찬란한 봄날이었고, 몇몇 농부들은 벌써 밭을 갈기 시작했다네. 하지만 겨우내 무릎 질환 때문에 누워만 있었던 행크 포스터는 거기 낄 수가 없었지.

행크의 아내 브루나는 키가 크고 무뚝뚝한 여성이었지만 바깥일은 잘 아는 사람이었어. 문간에서 우리를 맞이한 브루나는 메이에게도 살짝 고개를 숙인 뒤 우리를 응접실로 안내했네.

"우리 남편 다리 좀 빨리 고쳐 줘요, 호손 선생님. 안 그러면 파종 때문에 스프링필드에 있는 아들까지 데려와야 할 지경이에요."

나는 행크 포스터의 무릎을 구부렸다 폈다 하면서 살펴봤네.

"느낌이 어때요?"

"지난번보단 낫네요, 선생님. 요즘은 그래도 좀 나아졌습니다."

"오래된 집인데 정말 예뻐요."

내가 진찰을 마쳤을 무렵 메이가 브루나에게 말했어.

포스터 부인은 그 말을 듣고 잠시 생각하더니 갑자기 없던 사교성을 발휘하더군.

"집 안 다른 곳도 둘러볼래요?"

"네, 좋아요."

메이와 브루나가 부엌과 2층을 구경하는 사이 나는 아래층에 환자와 함께 남아 있었네. 둘이 머리 위에서 돌아다니는 소리가 나다가, 갑자기 묵직하게 쿵 울리는 소리가 들렸어.

"뭐야?"

행크가 의자에서 몸을 반쯤 내밀며 말했네.

"제가 가 보겠습니다."

나는 계단 밑에서 외쳤어.

"거기 별 문제없죠?"

"아뇨, 있어요. 새로 온 선생님네 간호사가 기절했어요."

브루나가 외쳤어.

올라가 보니 메이가 창이 없는 어둠침침한 방의 문간 앞에 쓰러져 있더군. 다행히도 메이는 금세 정신을 차렸어. 가방에 늘 갖고 다니는 탄산암모늄 냄새를 살짝 맡게 해 줬더니 벌떡 일어나 앉더라고.

"무슨 일 있었어요, 메이?"

"모르겠어요. 그…… 그냥 이게 그 방인 줄 알았어요."

브루나 포스터가 설명했네.

"여긴 천둥 방이에요. 이 집 전 주인이 폭풍을 하도 무서워해서 진짜 요란할 때는 여기 숨었대요. 행크랑 나도 가끔 써요."

"어린 시절이 생각나서 그랬나 봐요. 정말 죄송해요."

메이는 약간 비틀거리며 일어섰네. 그리고 내 부축을 받으며 계단을 내려왔지.

"이래서야 참 대단한 간호사가 되겠네요!"

메이가 고개를 절레절레 흔들며 스스로를 비웃더군.

"누구에게나 있을 수 있는 일이에요."

내가 달랬어.

그다음 주 월요일은 만우절이었지만 렌즈 보안관은 농담이나 할 여유가 없었네. 유치장에 들러 보니 보안관은 철길 옆에서 잡아들인 부랑자들을 내보내는 월례 행사로 정신이 없었어. 덩치 큰 흑인과 긴 금발과 수염이 난 키 작은 남자 등 전부 합쳐서 여섯 명이었지.

"내가 이놈들을 한 달이나 가둬 두고 있었는데, 시킬 일도 없고 더는 데리고 있을 수도 없네. 그래서 그냥 다 내보내려고. 뭐, 누군가는 챙겨 주겠지. 대공황 때문에 실직한 인간들이니까 워싱턴 놈들이 어떻게든 해 주지 않겠어?"

대부분은 앞날이 막막한지 조용히 나갔지만 키 작은 금발은 체포될 때 갖고 있던 수트 케이스를 돌려 달라고 요구하더군. 렌즈 보안관은 창고에서 그걸 찾아다 내줬네.

"무슨 공공사업 같은 걸 하려는 모양이던데요."

내가 말했네.

"이놈들은 일하고 싶은 게 아냐. 그냥 무료 급식소 같은 데를 어슬렁거리며 떠돌고 싶은 거지. 저 덩치 큰 놈은 힘이 보통 사람 세 배는 센데 힘 쓰는 걸 한 번도 본 적이 없다니까."

보안관은 자기 자리로 돌아가 앉았어.

"아무튼 잡아들일 다음 놈들을 위해 유치장을 비우는 일은 끝냈군. 그래서 무슨 일인가, 선생?"

"며칠 전에 포스터네 집에 갔었는데요, 오는 길에 보니까 베일리 농장에 폐차 몇 대가 있더라고요. 무슨 일인지 아세요?"

렌즈 보안관이 주먹으로 책상을 쾅 내리쳤네.

"그게 아직도 거기 있어? 렉스 스테이플턴이 몇 달 전에 그 땅을 빌리기에 농사라도 지으려는 줄 알았더니 그냥 정비소에서 나온 고철 잡동사니를 갖다 놓으려고 그랬더라고. 나중에 부품이 필요할 수도 있다고 변명했지만 그 흉물을 당장 치워 버리라고 했지. 다음엔 법원 소환장을 보내야겠어."

"전 그냥 알려 드리려고 했을 뿐이에요."

"아무튼 알려 줘서 고맙네, 선생. 그런데 새로 온 간호사는 잘하고 있나?"

"메이는 아주 좋아요. 참 신기한 일인데, 메이가 에이프릴을 대체할 수는 없지만 왠지 더 가깝다는 느낌이 들어요. 에이프릴만큼 좋은 간호사는 아니지만 더 친근한 성격인 것 같습니다."

"에이프릴 결혼식이 언제지?"

"삼 주 후 토요일요. 저도 거기 참석하러 메인주에 갈 겁니다."

"안부 전해 주게, 선생. 나도 그 아가씨를 참 좋아했어."

진료실로 돌아와서 흔한 초봄 질환에 걸린 환자들을 잔뜩 진찰했네. 메이도 독감 환자 두 명과 아이가 피부 곳곳에 반점이 생겼다는 어느 여인의 전화를 받았지. 그 아이는 이미 홍역을 앓았으니 이번은 수두일 테지만, 어쨌든 한번 가 보겠다고 약속했어.

"나중에는 의사들이 진료실에 가만히 앉아 있고, 사람들이 찾아오는 시대가 올지도 몰라요."

나갈 준비를 하고 있는데 메이가 말했네.

"그럼 의사들은 힘들겠는데요. 차 살 돈 한 푼 없는 사람들이 수두룩한데 어떻게 다 이리로 찾아오겠어요?"

내가 대꾸했지.

그 주 목요일, 평소보다 폭풍이 한 달은 빨리 찾아오는 바람에 깜짝 놀랐지. 메이 루소가 천둥에 어떻게 반응하는지 알 수 있는 상황이기도 했어. 메이는 곧 도래할 폭풍을 감지라도 했는지, 한 주 내내 초조해하더군. 첫 천둥소리가 울리자 메이는 머리를 감싸 안았어. 진료실에는 우리 둘밖에 없었지.

"괜찮아요, 메이. 내가 옆에 있잖아요. 아무 일 없을 거예요."

번개가 번쩍 빛나고 나서, 이번에는 조금 더 가까운 곳에서 콰르릉 소리가 울려 퍼졌네.

"당신은 몰라요."

메이가 신음했어.

"뭘 모른다는 거죠?"

하지만 메이는 내 말에 대답하지 않았네. 거의 정신을 잃은 것 같았어.

"들어가서 누워 있어요."

나는 메이를 부축해서 진료실 안쪽에 있는 검진대로 데려갔네. 메이는 거기 눕더니 정신을 못 차리더군. 나는 한동안 메이를 혼자 쉬게 내버려 두었지.

십오 분쯤 지났을까, 3시 정도 되니 폭풍이 지나갔네. 멀리서 들리던 천둥소리도 차츰 줄어들고. 메이는 어느새 검진대에 걸터앉아 있더군.

"죄송해요, 샘 선생님. 좀 나아진 줄 알았는데 막상 천둥이 치니까 뇌에 안개가 끼는 것 같더라고요."

"한숨 잤어요?"

"깜박 잠들었던 것 같아요. 꿈을 꿨어요. 정말 끔찍한 악몽이었어요. 망치가 나오고, 사람들이 살해당하는 꿈."

"이제 괜찮아요."

"그랬으면 좋겠네요."

메이는 검진대에서 내려와 진료실로 나왔네. 비싼 노란 듀센버그를 운전하는 젊은 여성이라기보다는 잔뜩 겁을 집어먹은 어린아이 같더군.

"상담사한테 가 볼 생각 없어요? 난 프로이트 심리학의 신봉자는 아니지만, 요즘은 그쪽에 재주가 있는 의사들도 제법 있던데."

"제가 미쳤다고 생각하세요?"

메이는 정말로 궁금해서 묻는 눈치였어.

"당연히 아니죠. 무슨 문제가 있는지는 몰라도, 기저에 있는 원인을 알아낼 필요가 있다는 말입니다."

그때 천둥 때문에 몇 분 늦은 3시 예약 환자가 도착했어. 오후에 쉬겠느냐고 물어보았지만, 메이는 괜찮다며 책상에 앉았어.

한 시간도 더 지난 후 렌즈 보안관이 사무실로 찾아왔네. 몹시 심각한 표정을 보니 무슨 문제가 생겼다는 사실을 알 수 있었지. 메이도 봤을 거야.

"살인 사건이 일어났어, 선생."

보안관은 다짜고짜 말했어.

"뭐라고요? 누가 죽었는데요?"

"행크 포스터. 한 시간쯤 전에 자기 집에서 살해당했어. 웬 괴한이 폭풍을 틈타 집으로 들어와서 망치로 때려죽였다는군."

"세상에!"

나는 문득 메이가 꾸었다는 꿈이 떠올라 그쪽을 돌아보았네.

"브루나는요? 괜찮아요?"

"브루나도 어깨를 다쳤네. 그래도 멍이 든 것 빼고는 괜찮아. 퀸 선생이 지금 봐주는 중일세."

"퀸 선생요? 브루나는 제 환자인데요?"

"이런 상황에서는 다른 의사를 부르는 편이 나을 것 같아서 그랬네, 선생."

"어떤 상황인데요?"

보안관이 고통스러운 듯 메이 쪽을 돌아보았어.

"브루나가 그러는데 자기 집에 침입해서 남편을 때려죽인 범인이 바로 여기 있는 메이라는 거야."

이상한 일이지만, 내가 느낀 첫 감정은 안도였네. 그게 불가능한 일이라는 사실을 증명하기가 너무나 쉬웠거든. 메이 걱정은 전혀 하지 않았어.

"정말 황당한 일이네요. 메이는 폭풍이 치는 내내 여기 제 사무실에 있었거든요."

"브루나는 자기가 똑똑히 봤다고 주장하고 있어. 행크가 죽을 때 바로 옆에 있었다면서."

메이의 얼굴에서 핏기가 싹 빠지더니 새하얘졌네.

"어디에서 벌어진 일인데요? 천둥 방인가요?"

메이가 간신히 물었어.

"맞아요. 무슨 일이 있었는지 기억해요?"

보안관이 메이를 슬쩍 찔러 봤지.

"아뇨, 당연히 안 나죠. 전 거기 없었어요. 아무 짓도 안 했어요."

"그럼 그게 천둥 방에서 벌어진 일이라는 사실을 어떻게 알았죠?"

"폭풍을 틈타 침입했다고 하셨잖아요. 저도 그 집에서 천둥 방을 봤어요. 그 집 식구들도 천둥 번개가 칠 때 그 방에 대피해 있었을 것 같아서요."

"메이는 폭풍을 아주 무서워하거든요."

내가 설명했네. 그리고 폭풍이 왔을 때 무슨 일이 있었는지, 특히 메이가 그 범죄를 저지를 만큼 오랫동안 사무실을 나가 있을 수가 없었다는 사실을 강조하며 전부 이야기했지.

"하지만 십오 분 정도는 자네도 볼 수 없었잖나, 선생. 자네 입으로 그렇게 말했잖아."

"최대 십오 분이에요, 그것도 3시 직전에. 살인이 일어난 시각이 언제였죠?"

"딱 그때였어. 폭풍이 한창일 때."

"좋습니다. 메이는 검진실에서 십오 분이 채 안 되는 시간 동안 쉬고 있었어요. 설마 그 짧은 시간에 메이가 창밖으로 탈출해서 차를 몰아 포스터네 집으로 가서 행크 포스터를 죽인 다음 다시 차를 몰고 돌아와 창으로 들어왔다고 말씀하시려는 건 아니겠죠? 그 폭풍우 속에서는 편도로 가는 시간만으로도 최소한 십오 분이 걸립니다. 그리고 메이의 옷은요? 물 한 방울 안 묻어 있는 거 보셨잖아요?"

"혹시 이십 분이나 이십오 분쯤 자리를 비웠을 가능성은 없나, 선생?"

"아니라니까요! 그 후에 3시 예약 손님이 몇 분 정도 늦게 도착했어요. 메이는 그때 자기 자리에 앉아 있었고요."

렌즈 보안관은 당황스러워했네.

"글쎄, 나도 브루나 포스터의 말을 완전히 믿진 않지만 그래도 확인은 해야 하지 않겠나."

"할 수 있다면 제가 브루나와 이야기를 해 보고 싶네요. 보안관님만큼 저도 이 사건의 진상을 알고 싶습니다."

"브루나는 지금 심한 충격을 받았어. 퀸 선생 말로는……."

"브루나는 제 환자예요, 보안관님."

보안관은 의무와 우정 사이에서 갈등하는 눈치였네. 바로 내게 전화하지 않았던 게 슬슬 후회되는 모양이더라고.

"좋아, 그럼 같이 가세."

나는 자리를 뜨면서 메이에게 말했어.

"걱정 말아요. 아무도 당신이 관련되어 있다고는 생각 안 하니까."

"고마워요, 샘 선생님."

퀸 선생이 브루나를 청교도 기념 병원으로 데려와 어깨 엑스레이를 찍었더군. 브루나는 내 진료실에서 채 200미터도 떨어져 있지 않은 치료실에 있었어. 퀸 선생이 엑스레이 사진을 확인하는 사이 브루나는 담요를 뒤집어쓰고 웅크리고 있었지.

"안녕, 샘. 나도 자네 환자를 뺏을 생각은 없었는데, 보안관님이 나한테 전화해서…….”

퀸 선생이 말했어.

“괜찮습니다. 이해해요.”

나는 브루나를 돌아보았어.

“행크 일은 정말 안타깝습니다.”

“그 여자였어요, 그 간호사! 메이 루소! 그 여자가 행크를 죽였다고요!”

“진정해요.”

나는 퀸이 찍은 엑스레이 사진을 흘끗 쳐다보았네.

“어디 부러진 데는 없고?”

“없어. 그냥 멍이 좀 심하게 든 것 같아. 남편을 지키려다 망치에 맞았나 봐.”

“메이가 나까지 죽이려고 했다니까요.”

브루나가 계속 주장했네. 나는 브루나 옆에 앉아서 말했어.

“무슨 일이 있었는지 전부 말해 봐요, 브루나.”

브루나가 당시 상황을 떠올렸는지 표정이 험악해지더군.

“2시 40분쯤 폭풍이 밀려왔어요. 지금은 몇 시죠?”

“5시쯤 됐네요.”

“두 시간밖에 안 됐다니! 하루는 꼬박 지난 것 같은데.”

브루나가 더는 말이 없었기에 내가 재촉했네.

“그래서 폭풍이 온 다음엔요?”

“아, 네. 서쪽에서 굉장한 폭풍이 밀려왔어요. 행크랑 난 사실 그렇게 무섭진 않았지만 그래도 폭풍이 올 때는 늘 그랬던 것처럼 천둥 방에 들어가 있었죠. 창문이 없어서 문만 잘 닫아 놓으면 천둥소리도 안 들리거든요. 몇 분쯤 지났는데 아래층에서 무슨 소리가 들려서…… 행크가 그러는데 정문이 쾅 닫히는 소리 같았대요."

"잠겨 있었어요?"

"아뇨, 세상에! 이 동네에서 낮에 문 잠그고 사는 사람이 어디 있어요?"

"계속하세요."

"일이 분쯤 지났을 때 정말 끔찍하게 요란한 천둥소리가 나더라고요. 문 너머로도 들려왔죠. 행크가 혹시 헛간에 벼락이 떨어졌을지도 모른다면서 나가 보겠다고 문을 열었어요. 메이 루소가 문 바로 밖에서 망치를 들고 서 있었는데 눈빛이 너무 소름 끼쳤어요! 풀어 헤친 머리가 비에 흠뻑 젖어 있었고, 옷도 홀딱 젖은 상태더라고요. 말은 한 마디도 안 했어요."

"어떤 옷을 입고 있었는데요?"

"녹색 원피스에 검은 벨트요. 그 위에 검은 재킷을 걸치고 있었는데 비 때문에 입은 옷은 아닌 것 같았어요."

나는 렌즈 보안관을 돌아보았네.

"들으셨죠, 보안관님? 메이는 오늘 파란 스웨터에 검은 치마를 입고 왔습니다. 난 메이가 녹색 원피스를 입은 모습을 한 번도 본 적이 없어요. 게다가 보안관님도 보셨다시피 메이의 옷은 전혀 젖지 않았고요."

브루나 포스터가 계속 주장했네.

"그 여자였다니까요! 망치로 행크의 머리를 두 번이나 때렸다고요. 내가 망치를 뺏으려고 했더니 이번엔 날 때렸어요. 내가 피하는 바람에 어깨를 맞은 거예요. 그 여자였어요!"

"혹시 가발을 쓰고 메이로 변장한 다른 누군가가 아니었을까요?"

브루나는 잠시 생각해 보더니 고개를 가로저었네.

"날 때릴 때 내가 머리카락을 잡아챘어요. 가발은 아니었어요."

"그다음은 무슨 일이 있었죠?"

"난 바닥에 쓰러졌고, 그 여자가 날 또 내려칠 거라고 생각했어요. 행크를 죽였던 것처럼 나도 죽일 줄 알았죠. 그런데 그때 폭풍이 멎었고, 여자는 마음을 바꿨는지 방 밖으로 뛰쳐나가서 아래층으로 빠져나갔어요. 앞문이 쾅 닫히는 소리가 난 후에 난 간신히 몸을 질질 끌고 전화기로 가서 보안관님한테 전화를 한 거예요."

"차 소리가 나던가요?"

"아뇨."

퀸 선생이 진찰하는 사이 나는 렌즈 보안관을 한쪽으로 끌고 갔네.

"자넨 어떻게 생각하나? 내가 듣기엔 거짓말을 하는 것 같지는 않던데."

"하지만 메이는 그럴 수가 없었다니까요, 보안관님! 브루나가 착각했거나 아니면 의도적으로 거짓말을 했거나 둘 중에 하납니다. 세 번째 가능성은 있을 수가 없어요."

"그걸 어떻게 밝혀내자는 거야?"

나는 잠시 생각에 잠겼어.

"도시 경찰들처럼 '라인업' 방식을 한번 사용해 보죠. 브루나는 자기 집에서 메이를 딱 한 번밖에 못 봤어요. 다른 누군가와 착각했을 수 있습니다. 제가 금발 간호사들을 몇 명 데려오고, 메이한 테도 하얀 가운을 입혀 보겠습니다. 그리고 이 문밖으로 한 명씩 보내서 브루나가 확인하는 겁니다."

"그거 괜찮겠군."

렌즈 보안관도 동의했네.

나는 이렇게 하면 사건이 금세 끝날 줄 알았어. 간호사들도 똑같이 생긴 하얀 가운을 입는 일에 적극적으로 협력해 주더군. 그리고 메이도 데려와서 상황을 설명했고. 브루나가 보는 앞에서 먼저 간호사들부터 한 번에 한 명씩 내보냈네. 마지막으로 메이를 문 앞으로 보냈어.

"저 여자예요! 저 여자가 행크를 죽였어요!"

브루나가 떨리는 손가락으로 숨을 헐떡이며 메이를 가리켰어.

그날 저녁 차를 몰고 메이가 세 들어 사는 큰길 약국 2층에 있는 아파트로 향했네. 그리고 함께 올라가서 잠시 수다를 떨었어.

"브루나가 거짓말을 하는 거예요. 아주 단순한 일이죠."

내가 말했어.

"그렇게 단순한 일이 아니에요! 처음부터 왜 그런 이야기를 지어냈는지 모르겠어요. 만약 그 여자가 자기 남편을 죽였다면 그냥 처음부터 모르는 부랑자가 들어와서 살인을 저질렀다고 하면 되잖아요. 대체 왜 저예요?"

"나도 모르죠."

"천둥이 치는 몇 분 동안 난 거의 기절한 상태였어요, 샘 선생

276

님. 어쩌면 저도 모르는 사이에 거기 가서 그 불쌍한 사람을 죽였을지도 몰라요."

"십오 분 동안 옷을 두 번 갈아입고, 왕복 운전에, 심지어 머리까지 말렸다고요?"

"나도 모르겠어요, 하늘을 훨훨 날아갔나 보죠! 꿈속에서 망치가 나왔다고 그랬잖아요."

"그랬죠."

난 그 사실을 머릿속에서 밀어내려 애쓰고 있었네. 원래 초자연적인 현상을 믿지도 않았고, 비행기도 없이 사람이 맨몸으로 하늘을 날아간다는 것도 말이 안 되니까.

"만일 브루나 말이 사실이라면 대체 어떻게 설명해야 할까요?"

"모르겠는데요. 쌍둥이 여동생이라도 있어요?"

메이는 희미한 미소를 짓더군.

"아뇨. 제가 두 명 있다는 게 상상이나 돼요?"

메이가 저녁을 먹고 가라고 권하기에 그러기로 했네. 메이의 요리 솜씨는 무척 훌륭했어. 칵테일을 한잔하며 편하게 앉아 있는 동안 폭찹이 보글보글 끓고 있었지. 노스몬트에서 기대할 수 있는 수준의 대접이 아니었어.

저녁을 다 먹고 나니 렌즈 보안관이 찾아왔다네. 나를 보더니 무척 괴로운 표정을 짓더군.

"이런 젠장, 선생. 정말 미안하게 됐네."

메이의 얼굴이 얼어붙었어.

"대체 뭐가요?"

내가 물었지.

"메이, 당신을 체포해야 하오. 확실한 증인이 나왔소."

"뭐라고요?"

"그날 폭풍이 쳤을 때, 렉스 스테이플턴이 포스터네 집 근처 농장에 폐차를 옮기고 있었다더군. 렉스가 당신이 3시 직전 폭풍이 막 걷혔을 때 포스터네 집에서 뛰쳐나오는 모습을 봤다고 증언했다오. 그때 당신 손에 망치가 들려 있었고, 메이."

메이는 일그러진 얼굴로 테이블에 손을 짚으며 우리를 돌아보았네.

"그건 사실이 아니에요. 전 그 사람 안 죽였어요. 진짜예요."

"당연히 아니죠. 보안관님……."

"미안하네, 선생. 자네가 메이에게 강력한 알리바이를 제공해 준 건 사실이지만 벌써 메이가 그곳에 있었다고 확신하는 증인이 두 명이나 나왔어. 최소한 하룻밤은 유치장에 넣어 두어야 해."

"제가 스테이플턴을 만나 보겠습니다."

내가 말했어.

렉스는 정비소에서 늦게까지 일하고 있더군. 신형 올즈모빌의 모터를 들여다보던 렉스가 나를 돌아보며 말했어.

"웬일이야, 선생? 일단 잠깐만 기다려."

"렉스, 왜 오늘 포스터네 집에서 메이를 봤다고 거짓말했어요?"

"뭐? 거짓말 아니야. 진짜 거기 있었어."

렉스가 허리를 폈네.

"그 일은 정말 유감이야, 선생. 하지만 사정을 듣고 나니 보안 관한테 바로 달려갈 수밖에 없었어."

"살인이 벌어지던 시각에 메이는 저랑 같이 있었어요. 거기 있을 수가 없었다고요. 사람이 동시에 두 군데에 존재할 수는 없잖아요."

"그건 잘 모르겠네, 선생. 난 그냥 내가 본 것만 말했을 뿐이야. 문이 쾅 닫히는 소리가 들리길래, 그 집 쪽을 돌아봤더니 메이가 현관으로 뛰쳐나오고 있었네. 손에 뭘 들고 있었는데 잘 보니 망치였어."

"어느 쪽으로 가던가요?"

"들판을 가로질러 강 쪽으로 가더라고. 그리고 숲속으로 사라졌어. 그 시간에 웬일인가 싶어 이상하게 생각했는데, 시내로 돌아올 때까지 설마 그게 살인 사건이었을 줄은 상상도 못 했지 뭐야."

"잘못 본 건 아니고요?"

"아니, 메이였다니까. 진짜야, 선생……."

말도 안 되는 불가능한 상황 때문에 그날 밤 제대로 잠을 이루지 못했네. 모든 가능성이 내 머릿속을 스치고 지나갔어. 다음 날 아침에는 렉스 스테이플턴과 브루나 사이에 부적절한 관계가 있어서 렉스가 행크를 죽인 뒤 브루나와 공모해서 함께 거짓말을 하고 있다는 시나리오까지 만들어 냈네. 하지만 그 경우에도 똑같은 딜레마에 빠질 수밖에 없었지. 대체 아무 상관도 없는 메이를 왜 가짜 범인으로 지목한 걸까?

아침 일찍 출근해서 9시까지 사무실에서 어슬렁거렸네. 메이가 출근하기를 기다렸지만, 메이가 이미 유치장에 갇혔다는 사실을 깜빡 잊고 있었어.

브루나와 렉스가 거짓말을 하는 게 아니라면?

메이가 내게 모든 사실을 말하지 않았다면?

나는 캠브리지에 있는 래드클리프 대학 교학과에 전화를 걸었네. 그리고 전화를 받은 여성에게 내 신분을 말하고, 메이 루소에 대해 물어보았지.

"1930년에 졸업했을 겁니다."

내가 말했어.

"아, 네. 저도 메이를 기억해요. 젊고 예쁜 아가씨였죠."

"혹시 메이에게 쌍둥이 여동생이 있나요?"

"아뇨, 없을 거예요. 그 가족 중에서 래드클리프에 다닌 건 메이뿐이었어요. 성적이 아주 훌륭했죠."

"혹시 집 주소 좀 알 수 있을까요? 부모님께 연락하고 싶은데요. 아주 중요한 일입니다."

"부모님? 모르세요? 메이 부모님은 두 분 모두 메이가 여기에서 4학년을 다니고 있을 때 돌아가셨어요. 살인 사건으로."

"뭐라고요?"

나는 방이 빙빙 도는 것을 느끼며 책상 모서리를 붙잡았네.

"방금 뭐라고 하셨습니까?"

"부모님이 살인 사건으로 돌아가셨다고요. 누가 그 집에 침입해서 망치로 두 분을 때려죽였대요. 범인은 아직 안 잡혔어요."

나는 심호흡을 하고 물었지.

"혹시 메이에게 혐의가 있었습니까?"

"아뇨, 그럴 리가요. 사건이 일어났을 때 메이는 학교 기숙사에 있었거든요."

나는 여성에게 고맙다고 말한 뒤 전화를 끊었어. 이제 렌즈 보안관에게 전화를 걸어, 메이의 부모님 살인 사건에 관한 자세한 상황을 조사해 달라고 부탁해야 할 차례였네. 하지만 솔직히 말해 딱히 그럴 필요는 없었어. 메이의 부모님은 폭풍우가 왔을 때 집 안에 있는 천둥 방에서 살해당했겠지, 뻔한 일이야.

어떻게 한 사람의 인생에서 그런 일이 두 번이나 일어날 수 있을까? 어쩌면 메이가 이중인격이어서, 두 곳에 동시에 존재할 수 있었던 걸까? 답이 무엇이든 어차피 난 메이를 만나 봐야 했네. 이 새로운 정보로, 메이에게서 진실을 이끌어 내야 했어.

나는 차를 몰고 유치장으로 가서 다급히 보안관 사무실로 뛰어들어갔네.

"메이를 좀 만나야겠습니다."

"너무 늦게 왔어, 선생. 아침 일찍부터 웬 변호사가 찾아와서 메이를 데려갔네. 나도 어쩔 수가 없었어. 사건이 군의 대배심으로 올라가기 전까지 메이는 자유의 몸이니까."

"변호사요? 어디로 데려갔는데요?"

"메이네 집으로 갔을걸. 자네한테 전화 안 하던가?"

"잠깐만요, 보안관님. 메이를 빨리 찾아야 해요."

"무슨 일이 일어나고 있는 거야?"

"가는 길에 말씀드리겠습니다. 일단 제 차에 타세요."

큰길을 따라 메르세데스를 달리며 보안관에게 래드클리프 대학에서 들었던 이야기를 해 줬지. 나는 상황이 끝나 가고 있다는 예감을 받았네. 하늘이 찌뿌둥한 것을 보니 늦은 오후에 또 천둥 번개가 칠 것 같았지만 그것 때문만은 아니었어. 아주 긴급한 느낌이 들었는데 잘 설명할 수가 없더라고. 약국 위층 메이의 집이 시야에 들어온 순간, 익숙한 노란색 듀센버그가 마치 알을 깨고 나오는 짐승처럼 모퉁이를 도는 모습이 보였어. 메이가 운전석에 앉아 있더군. 메이는 놀란 눈길로 우리를 돌아보더니 가속페달을 밟았네.

"꽉 잡으세요, 보안관님!"

내가 소리를 질렀어.

"메이는 대체 어딜 가는 거야?"

"따라가 봐야죠."

듀센버그가 속력을 내며 큰길을 달렸네. 나는 그 뒤에 바짝 붙어, 거리를 차츰 좁혔어. 시내를 빠져나가 군도로 들어서니 듀센버그를 따라잡고 길옆에 세울 수 있을 것 같았지만, 갑자기 메이가 나를 돌아보았어. 사나운 표정을 지으며 차를 난폭하게 왼쪽으로 꺾더군.

"미친 건가! 지금 우릴 들이받으려고!"

렌즈 보안관이 고함을 질렀네.

듀센버그는 우리에게로 향했고, 갑자기 차가 출렁이며 금속 긁는 소리가 나더군. 메이가 확실하게 들이받았던 거지. 메르세데스는 덜컹거리며 길을 벗어났네. 하지만 나는 속도를 올려 듀센버그를 추월해서 앞을 가로막으려 했지. 그게 실수였다네. 듀센버그가 메르세데스 옆을 들이받는 바람에 우리는 하마터면 뒤집힐 뻔했어. 라디에이터에서 김이 피어오르고, 렌즈 보안관과 나는 차에서 뛰어내렸네. 메이가 15미터 정도 차를 뒤로 빼더니 우리 주위를 돌기 시작하더군. 메이의 진짜 의도를 먼저 알아차린 건 보안관이었어.

"선생, 우릴 죽이려나 보네!"

듀센버그가 속도를 높이며 내게 똑바로 달려왔네. 나는 도망가려 했지만 멈춰 버린 메르세데스 때문에 길이 가로막힌 상태였어. 미친 여자의 얼굴이 내게로 점점 다가왔고, 난 그게 이 세상에서 본 마지막 풍경인 줄 알았어.

그때 렌즈 보안관이 리볼버를 겨누고 쐈어. 듀센버그의 앞유리가 와장창 깨졌지.

끔찍한 비명 소리가 울려 퍼지더니 듀센버그는 내 코앞에서 살짝 비껴갔고, 차는 메르세데스의 뒷펜더에 부딪히더니 요란하게 나무를 들이박았네.

우리는 나란히 그 차로 뛰어갔어. 보안관은 여전히 총을 빼 들고 있었지만, 다시 사용할 필요는 없어 보였네. 운전자는 이미 피가 흥건했고 심장도 뛰지 않았거든.

"살인자를 잡았네요, 보안관님. 하지만 재판은 못 열겠는데요."

내가 말했어.

"아무튼 메이 루소가 맞잖아! 그런데 대체 어떻게 된 거야, 선생? 어떻게 이럴 수가 있지?"

나는 정정했네.

"메이 루소가 아니라 쌍둥이 남동생입니다. 그리고 보안관님은 그 사실을 모른 채 지난 몇 달 동안 이 친구를 유치장에 가둬 두고 계셨던 겁니다."

메이의 집으로 올라가 보니 입에 재갈이 물려진 채 침대에 묶여 있더군. 메이는 풀려나자마자 우리에게 물었어.

"마틴은요?"

"당신 남동생 이름이에요?"

메이는 고개를 끄덕였네.

"그 얘길 했어야 했는데."

무슨 일이 일어났는지 알려 주자 메이는 약간의 눈물을 흘렸지만 크게 흐느끼진 않았어.

"당신 부모님을 죽인 게 동생이었죠?"

메이는 눈물을 닦으며 고개를 끄덕였어.

"행크 포스터 씨가 죽었을 때까지는 확신하지 못했어요. 우연이라고 하기에 두 범죄는 너무 비슷했잖아요. 그래서 난 너무 당황했던 거예요. 마틴은 유치장에서 나오자마자 날 찾아왔어요. 그때 포스터 씨네 집에 갔다가 천둥 방을 보고 부모님이 돌아가셨을 때 일이 떠올라서 기절했다는 이야기를 했죠. 마틴은 폭풍이 치는 중에 그 집에 갔고, 결국 첫 범죄를 재현하고 만 거죠. 그제야 알았어요."

"당신 옷을 입고 갔더군요."

284

메이는 고개를 저으며 말했다.

"그건 잘 모르겠어요. 굉장히 아픈 애라 그랬나 봐요."

"그자가 우리 유치장에 갇혀 있었다니 그건 또 무슨 소린가?"

렌즈 보안관이 물었어.

메이는 한숨을 내쉬었네.

"사실 한 달 전에 마틴과 함께 이곳으로 차를 몰고 온 적이 있었어요. 그때 마틴은 정신이 나간 사람처럼 굴다가, 운전대를 잡고 있던 나를 갑자기 휙 잡아당기는 바람에 차가 배수로에 빠지고 말았어요……."

내가 의견을 덧붙였지.

"잠깐 딴생각을 했다고만 했지 더 자세히 이야기하지 않았던 이유가 있었군요. 그리고 그때 옷을 몇 벌 잃어버렸다고 했는데 난 솔직히 이해가 되지 않았어요. 차에 불이 나거나 망가진 것도 아니었는데. 그런 상황에서 옷을 잃어버렸다면, 누가 훔쳐 가는 것 말고는 없지 않겠어요?"

메이는 고개를 끄덕이더군.

"차가 배수로에 빠진 뒤 마틴은 내 수트 케이스 하나를 훔쳐서 숲속으로 도망갔어요. 그 속에 자기 셔츠가 몇 벌 들어 있긴 했지만 대부분은 내 옷이었거든요. 아마 사고가 나는 바람에 화를 참지 못하고 도망간 게 아닐까 싶어요. 그리고 난…… 아무튼 그건 다 마틴 때문이었어요."

나는 메이의 이야기에 끼어들었네.

"메이는 쌍둥이 여동생이 있다는 말은 부정했지만, 남동생이 있다는 말도 딱히 안 했죠. 전에 에이프릴과 나눈 얘기를 들어서 전 알고 있었습니다. 오늘 아침 추격전을 벌이면서 그토록 사랑하던 자기 차로 내 차를 들이받는 걸 보고 한 가지 확신했어요. 저건 내가 알던 메이가 아니라는 걸 말이죠. 아무리 이중인격이라 해도 동시에 두 곳에 있을 수는 없죠. 하지만 두 명이 별개의 인물이라면 모든 것이 설명됩니다. 메이와 캠브리지에서 제 전화를 받아 준 여성까지 메이에게 쌍둥이 여동생이 없다고 말했지만 남동생이라면 어떨까요? 그 남동생이 쌍둥이라면?

메이가 노스몬트에 처음 오고 나서 행크 포스터가 살해당하기 전까지 혹시 메이와 비슷한 사람을 본 적 있었는지 곰곰이 생각해 봤습니다. 당연히 키가 작은 남자여야 하고, 긴 금발이어야겠지요. 왜냐하면 브루나 포스터가 머리채를 잡아당겼는데 가발이 아니었다고 했으니까요."

렌즈 보안관이 손가락을 딱 울렸네.

"자네가 유치장에 왔던 날 내가 풀어 준 그 부랑자 말이군!"

"맞습니다. 게다가 그땐 수염도 있어서 메이와 닮았다는 생각을 못 했죠. 아마 보안관님도 긴 머리와 수염 때문에 그자를 체포하셨을 겁니다."

"내가 봐도 부랑자 같더라고. 이 근방에서는 처음 보는 얼굴이었고."

"한 달 동안의 감금에서 풀려난 후 수트 케이스를 돌려 달라고 요구했었죠? 수트 케이스를 가지고 다니는 부랑자란 흔치 않은 법이잖습니까."

메이가 말했네.

"마틴은 풀려난 후 바로 절 찾아왔어요. 어쩐지 몇 달 동안 안 보이더라니. 수트 케이스는 어쨌냐고 물었는데 잃어버렸다는 거예요. 마틴을 다시 만나고 나서 한 주 내내 제가 신경이 얼마나 곤두서 있었는지 샘 선생님도 아실 거예요. 그러다 포스터 집안의 살인 사건 이야기를 듣고 나니 모든 것이 명확해지더라고요. 마틴이 부모님을 죽이고, 또 같은 범죄를 반복했다는 걸. 하지만 전 아무 말도 할 수가 없었어요."

내가 대답했어.

"모든 것이 다 들어맞네요. 마틴은 수염이 없으면 당신과 비슷하고, 브루나는 살인자가 한 마디도 안 했다고 했죠. 브루나의 말은 거짓말이 아니었어요. 진짜로 마틴이 당신인 줄 알았던 겁니다."

메이는 고개를 끄덕이고, 한참 후에야 간신히 말을 이었네.

"마틴이 오늘 아침에 변호사를 불러서 절 유치장에서 빼내 줬어요. 돌아와 보니 저희 집에서 기다리고 있더라고요. 제 원피스를 입고서. 정말 이상했어요. 이유를 묻고 병원에 가서 치료를 좀 받아 보라고 했더니 저를 묶고 차를 빼앗아 가더라고요."

"당신까지 죽이지 않아서 정말 다행이오."

렌즈 보안관이 말했어.

"아마 그러진 않았을 거예요. 그건 자기 자신을 죽이는 행위나 다름없으니까."

메이가 눈물을 펑펑 흘리며 대답했네.

샘 선생은 이야기를 마무리했다.

"난 부모님이 살해당하는 메이의 악몽이 거기에서 끝났기를 바랐다네. 하지만 메이는 결국 보스턴으로 돌아가 정신의학 치료를 받기로 했지. 보내기가 참 아쉬웠어.

그해 크리스마스에 메이는 내게 편지로 상태가 많이 나아졌고, 좋은 남자 친구를 만났다는 소식을 알렸어. 메이의 듀센버그는 도저히 수리할 수 없을 만큼 망가졌지만 내 메르세데스는 렉스가 새 것처럼 깨끗하게 고쳐 줬다네. 결국 난 간호사 없이 혼자 남았지만 결국 다른 사람을 찾아냈어. 그 간호사의 이름이 준(6월)은 아니었다네. 다음에 오면 내가 풀지 못해 끙끙대던 수수께끼를 푸는 데 그 간호사가 도움을 주었던 이야기를 해 주겠네."

The Problem of the Black Roadster

검은 로드스터의
수수께끼

연로한 샘 호손 박사는 브랜디를 마시며 이야기를 시작했다.

"아냐, 그때 은행 강도랑 지금은 전혀 달라. 요즘 강도들이야 은행원한테 저벅저벅 걸어가서 쪽지 한 장을 슥 건네고, 요구한 돈을 받는 방식으로 범행을 저지르겠지. 그런 뒤 나오면서 보안 카메라에 사진이 찍히고, 그날 밤쯤에는 그 사진이 지역 신문에 실리는 거야. 대부분의 경우 총기를 사용하지는 않지. 하지만 내가 노스몬트에서 시골 의사 노릇을 할 때는 상황이 달랐네. 존 딜린저, 프리티 보이 플로이드, 베이비 페이스 넬슨, 말할 필요도 없는 보니와 클라이드까지. 대공황 시절의 은행 강도들은 쪽지 같은 걸 건넨 적이 없었어. 오직 엽총과 기관단총으로 요구 사항을 말했지."

(샘 선생이 말을 이었다.)

1935년 봄, 부활절인 4월 21일까지는 아직 몇 주가 남은 어느 날이었지. 나는 에이프릴이 메인주의 휴양지 주인과 결혼해서 떠난 후로 여전히 간호사를 찾지 못하고 있었어. 어느 월요일, 나는 에이프릴에게 장거리 전화를 걸어 후임으로 왔던 간호사가 갑자기 떠나게 된 경위에 대해 한참을 떠들었다네. 어쩌면 난 에이프릴이 한두 주쯤 와서 일해 주길 바랐는지도 모르겠지만, 어리석은 생각이었지. 에이프릴은 삼 주 안에 결혼할 거였으니 말이지. 부활절 다음 토요일이 결혼식 날이었네.

에이프릴이 전화 너머로 말했네.

"그런 문제가 있었다니 정말 안타까워요, 샘. 내가 도울 수 있으면 참 좋겠지만, 결혼식 준비 때문에 너무 바빠서요. 식에 올 수는 있는 거죠?"

나는 진심을 담아 말했어.

"무슨 일이 있어도 가야죠. 무조건 갈 겁니다."

"그 전에 빨리 새 간호사를 찾았으면 좋겠네요."

에이프릴이 말했네.

간호사가 없으니 해야 할 잡무가 너무 많더군. 그중 하나는 은행 업무였는데, 지난주에 보낸 청구서의 보답으로 아주 흐뭇한 액수의 수표들이 월요일 우편물로 와 있더라고. 당장 수표를 입금해서, 사무실과 집 월세에 보태고, 또 금방이라도 나타날지 모르는 새 간호사에게 줄 첫 달 월급으로도 쓰고 싶었지.

청교도 기념 병원의 한쪽 동에 있는 내 진료실은 시내에서 그리

멀지 않았네. 하지만 전화를 받아 줄 사람이 없어서, 은행까지 즐거운 산책을 느긋하게 누리는 사치는 포기해야만 했지. 그래서 나는 유일한 사치품인 빨간 메르세데스를 몰고 노스몬트로 가서 파머스 앤드 머천트 은행 맞은편 길에 차를 세웠네.

"선생 아닌가? 차는 괜찮나?"

차에서 내리자마자 렌즈 보안관의 걸걸한 목소리가 들려왔네. 나는 몸을 돌려 보안관에게 인사를 건넸어. 보안관은 아내의 요리 솜씨 덕분인지 최근 살이 좀 쪘더군. 다가오는 보안관의 뱃살을 툭툭 쳤네.

"이건 빼셔야 해요. 보안관님. 심장에 나빠요."

"나도 알아, 선생. 간호사는 구했고?"

나는 고개를 가로저었어.

"어제 보스턴, 하트포드, 프로비던스에까지 신문 광고를 냈는데 의료 경험이 있으면서 노스몬트로 이사를 오려는 사람을 구하기란 쉽지 않네요."

"지금은 어디 가나?"

"수표를 좀 입금하려고……."

그때 우리 뒤로 검은 로드스터가 역주행하며 빠르게 달려오더니 은행 앞에 급하게 멈춰 서더군. 그리고 남자 둘이 은행에서 뛰쳐나오더라고. 둘 다 검은 정장을 입고 페도라를 쓴 모습이 은행원 같아 보였지만 얼굴은 하얀 손수건으로 가리고 있었네. 앞서 달리는 남자의 손에는 소형 엽총이, 그리고 또 한 명의 손에는 권총과 돈 자루가 들려 있었어.

"이런 망할."

보안관이 쉰 목소리로 내뱉으며 총으로 손을 뻗었어.

로드스터의 운전자가 조수석으로 옮겨 타고 다른 사람이 운전석에 앉았어. 순간적으로 긴 금발이 눈에 들어오더군. 돈 자루를 쥔 남자가 우리를 보고, 보안관의 손에 들린 권총도 보았네. 그러더니 우리 쪽으로 대충 한 방 쏘았어. 위협적이진 않았지만 보안관의 총알을 빗나가게 만들기에는 충분했지. 차가 모퉁이를 돌아사라지는 사이 보안관의 권총이 불을 뿜었네.

"쫓아가야 해, 선생! 은행 강도야!"

보안관이 고함을 질렀어.

나는 아무 생각 없이 그 말에 따라 보안관과 함께 차에 올라탔어.

"번호판 일부밖에 못 봤네. 8M7. 나머지는 안 보였어!"

제때 따라잡은 덕분에 다음 모퉁이에서 좌회전을 하는 문제의차량을 발견할 수 있었지.

"세게 밟게, 샘! 저놈들 내가 다 쏴 버릴 거야!"

내가 막 모퉁이에 도달해 왼쪽으로 꺾으려던 순간 갑자기 포드차량 한 대가 나타나 내 쪽으로 달려왔네. 순간적으로 브레이크를 밟아, 충돌하기 몇 센티미터 직전에 간신히 멈출 수 있었어.

"젠장!"

렌즈 보안관이 뛰어내려서 총을 치켜들고 달려갔네.

포드 차량을 운전하던 젊은 여인은 보안관을 보고 비명을 지르더군. 아마 자기한테 총을 쏘려고 하는 줄 알았나 봐. 나는 서둘러 여성을 안심시키려 했네.

"은행 강도를 쫓는 중이에요. 방금 지나쳐 갔거든요."

나는 강도 차량의 뒤를 가리켰어.

여성이 양손으로 입을 가렸네.

"세상에! 난 평화와 고요를 찾아서 이 길을 따라온 건데!"

렌즈 보안관이 풀이 죽은 얼굴로 돌아왔네.

"꽁무니도 안 보여, 선생. 다음 모퉁이에서 방향을 바꿨나 봐. 그다음 블록에서는 안 보이더라고. 가세, 은행으로 돌아가 봐야지."

"놀라게 해서 미안합니다."

나는 젊은 여성에게 말했어.

"혹시 그 차에 탄 사람 봤소?"

보안관이 물었어.

"흘끗 보긴 했어요. 전……."

"같이 좀 갑시다. 진술을 받아야겠으니."

"어디로요?"

"은행요. 저기 모퉁이를 돌면 바로예요."

내가 설명했지.

큰길에 있던 다른 사람들이 추격전을 봤는지 은행 쪽으로 조심스럽게 다가갔지만, 아무도 용기를 내어 건물 안으로 들어가지는 못했네.

"안이 진짜 끔찍하게 조용한데요. 혹시 다 죽은 게 아닐까요?"

길 건너편에서 맞춤 정장 가게를 운영하는 세스 심킨스가 말했어.

"가 봐야지."

렌즈 보안관은 정문을 열고 들어가더니 들고 있던 총을 금세 내렸네.

우리 눈에 처음 들어온 광경은 은행 지점장 브루스터 카트라이트가 피바다 속에 쓰러져 있는 모습이었어. 방금 전 그 말이 생각나더라고. '다 죽은 게 아닐까요?'

하지만 죽은 사람은 카트라이트 한 명뿐이었네. 나머지 직원 네 명은 모두 수갑이 채워진 채 안쪽 방에 감금되어 있었어.

보안관의 열쇠는 그 수갑에 맞지 않아서 쇠톱을 가져와야 했네. 그사이 나는 다친 사람들을 살펴보았지.

"무슨 일이 있었는지 말 좀 해 봐요."

나는 부지점장 그린리프에게 물었어.

"정말 무서웠어요. 얼굴에 손수건을 두른 사람들이 들어와서 총을 막 들이대는 거예요. 신문에서 봤던 딜린저 같은 은행 강도들이 떠오르더라고요. 설마 노스몬트에서 이런 일이 일어나리라고는 상상도 못 했어요."

"카트라이트는 어떻게 된 거예요?"

"맨 처음에 엽총을 들고 정문으로 들어온 사람이 손을 들라고 소리를 질렀어요. 직원들은 전부 창구에 앉아서 오후 손님을 받을 준비를 하고 있었고요. 카트라이트 씨는 책상에 앉아 있다가, 총든 사람 뒤로 몰래 빠져나가려고 했는데 두 번째 사람이 들어오다가 카트라이트 씨를 쏜 거예요. 그 뒤로 우리는 아무도 저항 못했어요. 다 죽는 줄 알았어요."

"돈을 얼마나 가져갔나요?"

"모르겠어요. 우리는 수갑에 묶여 안쪽 방에 감금돼 있었으니까. 조용히 있지 않으면 쏜다고 협박하더군요."

은행 업무 때문에 드나들다 보니 나머지 세 직원들과도 다 아는 사이였네. 매그니슨, 존스, 라이더. 당시에는 여성 은행원은 없었고 은행원은 박봉을 견딜 수 있는, 학교를 막 졸업한 젊은 남자들에게는 아주 괜찮은 직업이었지.

"그 두 사람이 혹시 단골손님은 아닌가요?"

내가 물었어.

이십 대 초반 곱슬머리 젊은이 매그니슨이 고개를 저었어.

"얼굴을 손수건으로 가리고 있어서 알아볼 수가 없었지만, 목소리는 낯설었어요."

렌즈 보안관이 쇠톱과 열쇠 뭉치를 들고 돌아왔네. 세 번째로 시도한 열쇠가 다행히 맞은 덕분에 사람들은 손목을 문지르며 살았다는 표정을 지었네. 그린리프가 중얼거렸지.

"불쌍한 카트라이트 씨. 참 좋은 분이었어요. 이렇게 돌아가실 분이 아닌데."

총격 강도 사건 소식이 카트라이트의 집에도 알려졌는지, 아내 리디아가 눈물로 얼룩진 얼굴로 찾아왔네. 지난겨울에 독감에 걸린 리디아 카트라이트를 진료한 적이 있어서 남편보다 아내가 더 친근하게 느껴졌어.

"리디아, 집에 데려다줄게요."

나는 얼른 가로막으며 말했지.

"샘 선생님, 소식을 들으니 안 올 수가 없었어요. 제가 있을 곳은 여기예요. 그이 곁."

"여기 있어 봤자 할 수 있는 건 아무것도 없어요, 리디아."

"샘, 그 사람은 내 전부였어요. 어떻게 이렇게 빨리 가 버릴 수가 있어요!"

"가는 게 좋겠어요. 집까지 태워 줄게요."

하지만 횡단보도 앞으로 나와 내 차까지 가기도 전에 리디아의 남동생이 뛰어왔네.

"리디아 누나! 방금 소식 들었어!"

행크 폭스는 누나보다 열 살은 어린, 키가 크고 야윈 이십 대 중반 청년이었네. 몇 년 전 은행에 취직한 적도 있었지만 그 자리는 누나와 매형 덕분에 낙하산으로 들어갔다는 인상이 너무 강해 보였는지, 당시에는 보스턴로 시내 광장에서 몇 블록 떨어진 노스몬트 최초의 자동차 중개업자 밑에서 일하고 있었어.

"행크, 그이가 죽었어."

행크 폭스가 믿어지지 않는 듯 나를 쳐다보았고, 나는 고개를 끄덕였네.

"은행 강도한테 총을 맞았어. 즉사라서 고통스럽지는 않았을 거야."

"맙소사!"

행크는 누나를 안고 조심스럽게 토닥이며 데려갔어.

"난 언제까지 여기 있어야 해요?"

뒤에서 목소리가 들렸네. 돌아보니 포드 차량을 운전하던 젊은 아가씨가 아직도 있더군. 바로 사과했지.

"미안합니다. 저도 보안관님도 당신을 깜박하고 있었네요. 은행 지점장이 강도들 총에 맞아 죽었어요."

"세상에, 끔찍해라."

그제야 나는 여성을 처음으로 꼼꼼히 뜯어보았네. 나이는 이십 대 후반쯤 되어 보였어. 당시 도시 아가씨들이 대부분 그랬듯 단 발머리에, 연갈색에 가까운 금발이었지.

"너무 정신이 없어서 이름도 못 물어봤네요."

"난 메리 베스트예요. 스프링필드로 가던 길이었어요. 거기에서 새 직장을 얻을 예정이었거든요."

"선생! 잠깐만 이리로 좀 와 주게!"

렌즈 보안관이 은행 문 앞에서 불렀네.

"아직 떠나면 안 돼요. 그 남자들에 대한 인상착의 진술은 큰 도 움이 될 거예요."

나는 메리 베스트에게 말했어.

"아니, 난 정말 제대로 못 봤……."

보안관이 나를 시체 옆으로 끌고 가더군.

"시체를 옮기는 데 필요한 절차 좀 밟아 줘."

"알겠습니다."

부보안관이 메모할 준비를 하고 있는지 확인한 뒤 입을 열었네.

"피해자의 이름은 브루스터 카트라이트, 노스몬트 파머스 앤드 머천트 은행의 지점장으로 알고 있습니다. 사망 시각은……."

시계를 흘끔 보고 말을 이었지.

"오후 12시 8분입니다. 사인은 심장 가까운 곳에 맞은 총상이고요. 사출구 상태로 볼 때 총알이 심장을 관통하거나 또는 심장 근처를 뚫고서 등으로 나간 것으로 보입니다. 즉사였습니다."

렌즈 보안관은 가끔 그렇듯 눈물이 고인 눈으로 고개를 끄덕인 뒤, 구급 요원 두 명에게 지시했다네. 시체는 실려 나갔고 나는 밖에서 그 여성이 기다리고 있다고 말했어.

"저 아가씨한테 질문하실 것 있으세요?"

"음, 일단 이름하고 주소를 알아야겠어. 은행 강도는 전국 범죄니까 해가 지기 전에 FBI가 올걸세. 아마 저 아가씨에게도 물어보겠지. 이미 주 경찰에도 연락해서 도로 봉쇄를 요청해 놓았네."

"운전자는 여자일 수도 있습니다. 제가 긴 금발을 언뜻 본 것 같아요."

"그건 나도 봤어요."

메리가 동의했어. 고개를 돌려 보니 메리도 은행 안으로 들어와 있더군.

"하지만 얼굴까지는 못 봤다고요. 너무 빨리 지나가서."

"밖에서 기다리는 게 좋겠소, 아가씨."

렌즈 보안관이 시체가 들것에 실리는 모습이 보이지 않도록 몸으로 가리면서 메리에게 말했네.

"괜찮아요. 전 간호사거든요."

"그래요?"

난 놀란 표정을 숨길 수가 없었네.

"안 그래도 우리 사무실에서 간호사를 구하고 있는데."

메리가 미소를 짓더군.

"이미 스프링필드에서 간호사 자리가 절 기다리고 있어요."

"거기 주소가 어떻게 됩니까? 그리고 아가씨 이름은……."

보안관이 물었네.

"메리 베스트예요. 아직 살 곳을 구하진 못했지만 제게 연락하시려면 스프링필드 종합병원으로 하시면 돼요."

메리는 나를 돌아보았어.

"선생님은 의사이신가 보군요. 사망 판정을 내리는 걸 보니."

"아직 소개도 안 했군요. 닥터 샘 호손입니다. 이 지역에서 십삼 년 동안 개원의로 일하고 있죠."

"그럼 거의 어릴 때부터 일한 것 아니에요?"

"그런 셈이죠."

나는 메리의 칭찬에 기분이 좋아져서 미소를 지었네.

전화벨이 울리자 부지점장 그린리프가 전화를 받더군.

"주 경찰에서 바꿔 달랍니다, 보안관님."

그린리프는 수화기를 건네며 말했네.

"렌즈 보안관이오."

보안관이 전화를 받더니 소리소리 지르더군.

"뭐라고? 제길, 그새 벌써 도망친 모양이군!"

"흔적도 없답니까?"

보안관이 전화를 끊자 내가 물었네.

"완전히 자취를 감췄다는 거야. 내 전화를 받고 몇 분 안에 바로 교차로 네 곳을 전부 막았는데 그렇게 생긴 차량은 지나간 적이 없다지 뭔가."

"어쩌면 아직 노스몬트 안에 있을지도 모릅니다. 뒷길도 많고, 숨을 만한 농가 헛간도 많으니까요."

"그럼 놈들이 독 안에 든 쥐라는 뜻이군. 찾아내는 건 시간문제겠어."

렌즈 보안관이 단호한 미소를 지었어.

우리 지역 담당이라는 FBI 요원은 클린트 월링이라는 남자였네. 내 또래쯤 되어 보였는데 키가 크고 늘씬한 체구에 정장을 입고 연회색 페도라를 쓰고 있으니 노스몬트 같은 시골에는 참 안 어울리더라고. 월링은 서너 시쯤 도착해서 바로 은행으로 온 것 같았네. 그때쯤 렌즈 보안관은 수사를 마무리 짓고 있었지. 나는 환자의 상태를 확인하러 병원에 갔다가 월링을 만나러 때맞춰 돌아왔다네.

"무슨 일이 벌어진 거죠? 은행 강도에 살인?"

악수를 나눈 후 월링이 바닥에 남아 있는 핏자국을 보며 묻더군.

"당연히 수배령은 내리셨겠죠?"

"주 경찰이 즉시 도로를 통제했는데 그런 차는 못 봤다고 합니다. 이미 잽싸게 빠져나갔거나, 이 근처 어딘가에서 어슬렁거리고 있을 수도 있겠죠."

"혹시 물적 증거 같은 것은 남기지 않았습니까?"

월링이 파이프를 꺼내 담배를 채우며 물었네.

"거기 카운터에 있는 수갑밖에 없네요."

FBI 요원은 수갑을 들여다보며 끙끙거리더군.

"경찰이 쓰는 종류이긴 한데 아무 데서나 구할 수 있는 물건이 군요."

"내가 갖고 있는 열쇠로 열 수 있었소."

보안관이 말했어.

"안쪽 방을 한번 보겠습니다."

월링은 렌즈 보안관을 따라 안쪽 방으로 들어갔고, 나도 그 뒤를 따라갔네. 안쪽 방의 뒤쪽 문은 금속이었고 위아래로 빗장이 질러져 있었지. 월링이 그 문이 어디로 통하느냐고 묻더군.

"메이플 도로로 나간다오. 은행 뒷길 말이오."

"그럼 여기로 도망칠 수도 있었겠는데요?"

"은행 직원들은 그렇게 못 했지. 수갑으로 한꺼번에 묶여 있었고, 한 명은 이 책상 다리에 수갑이 연결돼 있었으니까. 도둑들은 정문으로 나갔소. 밖에서 차가 기다리고 있었지. 여기 선생이랑 내가 차를 타고 오다가 놈들이 도망치는 걸 봤던 거요."

월링이 파이프를 길게 한 모금 빨았네.

"돈은 얼마나 훔쳐 갔습니까?"

"부지점장 말로는 거의 4만 달러라고 하더군."

월링은 메모를 했어.

"몇 분 투자해서 꽤 짭짤하게 벌어 갔네요. 내일 아침에 저 말고 다른 요원이 하나 더 올 겁니다. 저흰 원래 팀으로 움직이거든요. 다른 직원들이나 혹시 목격자가 있으면 얘기해 보고 싶은데요."

"일단 저희부터 시작하시죠. 보안관님이랑 제가 도주하는 장면을 목격했습니다."

나는 처음부터 끝까지 이야기를 늘어 놓았어.

"다른 차에 타고 있었다던 그 여자분은요?"

"길 건너 간이식당에서 은행 직원들과 함께 기다리고 있소. 선생, 자네도 같이 갈 거지?"

간이식당에 가 보니 일동이 한 테이블에 모여서 양복점 주인 세스 심킨스와 함께 강도 살인 이야기를 하고 있더군. 세스는 무슨 흥미진진한 일만 벌어졌다 하면 일도 제쳐두고 나오는 사람이었지. 가게 문에 '점심시간'이라는 팻말이 걸려 있었지만, 어디 있을지 뻔하더군.

"FBI가 저기 와 있어요. 여러분 모두를 만나고 싶다는데요."

내가 말했네.

우리는 모두 함께 길을 건넜어. 세스까지 졸졸 따라오더라고. 메리 베스트와 은행 직원들을 클린트 월링에게 소개하고 나니 세스가 끼어들었어.

"강도 현장을 처음으로 목격한 사람이 바로 납니다. 저기 내 양복점에서 상황을 다 지켜봤거든요. 렌즈 보안관님이랑 호손 선생이 그놈들을 쫓아가는 것도 봤는데, 은행에 들어가는 건 너무 무서웠어요. 안에 있는 사람들이 다 죽은 줄 알았다고요."

월링이 렌즈 보안관을 돌아보았어.

"강도들이 총은 전부 몇 방이나 쏘던가요?"

그린리프가 끼어들었네.

"카트라이트 씨는 딱 한 방 맞았어요. 은행 안에서 발사된 건 그게 유일했고요. 하지만 묶여 있는 동안에 길거리에서 총성이 더 많이 울려 퍼졌어요."

"한 놈이 권총으로 나를 쏘기에 나도 응사했소. 하지만 둘 다 빗나갔지. 내가 한 방을 더 쏘려는데 이 아가씨가 우리 앞으로 끼어든 거요."

렌즈 보안관이 설명했어.

월링이 담뱃대를 재떨이에 털고 나서 시선을 돌렸네.

"베스트 양?"

"전 간호사로 취직해서 스프링필드에 가는 길이었어요. 시골 구경을 좀 하고 싶어서 이쪽 길로 돌아가던 중이었고요. 아마 제가 그 뒷길, 메이플 도로인가요? 그 교차로를 달리고 있는데 검은 로드스터가 끽 소리를 내면서 모퉁이를 도는 거예요. 앞 좌석에 세 명이 타고 있더라고요. 그 차는 역주행해서 제 차선으로 달려오다가 방향을 틀었어요."

"그 사람들이 어떻게 생겼는지 기억납니까?"

"아뇨, 솔직히 그때 얼굴을 가렸는지 안 가렸는지도 기억 안 나요. 아마 가렸을 거예요. 한 명은 긴 금발이었던 걸 보니 여자였을 수도 있겠네요."

"운전수 말입니까?"

"아뇨, 운전수 말고요. 오른쪽 조수석에 앉아 있던 사람이었어요."

"맞습니다. 그 남자 아니면 여자가 운전석에서 옆으로 옮겨 앉았죠. 그래서 나머지 두 명이 탈 수 있었어요. 권총을 갖고 있던 사람이 맨 나중에 운전석에 앉았죠."

내가 말했네.

월링이 지친 얼굴로 고개를 끄덕이더군.

"은행 안에서 무슨 일이 일어났는지 정확히 알고 싶은데요. 여러분 중 한 분이 희생자 역할을 맡아서 어느 위치에 서 있었는지 좀 보여 주시겠습니까? 그리고 두 분이 도둑 역할을 해 주셨으면 합니다."

부지점장 그린리프가 앞으로 나섰네.

"제가 처음부터 끝까지 다 봤습니다. 라이더, 자네가 첫 번째 도둑 역할을 맡아서 엽총을 들고 있는 것처럼 안으로 들어와 줄 수 있을까?"

젊은 은행원은 당황하면서도 지시에 따랐네. 팀장 매그니슨이 지점장 역할을 맡아, 첫 번째 도둑을 잡으려고 그 뒤를 쫓아 은행 밖으로 나갔어. 그리고 그린리프는 두 번째 도둑 역할을 맡아서 문간으로 들어와 지점장을 등 뒤에서 총으로 쏘는 시늉을 했지.

FBI는 수갑과 잠긴 뒷문을 살펴보고는 물었네.

"사건이 일어나는 내내 다른 손님은 없었습니까?"

팀장이 설명했어.

"원래는 정오에 고객분들이 가장 많이 오십니다. 이 사건은 정오가 되기 10분 전쯤에 발생했고요. 그런데 엽총을 든 강도 하나가 내내 은행 문 앞을 점거하고 있었으니 다른 손님은 없었죠."

내가 거들었지.

"맞아요, 정확히 그 시간이었습니다. 이리로 돌아와서 제가 카트라이트의 사망을 확인한 게 12시 8분이었죠. 우린 거의 몇 분 안에 들어왔어요. 은행 강도 사건은 11시 45분에서 50분 사이에 일어난 겁니다."

"얼마나 가져갔습니까?"

윌링이 부지점장에게 물었어.

"현금 서랍은 전부 열려 있었어요. 그리고 이 작은 금고 안의 서랍도 전부 다. 모두 가져갔다면 4만 달러쯤 될 겁니다. 물론 더 없어진 게 있는지 나중에 다시 확인해 봐야겠지만요."

"중서부 은행 강도단 사건이랑 비슷한데요?"

렌즈 보안관의 말에 클린트 윌링이 지적했지.

"그놈들은 대부분 죽었잖습니까? 바로 작년에 보니와 클라이드가 루이지애나에서 추격대에게 사살당했고, 시카고의 어느 극장 밖에서 FBI가 딜린저를 쏴 죽였고……."

"누가 그러는데 그게 딜린저가 아니었을 수도 있대요."

세스 심킨스가 끼어들었어.

윌링은 세스의 말을 무시했어.

"프리티 보이 플로이드와 베이비 페이스 넬슨도 작년 가을에 체포됐습니다. 이제 은행 강도들이 날뛰는 시대는 다 지나갔어요."

"모방범들이 항상 있을 텐데요."

내가 말했네.

윌링이 고개를 끄덕였어.

"이자들은 12시 직전에 은행에 사람이 거의 없으리라는 사실을 알고 있었던 것 같습니다. 혹시 최근에 이 근방에서 수상한 사람을 본 적이 없었나요, 그린리프 씨?"

"없는데요."

라이더가 나섰네.

"어제 50달러짜리 지폐를 바꾸러 온 남자 하나가 있었는데, 처음 보는 사람이었어요."

"그게 오늘 온 강도들 중 하나일 수도 있을까요?"

라이더는 깜짝 놀란 얼굴로 FBI를 바라보더군.

"그럴 수도 있겠는데요."

"저는 그만 가 보면 안 될까요? 슬슬 스프링필드로 가야 할 것 같은데."

메리 베스트가 물었네.

월링이 메리를 흘끔 쳐다보더니 말했어.

"잠시만 더 이 근처에 계셔 주셔야겠습니다, 아가씨."

"왜요?"

"당신도 목격자일 가능성이 있으니까요."

"전 아무것도 못 봤다고요!"

나는 메리의 분노가 차츰 차오르는 것을 느끼고 얼른 말했네.

"잠깐 밖에 나갔다 올까요?"

은행 밖으로 나오자 메리가 말했어.

"저 사람이 날 의심하고 있는 것 같지 않아요?"

"뭘로요?"

"은행 강도들이랑 한패라는 의심 말이에요. 그 교차로에서 추격하는 차량을 막으려고 내가 일부러 거기 가 있었다고 생각하는 것 같아요. 당신하고 보안관 차를 막았던 일 때문에!"

"글쎄요, 그건 잘 모르겠네요."

나는 그렇게 생각하지 않았지만 클린트 월링의 생각은 알 수 없었지.

그때 화려한 노란색 컨버터블이 다가왔네. 리디아 카트라이트의 동생 행크 폭스가 운전석에 앉아 있었어.

"리디아는 좀 어때?"

행크가 시동을 끄지 않고 은행 안을 들여다보고 있기에 내가 물었네.

"별로 좋지는 않아요. 난 지금 매형 장례식 준비를 하러 가는 길입니다. 누나는 식구들하고 같이 있어요."

문득 메리가 내 옆에 있다는 사실이 떠올랐어.

"이쪽은 목격자인 메리 베스트 양이야. 메리, 희생자의 아내가 여기 행크의 누님입니다."

"정말 너무 안타까워요."

메리가 말했네.

"행크, 혹시 매형이 은행 근처에 낯선 사람이 어슬렁거린다는 이야기를 한 적 있어?"

나는 행크에게 물었어.

"내가 아는 한은 없어요. 우리끼리만 하는 얘긴데 선생님, 범인들은 어쩌면 낯선 외부인이 아닐지도 몰라요."

"그게 무슨 말이야?"

행크는 늘 그렇듯 모든 것을 다 안다는 태도였지. 나는 항상 그 친구의 태도가 맘에 들지 않았어.

"은행원들이 어떻게 적을 만드는지 아시잖아요. 난 그 심킨스인 가 하는 재봉사가 이 근처를 어슬렁거리는 걸 본 적이 있어요. 심 킨스는 메이플 도로 모퉁이에 차고 딸린 작은 집을 하나 갖고 있 는데, 지난달에 은행에서 그 집을 담보로 잡았거든요. 심킨스는 결국 자기 딸 집으로 쫓겨났지요. 그 일 때문에 기회만 되면 매형 을 욕하고 다녔다고요."

너무 어처구니없는 생각이라 나는 그만 웃음을 터뜨리고 말았네.

"설마 세스 심킨스가 그런 일 때문에 은행 강도들과 손을 잡았 다고 진지하게 생각한다면 가서 머리 검사를 좀 받아 봐, 행크. 그 사람은 재봉사지 강도가 아니야."

"대공황 시기에는 누구나 강도가 될 수 있어요, 선생님. 사람들 은 한 끼 식사를 마련하기 위해서라면 무슨 일이든 할 거예요."

나는 노란 컨버터블의 펜더를 쓰다듬으며 물었네.

"넌 형편이 괜찮은 것 같은데. 새로 산 차야?"

내 질문에 행크는 당황했는지 얼버무리더군.

"가게 물건이에요. 이걸 몰고 동네를 돌아다니면서 우리 가게에 서 어떤 차를 파는지 보여 주면 괜찮은 광고가 될 것 같아서."

행크는 차를 몰고 가려다 문득 멈춰 서서 후진했네.

"선생님, 괜찮으시면 저랑 같이 저희 누나 보러 가실래요? 오늘 밤 푹 자려면 흥분을 좀 가라앉힐 만한 처방을 받아야 할 것 같아 서요."

"나중에 가 볼게."

내가 약속했지.

행크가 차를 몰고 사라지는 모습을 지켜본 뒤 우리는 은행 안으로 돌아갔네. 렌즈 보안관이 막 주 경찰에게 전화를 끝낸 참이었어.

"검은 로드스터는 아직 못 찾았다는군. 형사 하나가 보고서를 가지고 이리로 오고 있다고 하네."

보안관이 우리에게 말했지.

얼굴이 불그스레한 멀렌스 경사는 안면 정도만 있는 젊은 주 경찰이었는데, FBI 요원의 존재가 불편한 눈치더군.

"군 내 모든 도로들을 차단하고 확인했지만 그 로드스터는 찾아내지 못했습니다."

경사가 렌즈 보안관에게 말했네.

"바리케이드를 통과한 차량이 없었단 말인가?"

"말씀하신 것과 같은 차량은 없었습니다. 가장 비슷했던 게 대학생 애들 몇 명이 탔던 빨간 로드스터였죠."

"혹시 무슨 트럭 같은…… 이삿짐 트럭 같은 차량은 없었나요?"

내가 물었지.

보안관의 얼굴이 환해졌어.

"로드스터를 그 안에 실었을 수도 있다는 건가?"

"생각해 볼 가치는 있겠죠."

멀렌스가 다소 의기양양한 미소를 지으며 나를 쳐다보더군.

"저희도 금주법 시절에 그런 속임수를 적발하곤 했지요. 이미 바리케이드를 통과한 모든 트럭을 다 확인해 봤습니다."

월링은 별 감흥이 없어 보였어.

"차를 숨길 만한 곳은 아직도 많이 남아 있을 겁니다. 그리고 여러분이 길을 막기 전에 이미 지나갔을 가능성도 항상 염두에 두어야 합니다."

"그러진 않았을 것 같은데요."

멀렌스가 대꾸했어.

거의 네 시간 동안 질문을 받고 난 그린리프와 은행원들은 점점 지쳐 가고 있었네.

"이제 그만 식구들을 보러 집에 가면 안 될까요?"

그린리프의 물음에 월링은 고개를 끄덕였어.

"가 보셔도 됩니다. 그런데 정말로 얼마나 도둑맞았는지 정확히 알 수는 없을까요?"

장부를 들여다보던 매그니슨이 고개를 들었네.

"처음 어림짐작했던 액수와 거의 비슷합니다. 대략 4만 2천 달러 정도네요."

"좋습니다. 내일 아침 제 동료 요원이 도착하면 여러분 각각에게 개인적으로 질문을 하겠지만, 지금은 여기까지만 하죠."

"내일 아침에 은행 문을 열 수 있을까요?"

그린리프가 물었지.

"그건 여러분의 상사에게 달렸죠. 저희는 안 된다고 할 이유가 없습니다."

다시 밖으로 나온 나는 메리를 내 차로 데려갔네.

"잠깐만요, 호손 선생님. 저는 스프링필드로 가는 길이었어요. 기억하시죠?"

"나랑 같이 카트라이트 부인을 좀 보러 갔으면 해요. 같은 여성의 위안을 필요로 하실 것 같아서요."

"전 벌써 몇 시간이나 늦었다고요!"

"그럼 몇 시간 더 늦는다고 문제가 될 건 없겠네요."

내가 씩 웃으며 말했어.

메리는 지친 얼굴로 웃고는 내 메르세데스 조수석에 올라타더군.

"내가 왜 이러고 있을까요?"

"당신이 좋은 사람이고, 또 좋은 간호사기 때문이겠죠."

"게다가 스프링필드에서 좋은 일자리가 기다리고 있고요."

나는 은행 강도들과 마찬가지로 블록을 빙 돌아 메이플 도로로 진입했네. 양복점 주인의 빈집을 제외하면 그곳은 큰길에 면한 건물들의 뒤편이 주로 보이는 길이었지. 그 너머에는 마을 전체가 새 학교를 기대하며 비워 놓은 공터가 있었어. 나는 다음 교차로에서 우회전하여 은행 강도들이 갔으리라 여겨지는 길을 그대로 따라갔다네. 보스턴 도로로 나오니 곧 행크 폭스가 일하는 자동차 대리점이 나왔지. 혹시 그 노란 컨버터블이 있을까 싶어 주차장을 흘끔 쳐다보았지만 없었다네. 아마 누나네 집으로 바로 간 모양이었어.

"그 도주 차량의 번호판을 알아낼 수는 없는 거예요?"

메리가 물었지.

"렌즈 보안관님이 앞부분은 힐끗 보셨어요. 8M5였던가. 하지만 나머지 부분에 진흙이 묻어서 못 봤죠. 어차피 훔친 차일 겁니다."

"보안관님 말씀을 듣자하니 선생님이 전에 수사를 도운 적이 있는 것 같던데요."

"가끔요."

나는 브루스터 카트라이트가 살던 크고 하얀 집 앞에 차를 세웠네. 행크 폭스는 와 있지 않았지만 리디아 카트라이트가 문간으로 나와 우리를 맞이했어. 리디아는 검은 원피스에 한 줄짜리 진주 목걸이를 하고 있었고, 눈은 울어서 퉁퉁 부었더라고.

"와 줘서 고마워요, 샘 선생님."

"이런 것쯤이야 아무것도 아닙니다. 수면제를 좀 드릴게요."

"정말 고마워요."

리디아는 누구였더라, 하는 표정으로 메리를 바라보았어.

"지금 절 도와주고 있는 간호사 메리입니다."

"범인은 아직 못 잡았나요?"

"아직요. 하지만 잡는 건 시간문제일 거예요."

나는 위로했지.

"그놈들을 잡아 가두기 전까지 한시도 편할 수가 없을 거예요. 혹시 아직 이 근방에 있진 않을까요?"

"그럴 수도 있죠."

나는 리디아를 최대한 편안하게 해 주려 노력했고, 메리의 위로도 많은 도움이 되었던 것 같았네.

그 집을 나오니 5시가 거의 다 되어 있더군.

"스프링필드에 지금 가도 늦지 않았을까요?"

내가 물었어.

"그 일자리는 이제 잃어버린 거라고 봐야죠. 혹시 이 동네에 오늘 하룻밤 묵을 곳이 있을까요? 일단 거기에서 전화를 해서 어떻게 될지 알아봐야겠어요."

나는 그럭저럭 괜찮은 모텔인 노스몬트 모텔로 메리를 태워다 주고 보안관의 사무실로 찾아갔네. 아직도 은행 근처에는 사람들이 북적댔어. 우울한 얼굴로 낮에 벌어진 비극적인 사건을 조용히 이야기하고 있더라고. 일부는 은행에 넣어 둔 예금을 걱정하기도 했고, 또 일부는 어쩌면 죽지 않은 존 딜린저가 그 일당들을 뒤에서 조종하고 있을지도 모른다고 의심하기도 했네.

그 모든 광경을 보는 보안관 또한 우울한 얼굴이었지.

"망할, 선생. 그 FBI 자식이 나보고 무능하다는 거야, 글쎄. 그게 요즘 지방 소도시들 위주로 은행 강도들이 날뛰는 이유라잖아. 소도시 보안관들이 무능하다니, 내가 왜 그놈한테 그런 소리를 들어야 하는 거야?"

"진정하세요, 보안관님. 이 사건을 해결하시면 FBI 수사관도 무능하다고 생각하지 않을 거예요."

"어떻게?"

"제 생각에, 그 검은 로드스터를 어디다 숨겨 놓은 것 같아요. 그럼 그 차가 시내 밖으로 나가지 않았다고 자연스럽게 설명할 수 있죠."

"자네 지금 무슨 소릴 하는 건가, 선생?"

"잠깐만 따라오세요. 그런데 가는 길에 모텔에 들러서 그 간호사, 메리 베스트를 데려가야 해요. 메리가 그 차와 정면으로 마주했으니 아마 차를 알아볼 수 있을 겁니다."

보안관이 나를 보며 히죽거렸네.

"그냥 그 아가씨 한 번 더 볼 핑계를 대느라 그러는 거지, 선생? 자네, 마음이 있나 보구면."

"그런 거 아닙니다, 억지 좀 부리지 마세요. 자꾸 그러시면 FBI 수사관한테 괴롭힘을 당하거나 말거나 내버려 둘 거예요."

내가 투덜댔지.

메리가 차에 오르자 내가 말했어.

"어쩌면 여기에서부터가 이번 사건의 절정이 될지도 모릅니다. 당신도 궁금해할 것 같았고, 또 당신이 그 로드스터를 알아볼 수도 있고요."

"설마 찾아낸 거예요?"

"정확히는 아닙니다. 하지만 어디 있는지는 알아요."

"어딘데요?"

메리가 맑은 다갈색 눈으로 우리 둘을 돌아보며 채근했네.

"몇 분만 있으면 금방 알게 됩니다."

앞 좌석에 셋이 구겨져 앉은 채로 시내 광장을 빙 돌았어.

"체스터턴의 어느 작품 속에서 브라운 신부가 이런 질문을 하죠. '현명한 사람은 어디에 조약돌을 감출까?' 정답은 해변입니다. 그리고 '현명한 사람은 나뭇잎을 어디에 감출까?'라는 질문의

답은 숲이었습니다."

자동차 대리점 주차장에 차를 대니 행크 폭스가 우리를 보고 인사하러 나오더군.

"안녕하세요! 무슨 일로 왔어요, 샘? 렌즈 보안관님?"

"검은 로드스터는 어디다 감췄지, 행크? 중고차 주차장?"

"네?"

행크가 멍한 얼굴로 나를 쳐다보았어.

"네가 그 도난 차량을 운전했잖아, 행크. 금발 가발을 쓰고서. 애초에 그걸 여기에서 끌고 나왔던 거지? 강도질을 한 뒤에 이리로 차를 끌고 돌아와서 동료들을 다 내려 주고 다른 차들 틈에 주차해 놓았던 거야. 앞 유리에 가격표도 달아 놓았겠네."

"미쳤어요, 샘? 지금 내가 우리 매형을 죽였다는 거예요?"

"그 차가 여기 있다는 말이야, 선생?"

보안관이 물었네.

나는 주차장 안을 둘러보았어. 오면서 봤는데, 저 뒷줄에 세워져 있더군. 은행 강도들이 타고 갔던 검은 로드스터와 같은 차종이었네.

"저겁니다."

내가 가리켰어.

"당장 키를 가져와서 저게 강도질에 쓸 수 없는 차라는 사실을 보여 드리죠."

폭스가 쇼룸으로 뛰어 들어가서 눈 깜짝할 사이 라벨이 달린 열쇠 뭉치를 가지고 나왔네. 그리고 시동을 걸었지만 엔진이 꿈쩍도 하지 않았어.

"봤죠? 기름이 없다고요. 중고차는 항상 연료 통을 비워 놓습니다. 그래야 밤에 못 훔쳐가죠."

"사이펀으로 기름을 빼낼 시간이 있었잖아."

내가 대꾸했네.

메리가 차 앞으로 돌아가 확인하더니 내게 말했어.

"이걸 좀 봐요."

"뭘요?"

"미국 자동차 서비스 협회 로고가 라디에이터 그릴에 붙어 있잖아요. 나를 칠 뻔했던 그 차에는 아무것도 안 붙어 있었어요."

"거 봐요."

폭스가 의기양양하게 말하더군.

정신적 타격이 너무 커서 나는 그때 사건에서 손을 뗄 수밖에 없었지. 혼자 아파트로 돌아와서 모든 것을 다 잊어버리려고 억지로 최신 의학 저널에 몰두했네. 다음 날 아침 식사 준비를 하고 있는데 초인종이 울렸어. 나가 보니 메리 베스트가 서 있더라고.

"이제 가려고요. 그래도 인사는 하고 가야 할 것 같아서 들렀어요. 어제 그런 상황만 아니었다면 참 반가웠을 거예요."

"들어와요. 막 커피를 마시려던 참입니다."

커피를 한 잔 따르니, 메리가 식탁 맞은편 자리에 앉았네.

"사실 여기 올 이유가 한 가지 더 있었어요. 어제 왠지 선생님이 미처 못 보고 넘어간 일이 하나 있었던 것 같아서, 그걸 말하지 않고는 갈 수가 없었어요."

"그게 뭔데요?"

"그게, 그러니까……."

메리는 잠깐 이야기했네. 그 말은 앞뒤가 맞더군.

"증명하기 어렵지 않겠군요. 차는 아직 거기 있을 테니."

내가 말했어.

"거기 있어요. 내가 봤어요."

"봤다고요?"

"그럼요. 난 그냥 내가 옳다는 확신이 필요할 뿐이에요."

"빨리 갑시다!"

가는 길에 렌즈 보안관을 태우고, 은행에 도착해 보니 클린트 월링과 그 파트너가 막 은행에 들어가는 참이더군. 그린리프가 우리를 보고 놀랐네.

"은행 방금 열었는데요."

"다시 닫아요."

나는 은행원 세 명에게서 눈을 떼지 않은 채 말했어.

"왜요? 돈은 충분합니다."

"하지만 창구를 볼 사람이 없을 테니까요. 여기 있는 월링 특수 요원이 당신들 넷을 전부 강도 및 살인 혐의로 체포할 겁니다."

월링의 입이 떡 벌어졌다. 창구 뒤에서 존스가 총을 가지러 가려다, 권총을 뽑아 든 월링의 파트너와 무기를 꺼내는 렌즈 보안관을 보고 멈췄네.

"무슨 일이 벌어지고 있는 건지 누가 설명 좀 해 주시겠습니까?"

윌링이 물었어.

"당신이 할래요?"

나는 메리에게 물었네.

"아뇨, 당신이 해요. 자세한 이야기는 당신이 알고 있을 테니까."

메리의 그 말에, 나는 이야기를 시작했네.

"메리는 어제 제가 완전히 놓친, 아주 기초적인 부분을 눈치챘던 겁니다. 브루스터 카트라이트의 시체를 검시할 때 저는 총알이 심장 부근을 관통했다는 사실을 알게 되었죠. 하지만 은행원들은 살인 사건의 장면을 재현할 때, 강도들은 카트라이트를 등 뒤에서 쏘는 시늉을 했습니다. 강도 현장의 상황을 속였던 거죠. 메리의 그 지적을 듣고 바로 다른 부분이 떠올랐죠. 은행 밖으로 뛰쳐나오는 강도들을 보고 제가 처음 느꼈던 인상은, 꼭 은행원들 같은 옷을 입고 있다는 점이었어요. 왜냐하면 정말로 은행원들이었기 때문이죠. 한 명이 먼저 차에 탄 후 목격자를 혼란에 빠뜨리기 위해 금발 가발을 썼습니다. 그리고 차를 출발시켰고, 다른 두 명은 차에 뛰어올랐어요. 그때는 실제 돈을 가지고 나오지 않았습니다. 이미 사건이 벌어지기 전에 돈을 미리 빼돌려서 다른 곳에 감춰 뒀던 겁니다."

윌링이 지적하더군.

"하지만 이 사람들이 수갑에 묶인 채 안쪽 방에 다 같이 있는 걸 당신이 발견하지 않았습니까? 거긴 어떻게 들어간 거죠?"

"은행 앞에 반대로 세워져 있던 강도들 차는 첫 번째 교차로에서 좌회전을 하고, 다시 한 번 좌회전을 한 후에 은행 우측 뒤편 메이플 도로에서 완전히 사라졌습니다. 이 사실은 메리가 일깨워 줬죠. 은행 안쪽 방은 메이플 도로와 연결돼 있습니다. 네 번째 은행원, 아마 여기 있는 그린리프일 테지만, 아무튼 그 사람은 은행에 남았고 남은 셋이 그를 안쪽 방에 감금해 뒀을 겁니다. 만약 목격자가 은행 안으로 급하게 뛰어 들어오면, 그린리프가 잠긴 문 너머로 동료들에게 상황을 이야기해 줄 수 있겠죠. 구조대가 오면 다 함께 수갑을 찰 때까지 시간을 벌어 줄 수도 있고요. 당연히 안쪽 방 뒷문의 빗장을 풀고 동료들을 불러들인 건 네 번째 은행원이었을 겁니다."

"그럼 차는 어떻게 된 건가요?"

월링이 물었어.

"메리의 말로는 그 차가 역주행을 하면서 메이플 도로로 꺾어 들어왔다고 하더군요. 많은 건물들의 뒤편과 접한 메이플 도로 모퉁이에는 뭐가 있죠? 은행에게 담보로 잡힌 세스 심킨스의 집과 차고가 있지 않습니까? 그 집은 비어 있습니다. 즉 열쇠는 은행이 갖고 있다는 말이죠. 사라진 로드스터는 강도 사건이 벌어진 이후 계속 그 차고 안에 있었던 겁니다."

"확실합니까?"

FBI 요원이 물었네.

"제가 어젯밤에 보고 왔어요. 창문 너머로."

메리가 대답하자 FBI가 고개를 절레절레 흔들더군.

"백주 대낮에 어떻게 그 누구의 눈에도 띄지 않고 그런 속임수를 쓸 수가 있단 말입니까?"

"길 건너편, 특히 건물 뒤편에는 주차장밖에 없죠. 메리의 차가 달려오기는 했지만 범인들에게는 다행스럽게도 막 모퉁이를 돌고 있었어요. 누군가 먼발치에서 몇 블록을 빙 돌아 원래 자리로 돌아오는 검은 로드스터를 보았을지도 모르겠습니다. 아니면 두 명이 먼저 내리고, 세 번째 은행원이 차를 버리러 먼 곳으로 끌고 갔을지도 모르겠네요. 차를 끌고 간 은행원은 강도가 들었을 때 점심 먹으러 나갔다고 그린리프가 둘러대면 되겠죠."

"누구 이야기할 준비된 사람 없습니까?"

월링이 물었어.

결국 먼저 침묵을 깬 사람은 그린리프였네.

"몇몇 계좌에서 손실이 났어요. 카트라이트가 우리한테 어제까지 빈 돈을 채워 넣으라고 했죠. 그러지 못하면 보안관한테 연락하겠다고 했고요. 그래서 우리는 은행 강도로 위장해 카트라이트를 죽였던 겁니다."

라이더가 내뱉었네.

"네가 죽였잖아. 그건 다 네 생각이었어."

메리를 차로 바래다주면서 나는 찬사를 보냈네.

"여기에서 같이 한 팀이 되면 좋을 텐데요. 환자를 치료하고, 사건도 해결하고. 한번 생각해 봐요."

"이번이 내 마지막 사건 해결 도전이 될 거예요."

메리는 미끄러지듯 운전석에 앉으며 생각에 잠긴 표정으로 나를 쳐다보았네.

"자, 그럼 난 그만 스프링필드로 가 봐야겠어요."

"행운을 빌어요, 메리."

차가 출발했고 나는 그 모습을 지켜보았네. 계속 그러고 있는데 갑자기 차가 유턴을 해서 돌아오더군.

메리가 창밖으로 몸을 내밀고 물었어.

"급여가 얼마라고 했죠?"

샘 호손 박사는 이야기를 마무리 지었다.

"이렇게 메리 베스트는 우리 간호사가 되었네. 메리가 온 후로 내 삶은 완전히 달라졌어. 자네가 다음에 또 오면 청교도 기념 병원에서 일어난 몇 가지 끔찍한 사건 이야기를 더 해 주지."

The Problem of the Two Birthmarks

두 출생 모반의
수수께끼

늙은 샘 호손 의사는 잔을 든 채 방문객을 기다리고 있었다.

"오늘은 좀 늦었구먼. 자, 내가 약주를 좀 따라 줄 테니 어서 자리에 앉게나. 이번에는 새 간호사 메리 베스트가 왔던 첫 달에 청교도 기념 병원에서 벌어졌던 사건 이야기를 해 주겠네. 1935년 5월, 노스몬트는 당시에 한창 봄이었지……."

(샘 선생이 말을 이었다.)

내가 처음으로 메리를 데리고 새로 확장된 병원을 안내했을 때의 일일세. 내 진료실도 그 확장 동에 있었지. 병원 이사회에서 드디어 노스몬트라는 소도시의 크기와 잠재력에 비해 여든 개의 병상이 들어가는 공간이 지나치게 크다는 사실에 동의해 줬거든. 덕분에 그곳을 진료실로 쓸 수 있게 되었고, 진료실에서 연락을 받는 틈틈이 병원 환자를 돌볼 수가 있게 되어서 무척 편리해졌지. 그래도 왕진은 내 업무의 큰 부분을 차지하고 있었고, 아마 몇 십 년은 더 그럴 기세였다네. 따라서 나는 거의 매일같이 빨간 메르세데스를 끌고 근방 농장과 농가를 한 바퀴 돌고 와야만 했다네. 이날은 화요일이었는데 별다른 왕진 예약이 없어서 진료실 환자를 받기까지 한 시간 정도 여유가 있었지. 그래서 청교도 기념 병원을 메리에게 안내하기에 딱 좋은 기회라고 생각했어.

지난달, 오랫동안 나와 함께 일했던 간호사 에이프릴이 결혼해서 메인주로 떠나 버렸네. 간호사가 없는 짧은 기간을 겪은 후 나는 메리를 고용했어. 메리는 이십 대 후반의 짧은 금발에 환한 미소를 지닌 젊은 아가씨였네. 스프링필드의 간호사 일자리를 찾아 차를 몰고 노스몬트를 지나던 도중, 그만 은행 강도 사건이 벌어지는 한복판을 맞닥뜨리고 말았던 거야. 그 사건과 관련된 아주 골치 아픈 수수께끼를 메리의 도움으로 해결할 수 있었고, 나는 혹시 간호사로 노스몬트에 머물러 줄 수 없겠느냐고 물었네. 메리는 처음에는 거절했지만 결국 생각을 바꿨지. 아직까지 우리 둘 다 그 결정을 후회하지 않았다네.

"작은 병원인데 설비가 굉장히 잘 갖춰져 있네요."

우리 병원의 두 수술실 중 한 곳으로 나를 따라 들어온 메리가 이리저리 둘러보며 말했네.

"원래는 이 병원에 병상이 여든 개 있었어요. 그때는 수술실 두 칸과 이 모든 장비들이 다 필요하게 될 줄 알았죠. 하지만 당시 사람들이 생각했던 것만큼 노스몬트가 발전하질 않았어요."

"책임자가 누군데요?"

"정규 이사회가 있지만 병원장은 엔들와이즈라는 내과의예요. 사실 그 사람이 청교도 기념 병원에 온 지는 일 년밖에 안 됐어요. 아무튼 바로 소개해 줄게요."

우리는 엔들와이즈의 사무실로 찾아갔네. 엔들와이즈는 키가 작고 야윈 체구에 마치 내가 일을 잘못하고 있다는 듯 툭하면 얼굴을 찌푸리곤 하는 남자였어. 나는 별로 신경 쓰지 않았지만 엔들와이즈에게 메리를 소개할 때는 감정을 숨기려 애썼네.

"지금 간호사를 데리고 병원 안을 안내하는 중입니다."

내가 설명했지.

엔들와이즈는 메리에게는 형식적인 인사만 건네고 금세 나를 돌아보았어.

"샘, 괜찮으면 밤새 새로 들어온 환자 좀 봐주지그래요? 다른 의사의 소견이 필요한데. 비용은 정규 자문 상담료를 청구하면 됩니다."

"알겠습니다."

"갑시다, 메리. 이제 청교도 기념 병원 업무를 처음으로 볼 기회예요."

엔들와이즈는 우리를 데리고 복도를 걸어가며 환자에 대해 설명했지.

"환자 이름은 휴 스트리터라고 하는데, 이 근방 버려진 농가를 수리할 수 있을지 알아보러 일부러 뉴욕에서 찾아온 사람이라고 합니다. 중서부 다른 지역들보다 노스몬트는 대공황과 가뭄의 타격을 덜 받았지만, 그래도 일부 주민들은 은행에 농장을 빼앗기고 새로운 삶을 찾아 도시로 떠날 수밖에 없었죠."

"증상은요?"

내가 물었네.

"주요 증상은 흉골 하부 수축으로 인한 통증입니다. 협심증의 전형적인 증상이죠. 원래 관상동맥 질환을 앓고 있었던 것 같은데 특이한 부분이 있어요. 비교적 나이도 젊고 기본적으로 건강한 상태인데, 실제 통증이 느껴지는 장소가 전형적인 장소보다 더 아래인 하복부 근처라는 겁니다."

"엑스레이는 찍어 보셨습니까?"

"그럼요. 그런데 엑스레이에 찍히는 범위는 너무 넓어요. 필요하면 나중에 보여 드리죠."

엔들와이즈를 따라 1인실로 들어가니 삼십 대쯤 되어 보이는 검은 머리 남자가 침대에 누워 쉬고 있더군. 우리가 들어오는 소리를 듣고 일어나 앉으려 애쓰는 것을 보고 엔들와이즈가 말했네.

"그냥 가만히 누워 계세요. 이쪽은 호손 선생과 베스트 간호사입니다. 환자분의 상태를 확인하러 온 겁니다."

스트리터는 혹시 통증이 다시 엄습할까 두려운 듯 조심스럽게 손을 내밀었네. 비교적 잘생긴 편이었지만 안와가 깊고 눈이 작아서인지 묘하게 계산적으로 보였지.

"만나서 반갑습니다, 의사 선생님. 혹시 저한테 무슨 심각한 문제라도 있는 건가요?"

"그런 게 혹시 있을지 한번 확인해 보려는 겁니다."

나는 그렇게 말하고, 빠르지만 꼼꼼하게 환자를 훑어보았네. 엔들와이즈가 미리 뽑아 놓았던 심전도 기록을 내게 건넸지. 다소 불규칙적이지만 아주 특별한 부분은 없었어.

"아직도 가슴 부분에 통증이 있습니까?"

"지금은 없어요."

"어젯밤 갑자기 통증이 느껴지기 전에 어떤 음식을 드셨죠, 스트리터 씨?"

"매그놀리아 레스토랑의 해산물 요리요. 뉴욕에서 막 와서 어디 괜찮은 식당이 없는지 찾다가 들어갔죠."

매그놀리아 레스토랑은 사실 이름만 그럴싸했지 음식은 변변찮은 곳이었네. 괜찮은 음식이 나올 때도 있지만 엉망진창일 때도 있었고, 특히 해산물은 가장 의심스러웠어. 나는 진찰을 마치고 나서 안심시키려는 의도로 환자를 토닥거렸네.

"제가 보기에는 아주 건강한 것 같군요."

그리고 환자의 오른쪽에 놓여 있던 물병에서 맑은 물 한 잔을 따라 건넸지.

"하룻밤 푹 주무시면 되겠습니다."

복도로 나오자 엔들와이즈가 내게 묻더군.

"어떻습니까?"

"그냥 식중독 같은데요. 심장하고는 아무 상관 없어 보였습니다."

"바로 그겁니다, 나도 그렇게 생각해요. 그냥 하룻밤 안정시키고 나서 내일 퇴원시킬 예정입니다."

"주치의가 누군가요?"

"주치의 없이 그냥 내원한 환잡니다. 처음에 진찰한 게 짐 헤이엇이라 계속 맡게 됐죠. 가슴이 아프다고 온 사람을 꼼꼼하게 진찰도 안 해 보고 그냥 돌려보낼 수는 없으니까요."

엔들와이즈와 헤이엇 사이가 아주 나쁘다는 사실은 나도 알고 있었기에 가능하면 일어날 수도 있는 다툼에 엮이고 싶지는 않았지. 내가 진찰하는 사이 아무 말 없던 메리는 엔들와이즈가 자리를 뜨자마자 입을 열었네.

"저분은 의사라기보다는 사업가 같은데요."

메리의 평이었어.

나도 동의했네.

"다른 의사들보다는 아무래도 좀 더 그런 느낌이 있죠. 불행하게도 내가 헤이엇 선생과 저 사람 사이의 논쟁에 기름을 부은 것 같습니다."

"헤이엇 선생님? 제가 뵌 적이 있나요?"

나는 메리를 바라보며 웃었어.

"본 적이 있다면 잊을 수 없을걸요. 모든 간호사들이 다 그 친구가 좋아서 난리니까."

"그래요?"

"어젯밤에 숙직이었다면 오늘은 비번이겠네요. 나중에 만날 기회가 있을 겁니다."

메리를 데리고 간호사실로 가니 애나 피츠제럴드와 캐슬린 로저스가 있더군. 둘은 4시 타임 업무를 시작한 참이었어. 애나는 중년쯤 되는 나이에 다소 까칠한 데가 있었고, 캐슬린은 막 간호사 학교를 졸업한 이십 대 초반으로 그 나이 또래가 갖고 있을 법한 모든 이상주의를 가진 아가씨였지.

"두 사람 다 정말 인상이 좋아요. 캐슬린은 굉장히 어리네요."

나중에 메리가 그렇게 말했어.

나도 고개를 끄덕였네.

"세계대전을 기억하지 못하는 간호사가 들어올 때면 나도 점점 나이를 먹어 간다는 게 느껴지더라고요."

"저도 잘 기억 안 나는데요."

"그래요?"

나는 짐짓 충격을 받은 척했네. 하지만 내 신경은 온통 휴 스트리터에게로 쏠려 있었어.

"혹시 나랑 오늘 저녁 먹으러 가지 않을래요?"

메리가 예쁜 푸른 눈으로 나를 가만히 바라보았지.

"공과 사를 구분 못 하는 분은 아닌 줄 알았는데요."

"사적인 감정은 없어요. 공적인 일입니다. 식중독의 원인이 무엇인지 알아봐야 하거든요."

내가 말했네.

매그놀리아 레스토랑은 노스몬트 바로 외곽, 신 코너스로 가는 길목에 자리 잡고 있었네. 금주법이 폐지되고 시골길에 우후죽순 생겨난 가로변 식당이라고 표현하면 딱 어울릴 만한 곳이었지. 약간의 여흥을 제공하긴 했지만 그렇다고 나이트클럽이라고 불러 줄 정도까지는 아니었다네. 7시가 조금 넘어 우리가 도착했을 무렵 주차장은 반쯤 차 있었어. 렌즈 보안관의 차가 와 있는 것을 보니 보안관이 가끔 아내 베라와 화요일 저녁을 먹으러 이곳에 오곤 한다는 사실이 떠오르더군.

테이블로 가는 도중에 우리는 보안관 부부의 자리에 잠깐 들러 인사를 했네.

"일은 할 만해요, 메리? 혹시 이 친구가 힘들게 하지는 않습니까?"

보안관이 미소를 지으며 묻더군.

"아주 좋아요. 노스몬트가 스프링필드보다는 재미있는 곳인 것 같아요."

메리가 대답했지.

샐러드를 먹으려던 베라가 문득 내게 말했네.

"샘, 너 에이프릴하고 따로 저녁 먹으러 나온 적은 없지 않아?"

"이건 일 때문에 나온 거예요."

그렇게 대꾸하다가, 괜히 변명으로 부부의 단란한 저녁 시간을 망치지는 말아야겠다는 생각이 들더군.

"정말 소탈한 부인이세요."

테이블에 앉자 메리가 말하더군.

"베라는 참 좋은 사람이에요. 예전에는 노스몬트의 우체국장이었는데 지금은 은퇴했죠."

저녁을 반쯤 먹었을 무렵 저녁 공연이 시작되었네. 그럭저럭 노래를 괜찮게 하는 남자 가수가 무대를 마친 뒤 명랑하고 젊은 코미디언이 다음 차례로 올라오더군. 코미디언은 나무로 만든 인형 하나를 가지고 나와서 래리 로와 루시라고 자기들을 소개했지. 물론 인형은 여자 역할이었네. 코미디언이 루시인 척하며 가성으로 연기하는 모습은 아주 재미있었고, 또 제법 그럴싸했어. 하지만 그 인형에는 거슬리는 부분이 있었지. 우리 테이블은 좁고 높은 무대 바로 옆에 있어서 그 인형의 오른쪽 귀밑으로 묻은 빨간색 얼룩이 자꾸 눈에 들어오는 거야. 페인트인지 립스틱인지 모르겠지만 인형이 내가 아는 누군가를 닮았다는 생각이 들더군. 병원 사람 누군가가 아닐까 싶었지.

너무 하찮은 발견이라 메리에게 굳이 말하지는 않았네. 대신 일부러 이 레스토랑까지 찾아온 이유에 집중하기로 했어. 혹시 매그놀리아에서 음식을 먹고 식중독에 걸렸다면 그 원인이 되는 음식이 무엇인지 알고 싶었거든. 메리는 생선을, 나는 스테이크를 주문했네. 둘 다 돈값을 하는 맛은 아니었지만 그렇다고 오염이 된 음식도 아니었지. 혹시 스트리터가 뭘 먹고 쓰러졌다 해도 그냥 우연히 일어난 해프닝 같더군.

"아까 그 코미디언이에요."

디저트를 먹던 메리가 바 너머에 있는 래리 로를 가리키며 말했네. 메리는 에이프릴만큼 외향적인 성격이어서인지 코미디언이 우리 테이블 옆을 지나갈 때 말을 걸더군.

"무대 정말 재미있었어요, 로 씨."

"고맙습니다."

남자는 서른 정도 되어 보였는데 이 일을 시작한 지 오래된 것 같지는 않았어. 한마디 격려에 멈춰 서서 잡담을 시작할 정도였으니 말일세.

"여기 단골이신가요?"

"난 처음이에요. 애초에 노스몬트에 온 지도 얼마 안 됐거든요."

메리가 대답했지.

"좋은 동네 같네요."

코미디언이 우리를 향해 미소를 지었어. 곱슬곱슬한 검은 머리에 보타이를 매고 있었는데 작은 얼굴에 비해 보타이가 너무 크더군.

"난 여기 한 달쯤 전에 왔어요. 계약이 연장되지 않으면 곧 떠날 예정입니다. 뉴욕에 있는 내 매니저가 라디오 출연 기회를 만들어 주려고 애쓰는 중이거든요. 라디오에서 복화술을 한다니 그게 말이나 되겠습니까? 말 같지도 않은 소리죠? 하지만 그 사람 말로는 에드거 버겐이라는 사람이 몇 번 그렇게 했는데 점점 인기를 얻고 있다지 뭐예요."

"그 인형 참 특이하더군요. 직접 만든 건가요?"

내가 물었네.

"디자인만 내가 하고, 실제 조각은 친구가 해 줬습니다. 여자 목소리 흉내 내는 건 내 특기라 한번 해 보고 싶었거든요."

"시내에 묵고 계십니까?"

"아까 그 가수하고 같은 방을 써요. 시골의 유일한 문제는 사실 도시에서도 똑같이 문제가 되는 부분이죠. 쥐 말입니다. 난 쥐를 굉장히 싫어하거든요. 혹시 이 근처에 쥐가 많나요?"

"그렇게 많지는 않을걸요. 그런데 루시의 목에 묻은 얼룩은 뭐죠?"

내가 물었더니 로가 낄낄거리더군.

"그건 출생 모반인데요, 얘기하자면 길어요. 난 이제 그만 가 봐야겠습니다. 10시 쇼를 준비해야 해서요."

보안관과 베라가 저녁을 다 먹고 우리에게 손을 흔들며 식당을 나갔네. 계산서가 오기를 기다리고 있는데 식당 매니저가 마이크를 들고 나타나 래리 로와 루시가 두 번째 쇼를 할 수 없게 되었다고 알렸다네.

"무슨 일일까요?"

메리가 물었어. 나는 자리에서 일어났네.

"가서 물어보고 올게요."

나는 밥값을 내려놓고, 메리에게 차에서 만나자고 했지.

주방을 가로질러서 공연자들이 대기실로 사용하는 작은 창고로 들어가 보니 래리 로가 열린 수트 케이스 옆에 앉아 갈색 머리 인형 루시를 들고 있더군.

"무슨 일입니까? 문제가 있나요?"

내가 물었어.

"돌아와 보니 수트 케이스에 들어 있던 루시가 이 꼴이 되어 있는 겁니다. 경찰에 전화할 거예요. 대체 누가 인형에다 이런 짓을 저지른단 말이죠?"

근처 바닥에 망치가 굴러다니고 있었네. 누군가가 나무로 된 루시의 옆머리를 마구 내리친 거야.

다음 날 아침 출근해 보니 메리가 자리에 앉아 있었어.

"엔들와이즈 선생님이 최대한 빨리 와 달라고 하세요."

메리가 말해 주었네.

"이젠 내가 자기 부하인 줄 안다니까요."

나는 한숨을 내쉬며 말했어.

"어젯밤 일에 대해 생각 좀 더 해 보셨어요?"

"나도 모르겠습니다. 밥 먹던 관객들 중 하나가 농담에 기분이 상해서 저지른 짓 아닐까요? 나는 크게 문제가 된다고 느끼지 못했지만요. 사람들이 뭐 때문에 갑자기 화를 내는지는 아무도 모르잖아요."

메리가 내 예약 스케줄을 훑어보았네.

"오전 중에 프레데릭스 부인 댁 아드님한테 왕진이 있네요."

나는 고개를 끄덕였어.

"그 나이 즈음에 흔히 걸리는 수두인 것 같지만, 어쨌든 엔들와이즈한테 들렀다가 바로 가 봐야겠습니다."

자기 사무실에 있던 병원장은 상당히 곤혹스러운 표정이더군.

"혹시 어젯밤에 무슨 일이 있었는지 들었습니까, 샘?"

"아뇨, 모르는데요."

"비밀에 부쳐야 합니다. 누가 10시쯤에 휴 스트리터의 병실에 들어가서 그 사람을 죽이려고 했어요."

"뭐라고요?"

엔들와이즈 선생이 고개를 끄덕였네.

"나도 믿어지지가 않더군요. 사건이 일어났을 때 환자는 자고 있었다고 합니다. 마치 질식사를 시키려는 것처럼 얼굴에 베개를 찍어 눌렀다는 거예요."

나는 의자에 털썩 주저앉았어.

"처음부터 이야기를 좀 해 주십시오."

"어제 저녁 스트리터는 잠이 잘 안 왔다고 합니다. 그 시간 담당인 캐슬린 로저스 간호사가 헤이엇 선생의 허락을 받고 환자에게 약한 수면제를 가져다주었다고 해요. 수면제를 먹은 환자가 금세 꾸벅꾸벅 졸기 시작하자 캐슬린은 간호사실로 돌아갔습니다. 이게 9시경에 일어난 일이죠. 캐슬린 말로는 그 후 10시까지 다른 환자들을 침대로 보내고 약 복용 지도를 하는 등 바빠서 정신이 없었다더군요."

"애나 피츠제럴드도 같이 있지 않았습니까? 근무 시작할 때 제가 둘 다 봤는데요."

"애나는 나갔다 들어왔다 했다고 합니다. 환자 하나가 엑스레이를 찍어야 하는데 휠체어를 밀고 방사선실로 데려갈 사람이 없었다고 하더군요."

"그래서요?"

내가 채근했어.

"10시쯤, 간호사실에 돌아와 있던 캐슬린이 스트리터의 병실 쪽에서 뭔가가 깨지는 소리를 들었다고 합니다. 물병이 넘어져서 바닥으로 떨어지는 소리였습니다. 캐슬린이 안으로 뛰어 들어가 보니 환자의 얼굴에 베개가 꽉 눌려 있었다는군요. 베개에는 손자국도 선명하게 나 있었고. 그런데 병실 안에는 아무도 없었다는 겁니다."

"환자가 자면서 몸을 뒤척이다가 우연히 베개 밑으로 머리가 들어간 게 아닐까요?"

엔들와이즈 선생이 고개를 가로저었어.

"그 베개는 환자가 캐슬린에게 치워 달라고 했던 두 번째 베개였어요. 캐슬린은 그 베개를 병실 건너편에 있는 의자 위에 올려놓고 나왔다더군요. 게다가 방금 말했듯이 베개를 찍어 누른 흔적이 남아 있었고."

"스트리터는 아무것도 기억 못 합니까?"

"숨이 막히는 느낌밖에 생각나지 않는다고 합니다. 수면제에 취해서 자다가 깜짝 놀라서 깼는데, 팔을 마구 흔들다가 물병을 건드렸다더군요. 병이 깨지는 소리가 난 덕분에 목숨을 건진 셈이죠."

"그럼 범인은 대체 어떻게 캐슬린의 눈에 띄지 않고 병실 밖으로 나간 걸까요?"

"그건 아직 알아내지 못했어요."

엔들와이즈가 망설이다가 덧붙이더군.

"샘, 당신은 이런 문제를 해결한 경험이 있지 않습니까?"

"렌즈 보안관님한테는 알렸나요?"

"그러지는 않는 편이 좋겠어요. 아침에 보니 스트리터는 멀쩡했고, 점점 자기가 그냥 악몽을 꾼 것 같다고 생각하는 것 같으니."

"간호사 두 사람 모두와 이야기를 해 봐야겠습니다."

"그래요. 오늘은 둘 다 낮 4시부터 밤 12시까지 근무인데, 캐슬린한테는 수사에 협조해야 하니 미리 와 달라고 말해 놓았습니다. 점심 먹고 금방 이리로 올 거예요."

"반드시 뭔가 새로운 일을 알아내리라는 보장은 없습니다."

나는 엔들와이즈에게 말했네.

낮 1시, 캐슬린 로저스는 병원 카페테리아에서 막 점심 식사를 마친 참이었지. 나는 커피 한 잔을 들고 캐슬린의 맞은편에 앉았어.

"안녕하세요, 샘 선생님?"

캐슬린이 인사하더군.

"안녕하세요, 캐슬린. 엔들와이즈 선생님이 어젯밤에 당신 환자한테 무슨 일이 일어났는지 좀 알아봐 달라고 그러시던데요."

"휴 스트리터 말이에요?"

"그래요. 당신이 그랬다면서요? 누가 그 사람을 죽일 뻔했다고."

"맞아요."

"어떻게 당신한테 들키지 않고 그 병실로 들어갈 수 있었던 걸까요?"

캐슬린은 뼈대가 굵고, 얼굴이 늠름하게 잘생긴 젊은 아가씨로 좋은 간호사에게 필요한 헌신이라는 덕목을 갖춘 사람이었지. 캐슬린은 아주 확신에 찬 말투로 명확하게 말했어.

"선생님도 거기 구조를 잘 아시잖아요. 그 병실은 간호사실에서 복도를 따라 한참 내려간 곳에 있어요. 책상에 앉으면 저는 병실 문이 안 보여요. 그리고 가끔 문병객들이 그 앞을 지나갈 때가 있는데, 거기 앉아 있지 않거나 다른 일을 하느라 바쁘면 사람들이 오가는 것도 못 볼 수가 있거든요. 게다가 복도 끝에는 화재용 비상구가 있는데 그 문은 절대 잠겨 있지 않아요. 아무나 그 문으로 드나들 수 있어요."

"유리 깨지는 소리가 들려서 바로 복도 너머로 뛰쳐나갔다면서요?"

"네. 스트리터 씨는 혼자 계셨어요. 화장실 문은 열려 있었고요. 아무도 그 병실을 나가진 않았어요. 아까도 말씀드렸다시피 누구든 화재용 비상구를 통해 드나들 수가 있지만 전 아무도 못 봤어요."

"대체 어떻게 된 일일까요?"

캐슬린이 어깨를 으쓱하더군.

"모르죠. 제가 아는 건 스트리터 씨의 얼굴을 누르고 있던 베개에 손자국이 나 있었다는 것뿐이에요."

"애나 피츠제럴드는요? 아무것도 못 봤대요?"

"아뇨, 그게……."

캐슬린이 망설이면서 처음으로 거북한 태도를 보이더군.

"사건이 일어난 이후로 애나를 못 봤어요."

"내내 못 봤다고요?"

"샘 선생님, 애나는 제 상사예요. 전 애나가 곤란해지는 걸 원치 않아요."

"그냥 아는 걸 다 말해 봐요."

내가 부드럽게 말했네.

"저기, 요 몇 주 동안 애나가 나이트 근무를 할 때 근무 시간이 끝나기 전에 퇴근해 버리는 일이 있었어요. 별 문제 없으면 10시 반에서 11시쯤 나갔고, 제가 남은 일을 해결했어요. 아마 누구 만나는 사람이 있나 봐요."

"어젯밤에도 그랬어요?"

"스트리터 씨 사건이 터지고 10시 이후로는 애나가 어디 갔는지 모르겠어요."

"일찍 가겠다고 미리 말하고 갔어요?"

"아뇨, 그러고 보니 이상하네요."

"엔들와이즈 선생님한테 이 얘기를 해야겠습니다."

캐슬린은 난처해 보였지만 굳이 입씨름을 하지는 않더군.

"하나만 더요, 캐슬린. 그 베개 말입니다. 원래 그게 침대에 있던 베개가 아니었다면서요?"

"9시쯤 수면제를 가져갔을 때 스트리터 씨가 치워 달라고 하셨어요. 베개 하나만 있는 게 자기 더 편할 것 같다고 하셔서 창가 의자 위에 올려놨었죠."

"스트리터 씨가 봉변을 당하고 나서 애나가 사라졌다는 게 굉장히 수상한데요. 혹시 애나가 스트리터 씨를 질식시켜 죽일 만한 이유가 있을까요?"

"세상에! 애나는 간호사예요, 샘 선생님."

캐슬린이 화가 난 것 같아서, 나는 커피를 다 마시고 자리에서 일어났네.

사무실이 있는 동으로 돌아가는데 짐 헤이엇이 문이 잠긴 2번 수술실 앞에 서서, 심각한 얼굴로 타원형 창을 들여다보고 있더군. 헤이엇이 나를 불렀네.

"샘! 저거 혹시 시체 아닙니까?"

나는 옆문에 난 창으로 안을 들여다보았어. 수술실에 창문은 없었지만 건너편의 반투명 유리블록 벽을 통해 비쳐 든 햇빛이 수술대 옆 바퀴 달린 침대에 누운, 시트로 덮인 형체를 비추고 있었

네. 양쪽으로 열리는 수술실 여닫이문은 열쇠를 돌려 여닫는 데드
볼트로 잠겨 있었어.

"열쇠 가져오겠습니다."

청교도 기념 병원에서 수술실 두 곳이 모두 사용되는 일은 거의
없었기에 2번 수술실은 늘 잠겨 있었지. 엔들와이즈가 열쇠 꾸러
미에 그 열쇠를 가지고 다녔고. 그래서 나는 엔들와이즈의 사무실
로 찾아가 방금 본 광경을 이야기했네.

"말도 안 돼요. 그 수술실은 거의 한 달 가까이 안 썼는데."

엔들와이즈는 그렇게 말하면서도, 재빨리 일어나 나를 따라 사
무실을 나섰어. 수술실에 도착해서 둥근 창을 통해 안을 들여다본
엔들와이즈는 얼굴을 찌푸리며 열쇠를 돌려 수술실 문을 열었네.
헤이엇과 내가 엔들와이즈의 양옆에서 각각 양쪽 문을 밀며 안으
로 들어갔지.

엔들와이즈가 시트를 들추자 사라진 간호사, 애나 피츠제럴드
의 시체가 보였어.

옆에서 헤이엇이 숨을 헉 들이켰지만 나는 놀랍지 않았네. 헤이
엇이 침대에 누운 기묘한 형체를 가리켰을 때부터 어느 정도 짐작
은 하고 있었거든.

애나는 어젯밤 이미 사망한 상태였어. 나는 애나가 캐슬린에게
말도 없이 두 시간 일찍 퇴근했다는 이야기를 굳이 꺼내지 않았지.

"목에 생긴 멍 좀 봐요. 목이 졸렸군요."

엔들와이즈가 거의 속삭이다시피 말했어.

나는 다른 곳을 보고 있었네. 애나의 긴 갈색 머리가 목 옆으로 흘러내려, 오른쪽 귀 아래 있는 출생 모반이 드러나 보였거든. 래리 로의 인형 귀밑에 있었던 그 얼룩과 같은 위치였지. 본 기억은 있었는데, 당시에는 그게 전날 밤 매그놀리아 레스토랑에서였는지 가물가물했어.

"일단 렌즈 보안관님한테 전화해야겠습니다."

짐 헤이엇이 말했어.

나는 수술실 안 사방 벽을 훑어보았네. 유리블록 부분과 작은 수납장을 제외하면 별다를 것이 없었고, 수납장도 바로 확인해 보았지만 소득은 없었다네. 수술실의 유일한 입구는 우리가 방금 들어온 문이었고 그 열쇠는 엔들와이즈가 가지고 있었지. 엔들와이즈가 애나를 목 졸라 죽였을 가능성은 거의 없었고, 그렇다면 살인자가 캐슬린에게 들키지 않고 휴 스트리터의 병실을 빠져나갔던 것과 똑같은 방식으로 나갔다고 생각할 수밖에 없었네.

나중에 렌즈 보안관이 병원에 왔을 때 나는 내 사무실에 있었어. 보안관은 시체를 확인하고 다른 사람들과 이야기를 나누고, 마지막으로 나를 찾아왔지.

"이 피츠제럴드라는 간호사가 죽은 일에 대해 자네는 뭔가 알고 있는 거지, 선생?"

"배경은 조금 아는데, 큰 도움은 안 될 겁니다."

나는 전날 저녁부터 청교도 기념 병원에서 일어났던 일련의 사건에 대해 쭉 이야기했네.

보안관은 잠시 생각에 잠겼어.

"휴 스트리터를 죽이려던 범인이 애나 피츠제럴드 때문에 놀라서 애나까지 죽여 버린 게 아닌가 싶은데."

그러더니 덧붙이더군.

"이상한 일이야. 자네, 어젯밤 매그놀리아에서 봤던 그 복화술사 기억나지?"

"래리 로와 루시 말씀이신가요?"

"그래, 그거야. 그 친구한테서 신고가 들어왔거든. 쇼 중간 쉬는 시간에 누가 대기실로 들어와서 인형 머리를 망치로 부숴 놨다는 걸세. 자네, 이건 어떻게 생각하나?"

"그 일이 일어났을 때 메리와 제가 그 자리에 있었습니다."

나는 내가 아는 얼마 안 되는 사실을 이야기했어.

보안관이 떠난 후 나는 메리에게 사건의 진전 상황을 이야기했네.

"그러고 보니 래리 로가 인형 목에 찍힌 그 페인트 얼룩에 대해 제대로 대답 안 하지 않았어요?"

메리가 말을 이었네.

"여긴 점심이 늦던데, 제가 매그놀리아에 가서 물어보고 올까요?"

"꽤 이른 시간인데 벌써 거기 있을까요?"

"제가 쫓아가 볼게요."

메리가 단호하게 말하더군.

나도 로에 대해 생각해 봤지만, 사실 정말로 알고 싶은 건 휴 스트리터 쪽이었지.

"한 번 가 봐요. 하지만 조심해요. 그 사람이 이상한 행동을 하면 당장 거기에서 벗어나야 합니다."

"선생님, 혹시 로가 범인이라고 생각하시는 거예요? 저희가 대기실에서 그 사람을 발견했을 때는 벌써 10시가 다 된 시각이었잖아요. 휴 스트리터가 습격을 당하고, 애나 피츠제럴드가 사라진 게 바로 그때 아니었어요?"

"그건 그렇죠. 그래서 마음이 아주 불편한 것도 있습니다. 모든 사람들이 다 어떤 형태로든 알리바이가 있는 것 같으니. 2번 수술실 열쇠를 갖고 있는 유일한 사람은 엔들와이즈 선생뿐인데 보안관님이 방금 엔들와이즈가 자기 가족들과 함께 저녁 내내 집에 있었다는 걸 확인해 줬거든요. 메리, 당신이 혹시 래리 로에 대해 뭔가 알아낼 수 있다면 정말 고마울 겁니다."

나는 사무실 문을 잠그고 나와 병원 접수대에 내 목적지를 말해 두었네. 그리고 복도를 걸어가서 휴 스트리터의 병실로 향했지. 스트리터는 침대에 앉아 있었는데 안색이 많이 좋아져 있었어.

"오늘은 좀 어때요?"

내가 물었네.

"괜찮은 것 같아요. 어제 뵌 선생님이죠?"

"맞습니다. 엔들와이즈 선생님이 제 소견도 필요하다고 하셔서."

"헤이엇 선생님이 제 주치의인 줄 알았는데요."

"저희 모두가 환자분을 돌봐 드리고 있습니다. 어젯밤 일어난 일에 대해 여쭤보러 왔는데요, 누가 얼굴을 베개로 눌렀다면서요?"

"정확히 어떻게 된 건지는 저도 모르겠어요. 간호사가 수면제를 줘서 먹고 몽롱해져서 졸고 있었거든요. 제일 먼저 느껴졌던 건

얼굴이 답답하고 숨을 쉬기가 힘들다는 점이었어요. 마구 허우적
거리다가 테이블에 있던 물병을 쳤던 것 같아요. 다행히 그 덕분
에 간호사가 뛰어왔죠."

스트리터가 왼쪽 손목을 들어 보여 주더군.

"유리에 벤 상처예요."

살짝 긁힌 상처여서 붕대를 감을 정도까지는 아니었지.

"누가 환자분을 죽이려 했는지, 짐작 가는 데가 있습니까?"

"처음에는 그냥 꿈인 줄 알았는데 아니더라고요. 로저스 간호사
가 방금 전에 들어와서 어젯밤에 근무했던 다른 간호사도 죽었다
고 알려 줬어요."

스트리터는 내 시선을 피했지만 그 소식 때문에 불편한 눈치라
는 사실은 금방 알 수 있었네. 그래서 나는 한번 도박을 걸어 보
기로 했어.

"스트리터 씨, 어젯밤에 일했던 그 다른 간호사 애나 피츠제럴
드와 혹시 무슨 관계가 있습니까?"

"나랑 관계가 있냐고요? 난 이 병원에 오기 전까지 그 사람을
본 적도 없어요."

"하지만 제 눈에는 두 분 얼굴이 다소 비슷한 느낌이 들던데요.
특히 입 주변이. 그래서 혹시······."

스트리터가 입술을 핥았네.

"확실하진 않은데, 어쩌면 제 이부형제일 수도 있어요."

나는 침대 가장자리에 걸터앉았어.

"자세히 좀 이야기해 주십시오."

"저희 어머니가 전에 결혼하신 적이 있어요. 첫 번째 결혼에서 저보다 몇 살 많은 딸을 낳은 적이 있다고 말씀하신 적이 있었고요. 하지만 전 만나 본 적이 없어요."

"누님이 혹시 여기 노스몬트에 계실 가능성이 있습니까?"

스트리터가 한숨을 내쉬더군.

"처음부터 말씀드려야겠네요. 저희 어머니는 작년에 돌아가셨는데요, 그 전에 말씀하시길 유언장에 1,000에이커 정도 되는 땅을 저랑 이부 누나인 애나한테 남길 거라고 하셨거든요. 그 땅이 이곳 노스몬트에 있는 이유는 애나가 어렸을 때 어머니가 여기 사셨기 때문이고요. 그래서 지난주에 그 땅을 확인하러 왔는데, 정말 우연히도 애나가 간호사로 일하는 이 병원에 제가 오게 되고 말았죠. 애나의 목에 있는 출생 모반을 보고 확신했어요. 어머니가 예전에 말씀하신 적이 있었죠."

"애나에게 당신이 누구인지 밝혔습니까?"

"그럴 기회가 없었어요. 출생 모반을 확인한 후로 애나를 두 번 다시 못 봤으니까."

나는 자리에서 일어났네.

"하나만 더 묻겠습니다. 래리 로는 누굽니까?"

"그게 누군데요?"

스트리터가 당황한 얼굴로 되묻더군.

"래리 로와 루시는요?"

스트리터는 고개를 가로저었어.

"죄송합니다. 전혀 모르겠어요."

"고맙습니다, 스트리터 씨."

병실을 나오는데 스트리터가 묻더군.

"선생님, 제가 오늘 퇴원해도 된다는 게 사실인가요? 헤이엇 선생님 말씀으로는 저한테 아무런 문제도 없다던데요."

"심장 발작이 일어나지 않은 건 확실합니다. 혹시 식중독일 수도 있지만 아마 아닌 것 같고요."

"병원을 나갈 수만 있으면 무슨 문제인지는 중요하지 않겠죠……."

스트리터가 미소를 지었네.

내가 사무실 문을 다시 열려는데 렌즈 보안관이 고개를 쑥 집어넣더군.

"그 귀여운 간호사는 어디 갔나, 선생?"

"래리 로랑 얘기하러 매그놀리아에 갔습니다."

"이젠 탐정놀이까지 하는군?"

"저희가 놓친 무언가를 알아내서 올지도 모르죠."

보안관이 자리에 앉았어.

"내가 바로 우리가 놓쳤던 무언가를 알아내서 왔네, 선생. 래리 로가 어떻게 연관이 있는지 알았어."

"무슨 말씀이세요?"

"출생 모반 말일세. 래리 로가 일부러 인형 목에 빨간 페인트 얼룩을 묻혀서 애나 피츠제럴드와 비슷하게 보이게끔 했던 거야. 자네도 애나와 그 나무 인형의 머리색이 같다는 사실은 알아차렸겠지?"

"그래서 그렇게 애나랑 비슷해 보였군요."

그 말을 천천히 되뇌며 그 뜻을 고심했네.

"왜 그런 짓을?"

그 순간 모든 것이 하나로 합쳐졌어.

"그랬군요! 그래서 애나는 그렇게 빨리 퇴근했던 거예요. 매그놀리아에서 두 번째 쇼를 마친 후에 래리 로를 만나기 위해서요. 감추고 있던 남자 친구였던 거죠!"

"바로 그걸세, 샘. 매그놀리아 주인이 지난 몇 주 간 애나가 계속 찾아왔다는 사실을 확인해 줬네. 심지어 로가 매그놀리아에 첫 계약을 했을 때부터 만났다고 말이야."

"하지만 래리는 그 시간에 레스토랑에 있었으니 살인을 저지를 수가 없지 않습니까?"

"그래 보이긴 해."

보안관도 동의했어.

"예비 부검 결과에 따르면 애나는 어젯밤 10시경 목을 졸렸다고 해. 손가락 자국으로 볼 때 살인자는 애나의 정면에서 눈을 똑바로 들여다보며 범행을 저질렀다는군."

"그럼 로는 용의 선상에서 제외되는군요."

"꼭 그렇지만도 않아. 이렇게 한번 생각해 보게, 선생. 래리 로는 두 번째 쇼를 하지 않기 위해 자기 손으로 인형의 머리를 망치로 내리쳐 박살 낸 뒤, 차를 몰고 병원으로 와서 애나를 목 졸라 죽였네. 이유야 사랑 싸움일 수도 있고, 아니면 여자 친구가 지겨워졌는데 헤어져 주질 않아서 그랬을 수도 있겠지. 아무튼 그 후에 로는 오로지 우리를 교란시키기 위해서 스트리터를 질식시켜 죽이려 했던 거야."

"그럼 수술실에는 어떻게 들어갔답니까? 스트리터의 병실에서는 어떻게 그렇게 쉽게 빠져나갔고요?"

"솔직히 나도 거기에서 턱 막혔다네. 열쇠를 갖고 있던 유일한 사람, 엔들와이즈 선생은 그 시간에 집에서 가족들과 함께 있었고. 스트리터가 습격당한 일은 솔직히 내 생각으론 로저스 간호사가 뭔가 숨기는 부분이 있는 것 같아."

하지만 나는 납득할 수가 없었지.

"그럼 이렇게 한번 생각해 보세요, 보안관님. 래리 로가 왜 굳이 두 번째 쇼를 취소하면서까지 병원으로 찾아와서 애나를 목 졸라 죽였을까요? 어차피 몇 주 동안 계속 그랬던 것처럼 가만히 기다리고 있으면 애나가 알아서 자길 찾아올 텐데. 매그놀리아 레스토랑 주위는 뚝 떨어져 있어서 살인을 저지르기에 딱 좋은 으슥한 장소잖습니까."

렌즈 보안관이 무어라 대답하기 전에 메리 베스트가 들어왔네.

"수수께끼 풀었어요?"

"아뇨, 당신은요?"

내가 물었어.

"일부는 푼 것 같아요. 래리 로의 말은 전부 다 거짓말이었어요. 자기 손으로 인형 머리를 부순 거예요. 그렇게 큰 손해는 아니었대요. 이동할 때면 항상 루시랑 똑같이 생긴 예비 인형을 갖고 다니니까."

렌즈 보안관이 의기양양한 표정을 짓더군.

"내가 뭐랬나, 선생?"

내 입은 떡 벌어졌어.

"두 번째 쇼를 취소할 핑계를 만들기 위해 인형 머리를 부쉈단 겁니까?"

메리는 내 질문에 의아한 표정을 지으며 대꾸했네.

"당연히 아니죠. 그건 이틀 전에 벌인 일이었대요. 글쎄 쇼가 끝나고 나서 어떤 낯선 사람이 대기실로 들어와, 로한테 지폐로 천 달러를 건네면서 그러라고 시켰다는 거예요."

"뭐라고요?"

"말 그대로예요. 돈을 받고 자기 인형을 부순 거예요. 심지어 그렇게 많은 돈을 제시했는데 로는 이유를 궁금해하지도 않은 것 같아요. 상대가 시키는 대로 고분고분 머리를 부수고, 경찰에 피해 신고를 했다고 자백하더라고요."

나는 바로 결정을 내렸네.

"그 사람 이리로 좀 데려와 줄 수 있겠어요, 메리?"

메리는 미소를 지었어.

"이미 바깥에서 제 차에 앉아 기다리고 있어요."

전화를 낚아채서 엔들와이즈 선생의 사무실에 전화를 걸었네. 비서가 엔들와이즈 선생은 헤이엇 선생과 함께 휴 스트리터가 퇴원하기 전 마지막으로 상태를 확인하러 갔다고 알려 주더군.

나는 전화를 끊고 보안관에게 소리를 질렀어.

"빨리요! 지금 일 분도 낭비할 시간이 없어요! 메리, 래리 로를 데리고 스트리터의 병실로 와요!"

드디어 모든 것이 내 머릿속에서 하나로 연결됐네. 문이 잠긴 수술실, 깨진 유리병, 목 졸린 간호사.

병실에 도착하니 그 안에서는 스트리터가 옷을 갈아입으며 엔들와이즈와 헤이엇과 함께 잡담을 나누고 있었지. 우리가 래리 로를 데리고 안으로 들어가자 세 사람의 시선이 우리를 향하더군.

복화술사는 망설이지 않고 손을 들더니 말했네.

"다시 만나서 반갑군요. 당신이 시키는 대로 인형 머리를 부쉈습니다. 천 달러 고마워요."

휴 스트리터는 도망치려 했지만 바지를 입던 도중이었던 탓에 그만 문간에서 자빠지고 말았지.

"사건을 스트리터의 시점에서 재조명해 보아야 합니다."

사무실로 돌아온 나는 메리, 보안관, 엔들와이즈에게 말했네.

"스트리터는 성장 가능성이 있는 땅을 상속받았지만 한 번도 만난 적 없는 이부 누나와 그것을 나누어야 했어요. 그러니 차라리 누나를 죽여 버리고 혼자 갖는 게 낫겠다고 생각한 겁니다. 아마 본인이 말했던 것 이상의 내용을 어머니에게서 들었을 테고, 애나 피츠제럴드가 이 병원에서 간호사로 일하고 있으며 출생 모반이 있다는 사실도 알고 있었겠지요. 하지만 그냥 이곳을 찾아와서 애나를 죽이면 상속 문제 때문에 자기가 가장 유력한 용의자로 떠오르리라는 사실도 잘 알고 있었을 겁니다. 그렇다면 이제 뭘 해야 할까요?"

보안관이 중얼거렸네.

"설마 그게 다는 아니겠지? 이 사건에는 설명할 수 없는 부분이 너무 많아."

나는 그 투덜거림을 무시했지.

"스트리터는 거짓 심장 발작을 위장하여 병원에 입원할 계획을 짰습니다. 운 좋게도 이틀 전 매그놀리아 레스토랑에서 혼자 저녁을 먹다가 꼭 출생 모반처럼 목에 페인트 얼룩이 묻은 인형을 발견한 거죠. 아마 웨이트리스에게 들었겠지만, 스트리터는 인형 목의 그 반점이 요즘 그 복화술사가 열을 올리고 있는 동네 간호사를 따라서 만든 것이라는 사실을 알게 되었습니다. 그래서 스트리터는 로에게 천 달러를 주고, 다음 날 쇼 사이 쉬는 시간에 인형 머리를 망치로 깨라고 지시했던 겁니다. 로 입장에서는 이미 예비 인형이 있으니 그리 어려운 일도 아니었지요. 자기를 살인 용의자로 만들려는 계획인 줄도 모르고."

엔들와이즈가 말했어.

"심장 발작이 꾀병이라는 사실은 전혀 놀랍지 않군요. 그 부분은 처음부터 수상했어요. 그런데 애나는 어떻게 죽인 거죠? 스트리터는 자기 병실을 나온 적이 없는데."

"그게 바로 전체 계획에서 가장 핵심이었습니다. 범인은 진료를 받으면 병원 밖으로 나올 수가 없다는 사실을 알고 있었죠. 어제 캐슬린이 수면제를 가져다줬을 때 베개를 의자 위로 치워 달라고 해서 간호사가 다른 곳으로 시선이 팔린 사이 수면제를 물병에 넣어 버렸겠죠. 그리고 나중에 애나가 환자를 확인하러 왔을 때, 무슨 소리를 내기도 전에 재빨리 목 졸라 죽인 겁니다."

"하지만 시체가……."

메리가 의문을 제기했지.

"스트리터는 애나의 시체를 병실 욕조에 숨기고 샤워 커튼으로 가렸습니다. 그리고 문을 살짝 열어 놓아서, 캐슬린이 욕실 안은 비어 있으니 굳이 확인할 필요가 없다고 생각하게끔 유도했지요. 스트리터는 그러고 나서 침대로 돌아와 두 번째 베개를 자기 얼굴에 누르고, 물병을 엎질러서 누군가가 급하게 찾아오게 만들었습니다. 겸사겸사 수면제를 탄 물까지 없애 버렸고요."

엔들와이즈가 대꾸했지.

"좋습니다. 그럼 대체 시체를 어떻게 욕조에서 꺼내서 건물 반대편에 있는, 심지어 문이 잠긴 수술실까지 옮겼다는 거죠?"

"범인은 한밤중까지 기다렸다가 복도로 시체를 끌고 나와서 항상 열려 있는 화재 비상구로 나갔습니다. 그리고 건물을 빙 돌아 수술실 근처의 다른 비상구로 들어갔죠. 아시다시피 2번 수술실은 확실하게 잠긴 상태가 아니었죠. 두 문짝의 가운데가 데드 볼트로 잠겨 있긴 했지만, 그건 양방향 여닫이문이었으니까요. 양방향으로 열리는 여닫이문은, 한쪽 문짝을 문틀 위아래에 고정시키지 않으면 문이 확실히 잠기지 않습니다. 양쪽 문짝을 동시에 밀면 데드 볼트의 쇠 돌기가 절묘하게 빠져 버리거든요. 믿어지지 않는다면 직접 한번 해 보시죠. 안에 있는 이동식 침대에 시체를 올려놓은 범인은 양쪽 문짝을 잘 조정해서, 한쪽 문짝에서 튀어나온 쇠 돌기가 옆 문짝의 홈으로 다시 들어가도록 했습니다. 그렇게 생각하니 모든 일이 어떻게 이루어졌는지 알겠더군요. 두 문짝을 동시에 밀지는 않았지만, 엔들와이즈 선생님이 데드 볼트를 연

후 헤이엇과 제가 각각 문짝을 하나씩 밀어서 들어갔어요. 양쪽 문짝 모두 위아래가 고정되어 있지 않더군요."

렌즈 보안관이 코웃음을 쳤네.

"그러니까 아무도 욕실에 있는 시체를 발견하지 못했고, 시체를 끌고 화재 비상구로 나가는 모습도 들키지 않았고, 스트리터는 수술실 문이 잠겨 있었다는 것까지 알고 있었구먼. 전부 운이 좋아서 벌어진 일이라니 무슨 요행이 그렇게 연달아 일어나겠나!"

"살인자들은 다 도박을 하는 법입니다, 보안관님. 어쩌면 병실로 가는 길에 수술실 여닫이문의 구조를 눈치챘을 수도 있겠죠. 아니면 다른 시체 유기 장소를 염두에 두고 있었을 수도 있고요. 하지만 끝까지 운 좋은 작자는 아닙니다. 최소한 스물네 시간 안에는 체포될 테니까요."

"그걸 다 어떻게 알았어요?"

메리가 물었어.

"스트리터가 왼손 손목의 긁힌 상처를 보여 주면서 물병을 쳐서 떨어뜨릴 때 생긴 상처라고 하더군요. 하지만 그 베개 습격이 벌어졌을 때 스트리터는 반듯하게 누워 있었고, 어제 진찰하러 갔을 때 그 물병은 침대 왼쪽이 아니라 오른쪽에 놓여 있었습니다. 아마 애나의 목을 조를 때 손톱으로 긁힌 걸 변명하느라 그런 거짓말을 지어냈나 봅니다. 게다가 물병은 바닥에 떨어지고 난 후에 깨졌으니, 그냥 손목으로 쳤다고 긁힌 상처가 생기진 않겠죠.

그리고 래리 로 문제도 있습니다. 스트리터는 인형으로 우리를 혼란시키고, 보안관님의 시선을 래리에게로 돌려 그를 용의 선상에 오르게 하려던 깜냥이었지만 잔꾀가 지나쳤습니다. 래리 로라는 이름을 한 번도 들어 본 적이 없다고 하던데, 그 전에 매그놀리아 레스토랑에서 저녁을 먹었다고 말하지 않았습니까? 낯선 사람이 찾아와서 래리에게 인형 머리를 부수라고 돈을 주었다던 바로 그날 말이죠."

보안관과 엔들와이즈 선생이 모두 나간 뒤, 이번에는 내가 메리 베스트에게 질문할 차례였네.

"그런데 래리 로의 진실은 어떻게 그렇게 빨리 알아냈어요?"

나는 정말 궁금했어.

메리가 나를 보며 씩 웃더군.

"그 사람이 쥐 싫어하던 거 기억나요? 군 감옥은 아주 쥐 천국이라고 말해 줬어요."

샘 선생이 이야기를 마무리 지었다.

"그건 내가 겪은 아주 복잡한 사건들 중 하나였지. 하지만 그 답은 내 생각보다 빨리 찾았어. 하지만 그다음 사건은 그렇지가 않았다네. 심지어 나와 개인적으로 엮여 있기도 했고, 심지어 내 의사 경력을 위협한 사건이기도 했지. 하지만 그건 다음을 위해 아껴두겠네."

The Problem of the Dying Patient

빈사의 환자 수수께끼

"들어와 앉게나."

샘 호손 박사가 브랜디 쪽으로 손을 뻗으며 말했다.

"이번 이야기는 회상만으로도 정말 고통스러운 이야기라네. 하마터면 의료 면허를 박탈당할 뻔했으니……."

(샘 선생이 말을 이었다.)

1935년 여름, 나는 왕진 횟수를 줄이기 시작했어. 청교도 기념 병원에 있는 진료실에 환자들이 찾아오는 일이 더 늘었고, 대공황의 충격에도 불구하고 주변에 사는 사람들 대부분이 가족 단위로 차를 소유하거나 이용할 수 있게 되었거든. 여전히 왕진을 와 주길 바라는 사람들은 대체로 노스몬트 변두리에 사는 아이들이나 노인들이었네.

그중에 월리스 부인이라는 사람이 있었어. 팔십 대 중반쯤 되었는데 다양한 병에 시달리고 있었지. 나는 주로 부인의 심장병과 당뇨병을 치료했는데, 그 전해에 낙상 사고로 엉덩이뼈가 부러진 후로는 계속 누워서 자리보전을 하는 상태였어. 왕진을 갈 때마다 기력이 하루하루 쇠해 가는 것이 보이더군. 말 그대로 삶의 의욕을 잃고 있었던 걸세.

남편은 몇 년 전에 타계했고 부부 사이에 자식은 없었어. 지금은 중년의 조카딸 부부가 돌봐 주고 있었고, 부인은 이들에게 낡은 농가와 그 주위 경작하지 않은 땅 40에이커를 남겨 주기로 약속했네. 두 사람이 이사 온 뒤로 부인이 한번은 내게 이렇게 말한 적이 있었어.

"내가 줄 수 있는 건 그게 다야. 나를 끝까지 돌봐 줄 수 있다면 그 정도는 받을 만하지."

솔직히 베티 윌리스는 인생의 끝자락에서도 그리 사랑스러운 사람은 아니었어. 권위적인 성격에 웬만한 일에는 기뻐하지도 않았지. 조카딸인 프레다 앤 파커는 마흔 살쯤 먹은 평범한 여자였는데, 까다로운 노부인을 달관한 태도로 받아들였어. 하지만 남편 냇은 그렇지 못했어. 노부인이 듣지 못하는 곳에서 투덜거리는 모습을 몇 번이나 봤는지 몰라. 한번은 부부가 내 앞에서 열을 올리며 말다툼을 벌인 적까지 있었다네.

나는 일주일에 한 번 정도, 그 근처에 다른 왕진을 갈 일이 생기면 따로 연락하지 않고 겸사겸사 찾아가 보곤 했네. 그러던 어느 월요일 아침, 프레다 앤이 내 사무실로 전화해서 와 줄 수 있냐고 묻더군.

"고모가 어젯밤에 정말 힘들어하셨어요, 선생님. 어쩌면 곧 돌아가실지도 모르겠어요."

"한 시간 안에 가겠습니다."

그렇게 약속하고 환자 진찰을 마친 후 간호사 메리에게 윌리스 부인 댁에 잠시 다녀오겠다고 말했네.

정말 화창한 6월 아침, 마치 여름이 영원히 이어질 것만 같은 날씨였어. 소년들 몇 명이 흙길 옆으로 뛰어가는 모습이 보였네. 갑갑한 교실에서 드디어 해방되어 뛰어나가는 모습을 보니 젊은 시절의 여름날이 생각나더군. 나는 도시에서 자랐지만 자유에 대한 느낌은 아마 비슷하겠지. 언덕길 꼭대기까지 올라가니 멀찌감치 윌리스 농가가 보였네. 그나마 최근 농사랍시고 짓는 작은 사과나무에 둘러싸인 모습이었어. 마치 어린 시절 세계대전이 일어나기 전, 펜실베이니아의 할아버지 농장에 놀러 가던 기분이었지.

전날 밤 불었던 폭풍에 혹시 나무가 상하지 않았는지 확인하기 위해 냇 파커가 과수원에 나와 있더군. 냇은 머리는 벗어지고 있고, 턱 주위에 짧고 뻣뻣한 수염의 흔적이 늘 남아 있는 피곤한 표정의 남자였어. 외모로 보면 자기 아내보다 열 살은 많아 보였고, 실제로도 그런 듯했네.

"나무가 좀 상했나요?"

나는 차에서 내리며 소리쳐 물었네.

"그렇게 심하진 않아요, 선생님. 바람 방향을 보고 과수원 반은 날아간 줄 알았는데."

"부인분 말씀으로는 윌리스 노부인이 오늘 새벽에 많이 편찮으셨다면서요?"

"글쎄요, 지금은 괜찮지 않을까요?"

나는 냇을 지나쳐 정문으로 걸어갔네. 그 문은 항상 열려 있었고, 프레다 앤도 내가 오는 소리를 들었는지 부엌에서 나와 나를 맞이하더군.

"와 주셔서 정말 고마워요, 선생님. 베티 고모가 너무 안 좋으세요."

나는 프레다 앤을 따라 삐걱거리는 계단을 올라 2층으로 향했네. 베티 윌리스는 평생을 남편과 함께 살았던 커다란 침실을 여전히 차지하고 있었지. 화려한 장식이 달린 더블베드에 누워서 나를 올려다보는 노부인은 마치 죽음의 천사라도 보는 듯한 눈빛이었어.

"나는 곧 죽을 거야."

"그런 말씀 마세요."

노부인의 맥을 짚고 청진기로 심장을 확인해 보니 몸이 약해진 건 사실이었고, 지난번보다 바이탈 사인이 많이 안 좋아지긴 했더군. 하지만 죽음이 임박한 상태는 아니었어. 나는 협탁 위에 놓인 유일한 물건인, 틀니가 든 물 잔을 치우고 내 가방을 올려놓았네.

"금방 다시 좋아질 거예요, 베티. 좋은 약만 먹으면 나아요."

프레다 앤은 방으로 들어와 문간에 서서 내가 진찰을 마칠 때까지 지켜보더군.

"고모 상태는 좀 어떤가요, 호손 선생님?"

"심장을 좀 자극하면 오히려 기운이 나실 것 같습니다."

나는 가방으로 손을 뻗어 항상 디기탈리스가 있던 칸을 딸깍 열었네.

"물 좀 한 잔 가져다줄래요?"

프레다 앤이 부엌 싱크대가 있는 아래층으로 내려갔어. 이 집은 아직 야외 화장실을 사용하고 있어서 2층에는 수도 설비가 없었거든.

"약을 꼭 먹어야 해?"

윌리스 노부인이 떨리는 목소리로 물었네. 알약을 삼키기조차 힘든 모양이더군.

"그냥 디기탈리스 조금이에요, 베티. 금방 심장이 쿵쿵 뛸 거예요."

체온을 재 보니 확실히 열은 없었어.

내가 막 체온계를 빼고 있는데 프레다 앤이 물을 가져왔네.

"체온은 정상입니다. 약간 낮긴 하지만요."

윌리스 노부인은 직접 약을 먹고 물 한 모금을 꼴깍 넘겼네.

"벌써 좀 괜찮아진 것 같아."

그러고는 애써 미소를 지으며 그렇게 말했지.

내가 막 침대에서 몸을 돌리는 순간, 헐떡거리는 소리가 들렸어. 휙 돌아보니 주름진 그 얼굴이 고통과 경악으로 일그러져 있더군. 그러더니 몸 전체가 축 늘어지면서 베개 위로 쓰러지고 말았네.

"베티!"

내가 놀라서 맥을 짚었어.

"무슨 일이에요? 우리 고모한테 대체 무슨 짓을 한 거예요?"

프레다 앤이 따지고 들었지.

왜 내게 화를 내는지 이해조차 할 수 없었어.

"일종의 발작입니다."

맥박도, 심장 박동도 느껴지지 않았어. 나는 가방에서 작은 거울을 꺼내 콧구멍에 비추어 보았네. 김이 서리지 않더군.

"돌아가신 거죠? 맞죠?"

"그렇습니다."

내가 대답했어.

"당신이 준 그 약 때문인 거 아니에요?"

"그럴 리가 없습니다. 그건 그냥 디기탈리스였어요."

프레다 앤은 의심스러운 눈빛으로 나를 쳐다보았네.

"너무 갑작스럽잖아요. 일 분 전까지만 해도 아무렇지 않으셨는데……."

"고모님이 돌아가실 것 같다고 당신도 그러지 않았습니까?"

그렇게 대답하면서 스스로도 생각보다 방어적인 태도를 취했다는 느낌을 받았지.

프레다 앤은 뭘 어떻게 해야 할지 고민이 되는 듯 아랫입술을 깨물었네. 그때 냇이 위층으로 올라왔어.

"베티 고모가 돌아가셨어. 그냥 저 자세 그대로."

프레다 앤이 남편에게 말했네.

냇이 우울한 얼굴로 시신을 바라보더군.

"차라리 잘됐네."

허리를 숙여 베티의 눈을 들여다보려는데 결코 착각할 수 없는 아몬드 냄새가 스쳤네. 1933년 금주법이 폐지되던 바로 그날 밤, 그 냄새를 맡아 본 경험이 있었지. 허리를 펴고 내가 말했네.

"뭔가 잘못된 것 같습니다. 렌즈 보안관님께 전화하세요."

렌즈 보안관과는 십삼 년 전 내가 처음 노스몬트에 왔을 때부터 친하게 지낸 사이였네. 전형적인 시골 보안관의 모범 같은 사람이었고, 보안관이 도움을 요청할 때마다 나는 기꺼이 도왔지. 하지만 이제 도움이 필요한 사람은 내가 되어 버렸어.

보안관은 베티 윌리스의 죽음에 대한 내 진술을 인내심 깊게 듣고 나서 물었네.

"자네가 실수로 약을 잘못 줬을 가능성은 없나, 선생?"

"절대 그럴 리 없어요! 제가 가방 속에 왜 시안화합물을 들고 다니겠습니까?"

렌즈 보안관은 침실 안을 둘러보았네. 습기로 얼룩진 벽지, 가족사진, 창턱을 타고 기어오르려 발버둥치는 아이비 등이 시야에 들어왔겠지. 그때 보안관의 시선이 침대 옆 테이블에 놓인 반쯤 빈 물잔으로 향했어.

"저게 그 노부인이 마셨다는 물인가?"

나는 고개를 끄덕였지.

"검사는 해 봐야 합니다. 전 거기에 독이 들어 있다고 생각하진 않지만요."

"왜지?"

"냄새가 안 났으니까요. 바로 확인해 봤습니다."

나는 이야기하면서 소변 샘플을 담는 작은 병을 가방에서 꺼내, 물을 담았네. 틀니가 들어 있던 물 잔의 물 역시 반사적으로 샘플을 채취했지.

"부검을 해야겠어."

보안관이 미안한 기색으로 말했어.

"당연하죠."

아래층 거실로 내려가니 프레다 앤과 냇이 기다리고 있더군.

"뭘 좀 찾아냈나요?"

프레다 앤이 물었네.

"아무것도요. 뭐 꼭 찾아야 하는 게 있습니까?"

내가 되물었지.

냇 파커는 천장만 멍하니 올려다보고 있었네. 한쪽 모퉁이에서 펄럭거리는 거미줄을 응시하는 듯했지. 그러다 결국 말하더군.

"그 노인네 살아도 너무 오래 살았어요. 가실 때도 됐지."

갑자기 아내가 고개를 홱 돌리며 눈물을 흘릴 듯한 표정을 짓더군.

"지금 우리 고모님이 돌아가신 걸 좋아하는 거야, 냇? 그분이 이 집에 안 계셨으면 당신은 먹고살지도 못했어!"

"아니, 프레다……."

"사실이잖아, 당신도 알면서!"

냇은 벌떡 일어났네.

"나가서 과수원이나 좀 둘러보고 와야겠어."

렌즈 보안관이 헛기침을 하더군.

"고모님을 청교도 기념 병원으로 모셔 가서 부검할 예정입니다, 파커 부인. 원하시면 먼저 가셔서 장의사와 상의하고 준비하시죠. 아마 장례 준비는 내일 아침에나 하게 될 테니."

"고맙습니다, 보안관님."

밖으로 나가 차를 타러 가는 길에 보안관이 따라오더군. 그리고 차를 타는 나를 보고 물었어.

"자네는 대체 어떻게 생각하나, 선생?"

"저 부부 중 하나가 단독으로 살인을 저질렀거나 아니면 둘이 같이 저질렀겠죠. 하지만 어떻게 한 건지는 도저히 모르겠습니다."

내가 대답했네.

다음 날 아침 지역 의료 협회의 울프 박사가 내 사무실을 찾아왔어. 메리도 아는 얼굴이어서 내게 안내해 줬다네.

"울프 박사님이 뵙고 싶으시대요."

누워서 의학 저널을 읽던 나는 자리에서 일어나 울프 박사를 맞이했지.

"어떤 볼일로 오셨습니까, 박사님?"

마틴 울프는 키 큰 육십 대 남자로 갈기처럼 곱슬곱슬한 흰머리가 인상적이었네. 나이나 경험이 더 많지 않고서는 친근하게 '마틴'이라고 부를 수 없는 사람이었지.

"베티 윌리스의 비극적인 죽음 때문에 왔네."

울프가 말했어.

"저도 부검 결과를 기다리던 참입니다."

내가 대답했네.

"여기 내가 가지고 왔지."

울프는 내게 공식 문서를 건네며 말했어.

"사인은 시안화수소 섭취로 인한 순간적인 심장, 호흡계통, 뇌 마비였네. 독살의 전형적인 예지."

"저도 그 가능성을 염려했습니다. 하지만 도대체 어떻게 그런 일이 일어났는지 전혀 모르겠습니다. 저는 환자에게서 한시도 눈을 떼지 않았어요. 처방한 디기탈리스는 제 가방에서 꺼낸 약품이었고, 물 잔에 든 물에서 수상한 냄새가 나지도 않았습니다."

"물에는 아무 문제 없더군. 그건 확인했네. 이봐, 호손 선생. 자네가 처방한 디기탈리스는 대체 어떤 타입이었나?"

울프가 물었어.

"디곡신입니다. 바로 작년에 시판된 제품인데요."

울프가 입을 오므리더군.

"나도 흔히 쓰긴 해. 자네도 알겠지만 그걸 처방할 수 있는 증상은 지극히 한정되어 있네. 정량은 독성 용량의 60퍼센트야. 그 나이 환자에게 처방하기에는 위험한 약물이지."

나를 도발하려는 모양이었지만 나는 감정을 드러내지 않으려 애썼네.

"이건 확실히 말씀드리겠는데 울프 박사님, 윌리스 부인은 디기탈리스 과다 복용이 아니라 시안화합물 중독으로 돌아가신 겁니다."

"좋은 지적이군. 하지만 자네 말이 옳다면 나는 두 가지 가능성을 떠올릴 수가 있지. 자네가 윌리스 부인에게 약을 처방해 줄 때 아주 끔찍한 실수를 했거나, 아니면……."

"아니면 뭐죠?"

"자네가 그 여인을 가엾게 여겨 그 끔찍한 운명에 종지부를 찍기로 결심했거나."

"안락사 말입니까?"

"사람들은 그걸 그렇게 부르지."

울프 박사가 동의했어.

"그 어느 쪽도 아니라고 확실히 말씀드릴 수 있습니다. 저는 그렇게 멍청하지도 않고, 의료 행위를 하면서 범죄를 저지르지도 않았습니다."

"그럼 세 번째 가능성이 있단 말인가, 호손 선생?"

"제가 찾아내려 합니다."

"아주 좋아."

울프 박사는 자리에서 일어나 책상 위로 몸을 기울였어.

"의료 협회에서는 오늘부터 일주일간 정기 회의가 열리네. 이 안건도 당연히 오르겠지. 자네가 늦지 않게 제대로 된 설명을 해주길 바랄 뿐이야."

나는 차오르는 분노로 꼼짝도 하지 못한 채 울프 박사가 사무실 밖으로 나갈 때까지 앉아 있었네. 들어온 메리는 내가 막 부러뜨린 연필 두 도막을 들고 있는 모습을 보았지.

"뭐라고 하던가요?"

메리가 물었어.

"메리, 당신 아무래도 그냥 스프링필드에서 취직할걸 그랬어요. 나는 일주일 후에 노스몬트에서 의사 면허를 박탈당할지도 몰라요."

내가 대답했어.

"뭐라고요?"

"의료 협회에서 다음 주에 베티 윌리스의 죽음을 문제 삼을 모양입니다. 울프는 내가 끔찍한 실수를 저질렀거나 아니면 내 판단으로 안락사를 시켰다고 생각하고 있어요."

"말도 안 돼요, 샘!"

나는 머리끝까지 화가 차올라서, 메리가 나를 이름으로 불렀다는 사실을 나중에야 알았네.

"혹시 다른 이유 때문에 쫓아내려는 거 아니에요?"

"나도 모르겠어요. 개인적으로 친한 사이는 아니었지만 그 사람에게 무슨 잘못을 한 적도 없으니까."

"혹시 윌리스 부인의 조카나 그 남편이 독살했을 가능성은 없어요?"

나는 생각해 보려 애썼네.

"방법은 나도 잘 모르겠어요. 범인은 분명 그 두 사람인데, 대체 어떻게 했는지 모르겠단 말이죠."

메리가 서랍으로 가서 파일 하나를 가져와 읽었네.

"윌리스 부인의 기록은 일 년 전까지밖에 없네요. 그 전에는 어땠어요?"

"그 전에는……."

갑자기 뭔가 떠올랐네. 대체 그걸 어떻게 잊고 있었는지 몰라.

"그 전에는 마틴 울프의 환자였어요."

메리가 눈썹을 치켜올렸네.

"나는 그 부인을 사실 잘 몰랐어요. 그런데 프레다 앤과 냇이 여기 이사 온 지 얼마 안 됐을 때, 울프 박사에게서 부인이 최선의 치료를 받지 못하는 것 같다고 판단했던 모양이더군요. 의료 협회장이기도 하고, 여러 가지 시정 의무 때문에 왕진에 할애할 시간이 없다면서 말이죠. 결국 노부인이 엉덩이뼈가 부러져서 병석에 눕게 되자 조카 부부는 나를 불렀죠. 나도 환자를 맡기로 했고. 하지만 그 일 때문에 울프 박사님과 소원해진 일은 없었는데요."

"어쨌든 왜 저런 태도였는지 이제 이해가 되네요. 어쩌면 아직도 노부인이 자기를 저버렸다고 생각하는 것 아닐까요?"

메리가 말했어.

그날 하루 종일 죽은 여인과 나의 관계, 그리고 전날 오전 그 농가에서 일어났던 모든 일들에 대해 골똘히 생각했다네. 평생 희한한 수수께끼들을 수도 없이 풀어 왔지만 한 여인이 내가 보는 앞에서 독살당한 이 단순한 사건을 푸는 데는 아무 도움도 되지 않더군. 다른 환자들을 진찰하고 병원 회진을 돌 때도 그 문제는 나를 끈질기게 괴롭혔지.

베티 윌리스의 시신은 큰길가, 시내 광장 오른쪽에 있는 프리드킨 장례식장에 누워 있었네. 나는 장례식 밤샘 이틀째인 수요일에 그곳을 방문했고 목요일 아침 장례식에도 참석했지. 사람들은 장례를 치르는 데 전통에 따른 사흘이 아니라 고작 이틀만 할애한다고 수군거렸네. 파커 부부가 노부인을 너무 빨리 묻으려 한다고 비난하는 사람들도 있더군.

그날 오전 목사가 고인을 위해 전통적인 기도를 올리는 사이 나는 무덤 너머로 프레다 앤과 그 남편을 계속 훔쳐봤다네. 둘 중 하나가 살인자라고 생각하는 건 정말 어려운 일이었고, 그들이 왜 꼭 살인을 저질러야 했는지도 알 수가 없었지. 베티는 이미 죽어가는 사람이었고, 심지어 바로 그날 아침 상태가 더욱 악화됐어. 유언장에 불분명한 시간 제한 조항이 있는 것이 아닌 한 굳이 죽일 필요가 없는 사람이었다는 말일세.

그 생각을 하던 나는 문득 문상객들 무리 끄트머리에서 세스 로저스를 발견했네. 세스는 유명한 지역 변호사였고 주로 노스몬트에 오래 산 사람들에게 인기가 많았어. 이 친구가 장례식에 참석했다는 건 고인의 변호사로 고용되어 있었다는 뜻이었지. 사람들이 슬슬 흩어질 무렵 나는 세스를 붙잡아서 의례적인 인사말 몇 마디를 늘어놓은 뒤 단도직입적으로 물었어.

"맞아요, 내가 그분의 법적 문제들을 다뤄 드렸습니다. 하지만 처리할 일이 많은 의뢰인은 아니었습니다. 가끔 유언장을 살짝 손보는 게 전부였죠."

굵은 안경테 너머로 보이는 세스의 눈은 마치 물고기처럼 컸네.

"가장 최근에 손본 게 언제였습니까?"

세스가 나를 보며 미소를 짓더군.

"꼭 크로스 체크 하는 변호사 같네요, 샘. 사실 부인이 돌아가시기 사흘 전, 지난 금요일에 방문한 게 마지막이었습니다."

"방문 이유를 물어도 될까요? 구체적으로 말해 달라는 건 아니지만, 그냥……."

"소유한 재산의 일부를 팔고 싶은데 거기에 대해 조언해 달라는 말씀이셨습니다. 하지만 끝까지 캐묻지는 않으시더군요. 그래서 난 그게 미래의 막연한 일일 거라고만 생각했는데 말이죠."

우리는 함께 둔덕을 따라 내려와 16기통 엔진에 하얀 컨버터블 지붕이 달린 눈부신 녹색 캐딜락 오픈카 옆으로 향했네. 여러 가지 면에서 내 빨간 메르세데스를 더 좋아했지만 5천 달러 가격표가 붙어 있는 이 거대하고 아름다운 차량을 은밀히 동경하고 있었다는 사실을 부정할 수는 없었어.

"금요일에 봤을 때 부인은 건강해 보이시던가요?"

나는 운전석에 올라타는 세스에게 물었네.

"그냥 최근에 봤던 모습 그대로였습니다. 곁에 있는 내내 사탕을 빨아 먹을 정도로는 건강하셨죠."

나도 사탕을 떠올렸네.

"그게 문제였어요. 협탁에 늘 사탕 한 봉지를 놓아 두곤 하셨던 게. 하지만 그러지 말라고 할 수는 없었습니다. 하라는 건 웬만하면 다 하는, 좋은 환자셨으니까요."

세스가 나를 보며 얼굴을 찌푸리더니 창문 밖으로 몸을 내밀었지.

"우리끼리만 하는 얘긴데 샘, 타살입니까?"

"나도 알고 싶어요, 세스. 정말 절실하게 알고 싶네요."

그날 온종일, 사람들이 다 아는 내 차가 시내 한복판을 지나갈 때마다 사람들의 시선과 속닥거리는 소리를 느꼈네. 베티 윌리스가 죽음에 이르렀을 때 내가 내렸던 처방이 조사 선상에 올랐다, 그것도 경찰이 아니라 의료 협회의 조사라는 소문은 금세 주위로 퍼져 나갔어. 사무실로 돌아오니 메리가 한층 더 나쁜 소식을 전해 주더군.

"오늘 오후와 내일 예약했던 환자 중 세 명이 예약을 취소했어요."

"이유가 뭐라던가요?"

내가 물었네.

"그게, 메이슨 부인은 컨디션이 좋지 않으시다고……."

"우리가 진짜 이유를 모르는 게 아니잖아요. 안 그래요, 메리? 베티 윌리스가 독살당했다는 소문이 온 사방에 다 퍼졌던데."

메리의 얼굴에서 표정이 사라졌어.

"병원 사람들도 부검 결과를 다 알고 있어요. 얘기도 다 퍼졌고. 이제 어떡하죠?"

"생각해 봐요. 난 내가 결백하다는 사실을 알고 있으니 그것만으로도 유리한 상황입니다. 부인의 죽음에는 분명 다른 이유가 있을 거예요."

메리는 내 맞은편에 앉았어.

"차근차근 생각해 봐요, 샘. 누가 당신 가방에 든 디기탈리스 알약을 시안화합물로 바꿔치기할 기회가 있었어요?"

"전혀. 알약이 어떻게 생겼는지 알잖아요? 제조사 로고가 하나하나 다 찍혀 있는데. 약사가 조제실에서 복제할 수 있는 것도 아니고. 그 알약 중 하나에 독을 묻혔다 해도 난 거의 백 개가 넘는 알약이 든 병 속에서 하나를 꺼냈단 말입니다. 다른 알약들도 다 확인해 봤는데 멀쩡했어요. 독이 묻은 알약을 누가 언제 먹을지 아무도 모른단 거죠."

"파커 부부는요? 당신이 윌리스 부인을 진찰할 때 그 사람들도 한 방에 같이 있었어요?"

"냇은 부인이 죽은 후에야 2층으로 올라왔습니다. 프레다 앤은 진찰하는 동안 근처 문간에 서 있었고. 가까이 다가올 기회는 나한테 물 잔을 건넬 때뿐이었어요."

"윌리스 부인이 죽었다는 건 확실히 확인한 거죠?"

"죽었어요, 메리. 맥도, 호흡도, 심장 박동도 없었으니까. 렌즈 보안관님이 오실 때까지 내가 방 밖으로 나가지도 않았으니 죽은 척한 것도 아니에요."

"그럼 물에 독을 탔겠네요. 그 물 잔에 든 물 말이에요. 독을 먹일 방법은 그것밖에 없었는데요."

"내가 그 생각을 안 했겠어요? 첫째, 시안화합물이 물에 녹으면 아주 독특한 냄새가 나요. 둘째, 부인이 물을 반쯤 마시고 잔을 내려놓은 후로 그 잔은 내 시야를 벗어난 적이 없었고요. 셋째, 나도 그 물을 샘플로 가져왔는데 확인 결과 아무런 문제도 없었어요. 틀니를 넣어 두었던 물도 마찬가지였고."

그나마 예약을 취소하지 않은 다음 환자가 도착하는 바람에 우리의 토론회는 끝이 났지.

나는 그날 밤 잠을 제대로 이룰 수가 없었네. 지금까지 일어난 일은 그냥 앞으로 닥칠 폭풍우의 전초전 같다는 생각이 자꾸만 들었거든.

금요일 아침 메리가 예약이 두 건 더 취소되었다고 말해 주었네. 한가한 시간이 생긴 나는 윌리스 농가로 가 보기로 했지. 월요일의 비극 이후 첫 방문이었어. 맑고 따뜻한 오전 날씨였고 메리는 이미 다른 간호사들과 7월 4일 독립기념일 소풍을 가기로 계획하고 있었어. 그건 그다음 주 화요일, 의료 협회 총회가 끝나고 이틀 후의 일이었지. 내가 그날을 기분 좋게 맞을 수 있을지 자신이 없더군.

월리스 농장에 가니 냇 파커가 펌프실에서 주거 구역으로 물을 보내는 파이프를 수리하고 있었어.

냇이 손에 묻은 기름을 문질러 닦으며 말했네.

"안녕하세요, 선생님. 어제 장례식에 와 주셔서 감사합니다."

"그 정도는 해야죠. 프레다 앤은 어떻게 지내고 있습니까?"

"아, 좀 힘들어하긴 하지만 그래도 우리 둘 다 그게 최선이었다고 생각하고는 있습니다. 어차피 그냥 아무짝에도 쓸모없이 그냥 침대에서 쇠약해져 가기만 하던 노인네였는걸요. 뭘 어떻게 해 주셨는지 몰라도 난 고맙게 여기고 있어요."

"내가 뭘 어떻게 했다뇨? 이봐요, 냇. 난 부인의 죽음을 앞당길 만한 짓은 하나도 안 했어요. 지금 내가 부인을 독살했다는 겁니까? 난 안 그랬어요!"

"아뇨, 아뇨. 당연히 아니죠. 난 그냥 어떤 사고든 상관없다는 말이었습니다. 우린 지금 시내에 떠도는 소문을 안 믿어요. 선생님은 고모님께 참 좋은 의사였죠. 그분도 항상 선생님을 좋게 말씀하셨고요. 한번은 선생님이 예전 울프 박사보다 낫다는 얘기까지 하셨어요."

"혹시 내가 부인을 진료하게 된 후로 울프 박사가 이 근처로 찾아온 적이 있습니까?"

"아뇨, 전혀. 최소한 이 근방에서는 한 번도 못 봤는데요."

집 안으로 들어가니 프레다 앤이 부엌에서 설거지를 하고 있더군.

"할 일이 너무 많아요. 여태 고모 침실과 옷장을 청소하고, 커튼에 침대 시트까지 다 빨았어요."

프레다 앤은 이마로 흘러내리는 검은 머리를 쓸어 올리며 말했네.

"렌즈 보안관님이 다녀가셨습니까?"

"어젯밤에 들러서 많은 질문을 하고 가셨어요. 아직도 우리 고모가 독살당했다고 생각하시나 봐요."

"독살은 맞아요, 프레다 앤. 그건 의심할 여지가 없어요."

"선생님이 침대 바로 옆에 앉아 있는데 대체 어떻게 그런 일이 일어났다는 거예요?"

"보안관님이 알아내려 하시는 게 바로 그 부분일 겁니다. 하나 물어볼 게 있는데, 고모님을 돌보는 일은 당신 혼자 맡아서 했나요? 아니면 남편도 가끔 와서 거들었나요?"

"지금 농담해요? 냇은 항상 고모에게서 최대한 멀리 떨어지려 했어요. 그이는 늘 양로원에 보내자고 했지만 어차피 우리가 돌봐드리면 그 대가로 고모가 유산을 남겨 주실 테고, 그걸 받으려면 이 정도는 해야 한다고 난 생각했다고요."

"부인이 돌아가신 뒤에 변호사와 상담했습니까?"

"로저스 씨요? 네, 사무실로 와서 의논하자고 전화하셨더군요.

월요일 아침에 냇하고 같이 갈 거예요."

"무슨 문제라도 있습니까?"

"아뇨, 그냥 몇 가지 서류에 사인을 좀 해 달래요. 부동산이랑 약간의 은행 예금 그리고 고모가 갖고 계시던 소량의 주식까지 전부 제 몫이 될 예정이라서요."

"혹시 부인 침실을 다시 한 번 볼 수 있을까요? 그냥 제 마음이 아직 개운치 않아서, 무슨 일이 일어났는지 제대로 확인하고 싶어서 그럽니다."

"그럼요."

프레다 앤은 2층으로 올라가는 계단까지 나를 안내했네.

"다음 주에 열린다는 그 의료 협회 총회인가 하는 거, 냇도 나도 정말 이상하다고 생각한다는 걸 알아 주셨으면 해요. 우린 선생님을 전적으로 신뢰하고 있어요."

"고맙습니다."

나는 문간에 잠시 서서 시트를 벗긴 침대와 얼마 안 되는 가구를 물끄러미 바라보았네. 커튼이 없으니 아침 햇살이 창을 통해 쏟아져 들어와, 모든 것을 황금빛으로 비추었지. 나는 문제의 월요일에 앉았던 그 등나무 줄기 의자에 앉아 당시에 일어났던 모든 일들을 반추해 보았어.

"지난주에 세스 로저스가 여기 왔었습니까?"

프레다 앤에게 묻자 고개를 끄덕이더군.

"금요일에요. 삼십 분쯤 앉아 있다 갔어요."

"부인과 변호사가 이야기하는 동안 당신도 방 안에 있었어요?"

"아뇨, 전혀. 고모님은 법적 문제나 경제적 문제를 이야기할 때는 항상 다른 사람들을 다 내보내셨거든요."

나는 창으로 걸어가, 손으로 햇빛을 가리며 밖을 내다보았네. 마당에서 냇이 펌프실로 농기구를 나르는 모습이 보이더군. 그리고 나는 몸을 돌려 아무것도 놓여 있지 않은 침대 옆 테이블을 바라보았어.

"틀니도 같이 묻어 드렸습니까?"

프레다 앤이 의아한 표정으로 나를 쳐다보았네.

"당연하죠. 정말 이상한 질문을 하시네요."

느릿느릿 주말이 찾아왔어. 나는 토요일 오전에 환자 둘을 진찰하고, 진료가 다 끝난 뒤에는 사무실에 앉아 베티 윌리스의 기록을 훑어보았네. 그러던 중 메리가 사무실로 고개를 들이밀고 7월 4일 독립기념일 소풍에 함께 가겠느냐고 물었지.

"벌써 스무 명이나 모였어요."

"잘 모르겠네요, 메리. 지금 당장은 그렇게 내키지 않는 것 같아요."

메리는 이해해 주었어.

"나중에 다시 물어볼게요."

다음으로 문이 열리고 들어온 사람은 렌즈 보안관이었네.

"자네가 여기 있어서 다행이군그래, 선생."

"무슨 일이시죠, 보안관님?"

보안관은 들어와서 앉았어.

"아직도 윌리스 사건을 붙잡고 있는 중이야. 사람들은 내가 무슨 행동을 취해 주길 바라지만 여전히 뭘 어떻게 해야 할지 모르겠네. 그 파커 부인인가 하는 조카딸을 체포해야 하는 건가?"

"아니면 대신 저를 체포하셔도 되고요, 보안관님."

"바보 같은 소리 말게, 선생!"

"마틴 울프는 그렇게 바보 같은 소리라고 생각 안 하는 모양이던데요."

"그 친구에 대해서는 걱정 말게. 그냥 말이 많은 친구일 뿐이야."

"의료 협회에서 울프를 믿는다면 전 면허를 박탈당하게 돼요."

"아무도 자네가 윌리스 부인을 살해했다고 생각 안 해, 선생. 그냥 약간의 실수가 있었다고 생각할 뿐이지."

"의사한테는 똑같은 일이에요. 제가 실수를 저질렀다면, 제가 그분을 죽인 거죠."

렌즈 보안관이 씹는담배를 한 봉지 꺼내 뜯으면서 입을 열었네.

"사건에 대해서 내내 생각하다가 문득 자네가 떠올릴 법한, 기상천외한 가설이 여러 가지 생각났네."

"예를 들면요?"

"글쎄, 어쩌면 파커 부인이나 그 남편이 노부인의 틀니에 독을 묻혔을지도 모르지."

그 말에 나는 미소를 지을 수밖에 없었네. 하지만 만일 내가 진상을 밝혀낸다면, 어쩌면 진상이 그보다 더 엽기적일 수도 있었지.

"시안화합물은 즉사를 유발합니다, 보안관님. 거의 몇 초 안에 죽어요. 제가 그 자리에 있는 내내 부인은 틀니를 끼고 있지 않았어요. 그리고 만약 제가 도착하기 전에 독 묻은 틀니를 끼고 있었다면 부인은 벌써 사망했겠죠."

"자네가 있는 동안 부인 입으로 들어간 건 뭐가 있었나?"

"디기탈리스 알약이랑 물 한 모금이죠."

그때 문득 뭔가 다른 생각이 떠올랐네.

"그리고 제 체온계도요. 체온을 쟀으니까."

"누가 그걸 훔쳐서 약을 발랐을 가능성은 없을까?"

"절대 없어요. 체온계는 가방에 넣고 다니지도 않거든요. 작은 케이스에 수납해서 코트 주머니 속에 펜이나 연필과 같이 넣고 다닙니다."

"그럼……."

"제발요, 보안관님. 웬만한 가능성은 제가 다 검토해 봤어요. 베티 윌리스는 절대 독살당할 수가 없는 상황에서 독살당한 거예요."

"그럼 자네는 이제 뭘 어쩌려는 건가, 선생?"

렌즈 보안관이 묻더군.

"당연히 화요일 공청회에 참석해야죠. 거기에서 내려지는 판결에 따를 생각입니다."

"만약 여기에서 의사 노릇을 못 하게 되면……."

나는 힘없는 미소를 지었네.

"노스몬트 근방에는 또 다른 곳이 많잖아요. 수의사가 될 수도 있고요. 그래도 동물은 치료하게 해 주지 않을까요?"

"선생!"

"괜찮아요, 보안관님. 그냥 농담한 거예요."

"나도 화요일 공청회에 참석해야 하네. 혹시 지역 안에서 시안 화합물을 판매한 곳이 있는지 추적하는 중인데 솔직히 쉽지 않아. 사진을 인화할 때 쓰는 화학약품 중에 축소제나 발색제 등 시안화 물이 기본 재료가 되는 것이 많거든. 집에 사진 인화용 암실이 있는 사람들은 얼마든지 가게에 가서 그런 약품을 살 수가 있지."

내가 말했네.

"게다가 집에 암실이 없어도 얼마든지 살 수 있죠. 거기에서 시안화물을 추출하는 일은 굉장히 쉽고."

보안관은 여전히 우울한 얼굴이더군.

"화요일에 내가 무슨 말을 해야 하는 건가, 선생?"

나는 단호하게 말했지.

"진실만 말씀하시면 됩니다. 보안관님이 하실 일은 그것뿐이에요."

월요일에는 환자가 딱 한 명밖에 오지 않았고, 이제 길에서 나를 마주쳐도 사람들이 수군거리지도 않더군. 더는 그럴 필요가 없었던 거야. 모두가 월리스 부인 살인 사건의 용의자가 나라는 사실을 알고 있었으니.

"나도 같이 갈게요."

화요일 아침, 내가 공청회에 가려고 준비하고 있는데 메리가 말했어.

"안 돼요. 그래도 한 사람은 진료실을 지켜야죠."

메리의 맑고 푸른 눈이 반짝였어.

"이미 다른 간호사한테 전화 받아 달라고 부탁해 놨어요. 나도 갈 거예요, 샘."

난 메리와 입씨름을 하기에는 너무 지친 상태였네. 결국 알았다고 고개만 끄덕인 뒤 문으로 걸어갔지. 메리는 나를 따라와서 자연스럽게 메르세데스 조수석을 차지하더군.

공청회는 10시 30분 예정이었는데 우리는 좀 일찍 도착했어. 의료 협회는 세 곳의 군을 관할하고 있었는데 새로 지은 노스몬트 은행 건물에 사무실을 임대하고 있었지. 들어가 보니 울프 박사, 그리고 내가 잘 모르는 의사 두 명이 긴 테이블 끝에 이미 앉아 있더군.

울프가 나를 보고 어정쩡하게 친근한 미소를 지었어.

"아무 데나 앉게, 호손 선생. 블랙 선생과 토바이어스 선생은 알지? 의료 협회의 각각 다른 군에서 대표로 왔다네."

우리는 모두 악수를 나누었고, 나는 메리를 소개했네.

"저희 간호사 베스트 양입니다."

울프가 헛기침을 했어.

"다시 만나서 반갑네, 베스트 양. 하지만 이건 공개 공청회가 아니어서 말일세. 밖에서 좀 기다려 줬으면 좋겠구먼."

메리가 마지못해 나간 뒤, 나는 다른 세 사람을 돌아보았어.

"그래서 여러분은 제게 어떤 질문을 하시려는 거죠?"

울프 박사가 말하더군.

"이건 비공식적인 공청회이지 재판이 아니야. 일단 우리 모두가 선생이 노스몬트에서 일했던 시간 동안 지역사회에 헌신하고 크게 기여했다는 사실은 존중하네. 그 누구도 자네가 윌리스 부인의 독살 사건을 고의적으로 일으켰다고 생각하지는 않아. 우린 이 사건이 그저 자네든 다른 의사든 간에 예방할 수 있었던 실수가 아니었는지 확인하고 싶을 뿐이야."

나는 주장했어.

"실수는 없었습니다. 저는 디기탈리스를 처방하려 했고, 제대로 그 약품을 건넸습니다. 부검 결과 디기탈리스가 배 속에서 나왔지 않습니까?"

"이 비극에 대해 증언해 줄 사람 두 명을 더 불렀네. 프레다 앤 파커와 렌즈 보안관일세. 이의는 없겠지?"

"누가 오든 상관없습니다."

내가 말했어.

프레다 앤은 고모의 상태가 매우 심각해져서 내 사무실에 전화한 일, 내가 도착한 일, 그리고 내게 물이 든 잔을 건넨 일을 쭉 이야기했네. 세 사람은 질문도 별로 하지 않았어. 그리고 이번에는 내 차례였지. 프레다 앤이 벽 앞자리에 앉아 있는 가운데 나는 일주일 전 월요일 오전에 진찰했던 베티 윌리스의 상태에 대해 이야기했네. 그리고 디기탈리스를 처방하게 된 계기와 노부인이 갑자기 마비되며 죽음을 맞이한 일까지.

"환자가 독살당했다는 사실을 바로 알았나?"

울프 박사가 물었어.

"네. 그 쓴 아몬드 냄새는 착각할 수가 없습니다. 몇 년 전 비슷한 독살 현장을 목격한 적도 있고요."

"그래서 렌즈 보안관에게 전화하라고 파커 부인에게 말한 건가?"

"그렇습니다."

울프는 다른 두 의사들과 함께 목소리를 낮춰 상의했고, 보안관을 불러 이야기를 듣기로 결정하더군. 보안관은 다소 주저하는 눈치로 들어와 테이블에 앉으며 나를 흘끔 쳐다보았어. 그러고는 전화를 받고 그 집에 도착해 보니 내가 죽은 여인과 함께, 한 방에서 기다리고 있었다는 이야기를 짧게 끝냈지.

보안관의 증언이 끝나자 울프 박사가 말했네.

"그게 끝이군요, 보안관님. 호손 선생, 그럼 이제 같이 증거들을 되짚어 보겠나?"

"그러죠."

보안관은 프레다 앤 파커의 맞은편 벽 앞에 앉았네. 울프 박사는 나를 보며 또다시 미소를 지으려 애쓰더군.

"그럼 이 사건에서 사실만 빠르게 짚어 보지, 호손 선생. 내가 틀렸다면 지적해 주게. 자네가 그 집에 도착했을 때 윌리스 부인은 지난 몇 년간 쭉 그랬던 것처럼 침대에 누워 있었고, 진찰 결과 자네는 강심제가 필요하다고 진단했지만 아직 죽음이 코앞까지 다가온 상황은 아니었어. 진찰하는 사이 자네는 내내 환자와 단둘이 있었지. 단 파커 부인은 문간에 서 있었고. 파커 부인은 물을 한 잔 가져와 자네가 처방한 알약을 환자에게 복용시켰어. 바로 그 순간 베티 윌리스가 시안화합물의 존재를 가리키는 쓴 아몬드 냄새와 함께 사망했네. 렌즈 보안관이 불려 왔고, 자네는 보안관이 도착할 때까지 계속 고인과 함께 있었어. 마시다 만 물 잔은 결코 자네의 시야 밖으로 나간 적이 없었으며 나중에 테스트해 본 결과, 물에서는 아무런 독도 검출되지 않았네. 내가 사건을 옳게 요약한 것이 맞나?"

"맞습니다."

나는 인정했어.

다른 의사들이 다시 머리를 맞댔고 잠시 후 울프가 말했네.

"이제 모든 사실이 다 모였군. 그럼 십 분간 휴회하지."

나와 프레다 앤, 보안관은 밖으로 나왔고 세 의사들은 테이블에 남았어.

복도에서 메리가 기다리고 있었지.

"어떻게 됐어요?"

"지금 결정을 내리려고 상의하는 중이에요."

내가 말했네.

"어떻게 될 것 같아요?"

나는 메리의 팔을 토닥거렸지.

"별로 잘될 것 같지는 않네요."

보안관이 씹는담배 봉지를 신경질적으로 뜯으며 우리에게로 다가왔어.

"저 사람들이 자넬 어떻게 할 수 있을 것 같지는 않아, 선생. 무엇보다 증거가 없잖아. 저 사람들이 할 수 있는 말이라고는 환자가 어떻게 죽었는지 알 수가 없으니 자네한테 책임이 있다는 것뿐이야."

그때 나는 모든 사람들에게 다 짜증이 나 있었고 심지어 보안관에게도 그랬네.

"대체 그놈의 씹는담배를 갑자기 끄집어내는 버릇은 언제부터 생긴 거죠?"

보안관이 억울한 표정으로 담배를 도로 집어넣었어.

"아니, 선생. 나도 긴장을 좀 풀고 싶어서 그래."

그때 울프 박사가 문간에 나타나 내게 들어오라고 손짓하더군. 다른 사람들은 복도에 남아 있었네.

내가 테이블에 앉자 울프 박사가 이야기를 시작했어.

"호손 선생, 처음에도 말했던 것처럼 이건 그냥 질문일 뿐이지 재판이 아니야. 어쨌든 우리는 베티 윌리스의 죽음이 단순히 실수로 인해 일어났다는 충분한 정황 증거를 찾았고, 그 책임은……."

씹는담배.

문득 렌즈 보안관과 씹는담배가 떠올랐어. 어떤 면에서는 씹는담배 같더군. 다른 무엇보다 냄새가 가장 거슬린다는 점에서.

"끼어들어서 죄송합니다, 울프 박사님. 갑자기 무슨 생각이 났는데요."

내가 말했어.

"윌리스 부인의 죽음에 상관없는 일이라면……."

"상관이 있습니다."

"그럼 말해 보게."

나는 책상에 앉아 몸을 앞으로 기울였네.

"베티 윌리스에게는 나쁜 버릇이 한 가지 있었습니다. 항상 침대 옆에 사탕 한 봉지를 놔두는 버릇이었죠. 사망하기 전 금요일, 윌리스 부인의 변호사인 세스 로저스가 방문했을 때도 그 사탕은 거기 있었다고 합니다. 하지만 월요일에 제가 방문했을 때는 없었지요. 침대 옆 테이블 위에는 틀니가 든 물 잔만 놓여 있었습니다."

"틀니를 빼면 아무것도 먹을 수가 없어서 그런 게 아닌가?"

울프 박사가 지적했어.

"그래도 사탕 한 알 정도는 먹을 수 있죠. 그냥 빨기만 하면 차츰 녹아 버리니까요. 범인은 바로 그 사탕을 이용해 부인을 독살한 겁니다. 시안화합물을 주사로 사탕 속에 넣은 거죠. 제가 아무것도 모르고 부인을 진찰하는 사이 그 사탕은 내내 부인의 입속에서 녹고 있었습니다. 그리고 다 녹아서 시안화합물이 나오자 부인은 죽은 겁니다."

"그 말에 무슨 근거라도 있나?"

"침대 옆에 사탕 봉지가 없었다는 게 제게는 가장 큰 증거로 보입니다. 윌리스 부인이 사탕 한 알을 입에 넣은 후, 혹시 제가 사탕을 확인할 것을 두려워한 프레다 앤 파커가 치웠겠죠."

"왜 남편이 아니고 프레다 앤이란 거지?"

"노부인을 돌보던 게 프레다 앤이었기 때문이죠. 사탕도 갖다줬을 테고, 아마 그걸 치울 수 있었던 사람도 프레다 앤뿐이었을 겁니다. 냇은 그 방에 거의 들어오지 않아서 아마 같이 있었다면 오히려 의심을 받았을 테고요. 게다가 저한테 전화해서 고모가 죽어가고 있으니 와 달라고 했던 것도 프레다 앤이었어요. 아마 자기가 고모를 죽였다는 누명을 쓰기 싫어서 내가 보는 앞에서 고모를 죽게 만들려 했던 심산이었을 겁니다. 그런데 그 독 냄새를 내가 한 번에 알아차릴 줄은 상상도 못 했겠죠."

"그럼 어차피 죽어 가고 있던 윌리스 부인을 굳이 죽인 이유는 또 뭐고?"

"그게 가장 중요한 부분입니다. 노부인의 상태는 비교적 안정적이었고, 금요일에 만났던 세스 로저스도 평소와 다름없었다고 했죠. 어쩌면 이 끔찍한 일의 방아쇠가 되었던 게 바로 로저스의 방문이라는 사소한 사건이었을지도 모릅니다. 프레다 앤은 고모가 유언장 내용을 바꾸는 것을 두려워했어요. 서류에 서명할 때 증인이 없었으니 어차피 금요일에 바꾸지는 않았겠지만, 그래도 프레다 앤은 내게 전화를 걸어 고모가 죽어 가고 있다고 말한 뒤 자신의 거짓말을 진실로 만들기로 했어요. 어쩌면 노부인이 변호사를 불렀던 데에는 일부러 조카딸 부부를 겁주려는 의도가 있었는지도 모르지만, 설마 그 행동 때문에 자기가 살해당할 줄은 상상도 못 했을 테지요."

울프 박사는 당황스러운 표정이었어.

"대체 이걸 어떻게 증명해야 하나?"

내가 대답했네.

"우선 이 회의에 렌즈 보안관님을 불러야 할 것 같습니다. 제가 베티 윌리스의 사탕을 떠올릴 수 있었던 건 보안관님의 씹는담배 때문이었거든요."

샘 호손 선생은 이야기를 마무리 지었다.

"그 뒤로는 내 생각보다 일이 훨씬 쉽게 풀렸네. 프레다 앤이 자기 남편한테 태워 버리라면서 사탕 봉지를 줬는데, 남편은 수상하다는 생각에 그걸 숨겨 놨다더군. 사탕 봉지는 렌즈 보안관의 손으로 넘어왔고 검사해 보니 그 봉지 중 네 개에서 독이 검출되었어. 프레다 앤은 긴 형기를 선고받았네. 냇은 어떻게 되었는지 기억이 잘 나지 않는군.

노스몬트의 선량한 시민들은 그 끔찍한 한 주 동안 나를 의심했던 만큼 그 후로는 아주 잘해 주더구면. 나는 7월 4일 독립기념일에 메리 베스트의 소풍에 따라가 범죄와는 손톱만큼도 상관없는 아주 행복한 시간을 보냈지. 다음으로 범죄가 일어난 건 그해 늦여름의 일이었는데……. 그래, 그 이야기는 다음으로 미뤄 두겠네."

The Problem of the Protected Farmhouse

농가 요새의
수수께끼

"1935년 여름이 끝나 갈 무렵, 노스몬트에는 아주 희한한 살인 사건이 발생했네."

샘 호손 박사는 늘 그렇듯 약주를 한 잔 들이켜고 이야기를 시작했다.

"자네한테도 참 오랜 세월에 걸쳐 일어난 여러 가지 기묘한 살인 이야기를 했지만, 그중에서도 이건 특별히 끔찍하게 느껴지는 사건이었다네. 아무도 접근할 수 없는, 그야말로 요새나 다름없는 농가에서 벌어진 일이었거든. 그 기이한 살인 수법은 그 뒤에 숨겨진 동기에 비하면 평범할 정도였지."

(샘 선생은 말을 이었다.)

당시 여전히 의사를 기다리는 얼마 안 되는 시골 환자들을 위해 매주 한 차례 정기 왕진을 돌던 중이었지. 빌 크롤리라는 젊은이는 매년 그때쯤 알레르기성 비염을 심하게 앓았어. 내가 해 줄 수 있는 일은 당시 막 시판되기 시작한 항히스타민제를 처방해 주는 것뿐이었지. 사실 관심이 있던 건 빌이 그다음 해 개최될 1936년 베를린 올림픽에 나가기 위해 훈련 중이었다는 사실이었네. 노스몬트 주민 중 올림픽에 참가하는 사람은 처음이었기에 우리 모두가 빌을 응원했지.

열아홉 살인 빌은 늘씬한 근육질 체격에 보스턴 대학에서 이제 막 1학년을 마친 청년이었어. 2학년으로 올라간 빌은 일주일에 한 번씩 집에 왔는데, 빌에게 유달리 더 관심이 갔던 건 의예과에 흥미가 있다는 그 친구의 말 때문이었지. 빌은 무엇을 하든 늘 열심이었고 그해 여름, 훈련을 하지 않을 때면 캐스퍼네 개 사육장에서 청소 일을 했어. 부모인 에이미와 찰스는 늘 빌을 자랑스러워했네. 물론 스키드모어 대학에서 막 4학년이 된 빌의 누나 역시 그 못지않게 아꼈고.

"잘돼 가?"

빌이 집 옆 들판에 직접 만든 모래 트랙에서 높이뛰기 연습을 하는 모습이 보여서, 나는 차 밖으로 소리쳐 불렀네.

"잘돼 가요, 선생님. 방금 바로 목표 지점 위로 떨어졌어요."

나동그라졌던 빌이 몸을 툭툭 털며 대답했네.

나는 차에서 나와 빌에게 다가가 악수를 청했어.

"육상 경기 팀은 언제쯤 만들어진대?"

"봄이나 되어야 생길 거예요. 하지만 전 좋은 기회를 잡은 셈이에요. 가족들이 이미 비용도 다 마련해 두었어요."

빌이 웃으며 말하더군.

"베를린은 여기에서 굉장히 멀어, 빌. 히틀러가 곧 전쟁을 벌일 거라는 얘기도 있고."

"설마 올림픽 전에 전쟁을 일으키진 않겠죠. 저도 기사 읽었어요. 히틀러는 모든 경기에서 독일인이 우승해서 지배 민족의 우월성을 보여 주길 원한다면서요."

"참, 퍽이나 그러겠다."

"저도 모르겠어요, 선생님. 이 근처 사는 프랑크푸르트 할아버지는 히틀러가 독일인들에게 아주 좋은 지도자라고 해요. 전쟁에서 패배한 후 잃었던 자긍심을 독일인들에게 돌려주려 하는 거라고 그랬어요."

"그건 말도 안 되는 소리야."

나는 루돌프 프랑크푸르트를 별로 좋아하지 않았어. 전기가 통하는 울타리를 치고, 문을 꽁꽁 걸어 잠그고, 개까지 키우면서 언젠가는 미국의 반나치즘이 자길 죽일 거라는 피해망상을 갖고 있는 그 자그마한 인간 말이야. 하지만 불쾌한 화제를 굳이 끌고 갈 필요는 없었네.

"식구들은 어떻게 지내시니?"

내가 물었어.

"잘 지내세요. 아빠는 나무 사러 시내에 가셨어요."

찰스 크롤리는 목수였는데 대공황을 겪고 있는 노스몬트 주민들이 가재도구가 필요할 때면 꼭 찾는 인물이었지. 덕분에 꽤 짭짤한 수입이 정기적으로 들어오는 건 나도 알고 있었지만, 아들을 올림픽에 보낼 만한 돈을 어떻게 모았는지는 의문이었네.

"안부 전해 드리렴."

나는 그렇게 말하고 차로 돌아가려다 문득 물었어.

"알레르기성 비염은 아직도 심해?"

"오늘은 괜찮아요. 그냥 심했다 가라앉았다 해요."

"다행이네. 아마 곧 나으려는 전조인가 보다. 자, 그럼 난 그만 환자 보러 가야겠다."

차를 타고 멀어져 가며 나는 다시 훈련하기 위해 모래 트랙으로 걸어가는 빌의 모습을 바라보았네.

시내로 돌아가려면 문제의 프랑크푸르트가 사는 농가 요새(렌즈 보안관이 붙인 이름이었네.)를 오른쪽으로 끼고 돌아야 했지. 예전에는 멀러라는 사람이 살았던 곳인데, 벌써 십 년 가까이 농사를 짓지 않았지만, 노스몬트 주민들은 여전히 그곳을 농장으로 여겼다네. 다들 프랑크푸르트가 땅을 그냥 내버려 두는 일을 탐탁찮게 여겼지. 그 키 작은 남자는 정기적으로 수입이 들어올 만한 일을 하는 것 같지도 않았으니 사람들은 다들 음모론에 빠졌어. 미국과 독일이 다시 전쟁할 날을 대비해서 히틀러가 심어 놓은 스파이나 독일 연방군이라는 말도 하더군.

난 그런 이야기는 별로 신경 쓰지 않았네. 루디 프랑크푸르트는 나와 별로 친하지는 않았지만 가끔 진료를 받곤 했고, 그럴 때마다 항상 점잖았어. 울타리와 개와 잠긴 문은, 무서운 상대라기보다는 오히려 피해를 당한 적이 있는 사람에 가까웠지. 솔직히 아무도 그 남자를 두려워하지 않았어.

그날 천천히 차를 몰아 잠긴 정문 옆을 지나가다 보니 길 건너 덤불 뒤에 차 한 대가 주차되어 있었어. 안에는 누가 타고 있더라고. 이상한 광경이었지만 크게 신경 쓰지 않고 금방 잊어버렸네. 프랑크푸르트의 집 우편함에 꽂힌 깃발은 내려져 있더군. 오늘은 우편물이 없거나 이미 수거해 간 모양이었지. 길 건너 주차된 차 안에서는 깃발이 보이지 않을 것 같았다네. 혹시 마당에 프랑크푸르트가 있으면 건강 상태를 좀 확인하고 싶더군. 쉰한 살이라는 나이치고는 건강한 편이었지만, 그래도 이 집은 의사를 부르고 싶을 때 쓸 전화기가 없었거든. 우편함 옆에 차를 세우고 나가서 확인해 보니 정문은 확실히 잠겨 있었지. 정문에서 몇 십 미터 떨어져 있는 집 창문에 커튼이 쳐져 있는 모습을 확인하고, 나는 다시 차로 돌아왔어.

그때 내 뒤에서 경적이 울렸네. 배달 트럭을 몰고 스피긴스 잡화점에서 돌아오던 폴 놀란이었어. 스쳐 지나가면서 우리는 서로에게 손을 흔들었어. 트럭 뒤 흙길에 먼지가 풀풀 날렸네. 나는 미소를 짓고 고개를 절레절레 저으며 젊은 폴이 뒷길에서 트럭을 너무 빨리 몬다던 렌즈 보안관의 불평을 떠올렸어. 그러다 문득 집에 가는 길에 오렌지와 달걀을 좀 사 오겠다고 메리에게 약속했던 일이 떠올랐네.

그 오래된 잡화점은 노스몬트에서는 한물간 가게였어. 이제는 식료품, 철물, 씨앗을 각각 파는 가게들로 다 대체되었지만, 그래도 마이크 스피긴스는 운이 좋았어. 어차피 사람들은 식료품은 필요로 했으니, 대공황에도 별 타격을 입지 않았거든.

차를 몰고 따라가니 폴의 배달 트럭은 이미 가게 옆 주차장에 세워져 있었네. 나는 먼지가 뿌옇게 앉은 트럭 겉면을 손가락으로 한 줄 쭉 훑고 나서 마이크가 늘 가게 입구 근처에 쌓아 두는 손님용 고리버들 바구니를 집어 들었지. 그리고 오렌지와 달걀과 내가 먹을 빵과 우유를 담아서 계산대로 가져갔어.

마이크 스피긴스가 무슨 쪽지를 읽다 말고 고개를 들어 나를 쳐다보더군.

"이거 어떻게 생각하나, 선생? 루디 프랑크푸르트한테서 온 편지야. 그 친구가 식료품을 배달시키고, 정문 열쇠까지 함께 보냈어."

"방금 그 집을 지나쳐 왔는데 없던데요."

쪽지를 받아 들고 쭉 읽어 보니 손으로 쓴 쇼핑 목록이었어. 누런 종이에 열두 가지쯤 되는 물품 목록이 적혀 있고, 맨 위에는 루디 프랑크푸르트의 이름과 주소가 인쇄되어 있더군. 목록 맨 아래에는 타이프라이터로 이렇게 쓰여 있었네.

자동차 고장. 배달 부탁. 정문 열쇠 동봉. 개 조심.

스피긴스는 걱정스러운 얼굴로 말했어.

"전에도 이런 적이 있었어. 시내에서 볼일을 좀 봐야 하니 배달해 달라고 부탁했었어. 하지만 이런 식으로 열쇠까지 보낸 적은 없었다네. 혹시 아픈 게 아닐까? 그렇지 않고서야 왜 직접 나와서 문을 열어 주지 않는 거지?"

"좋은 지적이시네요."

나는 문득 그 농가 길 건너에 있던 수상한 차를 떠올렸네.

폴 놀란이 창고에서 상자 하나를 들고 나왔어. 폴은 약간 어수룩한 젊은이였는데 빌 크롤리와 함께 고등학교를 다닌 사이였어. 폴은 대학에 갈 돈이 없어서, 결국 식료품점에 취직했지.

"치킨 수프 어디다 둘까요, 스피긴스 씨?"

폴이 큰 소리로 물었네.

"구석에다 놔둬. 내가 나중에 정리할 테니까. 그보다 루디 프랑크푸르트한테 배달을 가야 해. 편지가 왔거든. 오늘 안에 거기 좀 다녀와 줄래?"

"네, 스피긴스 씨."

내가 물었네.

"언제쯤 갈 건데? 나도 따라가야 할 것 같아서 말이야, 폴. 프랑크푸르트 씨가 괜찮은지 확인해야겠어."

폴이 잠깐 생각하더니 어깨를 으쓱했네.

"4시쯤요?"

"그때 다시 올게."

내가 말했어.

이 모든 일들이 다 이상해 보였고, 무엇보다 프랑크푸르트네 농장 옆에서 봤던 그 차 안의 사람이 신경 쓰였어. 프랑크푸르트가 정말 차에 무슨 문제가 생겨서 못 오는 것인지 아니면 무서워서 밖에 나오지 못하는 것인지 알 수가 없었지. 게다가 우체부가 우편함에서 그 주문 쪽지를 가져가게 하려면, 최소한 정문까지는 걸어 나와서 우편함에 넣어 놓았을 게 아닌가.

시내에서 제일 괜찮은 차량 정비소인 그레이슨 정비소 옆을 지나가던 나는 문득 차를 멈추었네.

"혹시 프랑크푸르트 씨네 차에 문제 있다는 이야기 들었어요?"

수리하던 뷰익 밑에서 미끄러져 나온 정비공에게 물었지. 팔에 굵고 검은 털이 숭숭 난, 타일러라는 남자였어.

"아, 이미 수리 다 끝났어요. 그런데 와서 가져가질 않으시네."

"무슨 일이었는데요?"

"기어 시프트가 고장 났어요."

"차를 언제 가져왔죠?"

"이틀 전요. 수요일 오후 4시쯤이었던가."

차 수리가 다 끝났다면 직접 와서 차를 몰고 식료품을 사러 가면 될 일이었지. 물론 그 집에는 전화기가 없으니 수리가 다 끝난 줄을 모를 수도 있었어. 나는 늦여름 뉴잉글랜드의 시원한 햇살을 즐기며 진료실로 가면서 그 생각에 잠겨 있었네.

주차장에 차를 대려는데 메리가 마중 나왔네. 늘 그렇듯 매력적이고 유능해 보였지만 뺨이 약간 상기돼 있어서 뭔가 잘못되었다는 예감이 들더군.

"기다리고 있었어요, 샘. 당신을 찾는 환자가 있어요."

"누군데요?"

"그레첸 프랫이에요. 빌 크롤리의 여자 친구."

나는 시내 십 대들의 연애 관계에 대해 잘 몰랐지만, 그 프랫이라는 여자애는 알고 있었네. 빌 크롤리와 함께 고등학교를 졸업하고, 빌이 올림픽에 출전하려고 훈련을 받는 동안 그 집에 자주 놀러 가는 아이였지. 빌이 대학에 가느라 집을 떠난 후에도 둘은 계속 친하게 지내는 모양이었어.

"그레첸이 왜요?"

내가 물었어.

"임신했대요. 굉장히 혼란스러워하고 있어요."

메리의 말은 과장이 아니었어. 눈물로 얼룩진 그레첸의 얼굴을 보니 몹시 고통스러운 듯했거든.

"안녕, 그레첸. 나한테 다 얘기해 줄래?"

나는 소녀의 어깨를 어루만지며 물었어.

그레첸은 울면서 간신히 모든 이야기를 다 끝냈네. 빌을 깊이 사랑하는 마음, 생리가 끊겼다는 이야기, 이 사건이 빌의 올림픽 출전에 끔찍한 영향을 미칠지도 모른다는 생각까지.

"빌은 알아?"

내가 물었어.

"아직요. 말해도 될지 모르겠어요."

"일단 테스트를 해 보자. 실제로 임신인지 확인해야 하니까. 아무 걱정 안 해도 돼."

그레첸은 고등학생 때 치어리더였던, 예쁜 금발 소녀였어. 같은 반 친구들 대부분처럼 대학에 가는 대신 일찍 취직을 했지. 그레첸이 일하는 지역 보험 대리점이 박봉이라는 건 나도 알고 있었고, 어차피 노스몬트 같은 소도시에서 그레첸이 바랄 수 있는 건 같은 동네 남자와 결혼하는 일뿐이었어. 빌 크롤리 같은 청년과 결혼식장에 나란히 설 수 있다면 대부분의 소녀들은 펄쩍 뛰며 좋아할 테지만, 그레첸은 지나치게 순정적인 소녀여서 머릿속에 온통 빌 생각밖에 없었고, 이 새로운 변화가 빌의 미래에 어떤 영향을 미칠지 걱정스러워하고 있었네. 내가 검사를 끝내자 그레첸은 심지어 슬쩍 중절 이야기도 언급했지만 나는 일부러 못 들은 척했지.

"내일이나 되어야 결과가 나올 거야."

마지막으로 내가 시험관에 라벨을 붙이며 말했네.

"더 빨리는 안 되나요?"

"시간이 걸려. 네 소변 샘플을 토끼에게 주사해야 하거든. 토끼의 난소가 임신 징후를 보이면 양성이라고 할 수 있겠지. 다행히 이 건물 안에 있는 병원 연구소에서 A-Z 검사에 쓸 토끼를 늘 키우고 있어서 망정이지, 안 그랬으면 네 샘플을 더 먼 곳으로 보내야 했을 거야."

"왜 A-Z 검사라고 하는 거예요? 시작과 끝이라서?"

"그 무엇의 끝도 아니야, 그레첸. 이건 그냥 그 검사법을 개발한 독일 의사, 아슈하임과 존데크 두 사람의 이니셜을 따왔을 뿐이야."

그레첸이 자리에서 일어났네.

"검사 결과가 나오면 바로 연락 주시겠어요?"

"메리나 내가 전화할게."

그레첸은 보는 사람이 다 마음 아플 만큼 기운 없는 얼굴로 사무실을 나갔네. 나는 그레첸이 예전처럼 천진난만한 어린아이로 돌아와 주길 바랐지만, 내가 할 수 있는 일은 없었지.

"어떻게 됐어요?"

메리가 물었네.

"당신이 보기엔 어때요? 그 애 얼굴 봤죠? 일단 이걸 연구소에 가져가서 A-Z 검사를 의뢰해요. 난 루디 프랑크푸르트네 집에 가 봐야겠습니다."

"그 사람은 또 무슨 문제예요?"

나는 메리의 말투에 그만 웃음이 나고 말았네.

"별일 없기를 바라야죠."

내가 말했어.

스피긴스 잡화점 뒤에 차를 세우니 폴 놀란이 트럭 주위를 킁킁거리는 떠돌이 개에게 돌을 던지고 있었네. 프랑크푸르트가 주문한 식료품은 마분지 한 상자를 꽉 채웠고, 그 상자는 트럭 짐칸에 있는 캔버스 천 두루마리 하나와 골프채 한 세트 옆에 실려 있었다네.

"가끔 컨트리 클럽에서 골프도 쳐?"

내가 물었네.

"저한테는 시내 코스가 더 잘 맞아요. 그보다 저 개가 먹을 걸 물어 갈까 걱정이네요. 항상 뭐 떨어지는 걸 얻어먹으려고 이 근처를 어슬렁거리거든요. 스피긴스 씨가 캐스퍼 사육장에 전화했는데도, 영 데려가질 않네요."

캐스퍼 사육장은 동네 떠돌이 개들을 잡아가기도 했고, 개들을 훈련시켜 루디 프랑크푸르트네 집에 있는 커다란 저먼 셰퍼드 같은 파수견으로 훈련시켜 제공하는 일도 했네.

"지금 배달 가려고?"

"네. 같이 가실 거죠?"

"난 내 차로 갈게."

"언젠가는 저도 그런 차를 몰아 보고 싶네요."

폴이 내 빨간 메르세데스 쪽을 턱으로 가리키며 말했어.

"그럼 의대에 가."

난 그렇게 말했네. 그 차는 내 학위 덕분에 얻은, 얼마 안 되는 사치품이었으니 말이지.

트럭 뒤를 따라 프랑크푸르트 농장으로 향하면서 흙먼지를 피하느라 애썼네. 폴은 트럭을 농장 정문 앞에 세우고 그 정문 열쇠를 꺼냈어. 열쇠를 꽂기 전에 확실히 잠겼는지 문을 몇 번 당겨 보더라고. 그사이 나는 길 건너 덤불 쪽을 다시 한 번 돌아보았네. 여전히 차가 있기는 했는데 다른 차였어. 파란 닷지에서 황갈색 쉐보레로 바뀌었더라고.

시동을 끄고 차에서 내린 나는 단호하게 쉐보레를 향해 걸어갔네. 처음에는 안에 탄 남자가 시트에 기대고 반쯤 누워, 페도라를 이마 위에 올리고 잠들어 있는 줄 알았어. 조수석 문을 당겨 보니 열려 있더군.

"혹시 무슨 일로 오셨는지 여쭤 봐도 될까요?"

내가 물었네.

남자는 페도라 밑으로 나를 쳐다보더니 가죽 케이스 하나를 열어서 보여 주더군. 그 속에는 작은 금배지와 신분증이 들어 있었어. 내가 읽을 수 있는 글자는 '미연방수사국'뿐이었지.

"신경 끄고 가던 길 가시지, 친구."

남자가 말했어.

"난 의사입니다. 저 집에 볼일이 있어요."

"무슨 문제라도 있답니까?"

"나도 모릅니다. 확인하러 온 거예요."

폴 놀란이 정문을 닫고 잠그지는 않은 채 배달 트럭을 몰고 안으로 들어갔네. 저먼 셰퍼드 한 마리가 그 뒤를 컹컹 짖으며 쫓아가더니 타이어를 물어뜯었어. FBI 요원이 웃더군.

"저 꼬맹이나 구해 주지 그래요?"

나는 고개를 끄덕이고 서둘러 달려가 내 차가 들어갈 수 있도록 정문을 활짝 열었어. 차를 몰고 안으로 들어가자 개는 갑자기 표적이 너무 많아져 당황한 눈치더군. 결국 개가 나를 막으려고 쫓아온 사이, 배달 트럭은 금세 차고를 돌아 사라졌다네.

폴이 식료품을 안으로 들여다 놓을 동안 개의 주의를 끌고 있는데, 몇 분 후 다시 차고 모퉁이에서 폴이 나타나 내게 손짓을 했네.

"벨을 눌렀는데 대답이 없어요, 선생님."

"집에 없나 보군."

내가 차에서 내리자 저먼 셰퍼드가 달려오더군. 코트를 벗어 팔에 둘둘 말고 있는데 폴이 개 사료를 한 줌 가지고 쫓아왔네.

"그냥 배가 고파서 그러는 것 같아요."

그렇게 말하며 폴이 사료를 땅바닥에 뿌렸어.

"스피긴스 씨가 개 사료 두 자루가 주문에 포함됐다고 하셨거든요."

실제로도 그런 듯했어. 개는 나 말고 먹이로 덤벼들었지. 안도
의 한숨을 내쉬며 폴을 따라 집 옆문으로 향했네.

"현관문은 잠겨 있고 안에서는 대답이 없어요."

폴이 말했네.

창을 들여다보던 나는 등줄기에 익숙한 소름을 느꼈지.

"물러서. 창을 깨야겠어."

"왜요?"

"바닥에 시체가 있어."

그로부터 몇 시간이 흘렀네. 우리는 시체 옆에 떨어져 있는 손
도끼로 누군가가 루디 프랑크푸르트의 머리를 여러 번 내리쳐 살
해했다는 가설을 세울 수 있었지. 서른여섯 시간에서 마흔여덟 시
간 전, 아마 수요일 저녁 또는 목요일 아침에 살해당한 거라고 추
측할 수 있었어. 집 안을 수색한 렌즈 보안관이 모든 문과 창문이
단단히 잠겨 있었다고 말했지만, 왠지 전혀 놀랍지 않았다네.

"울타리는요?"

내가 물었네.

"울타리도 마찬가지야, 선생. 울타리 위로 쳐 놓은 전선에는 아직
도 무시무시한 전류가 흐르고 있네. 아무도 넘어 들어올 수 없어."

"잠긴 정문, 2미터 높이의 전류 울타리, 파수견, 게다가 모든 문
과 창문이 다 잠긴 집. 불가능 범죄네요."

답답한지 렌즈 보안관은 벨트를 배 아래로 내렸어.

"자넨 이미 전에도 어려운 사건을 많이 해결했잖나. 그래서 난 뭘 하면 되지?"

나는 잠시 생각했네.

"정비소에 차를 가져왔다는 수요일 오후까지는 루디가 살아 있었습니다. 집으로 걸어 돌아왔든, 아니면 뭘 얻어 타고 왔겠죠. 정비공 이야기를 한번 들어 보시는 게 좋겠군요."

그리고 조금 더 생각하고 나서 말을 덧붙였지.

"아, 그 편지를 배달했다던 우편배달부도요."

"뭐?"

"루디는 마이크 스피긴스에게 쪽지를 쓰고, 식료품을 집 안으로 배달해 달라면서 정문 열쇠까지 맡겼습니다. 어쩌면 그 우편배달부가 우편함에서 편지를 수거했을 때의 일을 기억하고 있을지도 모릅니다."

"그럼 자네는 뭘 하게?"

그때 목격자가 한 명 더 있다는 사실이 떠올랐네. 아마도 최고의 목격자일 거야.

"저랑 잠깐만 같이 좀 가 주셔야겠습니다, 보안관님."

FBI 요원과 한바탕하러 굳이 정문까지 걸어가서 길을 건널 필요도 없었네. 그냥 문을 여니 바로 코앞에 페도라 쓴 남자가 서 있었거든.

"안에서 대체 무슨 일이 일어나고 있는 겁니까?"

요원이 다시 한 번 신분증을 내밀며 물었어.

렌즈 보안관이 재빨리 그 이름을 훑어보았지.

"스티븐 베이츠 특수 요원이시군. 뭐 도와 드릴 일 있소이까?"

"여기 보안관이십니까?"

"그렇소."

"지난 이틀간 이 집은 FBI의 감시하에 놓여 있었습니다. 국가
안보와 관련된 문제입니다."

"좀 더 구체적으로 말씀해 주셔야 할 것 같은데."

요원은 짜증이 치솟는 얼굴로 보안관을 응시하면서 따져 물었네.

"대체 여기에서 무슨 일이 일어난 거냐니까요."

"루디 프랑크푸르트라는 이름의 남자가 지난 이삼일 사이 이 안
에서 죽은 것으로 추정되오."

내가 끼어들었네.

"밖에서 당신들 요원 두 명이 계속 지켜보고 있지 않았습니까?
어제는 다른 차였던데요."

베이츠가 나를 돌아보더군.

"당신은 누굽니까?"

"의사 샘 호손입니다. 내가 시체를 발견했어요."

베이츠가 고개를 끄덕였네.

"그러고 보니 아까 내 차로 왔었죠."

"덤불 뒤에 서로 다른 차 두 대가 연달아 서 있는 모습이 수상해
보였으니까요."

"FBI에서는 루돌프 프랑크푸르트가 폴크스분트*와 모종의 관계

● Volksbund 미국에 거주하는 독일계 미국인들을 모아 스파이 행위를 시도했던 나치 산하 조직

410

가 있는 게 아닌지 의심하고 있습니다. 이번 주말 뉴잉글랜드 교외 지역 어딘가에서 모임을 가질 예정이라고 해서 나와 내 파트너가 이 지역을 맡았죠. 다른 곳에는 또 다른 팀들이 감시하고 있습니다."

베이츠는 나를 무시하고 렌즈 보안관에게만 설명했네.

"이 동네에서는 그런 문제를 겪은 적이 한 번도 없는데. 프랑크푸르트에 대한 소문이 가끔 돌긴 했지만, 실제로 범죄가 벌어진 적은 없었소."

보안관이 머리를 긁적이며 대답했지.

"집 안에서 혹시 무기가 발견됐습니까?"

"사냥총 하나 말고는 없었소. 식량은 아주 많았고 심지어 차고에 개 사료가 세 자루 있었는데 총이나 전화, 그 외 무슨 기계 같은 건 하나도 없었소이다."

"파트너에게 이 사건을 다른 방향에서 접근해 보자고 해야겠군요. 그 친구는 전화하면 십오 분 안에 와 줄 겁니다."

"전화가 없다니까요."

렌즈 보안관이 재차 말했네.

"뭐라고요?"

"프랑크푸르트는 전화가 없었단 말이오. 무슨 은자처럼 살았지. 가끔 필요할 때만 시내에 나왔고, 평소에는 이렇게 전류 울타리를 치고 개를 키우면서 혼자 살았다오."

나는 틈을 보아 또다시 끼어들었네.

"요원님과 파트너분이 이틀 동안 여기 계셨다면 분명 살인자를 보셨을 겁니다."

베이츠는 다시 나를 돌아보았어.

"우리가 여기에서 감시를 시작한 건 수요일 오후 5시부터였습니다. 그 후로는 저 문으로 드나든 사람이 아무도 없었는데요."

렌즈 보안관이 한숨을 내쉬었네.

"이제 어쩌나, 선생?"

"아직 확실한 건 아닙니다. 보안관님은 일단 그 우편배달부를 확인해 보시죠. 저는 정비소에 다시 한 번 가 보겠습니다."

그때 루디 프랑크푸르트의 시체가 집 밖으로 실려 나갔기에 우리는 모두 옆으로 비켜야 했다네.

토요일 아침, 사무실로 출근한 나는 그레첸 프랫에게 전화해서 소식을 알렸네.

"A-Z 검사 결과 양성이었어, 그레첸."

전화선 너머에서 숨을 날카롭게 들이마시는 기척이 느껴졌지만 그다음 들려온 목소리는 아주 이성적이고 침착하더군.

"그럴 것 같았어요."

"빌은 아니?"

"어젯밤에 제가 얘기했어요. 결과도 이미 확신하고 있었고요."

"빌이 뭐라고 했니?"

"모르겠어요. 그냥 생각에 잠겨서 아무 말이 없더라고요."

"이따 오후에 빌이랑 같이 병원에 올 수 있겠니? 부모님께 말씀드리기 전에 우선 너희 둘과 먼저 이야기하는 게 나을 것 같은데."

"빌이 안 오겠다고 하면요?"

"난 빌하고 친하거든. 훈련 시간 한 시간만 나한테 내 달라고 말해 보렴."

"알겠어요, 선생님."

전화를 끊고 돌아보니 메리가 문간에 서 있더군.

"토요일인데 일찍 출근하셨네요."

"연구소 결과가 나와서 그레첸 프랫에게 전화를 해 주려고요."

"양성이에요?"

나는 고개를 끄덕였네.

"아주 이성적이더군요. 그래서 빌과 함께 오후에 병원에 오라고 했어요."

그리고 나는 고개를 절레절레 저었어.

"그 애들은 부모가 되기에는 너무 어려요, 메리."

"열아홉이잖아요. 우리 언니도 열아홉 살에 결혼했는데 지금 잘 살아요."

"빌은 다음 주면 대학으로 돌아가서 2학년이 돼야 해요. 게다가 내년 여름에는 올림픽에도 출전하려고 훈련하는 중이고."

메리가 환자 의자에 앉았네.

"그 살인 사건은 어떻게 됐어요? 루디 프랑크푸르트가 손도끼로 죽었다면서요?"

"그런 것 같더군요. 아직 부검 결과는 못 봤지만."

"요새나 다름없는 그 집에 범인이 대체 어떻게 들어갔을까요?"

나는 메리의 질문에 답변하기 위해 리갈 패드를 꺼내 생각을 정리하기 시작했어.

"루디가 살아 있는 모습을 마지막으로 본 사람은 살인자를 제외하면 정비공 타일러였어요. 타일러 말로는 루디가 4시쯤 차를 가져와서, 정비소에 놓고 걸어서 농장으로 돌아갔다고 했습니다. 그 사람 걸음으로는 삼십 분쯤 걸릴 거예요. 개 사료를 포함해서 저장해 둘 식료품이 필요했지만 직접 들고 가긴 싫었겠죠. 그래서 루디는 집에 도착해서 장 볼 목록을 작성하고, 봉투에 정문 열쇠를 넣은 뒤 그 봉투를 정문 앞 우편함에 넣었어요. 그걸 우편배달부가 스피긴스에게 가져다줬고요. 그리고 그날 오후 5시부터 FBI 요원 두 명이 문 앞에서 감시하기 시작했는데 아무도 드나들지 않았다고 했습니다."

"그럼 5시 전에 살해당했다는 말이에요?"

"나도 모르겠어요. 가능성은 두 가지. 첫째로 루디가 집에 와 보니 범인이 이미 도둑질을 할 의도로 안에 들어와 있었을 경우가 있죠. 하지만 그럼 범인이 어떻게 그 울타리를 넘고 개를 피해서 집 안으로 들어왔는지 알 수가 없어요."

"어떤 개였는데요?"

"훈련받은 저먼 셰퍼드였어요. 두 달 전에 캐스퍼네 사육장에서 사 온 개였죠. 렌즈 보안관님이 그 영수증을 찾았습니다. 게다가 만일 루디가 집에 돌아온 후 살해당했다면 어떻게 그 장 볼 목록을 쓸 수 있었겠어요? 정비소에 가기 전에 미리 썼다면 그냥 그걸 들고 식료품점에 가서 부탁했으면 그만일 텐데."

"두 번째 가능성은요?"

메리가 물었네.

"살인자가 밖에서 기다리고 있었고, 집에 돌아온 루디가 그 사람을 안으로 들여보냈을 가능성이죠. 루디가 함께 있었으니 개도 범인을 공격하지 않았을 테고요. 하지만 여기에서 똑같은 문제에 부딪히게 됩니다. 그럼 루디는 장 볼 목록을 언제 작성한 걸까요?"

"그게 손으로 쓴 메모가 확실해요?"

"네. 렌즈 보안관님과 배달부 폴이 확인했어요. 그 목록을 작성해서 정문으로 가지고 나와 우편함에 넣고 집으로 돌아오기까지의 시간을 따져 보면, FBI 요원들이 5시에 감시를 시작하기 전까지 범인에게 주어진 시간이 얼마 안 된다는 사실을 알 수 있죠."

"하지만 실제로 범행이 일어났잖아요."

"부검 결과에 사망 시각이 수요일 늦은 오후라고 나온다면 말이죠."

나는 긴장했던 근육을 쭉 뻗으며 기지개를 켰네.

"울프 박사님이 지금쯤 결과를 받아 보셨겠죠. 잠깐 거기 좀 다녀와야겠습니다."

울프 박사는 하얀 갈기 같은 머리에 나만 보면 유난히 얼굴을 찌푸리곤 하는 사람이었어. 지난여름, 의료 협회에서 내 의사 면허를 위협하는 바람에 나는 이 사람과 한바탕 싸운 적이 있었고 그 후로 우리의 관계는 여전히 다소 냉랭했다네. 하지만 울프 박사는 청교도 기념 병원의 직원이었고 내 사무실도 그 안에 있다 보니 자연스럽게 자주 마주칠 수밖에 없었어.

"아니, 호손 선생. 자네가 여기까진 웬일이야?"

책상에 앉아 있던 울프 박사가 나를 올려다보며 물었어.

"루디 프랑크푸르트의 검시 결과가 나왔는지 알아보러 왔는데요."
내가 말했네.

"또 탐정놀이 중인가?"

"죽은 사람이 제 환자였습니다. 그러니 궁금한 게 당연하죠."
내가 사무적으로 대꾸했네.

울프 박사는 한숨을 내쉬고 앞에 놓여 있던 종이를 집어 들었어.

"알고 싶은 게 뭐지?"

"사망 시각과 사인입니다."

"사인은 연속적인 두부 강타로 인한 뇌출혈일세. 즉시 정신을
잃었고 얼마 지나지 않아 죽었어. 시간은 수요일 자정에서 앞뒤로
네 시간이라고 할 수 있겠군."

"그렇게 늦어요? 수요일 오후 5시쯤 죽은 게 아닙니까?"

"아니야, 선생. 자네도 사망 시각을 어떻게 정의하는지 알고 있
겠지. 위장 속에 든 음식물, 사후경직의 정도. 의대에서 배웠겠지
만 죽은 후 몸이 뻣뻣해지는 데에는 다양한 요인이 존재하네. 물
론 주변 온도도 포함해서. 경직이 풀릴 때도 마찬가지야. 프랑크
푸르트는 수요일 자정을 전후해서 죽었네."

"알겠습니다."

나는 그 말을 받아들였어.

"그런데 혹시 시체가 발견된 후에 자네나 렌즈 보안관이 시체를
뒤집었나?"

"아뇨, 절대로. 시체 밑을 확인하려고 보안관님이 살짝 들어 올렸을 수는 있지만 금방 원래 위치로 돌려놓았습니다. 그건 왜 물으시죠?"

울프 박사가 내 말을 무시하고 말했네.

"아마 별것 아닐걸세. 발견됐을 때 시체는 반듯하게 누운 자세였다고 하던데, 이상하게 시체 위쪽에 멍이 든 흔적이 있어서 말이야. 마치 죽은 후 피가 거기에 엉겨 붙어 굳었던 것처럼. 그래서 시체가 뒤집혔다고 생각했지."

"저는 잘 모르겠습니다."

"범인이 돌아와서 그랬을 수도 있을 테고."

그럼 그 요새에 한 번이 아니라 두 번이나 침입했다는 말이 되는데.

내 사무실로 돌아와 렌즈 보안관에게 전화를 걸었네. 정비공과 울프 박사의 검시 결과에서 얻은 정보를 쭉 전달한 후, 우체부에 대해 물었어.

"혹시 우편배달부가 프랑크푸르트 농장 우편함에서 편지를 수거했던 일을 기억하고 있던가요?"

"목요일에 한 통이 있던 걸 기억하더군. 봉투 안에 뭔가 묵직한 게 있어서 이게 뭔가 싶었다고 해."

"혹시 우체부가 직접 그 열쇠로 정문을 따고 들어가 루디 프랑크푸르트를 죽였을 가능성은 없을까요?"

보안관은 코웃음을 쳤네.

"누구, 퍼티가? 그 친구는 개를 아주 무서워해, 선생. 그렇지, 벌써 개한테 여러 번 물린 적이 있거든. 그래서 우편물을 배달할 때면 차에서 내리지 않고 항상 창밖으로 몸을 내밀어 우편함에 우편물만 꽂아 놓고 간다네. 그러니 저편 셰퍼드가 있는 그 집에는 절대 들어가지 않아! 게다가 한밤중에 우편물 배달을 하지도 않고."

"맞아요, 그건 그렇죠. 감사합니다, 보안관님."

그날 오후 나는 달리 생각할 일이 있었네. 빌과 그레첸이 2시쯤, 우울하면서도 민망한 표정으로 나란히 찾아왔거든.

"둘 다, 어떻게 하고 싶니?"

내가 물었네.

"저희 결혼할 거예요."

빌이 즉시 대답하더군.

"그럼 그렇게 해야지."

"하지만 부모님들이……."

그레첸이 입을 열었어.

"아직 부모님들께 어떻게 말씀드리는 게 최선일지 생각할 시간이 좀 있어. 너희가 원한다면 내가 대신 말씀드릴 수도 있고. 물론 너희가 직접 말씀드리고 싶을 수도 있겠지."

우리는 삼십 분 동안 여러 가지 가능성에 대해 이야기했지만 그당시 노스몬트 같은 소도시에서는 어차피 할 수 있는 일이 정해져 있었네. 결혼을 하거나, 아니면 그레첸이 다른 주에 가서 아이를 낳고 입양을 보내거나 둘 중 하나였어.

둘 다 대안을 원하지는 않더군.

그레첸은 단호하게 말했어.

"만약 낳는다면 제가 키울 거예요. 문제는 빌이죠. 당장 다음 주에 학교에 가야 하는데."

"보스턴은 별로 안 멀어. 주말마다 집에 올 수도 있고, 내가 취직하면……."

"이 대공황 한복판에? 게다가 올림픽은 어쩌고?"

그레첸이 물었네.

"베를린 올림픽은 사실 아무것도 아냐. 솔직히 모든 독일인들이 다 루디 프랑크푸르트 같다면 난 차라리 안 갈래."

"그 사람 살해당했어. 너도 알겠지만."

내가 말했어.

"들었어요. 한번은 식료품점에서 만났는데 저를 붙잡고 독일 민족이 우수한 인종이라는 얘기를 늘어놓더라고요. 하마터면 한 대 칠 뻔했잖아요. 그 사람이 열 살만 더 젊었어도 진짜 때렸을 거예요."

나는 피곤한 눈가를 문질렀네.

"수요일 자정쯤에 뭐 하고 있었니, 빌?"

"한밤중에요? 당연히 집에서 자고 있었죠."

"아직 캐스퍼 사육장에서 일하고 있고?"

"어제 그만뒀어요. 월요일에는 학교에 가야 해요."

나는 자리에서 일어나 사무실 안을 거닐다 문득 창밖으로 하늘을 내다보았네. 이럴 때면 제발 여기가 노스몬트가 아닌 다른 곳이었으면 하는 마음이 들곤 했지.

"높이뛰기 기록이 얼마나 되니, 빌? 2미터는 훌쩍 넘겠지?"

"아, 그건……."

"빌, 난 노스몬트에 사는 모든 사람들 중 루디 프랑크푸르트를 죽일 수 있는 유일한 사람은 바로 너밖에 없다고 생각해."

그레첸이 숨을 헉 들이켰고 빌이 벌떡 일어났어.

"무슨 말씀이세요? 전 아무도 안 죽였어요!"

나는 억지로 자리에 다시 앉았네.

"사실만 생각해 보자, 빌. 프랑크푸르트는 사실상 요새나 다름 없는 곳에 살았어. 전류가 흐르는 전선을 감은 2미터짜리 울타리가 사유지 전체를 둘러싸고 있었지. 마당에는 사람에게 망설이지 않고 덤벼드는 저먼 셰퍼드 한 마리가 어슬렁거리고 있고. 게다가 그 너머에 있는 집은 늘 문이 잠겨 있어. 편지 봉투 속에 정문 열쇠가 들어 있기는 했지만, 밖에서 FBI 요원 두 명이 내내 지켜보고 있었는데 아무도 오지 않았어. 어쩌면 범인은 울타리를 뛰어넘어 들어가 개를 달랬던 게 아닐까?

그게 가능한 사람은 너밖에 없었어, 빌. 너는 높이뛰기로 전선에 닿지 않고 2미터짜리 울타리를 뛰어넘을 수 있지. 게다가 그 개와는 이미 잘 아는 사이였어. 프랑크푸르트는 두 달 전 그 개를 캐스퍼 사육장에서 샀는데, 그건 바로 네가 거기에서 일할 때였지."

빌이 그레첸을 돌아보더군.

"너도 내가 프랑크푸르트를 죽였다고 생각해?"

"무슨 소리야? 넌 파리 한 마리 못 죽이잖아! 샘 선생님, 얘는 사냥도 못 나가는 애예요!"

"하지만 한 대 치고 싶었다고 아까 분명하게 인정하지 않았니? 빌, 넌 울타리를 뛰어넘어 개의 머리를 쓰다듬고 지나간 거야. 문 앞에 도착하니 프랑크푸르트가 너를 보고 문을 열었겠지. 대체 네가 거기에서 뭘 하나 싶어서. 그리고 네가 떠난 후에 문은 자동으로 잠겼고, 넌 들어올 때와 마찬가지로 개를 지나쳐 울타리를 뛰어넘어서 밖으로 나갔던 거야."

"빌은 그런 짓 안 해요."

그레첸이 단호하게 말했네.

"무슨 초자연현상을 기대하지 않는다면 그 외에는 설명할 방법이 없어."

내가 대꾸했지.

"렌즈 보안관님한테 말씀하실 거예요?"

빌이 처음으로 겁먹은 얼굴로 묻더군.

"말해야 하는데, 일단 그 전에 대체 무슨 일이 일어났는지 확실하게 알아봐야겠다."

나는 말했어.

두 아이들을 내보내고 혼자 사무실에 남아 생각에 잠겨 있는데 금세 메리가 들어왔네.

"애들이 당신 가설을 듣고 저항하지 않던가요?"

"그건 단순한 가설이 아닙니다."

내가 주장했어.

"그래요? 내가 방금 또 다른 생각을 했는데, 프랑크푸르트가 집

에 가다가 차에 치인 거예요. 차는 그대로 뺑소니를 쳤고 프랑크
푸르트는 비틀거리며 간신히 집에 가서 쇼핑 목록을 작성한 다음
에 죽은 거죠."

"이봐요, 메리. 그 사람은 손도끼에 맞아 죽었어요. 차에 치인
게 아니고."

하지만 죽은 후 피가 신체의 가장 낮은 곳에 고여서 굳었다던
울프 박사의 언급이 떠올랐네. 그것은 내가 미처 보지 못한 부분
이고, 무언가 명확한 사실을 가리킬 것 같았어.

"게다가 개 부분도 조금 어설퍼요. 그 개가 두 달이나 지났는데
빌 크롤리를 기억하겠어요?"

메리가 물었네.

"개들은 기억력이 좋……."

나는 입을 열었다가 금세 말을 멈췄어.

"개! 왜, 개 생각을 못 했지!"

"개가 왜요? 당신이 그 개 아주 사납게 생겼다고 하지 않았어요?"

"그 개 얘기가 아닙니다, 메리. 다른 개예요!"

나는 마지막 토요일 배달을 나서는 폴 놀란을 붙잡아, 트럭의
조수석에 얻어 탔네.

"어디 내려 드릴까요, 샘 선생님?"

폴이 깜짝 놀라서 물었지.

"그냥 너랑 잠깐 드라이브를 하고 싶어서 그래."

폴은 기어를 넣고 스피긴스네 가게 옆 주차장에서 출발, 큰길

을 따라 시내 광장 쪽으로 차를 몰았네.

"프랑크푸르트 살인 사건은 어떻게 잘 해결되고 있어요? 그런 불가능 범죄는 선생님 전문 분야 아닌가요?"

폴이 물었네.

"물론 내가 렌즈 보안관님을 몇 번 도와 드린 적은 있는데, 가끔 이런 사건에 부딪힐 때가 있지. 아무리 고민해도 도대체 알아낼 수 없는 부분이 있는 사건 말이야."

"농장에 어떻게 침입했는지를 모르겠다는 말이에요?"

"그건 알아냈어, 폴. 문제는 동기야. 대체 루디 프랑크푸르트는 왜 죽였니?"

폴이 쥐고 있던 핸들이 덜컹덜컹 흔들리고 차가 하마터면 보도블록에 올라갈 뻔했네. 다행히 폴이 제때 핸들을 꽉 붙잡고 꺾었어.

"대체 무슨 말씀을 하시는 거예요, 선생님?"

"네가 그 손도끼로 루디를 죽였잖아, 폴. 네가 뭘 어떻게 했는지 나는 자세히 알고 있어."

"그건 말도 안 되는 소리예요."

"그럼 한번 얘기해 볼까? 수요일 오후 4시쯤, 루디 프랑크푸르트는 기어 시프트를 고치러 차를 정비소로 끌고 갔어. 그리고 한 삼십 분쯤 걸어서 집으로 돌아왔지. 그때 네가 트럭을 몰고 우연히 지나가다가 걸어가는 루디를 보고 태워 주겠다고 제안한 거야. 루디는 승낙했고, 너는 트럭을 운전해서 계속 가다가 길 중간에 갑자기 차를 세우고 루디를 끌어내려서 손도끼로 후려쳐 혼수상태에 빠뜨렸지. 너는 그때 루디가 죽은 줄 알았지만, 사실은 그 후 몇 시간 동안 죽지 않았던 거야. 너는 트럭 뒤에 늘 싣고 다니는 캔버스 천으로 루디를 둘둘 만 다음, 루디의 열쇠로 농장 정문을 열고 들어가서 농가 뒤에 시체를 던져 놓을 생각이었겠지. 개 옆을 지나칠 수가 없었으니 말이야."

"선생님이랑 제가, 우리가 같이 집 안에서 시체를 발견했잖아요!" 폴이 항변했네.

"그건 네가 돌아왔다가 덤불 뒤에서 누가 정문을 감시하고 있다는 사실을 알아차렸기 때문이겠지. 아마 넌 어떻게든 집 안으로 들어가 보려고 그날 밤 내내 몇 번을 농장에 오갔을 거야. 하지만 정문 앞에 죽치고 있는 정체 모를 감시자들이 바로 떠나지 않을 것 같다는 사실이 확실해졌기에 계획을 바꾸기로 했어. 잡화점에서 프랑크푸르트의 예전 쇼핑 목록을 발견한 너는 맨 밑에 지시 사항을 추가로 타이핑했지. 그리고 시체 바지 주머니에 있던 열쇠고리에서 빼낸 정문 열쇠를 쇼핑 목록과 함께 봉투에 넣었지. 한밤의 어둠 속에서 너는 그 누구의 눈에도 띄지 않고 우편함에 봉투를 넣는 데 성공했어. 차에 탄 감시자는 우편함이 잘 보이지 않는 위치였기에 그걸 알아차릴 수 없었고."

"그게 정문 열쇠였는지 제가 어떻게 알겠어요?"

"그건 문제가 아냐. 어차피 식료품 배달은 네가 할 테고, 만약 잘못된 열쇠라고 해도 다른 열쇠들로 시도해 보면 그만이니까. 나는 그것도 모르고 너와 함께 같이 오기로 했던 거지. 여기에는 유리한 점과 불리한 점이 각각 하나씩 있었어. 유리한 점은 내가 네 결백을 증명해 줄 수 있다는 점이고, 불리한 점은 네가 원치 않는 무언가를 내가 볼 수도 있다는 거지. 다행스럽게도 네가 열쇠 뭉치를 가지고 사투를 벌이는 사이 난 집을 감시하던 사람에게 질문을 하고 있었고, 개를 상대하느라 네가 일이 분 정도 내 시야에서 사라졌어도 신경 쓰지 않았어. 프랑크푸르트의 열쇠로 현관문을 따고 집 안으로 들어가 시체를 옮겨다 놓고, 다시 문을 닫아서 저절로 잠기게 하기에는 충분한 시간이야. 열쇠를 제자리에 되돌려 놓을 시간은 없었지만 그건 문제가 아니었어. 집주인이 집 안에 있으니 굳이 주머니에 열쇠를 갖고 있을 필요가 없었으니까."

"내가 시체를 어디다 숨겨 두고 있었단 거예요?"

"수요일에는 일단 아무 데나 숨겨 놓았다가 금요일 오후에 캔버스 천에 싸서 트럭으로 실어 왔겠지. 그러고 보니 네가 식료품을 내려놓기 전에 다른 개가 네 트럭 뒤를 뱅뱅 돌면서 계속 냄새를 맡던 게 생각나더라고. 아마 시체 냄새를 맡았겠지?"

폴은 트럭을 길옆에 세워 놓고 꼬박 일 분 동안 나를 가만히 응시했네. 나는 폴이 날 덮칠 줄 알았어.

"선생님, 지금 이 모든 얘기의 근거가 개 한 마리라는 말인가요?"

"정확히 말하면 두 마리야. 프랑크푸르트가 키우는 개가 나를 습격했을 때 넌 개 사료를 가지고 나왔어. 배가 고파서 그러는 모양이라고 너는 말했고, 그 말은 맞았지. 그걸 대체 어떻게 알았을까? 프랑크푸르트가 개에게 먹이를 주지 않았다는 사실을 네가 어떻게 알았을까? 그리고 프랑크푸르트는 이미 차고에 사료가 넉넉히 있는데 그걸 왜 또 주문했을까? 집 안을 확인해 보니 그 쇼핑 목록에 있던 물품들은 대부분이 굳이 새로 살 필요가 없었어.

그리고 쇼핑 목록 맨 아래 글씨는 잡화점 안에 있는 타자기로 쳤더군. 프랑크푸르트의 농장에 개 사료는 넉넉했지만 그 집 안에 타자기는 없었어."

"제가 왜 그 사람을 죽였다는 거예요?"

"그게 바로 내가 알고 싶은 점이야. 그건 그냥 우발적인 살인이 아니었어. 넌 그 시체가 그 삼엄한 울타리가 처진 농장 안에서 발견되게끔 아주 공을 들였던 거야. 그냥 숲속에 묻어 버릴 수도 있었는데. 그건 마치……."

그때 모든 것이 분명해지더군.

"너, 빌 크롤리랑 그레첸 프랫이랑 같은 고등학교를 나왔지? 이 모든 일이 한 가지 이유로 귀결되는구나. 빌에게 억울하게 살인 누명을 씌우려고 했던 거야. 빌이 잡화점에서 프랑크푸르트와 다투는 소리를 듣고, 2미터짜리 울타리를 뛰어넘을 수 있는 유일한 사람은 빌뿐이라는 사실을 깨달은 거지. 게다가 캐스퍼 사육장에서 사 온 개 또한 네 계획을 보충하기에 딱 맞는 재료였고."

결국 한계였는지, 폴이 울상을 지었다.

"난 그 자식이 그랬다고 할 거예요! 선생님이 뭐라고 하든 말든 그건 그 자식이 저지른 짓이라고 할 거라고요!"

폴이 고함을 질렀네.

폴은 내가 빌 크롤리를 범인으로 지목할 증거를 모으길 원했던 거야. 실제로 그랬던 것처럼. 내가 빌에게 살인자 누명을 씌우도록 유도했던 거지.

"그레첸을 좋아했구나?"

내가 부드럽게 물었네.

"난 항상 걔를 좋아했어요. 심지어 초등학교 때부터! 처음엔 그 자식을 죽이려고 했는데 그럼 그레첸이 날 의심할 거잖아요. 그래서 어차피 아무도 신경 안 쓸 독일 늙은이를 표적으로 삼은 거예요. 빌이 유죄 선고를 받지는 않더라도 항상 꼬리표는 따라다니겠죠. 그럼 올림픽에도 못 나가게 될 거고."

"너무 늦었어, 폴. 그 애들은 다음 달에 결혼할 거야."

폴이 무어라 고함을 지르며 주먹으로 나를 쳤네. 나는 생명의 위협을 느끼고 트럭에서 뛰어내렸어. 하지만 폴은 날 쫓아오지 않고, 대신 혼자 차를 몰고서 시골길을 달렸네. 그 앞에 펼쳐진 건 아마 어두운 운명뿐이었겠지.

샘 선생은 이야기를 마무리 지었다.

"다음 날 옆 주 경찰이 폴을 체포했다네. 폴은 나이 때문에 과실 치사 처분을 받고 20년형을 받았지. FBI 요원은 워싱턴으로 돌아 갔고 빌 크롤리는 대학으로 돌아갔어. 빌과 그레첸은 10월에 결혼 했지. 그다음 해, 베를린 올림픽에 나갈 무렵 빌은 어엿한 아빠가 되어 있었네. 메달을 따지는 못했지만 한 경기에서 4위를 차지했고 본인은 그것만으로도 충분히 만족해했어.

다음번에는 그래도 좀 평화로운 이야기를 들려주겠네. 범죄와 아무 상관 없는 퍼즐 이야기일세."

저주받은 티피의 수수께끼

1935년 9월의 어느 시원하고 맑은 오후, 의사 샘 호손은 간호사 메리 베스트와 함께 사무실 가구를 사러 나갔다. 특히 메리의 책상 옆에 사무용품을 보관할 새 캐비닛이 필요해서였다. 두 사람 모두 즐거운 여름을 보냈고, 샘은 대공황이 할퀴고 간 뒤에 산더미처럼 쌓인 미지불 청구서에 대해서는 신경 쓰지 않았다.

"최악의 상황은 지나간 것 같아요. 다들 좋은 사람들이니까, 여유가 생기면 돈을 내겠죠."

샘은 그날 아침 메리에게 말했다.

그때 메리는 흰머리 노신사가 병원 직원용 주차장 근처를 어슬렁거리는 모습을 발견했다.

"저 사람은 누구예요?"

"나도 모르겠네요. 아내가 수술실에 들어가서 긴장했나 보죠."

샘의 진료실은 청교도 기념 병원 옆에 붙어 있었기 때문에 사랑

하는 사람의 소식을 기다리는 가족들을 복도에서 자주 마주치곤
했다.

"잘 모르겠지만, 저 사람은 좀 달라 보여요. 계속 이쪽을 주시
하고 있어요."

메리가 중얼거렸다.

두 사람이 큰길에 있는 가구점에서 원목의 거친 결이 살아 있는
어느 캐비닛을 사기로 합의하고 나왔을 때, 메리는 그 사람을 다
시 목격했다.

"제가 직접 도색하면 될 것 같네요."

그렇게 말하며 차 옆으로 다가가던 메리는 문득 멈춰 서서 귓속
말을 했다.

"아까 그 노신사예요. 당신을 따라왔나 봐요."

가까이에서 보니 그 백발의 남자는 멀리서 봤을 때보다 젊어 보
였지만, 피부는 거칠었다.

"댁이 샘 호손 선생이오?"

남자는 모퉁이에 서서 물었다.

"그렇습니다. 무슨 볼일이신가요?"

샘은 미소를 지으며 물었다.

"혹시 나한테 시간 좀 내줄 수 있겠소? 조언을 듣고 싶은데. 물
론 그에 따르는 보수는 내겠소."

의사에게 상담을 원한다면 그 이유는 명확했다.

"어떤 조언 말씀이십니까? 건강 문제인가요?"

"정확히 말하면 내 건강은 아니라오."

"그럼 부인분인가요?"

"아니, 내 아내도 건강하오. 다른 사람 일인데……."

"그럼 그분이 직접 진찰을 받으러 오시는 게 가장 좋은 방법입니다."

남자가 미소를 지었다.

"그건 좀 어려울 것 같소, 선생. 그 사람은 사십오 년 전에 죽었다오."

그날 늦은 오후까지 예약 환자가 없었기에 두 사람은 남자를 태우고 사무실로 돌아왔다. 남자의 이름은 벤 스노라 했고, 동부로 오기 전에는 1880년대부터 1890년대까지 카우보이 일을 했다고 밝혔다. 서부 개척 시대에 약간의 낭만을 품고 있던 메리는 이 이야기에 마음이 끌렸다.

"혹시 사람을 죽인 적이 있나요?"

메리가 물었다.

"많이 죽였지. 젊었을 때는 사람들이 나를 빌리 더 키드로 알았다오."

"진짜로요?"

"아니지. 하지만 같은 해에 태어나긴 했소. 우리 둘 다 1859년 생이지. 어떻소, 호손 선생? 일흔여섯 먹은 늙은이치고는 꽤 건강한 편이지?"

"네, 아주 건강해 보이십니다. 지금 노스몬트에 살고 계십니까?"

샘이 물었다.

"난 지금 버지니아주 리치몬드에 살고 있다오. 서부 개척 시대가 종말을 맞이하고 미시시피강 주위의 많은 도시들을 떠돌다 동부로 흘러들어 왔지. 1901년에는 심지어 버펄로까지 올라갔다가 키티호크로 내려간 적도 있었소. 라이트 형제가 1903년에야 거길 갔는데 말이오. 그 직후에 결혼해서 리치몬드에 정착했소. 벌써 삼십 년이 지났구먼."

샘은 가만히 내버려 두면, 추억으로 미화되었을 가능성이 높은 오랜 옛날 모험담을 한 시간 넘게 들을 것 같다는 느낌을 받았다.

"그래서 여긴 어떻게 오셨습니까?"

"리치몬드에서 선생 이야기를 들었소. 불가능 범죄를 잘 풀기로 정평이 나 있더구먼. 그래서 지난주에 아내에게 이렇게 말했다오. '기차를 타고 뉴잉글랜드로 가서 이 샘 호손 선생이라는 의사를 만나 봐야겠어. 그리고 수 종족 이야기를 들려주고 의견을 물어봐야지.' 그래서 이렇게 오게 된 거요."

"그, 물론 제가 친분이 있는 렌즈 보안관님을 도와 지역사회의 사건 몇 가지를 해결한 적은 있습니다만 사십오 년 전에 서부에서 일어난 일을 어떻게 해결해야 좋을지는 알 수가 없네요."

샘이 말했다.

"최소한 이야기만이라도 들어주면 안 되겠소? 그냥 내 얘길 끝까지 들어주기만 해도 되오. 진료받으러 온 환자만큼의 돈은 낼 테니."

샘이 미소를 지었다.

"그러실 필요는 없습니다, 스노 씨. 일단 이야기를 한번 들어

보죠."

벤 스노는 의자에 편안하게 앉았다. 그리고 노인이 크게 개의치 않는 듯했기에 메리도 의자를 끌어당겨 앉아서 들을 준비를 했다.

"1890년 여름에 있었던 일이오. 어떤 저주받은 티피가 있었는데, 그 안에서 잠만 자면 사람이 죽어 나갔지. 물론 모든 인디언들이 다 티피를 이용하는 건 아니라오. 수족처럼 주로 평원에 사는 인디언들이 이용했지. 애초에 이 '티피'라는 말 자체가 다코타 말이오. 원래 '다코타'라는 단어는 수족이 스스로를 칭하던 이름이었소. 아무튼 그해 여름, 난 북쪽으로 말을 타고 달렸는데……."

그해 여름 벤 스노는 말을 타고 캐나다 국경을 향해 북쪽으로 달려가다, 사우스다코타에서 수족의 야영지와 마주쳤다. 하지만 크게 놀라지는 않았다. 그 근방은 버펄로를 사냥하기에 아주 좋은 지역이었고, 수족은 버펄로 사냥에 둘째가라면 서러운 실력자들이기 때문이었다. 십사 년 전 '리틀 빅 혼 전투'에서 커스터 중령이 죽은 후, 수족 집단 대부분은 미군 기병대를 피해 다녔다. 그들은 대가족 단위로 모여 살면서 이동했다. 남자, 여자, 아이가 모인 집단 중 한꺼번에 2백 명이 넘는 무리는 흔치 않았다.

벤은 눈으로 확인하기 전부터 근처에 수족 야영지가 있다는 사실을 알고 있었다. 오츠가 그쪽 방향을 바라보며 걸음을 늦추고 킁킁거렸기 때문이었다. 인디언 말 오츠는 그 냄새를 언제나 기억하고 있었다.

다음 언덕 꼭대기로 올라가니 벤의 눈에도 야영지가 보였다. 비뚤비뚤한 원을 그리며 티피 일곱 개가 서 있었고, 한쪽 구석에는 말들이 모여 있었다. 벤은 조심스럽게 언덕을 내려가면서 총에서 절대 손을 떼지 않았다. 수족 대부분은 백인을 혐오하고 두려워했기에, 자신이 혼자 왔으며 적대적인 의도가 전혀 없다는 사실을 드러내야 했다.

금세 용감한 수족 전사 하나가 벤을 향해 달려왔다. 그 젊은이는 한 손에 카빈총을 들고 있었지만 총 끝은 조심스럽게 땅을 향하고 있었다.

"그냥 지나가는 거야!"

벤은 상대가 제발 영어를 알아들을 수 있기를 바라며 외쳤다.

두 사람의 사이가 좁아지자 전사가 말했다.

"나는 '흐르는 구름'이다. 우리는 여기에서 버펄로를 사냥하고 있고, 백인과 충돌하고 싶지 않다."

벤은 카빈총이 새것이라는 사실을 알아차리고 흥미를 느꼈다.

"소총이 근사하군요. 어디에서 샀습니까?"

"행상. 가끔 다코타로 마차를 끌고 와서 괜찮은 사냥총을 판다. 오늘 아침에 샀다."

"그 사람 이름이?"

"랜즈맨. 지금 우리 아버지 '달리는 엘크'를 만나러 갔다."

"여기에서 가깝나요?"

"바로 옆 언덕. 1마일."

흐르는 구름이 그쪽 방향을 가리켰다.

벤은 이 젊은 전사의 아버지가 그렇게 가까이 있으면서도 사냥꾼들 무리에 끼지 않았다는 사실이 이상했다. 하지만 벤의 관심사는 랜즈맨이라는 행상의 마차에 실려 있을 무기들이었다. 벤은 탄약도 다 떨어지고 새 침낭도 필요한 형편이었다.

"고맙습니다."

벤은 그렇게 말한 뒤 덧붙였다.

"혹시 나랑 같이 갈 수 없을까요? 그럼 내가 평화적인 이유로 왔다는 사실을 알릴 수 있으니."

흐르는 구름은 잠시 망설이다 결국 고개를 끄덕이고 말을 가지러 갔다. 티피에서 여자와 아이들 몇 명이 나와 벤을 쳐다보았지만 그 외의 다른 성인 남자는 없었다. 아마 다들 버펄로 사냥을 나간 모양이었다.

흐르는 구름은 안장도 없는 말에 쉽게 올라타고서 작은 야영지를 빠져나와 옆 언덕으로 벤을 인도했다. 언덕 꼭대기에서 내려다보니 멀찌감치 떨어져 있는 곳에, 티피 하나가 오도카니 서서 연기를 피워 올리는 모습이 보였다. 그 근처에는 마차 한 대와 말이 있었고, 옆에 페인트로 이름이 적혀 있었지만 거리가 멀어서 벤은 그 글씨를 읽을 수가 없었다.

"저기로 내려간다."

흐르는 구름이 그곳을 가리켰다. 아마 거기까지 함께 가지 않을 모양이었다.

벤은 아래에 있는 사람들도 이미 자신들을 보았을 테니, 안내인이 없어도 얼마든지 안전하게 내려갈 수 있으리라고 생각했다. 하지만 이렇게 가까이 왔는데 흐르는 구름이 자기 아버지를 만나러 가지 않는 것도 이상했다. 혹시 아버지 달리는 엘크가 무슨 전염병이라도 걸린 걸까?

말을 타고 가까이 가 보니 벤은 마차 옆에 쓰여 있는 이름을 읽을 수 있었다.

A. 랜즈맨
미군 전투 식량 공급

벤은 그 행상을 바로 알아보았다. 애런 랜즈맨은 턱 끝에 회색 수염이 살짝 있는 중년 남자였다. 미군 기병대 주둔지에서 자주 보던 사람이었는데, 수족과도 꽤 거래가 있는 모양이었다. 버펄로 사냥에 쓰이는 카빈총은 미군이 인디언들과의 거래를 금지했지만, 랜즈맨 같은 인간은 먹고살기 위해 이곳저곳을 돌아다니며 인디언들에게 물건을 팔았다. 그런 사실을 모르는 사람은 없었다. 하지만 벤은 랜즈맨이 대체 어떻게 이 일을 이토록 오래 할 수 있는지 궁금했다.

언덕에서 내려온 벤을 향해 랜즈맨이 다가와 악수를 청했다.

"스노 아닌가? 작년에 라라미 요새에서 만났지?"

벤이 악수를 받아들이며 고개를 끄덕였다.

"그랬던 것 같네요. 아직도 소총을 팔고 있었군요."

"그냥 버펄로 사냥용으로만 조금 파는 거야. 인디언들이라고 창을 던져서 사냥을 하진 않을 것 아닌가."

"뭐, 내 알 바는 아니네요."

벤이 말했다. 티피 앞부분이 살짝 올라가더니 젊은 인디언 여성 한 명이 밖으로 나왔다. 허리를 굽힌 채 고개도 숙이고 있어서 벤은 여성의 몸과 장식용 술이 달린 사슴 가죽 치마 아래로 쭉 뻗은 날씬한 다리밖에 볼 수 없었다. 여성은 허리를 폈고, 왼쪽 눈 아래로 뺨에서 입술에 걸쳐 끔찍한 흉터가 난 얼굴이 보였다. 칼에 베인 지 얼마 안 되는 상처 같았다.

"라퀠라. 이 사람은 내 오랜 친구 벤 스노야."

랜즈맨이 말했다.

"만나서 반가워요."

벤은 흉터가 난 젊은 아가씨에게 말했다.

라퀠라는 다코타 말로 무어라 말한 뒤 바로 영어로 이어서 말했다.

"달리는 엘크를 대신해서 당신을 환영합니다."

그리고는 허리를 굽혀 티피 입구 천을 들어 올리자 머리가 하얗게 세고 피부가 거친 어느 인디언 남자의 얼굴이 나타났다. 남자의 풍채를 보면 한 부족의 장로, 또는 족장 같기도 했고 심지어 치료사 같은 느낌도 들었다. 벤은 전통적인 존경의 인사를 건넨 뒤 라퀠라가 남자를 부축하여 앉힐 때까지 기다렸다.

"오늘은 불을 피웠더군요."

티피 위로 피어오르는 연기를 떠올리며 벤이 말했다.

"뼈가 시리다고 해요. 건강이 좋지 않아요."

라퀠라가 설명했다.

"다른 야영지에 있는 흐르는 구름과 이야기를 나눴습니다. 저한테 이리로 가라고 가르쳐 준 것도 그 친구고요."

"무엇을 찾나요?"

여성이 물었다.

"그냥 저 행상에게서 물건을 좀 사고 싶을 뿐입니다. 당신들처럼."

"얼마든지요, 고객님."

애런 랜즈맨이 기회를 놓치지 않고 냉큼 끼어들었다.

"뭘 보여 드릴까요? 아주 괜찮은 삼 밧줄이 있는데……."

"침낭 하나랑 소총용 탄환이 필요한데요."

달리는 엘크가 몸을 약간 일으켰다.

"인디언 구역 내에서 버펄로를 사냥할 셈인가?"

"아닙니다. 저는 붉은 피부 사람들의 전통적인 권리를 존중합니다."

벤이 확고하게 말했다.

벤은 그 말을 하고 나서야 인디언들이 모욕적으로 느끼는 단어를 내뱉었다는 사실을 깨달았다. 달리는 엘크의 표정은 달라지지 않았다.

벤이 마차 옆으로 다가가자 행상도 따라왔다.

"어떤 소총을 쓰는데? 레밍턴?"

벤이 고개를 끄덕이자 랜즈맨은 목소리를 약간 낮췄다.

"혹시 달리는 엘크의 티피에 관한 소문을 듣고 여기 들른 건가?"

"그게 뭐죠?"

"인디언의 영혼들이 저 티피에 저주를 내렸다고 해. 저 안에서 잤다가 죽은 사람들이 있다고."

벤 스노는 말뚝을 꽂아 뼈대를 세운 뒤 그 위에 바짝 말린 동물

가죽을 바느질로 이어 붙여 원뿔형으로 덮어 씌운 전통 천막을 새삼 돌아보았다. 들춰서 드나드는 방식의 입구 문은 여전히 열려 있었고, 꼭대기에 난 환기용 구멍에는 아직도 연기가 피어오르고 있었다. 가죽에는 다양한 인디언 상징이 페인트로 그려져 있었다. 해 모양도 있었고, 독수리로 보이는 모양도 있었다. 벤은 그 안의 높이가 약 3미터, 바닥은 가로로 4.5미터 정도 될 것 같다고 추정했다. 열린 문 안으로 들여다보이는 바닥 역시 추위를 막기 위해 동물 가죽이 깔려 있었다.

"가죽을 엄청 많이 썼네요."

벤은 랜즈맨에게 말했다. 그러고 보니 티피를 이렇게 가까이에서 보는 건 처음이었다.

"짐승이 한 마흔 마리쯤, 대부분이 버펄로일 거야. 저 한가운데 말뚝도 내가 판 물건이지. 캘리포니아 숲에서 실어 왔네. 미군은 못 쓰는 물건이라고 해서. 그래도 괜찮은 협죽도 나무야. 관목인데, 거의 나무 크기만큼 자라는 것도 있거든."

"어떤 영혼이 저주했다는 겁니까?"

"누가 알겠나? 친족일지, 아니면 전투에서 죽인 적일지. 안에서 가끔 무슨 소리도 들린다는데 난 그냥 바람 소리일 거라고 말해 줬네."

"달리는 엘크는 대체 어디가 아픈 건가요?"

"그냥 노환이야. 뭐, 아픈 사람이라는 건 확실하지만."

"라퀠라는 저 사람 딸인가요?"

행상이 목소리를 더 낮추고 거의 속삭이다시피 말했다.

"아냐, 며느리일세. 흐르는 구름의 아내지. 며느리의 보살핌을 받을 수 있어서 그래도 저 노인한테는 잘됐어. 흐르는 구름의 어머니가 그 악령들의 저주에 제일 먼저 죽은 사람이야."

"얼굴에 아주 끔찍한 흉터가 있던데요."

랜즈맨이 고개를 끄덕였다.

"남편이 저지른 짓일세."

"맙소사! 흐르는 구름이 말입니까?"

"그래."

"이유가 뭔데요?"

랜즈맨은 어깨를 으쓱했다.

"수족들 사이에서 얼굴에 흉터를 내는 일은 결혼 생활에서 부정을 저지른 자에 대한 일반적인 처벌일세."

그때 라퀠라가 마차 옆으로 다가왔다.

"두 사람 다 잠깐 머물러서 식사하고 가지 않겠어요? 달리는 엘크가 그러길 원해요. 그래 주면 무척 기뻐할 거예요."

벤과 행상은 시선을 교환했다.

"물론 기꺼이 그러겠습니다. 나도 다음 요새까지 굳이 서둘러 갈 이유도 없고요."

랜즈맨이 두 사람을 대표해서 대답했다.

식사로는 구운 버펄로 고기가 나왔다. 벤은 평소보다 맛있게 먹었고, 요리한 라퀠라를 칭찬하자 상대는 기쁨의 미소를 지었다. 라퀠라의 얼굴이 불빛에 비치자 그 흉터가 더욱 새빨갛게 도드라졌으나 당사자는 잘 모르는 모양이었다.

"티피에 나온다는 악령 이야기를 좀 듣고 싶은데요."

고기를 다 먹어 치운 후 벤이 물었다.

늙은 달리는 엘크는 한숨을 내쉬었다.

"그게 바로 내가 이렇게 다른 사람들과 뚝 떨어져 혼자 살고 있는 이유요. 다들 내 티피 안의 공간을 두려워하지."

"좀 들어가 봐도 되겠습니까?"

벤이 물었다. 이들은 밖으로 나와 모닥불 옆에서 식사를 하던 중이었다. 저녁이 다 되어 가는데도 아직도 따뜻했다. 여름 파리들이 날아와 모닥불 주변에서 왱왱거렸다. 북쪽으로 향하던 벤은 편안한 휴식을 취하고 있다는 생각이 들었다. 늙은 인디언은 손을 흔들었고 벤은 그것을 티피 출입 허락으로 받아들였다. 벤은 자신의 관심사와는 전혀 관련도 없는 문제에 발을 들이고 있다는 사실을 뻔히 알면서도 저주받은 티피 이야기를 도저히 거부할 수가 없었다.

티피 안은 생각보다 넓었다. 한가운데에서는 허리를 펴고 똑바로 설 수도 있었다. 잠자리는 구석에 꾸려져 있었고 옆에는 음식과 필요한 생활용품이 놓여 있었다. 라퀠라가 안으로 따라 들어와 꼭대기에 열려 있는 환기 구멍을 가리켰다.

"불을 피워야 해서 뚫은 거예요. 연기가 똑바로 올라가게."

"당신도 이 안에서 잡니까?"

"대부분 그랬죠. 지난 육 개월 동안."

라퀠라가 자신의 얼굴을 어루만졌다.

"당신은 흐르는 구름과 결혼했죠?"

"네."

"그 친구도 여기 와서 자요?"

"아뇨. 내가 부탁하면 그럴 수도 있겠지만, 그런 적은 없어요."

"얼굴의 흉터는 정말 안됐군요. 랜즈맨에게서 무슨 일이 있었는지 들었습니다."

벤이 말했다.

"제 문제를 다른 사람에게 말할 필요는 없었을 텐데요."

라퀠라는 머리 위로 작게 뚫린 하늘을 올려다보았다.

"이 안에서 들리는 소리는 그냥 바람 부는 소리예요. 저 말뚝에서 나는 소리라는 걸 난 알아요. 아마 말뚝의 벌레 먹은 구멍 때문에 나는 소리일 거예요."

"어쩌면 달빛이 비칠 때 그 벌레가 기어 나와 자는 사람을 물어 죽였을지도 모르겠네요."

라퀠라는 얼굴을 찌푸렸다.

"무슨 그런 멍청한 소리를 해요. 죽음을 웃음거리로 삼으면 안 돼요."

"여기에서 죽은 사람이 몇 명이나 됩니까?"

라퀠라는 손가락 세 개를 꼽았다.

"처음으로 죽은 사람은 달리는 엘크의 아내였어요. 새 티피를 사용한 지 얼마 안 됐으니까…… 일 년쯤 전이었네요. 그리고 아들인 검은 엘크가 죽었어요. 그다음엔 제 자식이."

"미안합니다. 알았으면 묻지 않았을 텐데."

"치료사인 '푸른 여우'는 이게 저주라서 자기가 할 수 있는 일이 없다고 했어요. 어느 족장이 죽어 묻힌 곳 위에 처음으로 티피를 짓고 하룻밤을 보내는 바람에 그 족장의 영혼이 티피를 지배해 버렸다는 거예요. 다른 사람들은 그 말을 믿고 다 도망갔어요. 그리고 아이들이 실수로라도 우리 티피 근처를 어슬렁거리지 못하게 멀리 떨어진 곳에 야영지를 꾸렸죠."

"당신은 그 말을 믿어요?"

"내가 믿었으면 아직 여기 있겠어요?"

벤은 그 흉터 난 얼굴을 멍하니 바라볼 수밖에 없었다.

"꼭 삶에 아무 미련도 없는 사람처럼 말하네요."

갑자기 라퀠라가 무슨 이변을 느꼈는지 모닥불이 있는 바깥으로 나갔다. 그리고 시아버지 곁으로 다가가 섰고, 벤도 그 뒤를 따랐다. 언덕 위로 대여섯 명의 전사가 말을 타고 건너편 야영지로 넘어가고 있었다. 말 탄 사람 한 명이 장대 여러 개를 묶어서 단을 만들고 그 위에 버펄로 시체를 실어서 끌고 가는 중이었다. 무리가 지나쳐 갈 때, 달리는 엘크는 경의의 의미로 자리에서 일어나 다코타 말로 인사를 건넸다. 다른 사람들보다 조금 더 나이 들어 보이는 잘생긴 전사 한 명이 티피로 다가와 사람들에게 인사했다.

"이 사람은 푸른 여우예요. 우리 부족의 치료사."

라퀠라가 소개했다.

"벤 스노. 북쪽으로 가던 여행자입니다."

벤도 인사하는 몸짓을 취했다.

푸른 여우가 고개를 끄덕인 뒤 달리는 엘크를 향해 물었다.

"오늘은 좀 어떠십니까, 어르신?"

"날씨가 따뜻한데도 나는 춥구먼. 하지만 이번 겨울에도 살아남을 게야."

"여름 내내 사냥하셨습니까?"

벤이 푸른 여우에게 물었다.

"버펄로들이 돌아다니는 한 우리도 사냥을 해야죠. 그리고 겨울이 오면 운디드니로 가서 다른 사람들과 함께 지냅니다."

푸른 여우가 자리를 뜨려는데 라퀠라가 말했다.

"흐르는 구름한테 내가 얘기 좀 하고 싶다고 전해 줘요."

"그래."

나이 든 남자는 라퀠라를 가만히 응시했고, 행상 랜즈맨은 그 말에 놀란 눈치였다. 아무도 말이 없다가 몇 분 후 흐르는 구름이 언덕 위로 나타났다. 라퀠라는 남편을 만나러 언덕으로 올라갔다.

"라퀠라는 얼굴에 흉터를 입은 후로 육 개월 동안 남편하고 한마디도 안 했다고 하던데요."

벤이 랜즈맨에게 목소리를 낮춰 말하며, 옆에 있던 달리는 엘크의 눈치를 보았다.

"그 죽었다는 아이가 혹시 불륜으로 낳은 아이였습니까?"

랜즈맨이 고개를 가로저었다.

"나도 그 애를 봤는데, 흐르는 구름의 아들이 틀림없었어."

라퀠라가 언덕을 내려오고 있었다. 그 뒤로 흐르는 구름이 따라왔다.

"오늘 밤 여기에서 자고 가겠대요. 당신 아들이 집에 왔으니 음식과 마실 것을 가져다줘야겠어요."

라퀠라는 달리는 엘크에게 말했다.

달리는 엘크는 고개를 끄덕였고 랜즈맨이 놀란 표정을 이었다.

"이거 정말 별일이 다 있군."

랜즈맨은 벤에게 나직이 귓속말을 했다.

"갑자기 웬일일까요?"

"나도 모르겠네. 하지만 나도 하룻밤 묵으면서 무슨 일인지 지켜봐야겠어."

벤은 하늘을 올려다보았다. 저녁 해는 이미 서쪽 언덕 너머로 사라졌고, 어차피 여기에서 더 간다고 해 봤자 그리 멀리 갈 수도 없으니 결국 이곳에서 자고 갈 수밖에 없겠다는 생각이 들었다. 하룻밤 묵기에 나쁜 곳도 아니었고, 랜즈맨도 너그럽게 마차 안에 자리를 권했다.

"별을 보면서 자는 데는 익숙하니 괜찮습니다. 하지만 모닥불이 있으면 좋겠네요."

벤이 말했다.

흐르는 구름과 라퀠라는 그날 밤 달리는 엘크와 함께 티피 안에서 자기로 했다. 늙고 병든 아버지는 아들의 귀환이 반가운 눈치였지만 인디언 전통 예절 때문에 감정을 그리 드러내지는 않았다. 세 사람이 티피 안으로 들어간 후 벤은 애런 랜즈맨과 함께 보름달이 떠오를 때까지 모닥불 곁에 앉아 있었다. 이윽고 랜즈맨은 자기 마차 안으로 돌아가고, 벤은 침낭을 펼쳤다.

한참 자던 중 벤은 문득 눈을 떴다. 환한 달빛 아래 언덕 꼭대기에 인디언 전사 한 명이 서 있는 것이 보였지만, 그냥 꿈이려니 했다.

새벽녘 즈음 벤은 티피 쪽에서 들리는 끔찍한 울부짖음에 눈을 떴다.

"죽었어! 죽었어!"

공포에 찬 라퀠라의 목소리였다. 벤은 권총을 집어 들고 그쪽으로 뛰어갔다. 랜즈맨도 잠에서 깼는지 게슴츠레한 눈으로 마차 밖을 내다보고 있었다.

"무슨 일입니까?"

벤이 티피 입구를 들추고 소리를 질렀다.

흐르는 구름의 머리를 무릎에 얹고 있던 라퀠라가 벤을 돌아보았다.

"죽었어요, 다른 사람들처럼! 악령이 또다시 걸어왔던 거야! 이 티피는 불을 질러서 영원히 없애 버려야 해!"

달리는 엘크 역시 잠에서 깼다. 죽은 자를 위한 통곡 소리에 무슨 일이 일어났는지 바로 알아차린 모양이었다. 벤이 시체 위로 허리를 숙이고 시체를 훑어보는데, 랜즈맨이 다가와 흐르는 구름을 밖으로 옮기자고 제안했다.

하지만 떠오르는 햇살 속에서 또렷하게 보아도 흐르는 구름은 확실하게 죽어 있었다. 벤은 시체를 꼼꼼하게 훑어보고, 뒤집어서 시체의 등을 보았다. 대부분의 젊은 전사들이 그렇듯 흐르는 구름은 알몸으로 잤는데 시체에는 급사의 흔적이 하나도 없었다.

"간밤에 대체 무슨 일이 있었던 거죠?"

벤이 라퀠라에게 물었다.

"아무 일도 없었어요. 우린 잘 잤고, 중간에 내가 한 번 깼고 이이가 몸을 좀 뒤척이긴 했지만 우리 둘 다 금세 다시 잠들었어요. 그리고 새벽녘에 다시 눈을 떠 보니 아무리 흔들어도 꿈쩍도 안 하는 거예요. 꼭 자기 동생처럼, 그리고 내 아기처럼!"

라퀠라는 절망한 얼굴로 시아버지를 바라보았어.

"여기 오라고 해서는 안 됐어요! 이이가 죽은 건 내 잘못이에요!"

다른 야영지에 있던 사람들이 라퀠라의 통곡을 들었는지, 치료사 푸른 여우의 뒤를 따라 언덕 위로 하나둘씩 나타났다.

푸른 여우 또한 시체를 자세히 들여다보았지만, 벤이 둘러보니 이미 장례식을 준비하고 있었다. 수족 전통 방식에 따라 매장 의식을 치르려는지, 사람들은 이미 시체를 데려가 의식을 준비 중이었다.

여자들 몇 명이 달리는 엘크 옆에 앉아 위로하고 있었고, 라퀠라는 혼자 어딘가 가고 없었다. 벤은 티피 옆에 앉아 동물 가죽에 그려진 상징들을 보며 무슨 답을 알아내려 애썼다. 그러다 문득 입구 근처에 있는, 티피를 지탱하는 말뚝 모서리에 새로운 흔적 네 개가 한 줄로 파여 있는 모습을 발견했다. 떨어져 나온 나뭇조각들은 보이지 않았지만, 그 모습만 봐서는 마치 총의 개머리판에 흠집을 내듯 죽은 사람 수를 표시한 것 같았다. 혹시 악령들이 자기가 데려간 영혼의 숫자를 기록해 놓는 습관이 있는 것이 아닐까

하는 생각이 들었다.

애런 랜즈맨이 풀밭에 혼자 앉아 있는 라퀠라를 향해 다가갔다. 벤이 따라가 보니 랜즈맨이 묻는 소리가 들렸다.

"어젯밤에 그 사람과 잠자리를 가졌나?"

라퀠라가 랜즈맨의 목소리에 놀라서 휙 돌아보더니 격렬하게 고개를 가로저었다.

"그냥 관계를 회복하자는 의미로 초대했을 뿐이에요. 아직 그럴 준비는 안 됐어요."

행상은 고개를 끄덕이고 그 이상 아무 말도 하지 않았다.

잠시 후 벤이 물었다.

"저 티피가 저주받았다는 이야기를 믿어요, 라퀠라?"

"다 죽었잖아요. 네 명 다."

"하지만 당신은 살아 있어요. 달리는 엘크도 살아 있고."

라퀠라는 고개를 가로저으며 땅바닥만 내려다보았다.

"시어머니는 늙었고, 아기는 너무 어렸죠. 흐르는 구름의 동생은 어땠나요?"

"검은 엘크는 건강했어요. 아직 소년이었고, 내 남편보다 한참 어렸죠."

"똑같은 방식으로 죽은 겁니까?"

"네."

벤은 랜즈맨의 마차 쪽으로 걸어갔다.

"장례식에 참석할 겁니까?"

벤이 물었다.

"아니, 저건 가족들끼리만 하는 의식이야. 그 의식에 외부인이 끼는 걸 원치 않을걸."

"일찍 떠나겠다면 나도 같이 가요."

랜즈맨이 고개를 끄덕였다.

"같이 가면 나도 좋지."

두 사람은 달리는 엘크와 그 무리에 작별 인사를 했다. 랜즈맨은 이들이 운디드니에서 겨울을 나고 나면 다시 찾아오겠다고 약속한 뒤 마차에 올랐고, 벤은 오츠를 타고 그 옆을 달렸다.

"이야기의 결말을 보지 않고 그냥 떠나는 기분인데요."

잠시 달려가던 벤이 말했다.

"미신을 믿는 사람들이야. 저주 얘기를 들으면 하나도 믿을 수 없을걸."

"그럼 제가 지금 생각하는 걸 한번 말해 볼까요, 랜즈맨. 당신이 흐르는 구름을 죽였죠?"

"뭐?"

랜즈맨이 말고삐를 잡으며 돌아보았다.

"지금 무슨 헛소리를 하는 거야, 스노?"

"당신이 라퀠라의 애인이었던 거죠, 랜즈맨? 라퀠라의 얼굴에 흉터가 생긴 원인을 제공한 게 바로 당신……."

애런 랜즈맨은 방금 들은 말을 곱씹는 듯 잠시 말이 없었다.

"설마 내가 인디언 여자를 가지고 놀았다는 말이야?"

한참 후 랜즈맨이 물었다.

"아까 라퀠라한테 어젯밤 남편이랑 잠자리를 가졌냐고 묻더군요. 행상이 던질 만한 질문은 아니지 않겠어요?"

"난 저 사람들에게 단순한 행상이 아니야."

"하지만 난 당신이 정말 저 사람들한테 총을 팔러 온 건지 의심스러워요, 랜즈맨. 아무리 사냥 목적이라 해도 그건 불법이잖아요. 정말 그랬다면 나한테 그렇게 쉽게 그 사실을 말해 줬겠어요? 사실은 라퀠라를 보러 오는 거죠?"

"그래, 내가 라퀠라에게 관심이 있는 건 사실이야. 난 그 애를 딸처럼 생각하고 있으니까."

"딸 이상의 감정이 있을 텐데요. 죽은 아이가 라퀠라의 애인지 물었을 때 당신은 그 아이를 본 적이 있고, 흐르는 구름의 아들이 맞다고 했었죠? 하지만 태어난 지 육 개월 된 수족 아이가 흐르는 구름의 자식인지, 아니면 다른 수족 사람의 아이일지 어떻게 구별할 수 있겠어요? 특히 당신 같은 외부인이. 그러니까 온전히 인디언의 피가 흐르는 아이였고, 혼혈의 특징이 전혀 없었다는 말이겠죠. 라퀠라의 불륜 상대가 백인이었다는 사실은 어떻게 알았습니까? 당신이 그 애인이 아니고서야 대체 어떻게 설명할 수 있겠어요?"

"좋아, 그래. 라퀠라가 내 마차에 몇 번 찾아온 적이 있기는 했어."

랜즈맨은 결국 인정했다.

"하지만 그 애는 흐르는 구름의 아들이 맞아. 흐르는 구름은 아내에게 애인이 따로 있다는 사실까지는 알아냈지만 그게 나라는 건 몰랐네. 라퀠라가 당한 일은 나도 정말 안타까워."

"그래서 당신이 흐르는 구름을 죽였군요."

"아니야! 난 손가락 하나 건드리지 않았어. 누가 죽였는지 몰라도 어차피 흐르는 구름을 죽인 범인이 다른 세 명도 다 죽인 거아냐? 난 절대 아니야."

랜즈맨의 말은 진실인 듯했고 벤도 그 말을 믿는 쪽으로 마음이 거의 기운 상태였다.

"당신이 죽인 게 아니라면 누가, 혹은 무엇이 살인을 저지른 거라고 생각합니까?"

"나야 모르지. 솔직히 유령의 존재를 믿기에는 충분한 일 아닌가?"

두 사람은 한참을 말없이 나아가다 이윽고 화이트강에 도착했다.

"강이 얕아서 이 지점에서는 그냥 말을 타고 건널 수도 있을걸세. 난 여기에서 건널까 싶은데."

랜즈맨이 말했다.

"그럼 여기에서 헤어져야겠네요."

벤이 말하자 랜즈맨은 고개를 끄덕였다.

"언젠가 또 우연히 마주칠 날이 있겠지."

"라퀠라와는 멀리 떨어져 계시는 편이 낫겠습니다."

"나도 알아."

벤은 마차가 무사히 얕은 여울을 지나 건너편으로 건너갈 때까지 그 뒷모습을 지켜보았다. 그러고 나서 서쪽으로 말머리를 돌려, 오츠를 재촉하여 전속력으로 달려갔다. 딱히 목적지는 없었지만 마음을 정리할 시간이 필요했다.

흰 머리 남자가 이야기를 마치고 의자에 몸을 기댔다. 메리 베스트는 의사 샘을 바라보며 말했다.

"아주 흥미진진한 이야기네요. 정말 그런 일이 실제로 일어난 거예요, 스노 씨?"

벤 스노가 대꾸했다.

"실제로 일어난 일이오. 하지만 난 여태 그 수수께끼를 풀지 못했지. 달리는 엘크의 티피 안에서 도대체 사람들이 왜 죽어 나갔는지 알 수가 없단 말이오. 정말 그 치료사 말대로 저주받은 티피인지, 아니면 네 명의 죽음을 유발한 다른 무언가가 있었던 건지. 요즘 들어서는 가끔 애런 랜즈맨이 그 일에 관련되어 있었던 게 아닐까 하는 생각이 들지만 최소한 앞의 세 명이 죽을 때는 랜즈맨이 없었다는 걸 알고 있으니 참 아리송한 노릇이지."

"랜즈맨 씨를 그 뒤로 다시 만났습니까?"

샘이 물었다.

"못 만났소. 우리가 우연히 마주치는 날은 두 번 다시 찾아오지 않았다오."

"달리는 엘크와 라켈라는요?"

"그리고 그 치료사 푸른 여우는요?"

메리도 덩달아 물었다.

"그 사람들 중 누구 하나 다시 만나지 못했소. 그해 12월 29일, 제7기병대가 눈발을 뚫고 운디드니를 습격해서 다 죽여 버렸거든. 거의 2백 명이 넘는 남자, 여자, 아이들까지 가리지 않고 죄다 죽었지. 오래전 커스터가 이끌던 부대였기 때문에 사람들은 그게 십사 년 전 '리틀 빅 혼 전투'의 뒤늦은 복수라고 말하기도 했다오."

"그럼 정말로 결말이 없는 이야기로군요."

샘이 말했다.

"선생이 결말을 내 주는 게 어떻겠소? 그걸 들으려고 여기까지 기차를 타고 온 거라오. 내 나이쯤 되면 그런 일들이 머릿속을 괴롭히곤 하지. 미제 사건이라고나 할까, 이해하겠소?"

잠시 후 메리가 입을 열었다. 메리가 샘을 도와 사건을 해결한 적은 처음이 아니었다.

"티피 안에 유령은 없었어요, 스노 씨. 정말 알고 싶다면 제가 그 이유를 말씀드릴게요."

"알고 싶어 죽을 지경이오!"

메리는 샘을 흘끗 쳐다보았지만, 샘이 고개를 끄덕이기도 전에 금세 말을 쏟아냈다.

"애런 랜즈맨은 흐르는 구름을 포함한 네 명의 죽음에 아무 상관도 없었어요. 티피를 지탱하는 그 말뚝에서 나오는 유독성 수액 때문에 죽은 거예요. 악령도, 살인자도 없어요. 다들 사고로 죽은 거죠."

"뭐라고?"

"네, 스노 씨. 랜즈맨이 그 전해에 미군에서 사용하지 않는 협죽도를 그 사람들에게 팔았다고 했잖아요? 군이 사용하지 않은 이유는 협죽도에 독이 있었기 때문이에요. 티피 안에서 불을 피우는 바람에 협죽도 말뚝에서 수액이 흘러나와 달리는 엘크의 아내와 두 아들, 그리고 손자까지 죽고 말았던 거예요. 달리는 엘크의 건강이 좋지 않았던 이유도 그 때문이겠지만, 그나마 튼튼한 체질이었기 때문에 살아남았던 거고요."

"라퀠라는? 라퀠라도 영향을 안 받았는데?"

벤 스노가 물었다.

"그냥 운이 좋았을 뿐이라고 생각해요. 게다가 라퀠라는 그 안에서 일 년 내내 잤던 것도 아니잖아요. 흐르는 구름이 얼굴에 상처를 낸 이후로 와 있었을 뿐이지."

벤은 고개를 끄덕였다.

"그럼 랜즈맨은 그 나무를 팔면서 수액에 독이 있다는 사실을 몰랐다는 말이오?"

"몰랐겠죠. 그렇지 않고서야 스노 씨에게 그게 협죽도라고 솔직하게 말했겠어요? 스노 씨, 그 불쌍한 네 사람은 사고로 죽은 거예요."

"고맙군. 덕분에 앞으로는 신경 안 쓰고 살 수 있겠구먼. 그 일은 그냥 비극적인 사고였다니. 어차피 그 사람들은 운디드니 이후로 살아남을 수 없었겠지요."

그때 샘 호손이 말했다.

"앞의 세 사람에 대해서는 메리의 말이 맞겠지만, 흐르는 구름에 대해서만큼은 정정해야 할 것 같습니다. 흐르는 구름을 죽인 건 라퀠라예요."

메리가 샘을 빤히 쳐다보았다.

"사십오 년이 지났는데 그걸 어떻게 알 수 있다는 거예요, 샘?"

"스노 씨가 관찰했던 부분을 잊었군요. 티피 말뚝에 새로 새겨진 그 흔적 말입니다. 악령의 가능성은 사라졌지만, 네 명이 전부 사고사를 당했다면 그 흔적은 어떻게 설명할 수 있겠어요? 당연히 그건 죽은 사람들의 수를 표시한 게 아닙니다. 그냥 말뚝을 새로 파낸 흠집이죠. 떨어진 나뭇조각은 고기를 구울 때 들어갔거나, 아니면 수액이 흐를 때 뜨거운 불 위에 함께 떨어졌겠죠. 그날 밤 누군가가 흐르는 구름을 독살했다면 가능한 사람은 남편을 불러들인 라퀠라뿐일 겁니다. 라퀠라는 티피에서 사람들이 죽어나간 원인을 알고 있었을 거예요. 아마 자기 아들이 죽은 후에야 알았겠죠. 어린아이들이 흔히 그러듯, 끈끈한 말뚝을 만지작거리다 그 손가락을 입에 넣었을지도 모릅니다. 라퀠라는 말뚝에서 최대한 벗어나거나, 옷을 얼굴에 덮고 자는 식으로 살아남았을 겁니다. 하지만 얼굴의 그 끔찍한 상처에 원한이 있었기에 그 비밀을 아무에게도 말하지 않았어요. 남편을 불러들일 정확한 때를 기다렸을 겁니다. 이쯤 되면 모든 잘못을 용서하고 부부가 다시 새롭게 시작할 때가 되었다고 남편이 생각할 무렵을 노렸겠죠. 심지어 당신과 랜즈맨을 증인으로 세울 수 있으니 아주 완벽한 타이밍이었던 겁니다."

벤 스노가 확신을 갖고 고개를 끄덕였다.

"그 말이 맞소. 바로 그런 방식이었던 거요."

"맞아요. 그 말뚝 흠집을 잊고 있었네요."

메리도 동의했다.

"아마 스노 씨와 랜즈맨이 함께 있을 때 모든 일을 해치우기 위해 서둘렀던 게 아닐까요?"

벤이 처음으로 미소를 지었다.

"덕분에 이 늙은이의 마음이 드디어 편해질 수 있겠구려. 내 아내도 참 기뻐할 거요."

메리가 제안했다.

"같이 저녁 드시고 가지 않으시겠어요? 댁에 돌아가시기 전에 저희 집에서 식사라도 한 끼 했으면 해요. 아직도 못 다한 서부 개척 시절 얘기가 많을 것 같은데요."

벤이 샘과 메리를 바라보며 미소를 지었다.

"내 생각에는 뉴잉글랜드 이야기가 더 재미있을 것 같소만."

의사 샘이 씩 웃으며 말했다.

"글쎄요, 그건 들어 봐야 알겠네요."

The Problem of the Blue Bicycle

파란 자전거의 수수께끼

(샘 호손 의사는 회상에 빠졌다.)

1936년 늦은 여름이었네. 대선 유세가 박차를 가할 무렵이었지. 6월 전당 대회에서 대통령 후보로 루스벨트와 랜든이 지명되었지만, 그 당시 나는 큰길 바로 옆에 새로 산 작은 집으로 이사하느라 바빠 별 관심이 없었어. 십사 년쯤 임대 아파트에서 사니 지긋지긋해졌거든. 아직 결혼한 몸은 아니었지만 내 집을 갖고 싶었고, 이사 갈 집은 정확히 내가 원한 크기였지. 우리 간호사 메리 베스트가 정착하는 데 많은 도움을 주기는 했지만, 여름이 다 지나고 나서야 새집이 내 집처럼 편하게 느껴졌다네.

저녁이나 주말에 그 근처에서 일하던 나는 길 건너에 어떤 소녀가 산다는 사실을 알게 되었어. 내가 이사 온 그 주에 졸업 파티가 열렸기 때문에, 그 소녀가 고등학교를 막 졸업했다는 걸 금방 알게 됐지. 소녀의 이름은 앤젤라 리널디라고 했는데 키가 크고 검은 머리에, 최소한 길 건너에서 볼 때는, 참 예뻤어. 친구들은 비슷한 또래 소녀 몇 명, 그리고 몇 살 어린 동네 아이들까지 다양했네. 해가 저물기 전 환한 저녁 무렵이면 그 아이들이 자전거를 타고 달렸고, 그 선두에 앤젤라가 가끔 보이곤 했어. 앤젤라는 파란 자전거를 탔고, 양쪽 엉덩이에 단추가 달려 있는 진청색 바지를 주로 입었지.

앤젤라의 어머니는 코라 리널디라고 했는데 어느 토요일 아침, 마당에서 나와 잡담을 나누던 중 코라가 이렇게 말한 적이 있었어.

"바로 길 건너편에 좋은 의사 선생님이 사셔서 정말 다행이에요. 아프면 바로 찾아갈 수가 있으니."

코라는 남편 직업 때문에 뉴욕에서 노스몬트로 이사 온 사십 대 초반의 여성이었네.

"우리 남편은 전화 회사에서 일하는데, 이 동네에 새로 전화를 설치하는 집이 많거든요."

코라가 그렇게 설명했네. 나도 동의했지.

"요즘은 시골 사람들도 다 전화가 필요하죠. 그런데 따님이 이 근처에서 자전거를 자주 타더군요."

코라가 한숨을 내쉬며 말했어.

"요즘은 온종일 타요. 사실 앤젤라가 다음 달에 대학교에 진학하거든요. 그래서 이제 어린 시절도 다 끝났구나, 하는 생각이 들더라고요."

요즘 고등학교를 졸업한 소녀들이야 자전거보다는 남자에 더 관심이 많겠지만 그 당시엔 안 그랬거든. 특히 앤젤라처럼 그렇게 시골에 오래 살지 않았던 소녀들은 더더욱. 앤젤라는 친구가 많아 보였는데 그중에 또래 남자애들은 거의 없었지. 현관에 앉아 있다 보면 앤젤라가 여자아이들과 함께 자전거를 타고 콘크리트 길을 날 듯이 달리는 모습을 흔히 볼 수 있었어. 그 뒤로 아이들이 빛나는 모험을 향해 나아가듯 쫓아갔지.

노동절 다음 수요일이면 앤젤라가 대학으로 떠난다는 사실을 나는 알고 있었네. 그리고 그 전날 저녁, 나는 아주 피곤한 하루를 보낸 뒤 현관에 앉아 있다가 다리를 편 채로 파란 자전거를 타고 미끄러지듯 달려가는 앤젤라의 모습을 보았어. 그 뒤로는 또래 소녀 두어 명과 늘 뒤따르는 어린아이들까지 모두 여섯 명이 따라갈 준비를 하고 있었지. 아이들 중에는 앤젤라의 어린 여동생도 있었네. 앤젤라는 마치 거침없이 인생을 내달리듯, 선두에 서서 콘크리트 길을 시원하게 내려갔네.

그날 낮에 비가 왔는데, 앤젤라는 모퉁이를 돌면서 길 한쪽에 생긴 커다란 물웅덩이 위를 굳이 지나갔고, 다리에 물이 튀길까 봐 쭉 펴고 있었던 거야. 뒤따르는 여섯 명도 콘크리트 길 위를 계속 달렸지.

자전거 무리는 금세 사라졌어. 곧 숙녀가 될 소녀가 어중이떠중이 동네 아이들을 이끌고 자전거를 타는 놀이도 그날이 마지막이 될 터였지. 나는 아이들이 계속 달려서 교외로 향하는 길 쪽으로 사라질 때까지 지켜보았네. 한 시간쯤 지나면 어둑어둑해질 시각이었지만 아이들은 그 안에 돌아올 게 분명했지. 나는 아이들이 어떤 길을 갈지 마음속으로 지도를 그려 보았어. 밀킨 농장을 지나 똑바로 달려가서 오른쪽으로 꺾어 신 코너스 방면으로 향하다가 다시 오른쪽으로 꺾어 집으로 돌아오는 길이겠지. 그렇게 삼각형으로 달리면 한 시간도 채 안 걸릴 코스였네.

잠시 후 전화벨이 울렸어. 환자 한 명의 청구서 때문에 물어볼 것이 있다는 메리 베스트의 전화였지.

"또 이렇게 늦게까지 일하고 있는 거예요?"

내가 물었네.

"아니, 샘. 월초가 다 지났는데 아직도 8월 청구서를 안 보내면 어떡해요? 당신이 돈을 받아 오지 않으면 내 월급은 어디에서 나와요?"

전화를 끊고 나니 밖이 이미 어두워져서 전등을 켰네. 그리고 좋아하는 화요일 저녁 라디오 프로그램을 듣고 있는데, 밖에서 차가 멈추는 소리가 들리더군. 렌즈 보안관의 차 소리라는 사실을 바로 알아들은 나는 현관으로 나갔어.

"안녕하세요, 보안관님?"

보안관은 리널디네 집 쪽에 차를 세웠지만, 내 목소리를 듣고 우리 집 현관 계단 아래로 왔네.

"잘 지냈나, 선생? 요즘 어때?"

"저는 잘 지냅니다. 일 때문에 오셨어요?"

보안관이 고개를 끄덕였어.

"자네도 같이 가 주면 좋겠어. 리널디네 집 딸한테 무슨 일이 생겼나 봐."

"앤젤라요? 왜요?"

"아직은 정확히 모르겠는데 실종됐다더군."

리널디네 집 아래층 전체에 불이 켜져 있었네. 잘생긴 얼굴에 검은 머리가 슬슬 회색으로 물들어 가는, 사십 대의 헨리 리널디가 초인종 소리를 듣고 나왔어.

"무슨 소식 있습니까?"

헨리가 보안관에게 물었지.

"아직 없소. 지금 우리도 열심히 찾고 있고, 주 경찰에서도 근방을 수색하는 중이오. 아침까지 못 찾으면 들판으로 쉰 명을 더 보내겠소."

코라 리널디는 앤젤라의 동생으로 보이는 어린 여자아이와 함께 소파에 앉아 있었는데 눈이 충혈돼 있더군. 앤젤라와 늘 함께 자전거를 타는 다른 소녀 두 명도 같이 있었네. 다들 렌즈 보안관의 말을 듣고 안심한 눈치였어. 보안관이 문을 두드렸을 때, 아마 더 나쁜 소식을 생각했을 거야.

보안관은 소녀들을 돌아보았네.

"거기에서 무슨 일이 일어났는지 알고 싶은데, 일단 이름부터 좀 알려 주겠니? 내가 로라는 아는데 네 친구는 몰라서 말이다."

로라라는 소녀는 은행 부지점장의 딸, 로라 파인이었어. 나도 이 가족과 안면 정도는 있었는데 그때까지 로라가 거기 있는지도 몰랐어. 다른 소녀의 이름은 주디 어빙이었는데 둘 다 앤젤라와 함께 고등학교를 졸업하고, 여름 내내 함께 자전거를 타거나 다른 누군가의 차로 드라이브를 하며 즐겁게 보냈다고 했네.

"같이 놀았던 친구들 이름을 다 말해 봐."

렌즈 보안관이 수첩을 펼치며 물었어.

두 소녀가 동시에 말을 시작했다가 로라 파인이 주디 어빙에게 차례를 양보했지.

"전부 일곱 명이었어요. 앤젤라가 마지막으로 자전거 한번 타러 가자고 해서, 밀킨 농장을 지나가는 길로요. 내일이면 대학에 가 거든요."

렌즈 보안관이 말을 가로막았네.

"리널디 부인, 앤젤라가 몇 살인가요?"

"열일곱요. 이번 달 말에 열여덟 살이 돼요. 혹시 도움이 된다 면 졸업 사진을 드릴게요."

"도움이 될 겁니다. 계속해 보거라, 주디. 그 그룹에 또 누가 있 었지?"

"로라랑 저, 그리고 앤젤라의 동생 루시가 있었어요."

주디는 소파에 앉아 있는 어린 여자아이를 가리켰지. 루시는 열 세 살로 앤젤라와 많이 닮았지만, 앤젤라 같은 자신감은 없어 보 였어.

"그리고 항상 같이 다니는 호머 형제랑 루시 친구 테리 브룩스 도 있었고요."

"그렇게 일곱 명이 자주 같이 다녔니?"

"가끔은 저랑 앤젤라 그리고 로라 셋만 함께했지만 다른 아이들 이 저희를 따르고 싶어 했어요. 보시다시피 앤젤라가 일종의 리더 인 셈이었죠."

"오늘 밤에 대체 무슨 일이 있었던 거야?"

"처음에는 늘 그렇듯이 함께 달리고 있었어요. 물론 앤젤라가 맨 앞에서 달렸지만. 그런데 갑자기 앤젤라가 차츰 속도를 내면서 앞서 나가더니⋯⋯."

"얼마나 멀리 떨어져 있었는데?"

주디가 생각에 잠겨 얼굴을 찡그리자 로라가 말했네.

"거의 풋볼 경기장 끝에서 끝 정도로 떨어져 있었던 것 같아요. 전 학교에서 치어리더를 하는데 그 정도 길이쯤 됐어요. 한 100미터 정도."

"그래서 밀킨 농장 옆을 지나쳤고?"

렌즈 보안관이 재촉했네.

주디가 다시 이야기를 시작했어. 1층 불빛이 비치는 주디의 예쁜 금발을 보니 혹시 이 아이도 치어리더가 아닐까 하는 생각이 들더군.

"그게, 밀킨 농장 시작점에서 오른쪽으로 꺾이는 길이 어떤지 보안관님도 아시잖아요? 앤젤라가 옥수수밭 모퉁이를 돈 순간 저희 시야에서 그 애가 사라졌어요."

"얼마나?"

"몇 초 정도요."

"한 삼십 초쯤 됐던 것 같아요. 그 이상은 아니고, 아마 더 짧았을 거예요."

로라 파인이 거들었어.

"그리고?"

이야기를 계속하려던 주디의 아랫입술이 떨렸네.

"저희가 모퉁이를 돌고 보니 앤젤라가 없어진 거예요! 그리고……
앤젤라의 자전거가 100미터쯤 앞에 쓰러져 있는데 정작 자전거 주
인은 없었어요! 그래서 혹시 배수로에 숨었나 했는데 어디에도 없
는 거예요. 저희가 그 근처를 다 찾아봤는데."

나는 헛기침을 하고 물었네.

"그때 이미 많이 어두웠니?"

로라도 울음을 꾹 참으며 대답했어.

"아직 빛이 있었어요. 게다가 자전거가 쓰러져 있던 곳은 길 양옆
으로 풀을 다 벤 밭이 펼쳐져 있었거든요. 풀이 길어야 몇 센티미터
밖에 안 되는 높이여서 숨을 만한 곳이 전혀 없었어요, 선생님."

"배수로에는?"

"거기에도 아무도 없었고요."

"차나 트럭이 지나가진 않았어?"

주디가 코를 풀었어.

"아뇨, 차도 트럭도 아무것도 안 지나갔어요. 그 모퉁이를 돌고
나면 길이 직선으로 뻗어 있어서 거의 1, 2킬로미터 정도 떨어져
있는 밀킨 농장의 농가까지 다 보이거든요. 트랙터도 한 대도 없
었어요. 그리고 사람도 아무도 없었죠. 앤젤라도, 그 누구도."

로라가 진지하게 말했네.

"꼭 앤젤라가 모퉁이를 돌자마자 누가 하늘에서 내려와 그 애를
영원히 데려가 버린 것 같았어요."

수요일 아침 눈을 뜨자마자 앤젤라 리널디에 대한 불길한 예감

이 강하게 들었지. 나는 제일 먼저 메리에게 전화해서 앤젤라 이야기를 했어.

"오전 중에 예약된 환자가 몇 명이나 있어요?"

"한 명요."

"혹시 예약을 미뤄도 될지 한번 물어봐 줘요. 난 밀킨 농장에 가서 상황이 어떻게 돌아가는지 좀 봐야겠어요. 무슨 일 있으면 농장이나 보안관님 사무실로 연락 주고요."

밖으로 나가니 길 건너편에서 헨리 리널디가 차고 문 앞에 서서 하늘을 올려다보고 있더군.

"안녕하세요, 무슨 소식 있었어요?"

내가 인사를 건네며 길을 건너 헨리에게로 다가갔어.

헨리는 나를 쳐다보았지만, 왠지 내가 어젯밤 자기 집에 있었다는 일도 기억 못 하는 것 같더군.

"아뇨, 아무것도."

헨리가 대답했네.

나는 아침 햇빛에 눈을 찡그리며 몸을 돌려 차를 향해 걸어가다가, 전날 저녁 마지막 본 엔젤라의 모습을 떠올렸지. 아이들을 이끌고 콘크리트 길을 달려 도로로 접어드는 모습이었어. 물웅덩이는 이미 사라졌고 그 자리에 남은 진흙 위로 마름모 형태의 타이어 자국이 남아 있더군. 앤젤라의 자전거가 남긴 흔적이었어. 이제 앤젤라를 떠올리게 해 주는 건 그 정도밖에 없었지. 나는 어쩌면 앤젤라를 두 번 다시 볼 수 없다는 가능성에 몸서리를 쳤네.

차를 몰고 그 자전거 무리가 달렸던, 밀킨 농장으로 향하는 길을 똑같이 달려갔어. 잠시 후 길모퉁이 너머를 완전히 가려 버린, 키가 큰 옥수수 줄기가 가득한 들판이 나타났지. 아마 그 모퉁이 너머에서 사고가 일어난 게 한두 번이 아니었을 거야. 모퉁이를 도니 보안관 여러 명, 그리고 길가에 세워져 있는 주 경찰차가 보이더군. 사람들이 들판을 가로질러 먼 곳의 숲을 향해 걸어가고 있었어. 나는 렌즈 보안관의 차를 알아보고 그 앞에 내 차를 세웠네.

"잘 잤나, 선생? 좀 어떤가?"

"저도 보안관님처럼 온통 사라진 소녀 생각뿐입니다. 아직 무슨 단서 안 나왔나요?"

"전혀. 그 애 친구들 말이 맞았네. 이 들판에는 누구의 눈에도 띄지 않고 숨을 만한 곳이 전혀 없어. 길에서 보이는 범위 내에서 온갖 도랑이나 심지어 밭고랑까지도 다 찾아봤는데 전부 허탕이었네."

"앤젤라는 저 숲까지 갈 시간도 없었을걸요."

"제길, 맞아. 십 분은 걸어가야 해."

"누가 그 애를 데려간 겁니다. 그 가능성밖에 없어요."

"대체 누가? 그리고, 그럼 애들은 대체 어떻게 차나 트럭을 못 본 거야? 이 길은 시야가 탁 트여서 뭐가 있으면 못 볼 수가 없잖나."

나도 보안관 말이 맞는다고 생각하며 길을 바라보았어.

"프레드 밀킨하고는 얘기해 보셨습니까? 그 사람이 뭔가 봤을지도 모릅니다."

"어젯밤에 짧게. 앤젤라가 없어지고 나서 친구들이 그 집으로 가서 전화를 빌렸다더군. 자긴 아무것도 못 봤대."

"가서 그 사람하고 다시 한 번 얘기해 봅시다."

나는 주위를 둘러보다 물었네.

"그런데 자전거는요?"

"가족들한테 돌려줬다네. 바퀴 자국 몇 개를 확보하긴 했는데 어차피 비교할 대상도 없어서."

우리는 길을 따라 회색 농가 건물로 함께 걸어갔네.

"혹시 이게 성범죄라고 생각하세요, 보안관님?"

"그 가능성은 굳이 고려 안 하고 있네, 선생. 하지만 누가 앤젤라를 잡아갔다면, 무슨 이유가 있었겠지."

"하지만 누가 그런 식으로 납치했다면, 다른 아이들이 모퉁이를 돌아 바로 나타나기 직전 그 몇 초 사이에 대체 그 애를 어디로 데려간 걸까요?"

렌즈 보안관은 어깨를 으쓱했다.

"한 가지 가능성이 더 있긴 하지. 솔직히 더 말도 안 된다고 생각하지만."

"다른 가능성이 뭔데요?"

"혹시 앤젤라에게 무슨 일이 일어났을지도 몰라. 아주 끔찍한 사고 같은 게. 아이들은 그것을 보고 너무 놀라서 그만 시체를 숨기고 앤젤라의 실종에 대한 모든 이야기를 꾸며낸 거야."

"애들 여섯 명요, 보안관님? 심지어 그중에 친동생도 있는데? 아닙니다, 그건 더 말도 안 되는 일이에요. 그 애들이 한 이야기는 진실일 겁니다. 물론 그 애들이 알고 있는 게 진실일지는 모르겠지만요."

농가 건물에 도착하니 프레드 밀킨이 우리를 맞으러 나오더군. 창을 통해 모든 일을 다 지켜보고 있었을 거야. 밀킨은 늘씬한 중년에, 한 번도 결혼한 적 없는 남자였네. 부모님이 돌아가신 후 그 농장에 혼자 살면서 채소밭을 돌보고 추수하는 데 필요한 사람들을 고용하곤 했지.

"안녕하세요, 프레드!"

내가 외쳤네. 밀킨은 몇 년 전 피부병이 나서 내게 치료를 받은 적이 있었어.

"안녕하세요, 의사 선생님. 안녕하세요, 보안관님. 사람들이 엄청 많이 돌아다니네요."

"그 여자애를 찾아야 하네, 프레드. 부디 살아 있기만을 바랄 뿐이야."

"어젯밤에도 말씀드렸다시피 저는 전혀 못 봤어요. 애들이 갑자기 우르르 몰려와서 문을 두들기며 전화 좀 쓰겠다고 할 때까지 정말 아무것도 몰랐다고요."

"애들이 누구한테 전화하던가요?"

내가 물었네.

"그 여자애네 가족한테 했죠. 그리고 아마 그 애 아버지가 보안관님한테 연락한 것 같더군요."

렌즈 보안관이 고개를 끄덕였어.

"혹시 어제 이 근방에서 자네 일꾼이 일하지는 않았나?"

"아무도 없었어요. 풀은 다 벴거든요."

"낯선 사람은 못 봤나? 아니면 부랑자는?"

"요즘은 없던데요."

　마당에 서서 수색 상황을 지켜보는 밀킨을 남겨 두고 우리는 그 집을 떠났네. 나는 차를 몰고 시내로 돌아가 진료실로 향했지만 그날은 환자를 봐야겠다는 생각이 전혀 없었어. 오후 중반쯤, 나는 차를 타고 로라 파인의 집을 찾아갔네. 그 집은 시내에 지은 지 얼마 안 되는 아주 멋진 건물이어서 누구나 다 아는 곳이었네. 로라는 그 나이에 운전면허를 갖고 있는, 몇 안 되는 소녀였고.

　나는 막 가족 차에 타려는 로라 옆에 차를 세웠어.

"안녕, 로라."

"호손 선생님! 앤젤라 소식 있어요?"

"안타깝게도 없어. 경찰이 아직 수색 중이야."

"전 이 상황이 도저히 현실이라고 생각할 수가 없어요. 저희 가족들도 다 그래요. 아빠도 사람이 그렇게 사라질 수는 없다고 하시고요."

"너나 주디나 혹시 그 상황에 대해 더 생각난 점은 없니?"

"'저는' 없는 것 같아요."

　나는 로라의 말 속에 담긴 미묘한 뉘앙스를 놓치지 않았네.

"그럼 주디는?"

"어딘가에서 탐정놀이라도 하고 있나 봐요. 하루 종일 찾아다녔는데 도저히 어디 있는지 모르겠어요."

　나는 그제야 방문 목적을 밝혔어.

"로라, 앤젤라 남자 친구에 대해 아는 거 없니?"

"앤젤라는 남자 친구가 거의 없었어요. 특별한 사람은."

"졸업 파티에는 갔고?"

"아, 네. 필 길버트랑 갔어요. 하지만 둘 사이는 별것 아니었어요. 그냥 필이 파티에 같이 가겠느냐고 해서 승낙한 거예요. 앤젤라가 나중에 그러는데 굿나잇 키스만 하고 끝이었대요."

"필은 어디 사는데? 잠깐 가서 개하고 얘기를 좀 해 봐야겠다."

"바로 옆 거리에 살아요. 하지만 호손 선생님, 필은 지금 집에 없어요. 저도 어젯밤에 필한테 전화해서 앤젤라 얘기를 물어보려고 했는데 개네 엄마가 필은 지금 실버 레이크에 있는 가족 별장에 가 있대요. 여름 내내 거기 머물렀다고 해요."

"언제 돌아올 예정인데?"

"아마 내일쯤요."

"혹시 앤젤라가 요즘 다른 남자애랑 데이트한 적은 없었어? 아니면 앤젤라에게 데이트를 신청했다가 거절당한 애가 있다거나."

"제가 아는 한은 없어요. 하지만 앤젤라는 가끔 남자애들한테 애매한 태도를 취하긴 했어요."

나는 로라에게 감사 인사를 하고 돌아와 차에 앉으면서 내가 혹시 잘못된 길을 가고 있는 것이 아닌가 하는 생각을 했다네. 예전에 렌즈 보안관을 도와 사건을 해결할 때는 보통 어떤 일이 어떻게 일어났는지를 알아내려 애썼지. 하지만 앤젤라 리널디 사건에서 내가 부딪힌 문제는 '누가'였어. 낯선 사람일까? 아니면 친한 친구일까?

나는 대시보드 시계를 보고 실버 레이크까지 삼십 분이면 넉넉할 거라고 생각했네.

사거리 가게 직원이 호숫가에 있는 길버트 가족의 별장 위치를 알려 주었네. 물가를 따라 가파른 흙길을 내려가니 바로 나오더군. 가까이 다가가니 근육질의 젊은 남자 한 명이 측면 창에 나무로 된 덧문을 올리는 중이었네. 나는 그 친구의 녹색 패커드 차량 옆에 차를 대고 내렸어.

"안녕! 네가 필 길버트지?"

내가 물었어.

청년은 압정 망치로 덧문을 고정시킨 뒤 웃으면서 내 쪽을 돌아보더군.

"네, 맞아요. 어떻게 오셨는데요?"

"난 샘 호손 의사라고 하는데, 노스몬트에서 왔어. 지금 앤젤라 리널디를 찾는 중이야."

"앤젤라요? 걔한테 무슨 일이 생겼어요?"

"실종됐어."

청년은 미소가 사라지더니 찌푸린 얼굴로 손을 닦으며 내게 다가왔네.

"언제요?"

"어제 저녁 식사 직후. 밀킨 농장으로 가다가 길 한가운데서 사라졌어. 경찰과 군인들이 지금 수색 중이야."

"세상에…… 설마 다들 걔가 죽었다고 생각하는 거예요……?"

"그건 아무도 모르지. 난 네가 올 봄 졸업 파티에 앤젤라랑 같이 갔다는 얘길 듣고 찾아온 거야."

"맞아요. 걔랑 데이트한 건 그때 딱 한 번뿐이었어요. 그 뒤로는 잘 안 됐거든요."

"왜?"

필은 이마의 연갈색 머리를 쓸어 올리더군. 여름 내내 햇볕에 그을렸는지 팔이 거의 갈색이었지.

"관심사가 서로 달랐어요. 앤젤라는 대학에 진학할 생각이었고 저는 어디에서 직업을 구해야 할지 고민하고 있었죠."

"그래서 직장은 구했고?"

"여름 동안에는 여기 있는 '보트 로커'에서 일했어요. 요즘은 서부로 가 볼까 생각하는 중이에요."

"앤젤라는 어때? 앤젤라가 혹시 다른 누굴 만나진 않았어?"

"조니 브룩스하고 몇 번 데이트를 했던 것 같긴 해요. 하지만 진지한 만남은 아니었던 것 같아요."

"브룩스?"

그때 나는 그 이름이 왜 익숙한지 알 수 없었네.

"그 애도 너희랑 같은 반이었어?"

"맞아요, 저희 모두 6월에 졸업했어요. 하지만 전 여름 내내 여기 있어서 앤젤라 소식은 한 마디도 못 들었는데요."

"앤젤라가 실종됐다고 부모님이 전화하진 않으셨어?"

필은 고개를 가로젓더군.

"노동절 이후로 전화선을 다 뽑아 버렸어요. 가을엔 아무도 안

오니까."

"그럼 앤젤라가 어떻게, 왜 실종됐는지는 전혀 모르는 거지?"

"전혀 몰라요. 자전거도 같이 없어졌어요?"

"아니, 자전거는 길 한복판에 놓여 있었어. 자전거 주인만 사라지고."

"이상하네요."

"혹시 뭔가 도움이 될 만한 일이 생각나면 렌즈 보안관님이나 나한테 전화해 줄래?"

"그럼요."

나는 필에게 내 전화번호를 알려 주었어. 필은 쪽지를 받아서 셔츠 주머니에 넣고는 다시 덧문을 설치하는 일로 돌아갔지. 나도 내 차로 돌아갔고.

차를 몰아 노스몬트로 돌아오는 길에 문득 조니 브룩스라는 이름을 어디에서 들었는지 생각나더군. 브룩스 가족과 알고 지내는 사이는 아니었지만 혹시 그게 테리 브룩스의 형이 아닐까 하는 생각이 든 거야. 앤젤라의 여동생 루디의 친구이자, 그 불운한 자전거 라이딩의 일곱 번째 멤버였던 테리 브룩스 말일세.

집 앞에 차를 대고 내리는데 헨리 리널디가 차고 앞에 앤젤라의 파란 자전거와 함께 서 있는 모습이 보이더군. 나는 길을 건너 헨리에게로 다가갔네.

"아직 무슨 소식 없어요?"

헨리가 고개를 가로저었어.

"경찰에서 아까 이걸 갖다줬어요. 그 애가 남긴 건 이것뿐이네요."

"앤젤라는 금방 돌아올 거예요, 헨리."

헨리는 애정 어린 손길로 자전거를 어루만졌네. 다 닳은 가죽 안장과 갈라진 고무 핸들, 매끈한 타이어, 페인트가 드문드문 벗겨진 금속 몸체. 헨리는 왼쪽 핸들 아래에 달린 작은 종을 바라보았어.

"혹시 자전거를 타다 무슨 문제가 생기면 내가 늘 도와주곤 했어요. 이 자전거에 대해서는 나도 앤젤라만큼 잘 알았죠. 심지어 자기 거라는 표시로 안장 밑에 자기 이니셜까지 새겨 놓지 않았습니까?"

허리를 굽히니 금속 바디에 작은 글씨로 AR이라고 새겨져 있더군.

"혹시 앤젤라가 조니 브룩스라는 남자애랑 데이트를 했었나요?"

나는 허리를 펴면서 자연스럽게 물었네.

"브룩스? 테리 형 말인가요? 아마 몇 번 놀러 나갔던 것 같은데, 그건 왜요?"

"앤젤라 실종 사건에는 전혀 낯선 사람이 아닌, 아는 사람이 관련되어 있을지도 모릅니다. 그래서 앤젤라를 아는 모든 사람들과 다 이야기를 해 보고 싶은데요."

헨리의 얼굴이 갑자기 어두워졌어.

"솔직히 말해 주십시오, 호손 선생님. 경찰에서는 앤젤라가 죽었다고 생각하고 있지요?"

"경찰도 모릅니다. 아무도 모르죠."

나는 헨리의 눈에 눈물이 차오르기 전에 자리를 떴네. 우는 얼굴을 보고 싶지도 않았고, 또 눈물을 멎게 할 만한 무슨 소식을 알고 있는 것도 아니었으니까.

잠시 후 렌즈 보안관에게 전화를 걸어 보니, 경찰은 하루 종일 수색했지만 아무 소득도 없었다고 하더군.

"포기하실 겁니까?"

내가 물었네.

"주 경찰은 날을 다시 잡아 한 번만 더 수색해 보겠다고 하더군. 내일은 개를 데려올 거라던데."

"뭘 찾으려는 거죠? 무덤?"

"자넨 어떻게 생각하나, 선생?"

나는 솔직하게 대답했어.

"잘 모르겠습니다. 하지만 앤젤라가 어떤 남자애들과 데이트를 했다는 이야기는 알아냈어요. 아까 오후에 필 길버트와 이야기를 해 봤고, 오늘 밤에는 조니 브룩스를 찾아볼 예정입니다."

"그럼 어디로 가야 하는지는 내가 알려줄 수 있네. 조니 브룩스는 '스타 드럭'에서 소다수 판매원으로 일하고 있어. 거의 매일 밤 거기 있을걸."

"감사합니다, 보안관님."

내가 말했네.

스타 드럭의 소다수 매장에 있는 십 대 아이들 사이에서 앤젤라의 실종은 꽤 큰 뉴스인 모양이더군. 칸막이가 쳐진 여러 자리들 중 한 곳에서 로라 파인이 소년 둘, 소녀 하나와 열띤 대화를 나누고 있었어. 카운터를 따라 나 있는 그 자리들 사이로 많은 대화가 오갔지. 나는 등받이 없는 의자 하나에 걸터앉아 카운터 안쪽에 있는 어느 생기 넘치는 청년 하나가 주문을 받으러 올 때까지 기다렸네.

"주문하시겠어요?"

드디어 청년이 내게 물었어.

"체리 코크 한 잔 줘. 네가 조니 브룩스지?"

"맞아요."

조니는 콜라 잔 하나를 집어 들고 그 속에 시럽을 찍 뿌렸네.

"네가 앤젤라 리널디하고 몇 번 데이트한 적이 있다고 들었어."

"두 번요. 저도 어젯밤 무슨 일이 있었는지 여동생한테 들었어요. 믿을 수가 없더라고요."

"올 여름에 앤젤라를 만난 적 있어?"

"같이 수영하러 한 번 갔었어요. 그게 다예요. 전화할 때마다 항상 바쁘다고 해서요."

"인기 많은 애였니? 남자 친구가 많았어?"

"전 모르겠네요."

"필 길버트는? 걔가 앤젤라를 졸업 파티에 데려갔다면서?"

"그럴걸요."

조니는 체리 코크 잔을 휘저어서 내 앞에 내려놓았네. 나는 주머니에서 15센트 동전을 건네고 거스름돈은 필요 없다고 말했지.

덕분에 조니는 조금 더 수다스러워지긴 했지만 큰 도움은 되지 않았어.

"제 생각에는 트럭을 타고 다니는 집시들이 앤젤라를 납치한 것 같아요."

"진짜? 요 몇 년 동안에는 집시를 거의 못 봤는데. 네 여동생이 어젯밤에 트럭을 봤대?"

"아뇨, 걔 아무것도 못 봤대요. 하지만 고작 열세 살밖에 안 됐잖아요."

드럭스토어에서 나오는 길에 로라가 나를 붙잡았어.

"조니 브룩스랑 무슨 얘기 하셨어요?"

"앤젤라랑 데이트 몇 번 한 사이라기에 좀 물어본 거야. 필 길버트하고도 얘기하고 왔어."

"주디 못 보셨어요? 주디 어빙 말이에요. 저 아직도 걔랑 연락이 안 돼요."

"아직. 어젯밤에 같이 자전거를 탔던 네 친구들과 모두 이야기를 해 봐야 할 것 같아. 너희들 중 하나가 뭔가 중요한 걸 봤는데 그게 뭔지 모르고 있을 수도 있으니까."

"전 정말 아무것도 못 봤어요. 제가 본 건 다 말씀드렸고요."

"앤젤라랑 아버지와의 관계는 어땠어? 사이가 괜찮았니?"

"에이, 선생님도 아빠들이 다 어떤지 아시잖아요. 앤젤라네 아빠는 친구처럼 지내고 싶어 했지만 걔는 친구들하고만 놀러 다녔어요."

"혹시 먼 곳에 있는 대학에 가기가 싫었던 건 아닐까?"

로라가 복잡한 표정으로 나를 쳐다보더군.

"선생님, 왜 꼭 앤젤라가 이미 죽은 것처럼 얘기하시는 거예요?"

"그 가능성도 생각해 봐야 해. 벌써 실종된 지 스물네 시간이 지났어."

"분명 어딘가에서 불쑥 나타날 거예요."

"그래서 대학은?"

로라는 어깨를 으쓱했네.

"앤젤라가 그 얘기는 잘 안 했어요. 하지만 친구들을 남겨 두고 떠나기는 싫었던 것 같아요."

친구가 부르는 바람에 로라는 자기 자리로 돌아갔어. 나는 바깥으로 나가 걷다가 잠시 멈춰 서서 밤하늘을 올려다보았지.

다음 날 아침 나는 청교도 기념 병원의 의사 사무실 동에 있는 내 사무실로 출근했네. 메리가 내 심각한 얼굴을 보고 묻더군.

"리널디 씨네 딸, 아직 못 찾았어요?"

"단서도 없어요. 보안관님과 경찰들은 아직도 들판을 뒤지고 있고. 어제 앤젤라 아빠랑 친구들 몇 명하고 얘기를 해 봤는데 소득이라고는 하나도 없었어요."

"혹시 그 애 아빠가 사건에 연루됐다고 생각하는 거예요?"

"설령 그랬다 해도 방법을 통 모르겠어요. 그날 저녁 당신 전화가 오기 전에, 난 현관에 앉아서 앤젤라가 자전거를 타고 지나가는 모습을 지켜봤어요. 내가 아는 한 그 애 부모님 둘 중 누구도 집 밖으로 나오지 않았어요. 그 집 차는 저녁 내내 차고에 들어 있었고."

"샘, 병원에 당신이 봐야 하는 환자들이 여럿 있어요."

나는 고개를 끄덕였어.

"알겠어요. 진찰이 끝나면 다시 밀킨 농장에 좀 가 봐야겠습니다. 이번에도 아무것도 안 나오면 수색을 종료한다고 하니까요."

나는 정오 직전 밀킨 농장에 도착했네. 주 경찰견들이 넓은 초지 한구석에서 미친 듯이 짖어대고 있더군. 렌즈 보안관이 프레드 밀킨과 함께 길 한복판에 서 있었는데, 군인 한 명이 뛰어와서 정신없이 무슨 이야기를 하더라고. 나는 차를 세우고 급히 내렸네. 보안관과 밀킨은 이미 들판을 가로질러 뛰어가고 있었어.

"보안관님!"

내가 외쳤네.

보안관이 내 쪽을 돌아보더니 마주 외치더군.

"때맞춰 왔네, 선생! 경찰견들이 여자애를 찾은 것 같아!"

그 말에 배 속이 뒤틀리는 것 같았지만 나도 들판을 가로질러 두 사람 쪽으로 뛰어갔네. 주 경찰 여섯 명과 귀가 축 늘어진 블러드하운드 네 마리가 숲 귀퉁이에 모여 있었지.

"실종자의 냄새를 맡은 건가요?"

내가 물었네.

짖어 대는 개의 목줄을 잡고 있던 군인 한 명이 대답했어.

"자전거가 쓰러져 있던 길 쪽에서는 아무것도 찾을 수가 없어서 개들을 풀어 놓았더니, 이쪽에서 이걸 찾은 모양입니다."

보안관이 새로 파헤친 듯한 흙 앞에 쪼그리고 앉아 들여다보았어.

"최근에 판 것 같고, 대충 무덤 크기야. 삽 좀 가져와 봐."

그렇게 깊이 묻혀 있지는 않았네. 군인들의 삽 끝은 채 30센티미터도 들어가지 않은 깊이에서 시체에 부딪혔지. 군인들은 시신에 묻은 흙을 손으로 직접 털고 반듯하게 뒤집었어.

그 시체는 앤젤라 리널디가 아니었네. 앤젤라 친구, 주디 어빙이었어.

오후쯤 되니 무디지만 길고 가는 물건으로 왼쪽 관자놀이를 맞은 것이 사인이라는 사실이 밝혀졌네. 흉기가 관통해서 즉사한 모양이었어.

"이런 상처 본 적 있나, 선생?"

렌즈 보안관이 내게 물었네.

"없는 것 같은데요."

"도시 신문에 이미 기사가 났네. 이 근방에 무슨 미친 살인귀가 돌아다니고 있다고 난리야. 군인들은 개를 풀어서 또 다른 무덤이 없는지 찾고 있고."

"주디네 부모님은 왜 딸이 실종됐다고 신고하지 않은 걸까요?"

"오늘 아침에 했어. 아마 어젯밤에는 그냥 밤새 남자랑 노느라 안 들어왔다고 생각하고 실종 신고를 안 한 것 같더군."

"전에도 그런 적이 있었답니까?"

"졸업 파티 때도 집에 안 온 적이 있었다고 해."

"누구랑 데이트했는데요?"

"조니 브룩스. 지금 그 녀석을 찾아갈 건데 자네도 원하면 같이 가자고. 부검 결과 사망 추정 시각은 언제로 나오던가?"

"사전 결과에서는 발견되기 스물네 시간 전으로 나왔습니다. 아마 어제 아침쯤인데, 장소는 이 들판은 아니었던 것 같습니다. 그땐 보안관님도 여기에서 수색하고 계셨잖아요."

렌즈 보안관이 고개를 끄덕였어.

"아마 그때 우리가 여길 이미 수색했기 때문에 살인범은 오히려 여기다 시체를 묻는 게 안전하다고 생각했을 거야. 우리가 개를 데려온 줄도 모르고."

나는 보안관을 따라 조니 브룩스의 집으로 향했네. 드럭스토어에서 돌아온 조니는 눈물이 그렁그렁한 로라 파인과 함께 자기 집 현관 앞에 앉아 있더군.

"세상에서 제일 친한 친구를 둘이나 잃다니! 도저히 믿을 수가 없어요."

로라가 눈물을 닦으며 말했네.

렌즈 보안관은 로라를 위로하려 애썼지.

"아직 앤젤라는 못 찾았잖니. 어딘가에 살아 있을 거야."

자기 오빠 옆에 조용히 앉아 있던, 조니의 어린 여동생 테리가 우리에게로 다가왔어. 기회를 놓치지 않고 질문을 던졌지.

"테리, 넌 어떻게 생각하니? 네 주위에는 언니들이 많았지? 넌 루디 리널디의 친구잖아. 혹시 그 언니들이 같이 집을 나와서 도망치자는 얘기를 한 적은 없었어? 앤젤라 언니랑 주디 언니가?"

테리는 고개를 가로저었어.

"앤젤라 언니는 대학에 갈 거였잖아요."

"전 그런 얘기 한 번도 못 들었어요."

로라가 끼어들었지.

"그러고 보니 넌 어제 하루 종일 주디를 찾았는데, 끝까지 못 찾았었지?"

"주디는 항상 탐정놀이를 좋아했어요. 직접 찾겠다고 어디론가 나가 버렸죠."

"주디한테 혹시 차가 있었어?"

로라는 고개를 끄덕였네.

"주디네 아빠가 졸업 선물로 중고 포드를 사 주셨거든요."

"그럼 너희 셋 중에 운전 못 하는 애는 앤젤라 하나뿐이었구나."

"앤젤라네 부모님은 굉장히 엄격하세요. 열여덟 살이 될 때까지 그런 건 절대 못 하게 하셨어요."

나는 보안관에게 물었어.

"주디의 차는 찾으셨습니까?"

"아직 못 찾았네."

하지만 우리는 조니 브룩스와 이야기를 나누러 찾아온 참이었기 때문에, 렌즈 보안관은 소녀들을 안으로 들여보내고 조니와 대화를 나눴네. 보안관은 조니에게 죽은 소녀와 데이트를 했던 게 언제인지 물었네.

"제가 주디를 졸업 파티에 데려갔어요."

조니는 불편한 얼굴로 인정했어.

"그리고 밤새 같이 있었고?"

조니는 마른 입술을 혀로 축였네.

"그냥 애들 장난 정도였을 뿐이에요. 누구도 다치지 않는."

"그날 밤 앤젤라는 필 길버트와 내내 같이 있었어?"

내가 물었네.

조니가 피식 웃더군.

"그랬다간 앤젤라네 부모님이 걜 죽여 버렸을걸요."

조니는 자신의 말이 어떻게 들리는지 새삼 깨달았는지 바로 바꿔 말하더군.

"걔네 부모님이 그런 거 안 좋아하세요."

"혹시 주디 어빙을 죽일 이유가 있는 사람이 있을까?"

보안관이 물었네.

"아뇨. 아무튼 전 아니에요!"

"검시 결과 주디가 임신한 상태였다고 하면 어떻게 할래?"

도박하는 셈치고 물어보았지만 전혀 효과가 없었네. 조니는 보안관을 가만히 쳐다보다가 대답하더군.

"그럼 보안관님이 거짓말을 하고 계신 거라고 말씀드려야죠."

"주디하고 잘 아는 사이였나 보군?"

"주디가 남자들하고 자고 다니지 않는다는 걸 알 정도로는 친했어요."

"혹시 어제 주디를 본 적 있나?"

"아뇨. 최근 들어서는 거의 못 봤는데요."

"하지만 앤젤라 리널디와는 만났다면서."

조니는 불만이 많은 표정으로 고개를 가로저었네.

"보안관님은 이 사건을 자꾸 남자 친구들하고 연결 지으려고 하시는 게 문제예요. 제가 생각하기에는 둘 다 숲속에 있던 부랑자들이 죽인 것 같은데."

"그 애들이 숲속에서 대체 뭘 하고 있었는데? 그리고 앤젤라가 자기 자전거를 내버려 두고 사라진 이유는 또 뭐고?"

내가 물었네.

"저야 모르죠. 전 이 사건하고 아무 관련도 없어요."

조니가 대꾸했어.

렌즈 보안관은 나를 사무실로 태워다 주겠다고 했네. 함께 차를 타고 오면서 어떤 생각이 자꾸 나를 괴롭혔어.

"새로 알아낸 게 별로 없군그래."

보안관이 말했지.

"반대입니다. 아주 중요한 걸 알아냈어요."

"뭔데?"

"로라와 주디가 둘 다 운전을 할 줄 안다는 거요."

"그게 대체 이 사건과 무슨 상관인가, 선생? 앤젤라는 실종될 때 차가 아니라 자전거를 타고 있었어. 다른 둘도 그랬지."

"보안관님, 아무 말 말고 제 부탁 하나만 들어주십시오. 필 길버트를 만나야 하니 당장 이 차를 실버 레이크 방향으로 돌려 주셔야 합니다."

"왜?"

"그냥 그런 예감이 들어서요."

488

"좋아. 자네 예감은 내가 잘 알지."

삼십 분 후, 길버트 가족의 호숫가 별장으로 내려가는 가파른 길에 도착하자 나는 보안관에게 차를 세워 달라고 했네.

"제가 들어가고 오 분만 기다리셨다 따라 들어와 주십시오."

"대체 자네 뭘 하려는 건가?"

"금방 아실 겁니다."

나는 최대한 발소리를 죽여 가며 조심스럽게 길을 내려갔네. 필 길버트는 겨울을 대비해서 별장 창문에 전부 판자로 덧창을 대 놓았지만 호수를 바라보는 옆문은 열려 있었지. 나는 방충망 문을 열고 들어갔네.

앤젤라 리널디가 펄쩍 뛰어오르더라고.

"누구세요?"

거의 비명에 가까운 소리였지.

내가 앤젤라를 그렇게 가까이에서 본 건 처음이었네. 길 건너 자기 집 마당에 서 있는 것도 아니고, 자전거를 타고 길을 내려가는 것도 아닌, 바로 몇 미터 앞에서 나를 바라보고 있었어.

"난 길 건너 너희 집 맞은편에 사는 사람인데, 샘 호손이라고 해."

필 길버트가 우리 목소리를 듣고 부엌에서 맥주병을 든 채 뛰쳐나왔지. 앤젤라가 계속 말을 이었어.

"대체 여기에서 뭐 하는 거예요? 어떻게 날 찾아냈어요?"

"널 부모님께 데려다주려고 왔어."

앤젤라는 필 옆으로 다가가더군.

"난 절대 안 돌아갈 거예요! 필이랑 난 내일 캘리포니아로 떠날 예정이란 말이에요. 당신이 아무리 뭐라고 해도 난 마음을 바꾸지 않아요."

"앤젤라, 네 친구 주디 어빙이 죽었어. 거기 있는 필이 주디를 압정을 박는 작은 망치로 때려죽였거든."

내 말을 이해한 앤젤라가 재빨리 필에게서 떨어지며 비명을 질렀네. 내 생전 그렇게 끔찍한 소리는 처음이었지.

렌즈 보안관이 방으로 들어와 필 길버트의 손에서 맥주병을 빼앗았네. 나는 앤젤라를 앉히고 진정시키려 애썼어.

"저 친구 체포하세요. 저 친구가 범인입니다."

내가 보안관에게 말했지.

"이 아가씨가 앤젤라 리널디야? 살아 있네?"

"그럼요, 아주 멀쩡하게 살아 있죠. 이제 둘 다 시내로 데려갑시다. 사정은 그 후에 설명할게요."

우리는 보안관 사무실로 바로 돌아갔어. 보안관은 앤젤라의 부모에게 전화를 걸어 앤젤라가 살아 있다고 알려 주고, 나는 부모가 오기를 기다리는 사이 보안관의 궁금증을 풀어 주었네.

"앤젤라가 실종된 일부터 시작하게. 그걸 먼저 설명해 줘."

"이 사건의 시작은 생각보다 한참 전입니다. 아마 앤젤라와 필 길버트는 졸업 파티 때 밤을 함께 보낸 이후로 사랑에 빠졌던 것 같습니다. 그래서 앤젤라는 대학에 진학하는 대신 필과 함께 사랑의 도피를 계획했죠. 앤젤라의 부모가 얼마나 엄격한지는 저희도 이미 이야기를 들었지 않습니까? 부모님에게서 자신들의 사이를 축복받을 가능성이 전혀 없다는 사실을 알고 있었던 앤젤라는 필의 도움을 받아 자신의 실종 사건을 자작극으로 꾸미기로 한 겁니다."

"어떻게?"

"앤젤라는 사람들이 다 동원되어 자신을 수색할 게 뻔하고, 자신들은 도망쳐 봤자 군 절반도 넘지 못하고 붙잡히리라는 사실을 알고 있었습니다. 그래서 둘은 여름 내내 자기들의 관계를 비밀로 했죠."

"선생, 그러니까……."

나는 보안관을 향해 미소를 지었어.

"좋습니다, 보안관님. 대체 어떻게 실종을 꾸몄냐는 말씀이시죠? 화요일 저녁, 저는 앤젤라가 꼬마들을 줄줄이 끌고서 자전거를 타고 달려가는 모습을 봤어요. 앤젤라는 길 한구석 물웅덩이를 자전거로 밟고 지나갔고, 진흙에 새겨진 타이어 자국은 어제 아침까지도 남아 있었죠. 마름모 모양이 한 줄로 박혀 있었어요. 그런데 어제 저녁에 제가 앤젤라 아빠랑 잠깐 대화를 했는데, 그때 보안관님이 길에서 발견하셨던 앤젤라의 남겨진 자전거를 봤거든요. 자전거 몸체에는 앤젤라가 새겨 놓은 이니셜까지 있으니 확실했죠. 그런데 그 자전거의 타이어는 매끈했습니다."

"뭐라고?"

"길바닥에 남겨진 그 파란 자전거는 의심의 여지없이 앤젤라의 것이었지만, 그날 저녁 앤젤라가 타고 나갔던 파란 자전거와 같은 자전거가 아니었다는 뜻이죠."

"그게 어떻게 가능한가, 선생?"

"설명할 수 있는 방법은 딱 하나뿐입니다. 필 길버트가 기존 것과 똑같이 생긴, 비교적 새 자전거를 마련해 준 거죠. 그리고 원래 자전거는 차에 싣고 대기하고 있다가, 일행이 모퉁이를 돌아 나타나기 일이 분 전에 길바닥에 버려 놓은 겁니다. 앤젤라는 늘 그렇듯 일행보다 한참 앞서 달리니까 커브를 돌면 한순간 시야에서 사라질 수 있었고, 멈추지 않고 내달려서 키 큰 옥수수밭 속으로 들어가 버렸던 거죠. 친구들과 꼬마들은 앤젤라가 숨은 곳을 지나쳐, 90미터쯤 떨어진 곳에 버려진 파란 자전거만 봤던 거예요. 아이들이 밀킨 농장으로 몰려가서 집에 전화를 거는 사이 앤젤라는 숨었던 곳에서 나와서 기다리고 있는 길버트의 차로 돌아갔습니다."

"상대가 필 길버트라는 사실은 어떻게 알았나?"

"앤젤라 아빠는 사건에 관여하지 않았습니다. 사건이 벌어진 시각 내내 집에 있었으니까요. 처음에 타고 나간 자전거가 자기 것이 아니라는 사실은, 다른 사람은 몰라도 앤젤라 자신은 당연히 알고 있을 테니 실종 사건을 앤젤라 스스로가 꾸몄다는 건 확신할 수 있었습니다. 그렇다면 공범은 남자 친구일 가능성이 가장 유력하죠. 언급된 사람은 필 길버트와 조니 브룩스, 딱 두 명이었습니다. 어제 필을 찾아가 만난 저는 앤젤라가 친구들과 놀러 나갔다가 실종되었다고만 말했죠. 별장 전화는 끊어져 있었으니 사건에 대해 필이 알 방법은 없었는데, 필은 잠시 후 앤젤라의 자전거도 사라졌느냐고 묻더군요. 자동차가 아니라는 사실은 어떻게 알았을까요? 로라와 주디가 둘 다 자동차 운전을 할 줄 아는데 말입니다. 심지어 필 자신도 운전을 할 수 있죠. 놀러 나갔다고 한다면 보통 자전거보다는 자동차를 먼저 생각하지 않겠습니까? 결백한 사람이라면."

렌즈 보안관이 고개를 끄덕였어.

"주디 어빙은?"

"제 생각에는 아마 주디가 앤젤라를 그 별장으로 찾으러 갔을 것 같습니다. 두 사람이 거기 숨어 있다는 단서를 쥐고 있었겠죠. 제가 도착했을 때 필 길버트는 압정용 망치로 덧창에 압정을 박고 있었어요. 주디 어빙의 관자놀이를 보니 그 길고 뭉툭한 망치가 바로 생각나더군요. 앤젤라가 숨어 있다는 사실을 사람들에게 밝히겠다고 주디가 협박하자 필이 그 망치를 들고 나와서 후려갈겼던 것 같습니다. 그리고 어두워질 때까지 기다렸다가 밀킨 농장으로 시체를 싣고 간 거죠. 보안관님이 지적하셨던 대로, 아마 경찰이 한 번 수색했던 곳을 다음 날 다시 수색하지는 않을 거라 생각했던 모양입니다."

"앤젤라는 필이 주디를 죽였다는 사실을 몰랐던 건가?"

나는 고개를 절레절레 저었네.

"진정시켜서 차에 태웠을 때 앤젤라가 그러더군요. 필이 덧창에 압정을 박는 사이 자긴 호수에서 수영을 하고 있었다고. 그리고 무슨 핑계를 대면서 압정 망치를 쓰레기 더미 속에 던져 버렸다고 합니다. 아마 거기 가 보면 흉기가 나올 테죠. 별장 뒷길에 가면 주디의 차도 있지 않을까요? 필이 호수에 빠뜨리지 않았다면."

렌즈 보안관이 나를 보며 씩 웃더군.

"별장 뒤 얘기까지는 추측이 너무 과한데, 선생. 필 길버트가 실종에 관여했다 해도 주디 어빙까지 죽이지는 않았을걸."

"내기하실래요, 보안관님? 주디는 앤젤라를 찾으러 왔었습니다. 설마 길버트의 압정 망치와 완전히 똑같은 모양의 흉기로 전혀 다른 살인자가 주디를 죽였다고 생각하시는 건 아니겠죠?"

"앤젤라가 공범이었을지도 모르지 않나?"

"아뇨, 화요일 저녁에 앤젤라가 그 애들과 함께 자전거를 탔던 이유는 제일 친한 친구들이었기 때문입니다. 대학에 가지는 않겠지만 그래도 멀리 떠나, 어쩌면 두 번 다시 만나지 못할지도 모르잖아요. 앤젤라는 주디를 죽이지도 않았고, 만일 그 사실을 알았다면 필 길버트와 함께 도망칠 생각도 하지 않았을 겁니다. 남자 하나 잘못 만난, 평범한 아가씨였을 뿐이죠."

1936년 여름은 그렇게 끝났네. 나는 앤젤라가 자전거를 타는 모습을 다시는 보지 못했어.

샘 호손 박사의 세 번째 불가능 사건집

초판 1쇄 발행 2023년 5월 9일
지은이 에드워드 D. 호크 | **옮긴이** 김예진 | **펴낸이** 신현호
편집부장 윤영천 | **편집부** 김다솜 주혜린 | **북디자인** 형태와내용사이
본문조판 양우연 | **마케팅** 김민원
펴낸곳 (주)디앤씨미디어 | **출판등록** 2002년 4월 25일 제20-260호
주소 서울시 구로구 디지털로 26길 111 제이앤케이디지털타워 503호
전화번호 02.333.2513 | **팩스** 02.333.2514

ISBN 979-11-92738-10-9 04840
ISBN 979-11-92738-07-9 (set)

정가 16,700원

* 잘못 만들어진 책은 구매처에서 바꾸어 드립니다.